KB054571

저는 열네 살 선영이에요

김기선 글

도서출판 삶이 보이는 창

그리고 14년이 흘렀다.
좀더 아름다운 세상을 만들기 위해
아이가 걸었던 그 길 끝에서
어머니는 열네 살이 되었다.

저는 열네 살 선영이에요

초판 발행 | 2004년 7월 7일
3쇄 발행 | 2004년 9월 6일

김기선 글
박선영 · 남태현 열사 추모사업회

펴낸곳 | 진보생활문예 **삶이 보이는 창**
등록번호 | 제18-48호 등록일자 | 1997년 12월 26일
배본 | 한국출판협동조합 02) 716-5619

(152-872) 서울 구로구 구로 4동 734-15 4층
전화 | 02) 868-3097 팩스 | 02) 868-4578
웹사이트 | **www.samchang.or.kr**
전자우편 | **samchang@samchang.or.kr**

박선영 · 남태현 열사 추모사업회
웹사이트 | **http://chusa.come.to**

값 10,000원
ISBN 89-992205-1-1 03810

차례

글머리에 6

프롤로그 11

1부 · 너는 이렇게 죽었어 17

2부 · 참 맑은 시절 57

3부 · 코뿔소 121

4부 · 힘을 길러 나오라 227

5부 · 그 후의 사람들 293

에필로그 353

자료 361

글머리에

당신의 죽음은
우리 속에 와서
영원한 사람이 되었습니다

당신의 죽음은
우리 속에 와서
캄캄한 밤이 되어 울고 있습니다

당신의 죽음은
한줄기 빛이 되어
캄캄한 어둠 속에
그 어둠을 사르며 타고 있습니다

당신의 죽음은
우리들의 가슴 속에 와서
불의를 무찌르는 날카론 비수
소리없는 아우성이 타오르는
영원한 내일의 싸움이 되었습니다

— 문병란 「당신의 죽음」 전문

내가 박선영을 만난 것은 '밀레니엄'이란 말이 저 70년대 새마을

6

운동 표어보다 더 요란하고 천박하게 들먹여지던 서기 2천년도가 서서히 꼬리를 내리던 무렵이었다. 사회 활동의 정체, 만산(晚産)의 후유증으로 몸과 마음을 잠식당한 나는 무력하기 짝이 없는 시간을 보내고 있었다.

그럴 즈음, 『삶이 보이는 창』 전 발행인 이인휘 선배의 느닷없는 방문은 '가뭄의 단비'와도 같은 축복이었다. 이인휘 선배는 특유의 성격대로 너절한 설명 없이 두 권의 자료집을 놓고 갔다. 밤새워 읽고, 밤새워 울었다. 그 자료집의 주인공이 대단한 족적(足炙)을 남긴 인물이어서가 아니었다. 그는 80년대 대학가 어느 주점, 어느 거리에서든 한번쯤 마주쳤을 법한 평범한 인물이었다. 자랑할 만한 대단한 학벌도, 화려한 말재주도 없었다. 소박한 외모와 건전한 양식을 가진 가난한 집안의 차녀였을 뿐이었다. 그의 운동 과정도 80년대 숱한 대학생들이 위험을 무릅쓰고 걸어간 길과 다르지 않았다. 그가 택한 죽음의 방식조차 평범(선영의 가족과 동지들! 무례한 표현을 용서하시라.)한 것이었다. 할복도 투신도 분신도 아니었다. 그는 관 짝 같은 허름한 자취방에서 목매 죽었다.

그러면 무엇이 그토록 나를 감동하게 했는가. 무엇이 그 가족과 지인들로 하여금, 아무도 알아주지 않는 그 평범한 이름을 복원하는 십수 년의 외로운 싸움길에 오르게 만들었는가. 첫째, 인간에 대한 지순한 사랑이었다. 그의 희망과 좌절, 눈물과 한숨이 배어 있는 일기와 편지글을 접하는 순간 나는 곧 로자 룩셈부르크의 '인간에 대한 뜨거운 애정'이란 문구를 떠올렸다. 그는 스물 한 해를 한결 같이 '인간에 대한 끝없는 애정'으로 살았다. 그것은 이념화되고 의식화된 '한때'의 사랑이 아니라 꾸밈없는 인성 그 자체였다. 어려서부터 그는 가까이는 가족, 친척으로부터 친구, 선생님, 거리의 부랑자에 이르기까지, 모든 이를 사랑과 연민의 눈으로 대했다. 그에 관한 무수한 일화는 본문에서 이야기하도록 하자. 이후 대학인이 된 그의 시선이 사회의 응달진 곳에 이르렀을 때, 그의 가슴에 불온한 사상이 움트게 된 것은 지극히 당연한 일이었다.

둘째, 맑고 순수한 자기 응시였다. 그는 한 오라기의 위선과 가식도 허락할 수 없는 종류의 사람이었다. 서울교대의 상상을 불허하는 폭압적 분위기와 안타까운 가족들의 만류 속에 마지막까지 허우적거리면서도 그는 끝내 자신의 신념과 양심을 포기할 수 없었다. 자기 하나 때문에 가족의 미래에 위협이 가해지는 것도 견딜 수 없었다. 때로 타협의 유혹에 이끌리는 자신의 모습조차 역겨워 했다. 그런 그가 죽음을 선택한 것은 어찌 보면 당연한 귀결이었다. 박선영의 죽음을 놓고 장기표 씨는 "진실로 자신을 성찰할 줄 아는 인간"[1]이라 말했으며, 무등일보 송수권 씨는 '용기 없는 지성에 보내는 메시지'[2]라 했고, 중앙일보 전영기 씨는 '비타협적 양심의 고집'[3]이라 부른 바 있다.

마지막으로 지적하고 싶은 것은, 그의 삶과 죽음이 거느린 거대한 자력(磁力)과 응집력이다. 그는 짧은 생애를 살다 갔으나 실로 많은 사람을 감화시켰고, 많은 것들을 변화시켰다. 그는 대학 시절까지도 중·고등학교 동창들은 물론이요 초등학교 시절의 교우 관계까지 고스란히 유지하고 있었다. 그 중에는 대학교는커녕 중학교 문턱에도 가보지 못한 친구도 여럿 있었다. 모든 유품이 소각되는 와중에서 용케 남겨진 몇 통의 편지 중에는 공단에서 보낸 남녀 동창들의 편지들도 여러 통 있었다. 그 편지 내용을 통해 유추해 보건대 박선영은 자신의 사회 의식과 인간애를 상대의 처지와 환경에 걸맞게 다양하게 변주시켜 그들에게 힘과 용기를 주려 했던 걸로 보인다. 그는 어떤 작은 만남도 소홀히 여기지 않았다. 오랜 세월이 흘러 박선영이란 이름이 그들의 뇌리에서 사라진다 해도 그가 뿌린 따스한 온정의 씨앗은 그들의 삶 속에서 싱싱하게 자라나리라 믿는다.

살아서 친구들의 상담자, 조력자 역할을 했던 그는, 죽어서는 어머니를 불굴의 투사로 만들었을 뿐만 아니라 가족 전체를 운동의 대열에 동참시켰다. 많은 친구들과 후배들이 추모사업회라는 지붕 아래 모여 들 수 있었던 것도 그의 죽음이 지닌 힘이라고 나는 생각한다. 추모사업회 활동과 기념관 건립, 서울교대의 변화에 대해서는 역시 본문에서 상세하게 다루기로 하자. 이 책의 출판을 위해 여러 사람을 만나고 뛰어다니면서 응원과 격려의 이야기만 접한 것은 아니다. 어떤 이는 그의 죽음을 '나약한' 죽음이라 평했고, 또 어떤 이는 그의 삶을 '평범한' 삶이라 했다. 이런 상황을 예견하듯 박선영은 자신의 짧은 생애를 마감하면서 "나의 죽음에 대해 그 어떤 추측도 억측도 싫다. 액면 그대로 받아들이길 바란다."고 썼다. 나는 다만 이런 말로 대답하고 싶다. "박선영은 숨을 거두는 순간까지 자신의 나약성을 냉혹하게 직시하였고, 인간에 대한 애정과 평범한 삶의 진리를 외면하지 않았다."

이 책은 총 5부로 구성되었으며, 1부와 5부는 내용적으로 호응 관계를 갖는다. 1부에서는 박선영의 죽음과 공권력의 횡포에 무력함을 느끼는 가족들의 절망과 회한을, 5부에서는 절망과 실의를 극복한 가족들과 서울교대, 사회 전반의 변화 과정을 담았다. 2, 3, 4부에서는 박선영의 짧은 생애와 죽음의 사회적 의미를 총괄적으로 조명해 보았다. 부족한 자료, 일천한 능력, 짧은 시간에 쫓기듯 작업했지만, 최선을 다했다. 표현의 미숙, 편견, 내용상의 오류가 있다면 전적으로 글쓴이의 책임이다. 오직 바라는 바는 고인의 명예와 추모사업회의 활동에 누가 되지 않기를 바랄 뿐이다.

나는 이 글이 모든 이에게 읽힐 것을 기대하지는 않는다. 힘없고 평범한 사람들, 좋은 선생님이 되고자 하는 서울교대 후배들, 현재 교단에서 어린이들의 맑은 눈을 지켜보고 계시는 선생님들이 문득 산다는 일의 부끄러움을 느낄 때 아련하게 떠올릴 수 있는 이름 하나 - 박선영 - 를 심어줄 수 있다면 그것으로 족하다. 끝으로 이 책은 일 개인의 작업이 아니라 박선영의 가족과 동지들, 추모사업회의 많은 분들의 수년간에 걸친 집단적인 노력의 결실임을 분명히 밝히며 글을 맺는다.

2001년 봄

김기선

주 ─────────────────────────────

1 2001년 1월 17일, 글쓴이 · 박선영 어머니와 만난 자리에서.

2 1988년 10월 30일자 무등일보 「병사여, 청춘이여, 피눈물의 역사여」에서.

3 1987년 7월 작성한 짧은 글 「어떤 죽음」에서.

프롤로그

— 다 쓰러져 가는 동대문 한 궤짝 위에서[1]

이젠 떠날 용기를 주소서…

보름달은 높아만 가고 해는 다시 떠오르기 시작한다

날마다 변화하는 자연

날마다 충격적인 종로의 거리에 붙은

Mass com.

조종대가 망가진 Mass com.

곧 추락하리라.

모두가 추락하리라!

1987. 2. 13. 1:26 분(分) 금요일(金曜日)

다 쓰러져 가는 동대문 한 궤짝 위에서

그 해 겨울

1987년 벽두 박종철의 죽음이 민중과 군사독재 정권의 일대 격돌을 예고하는 태풍의 눈으로 공안 정국을 그 밑바닥에서부터 뒤흔들 무렵, 봄풀처럼 여리고 순수한 목숨 하나가 '다 쓰러져 가는 동대문 한 궤짝 위'의 삶에 종지부를 찍었다. 봄은 아직 멀게 느껴지기만 하는, 2월이었다.

덧없는 죽음이었다. 수사 당국은 유가족의 인도 없이 일방적으로 동부시립병원으로 시신을 옮겼다. 고인이 남긴 몇 장의 유서마저 경찰의 손에 넘어 갔다. 사인에 대한 정확한 규명도 부검도 없었다. 서울 동부시립병원 담당 의사 김동훈이 서명한 사체검안서 '직접 사인' 란에는 '기도 폐쇄(추정)'라고 적혀 있을 뿐, 모든 것이 '미상(未詳)'으로 처리되었다. 사망 년월일 시 분 미상, 사망 장소 미상 및 기타, 사망의 종류 기타 및 불상(不詳)……

수사 당국은 이 죽음의 의미를 개인적인 것으로 축소 조작하기 위해, 교육 공무원인 아버지와 사범대 졸업반인 오빠의 신분을 들먹이며 가족들을 교묘히 협박했다. 그들의 요구는 한마디로 '딸이 운동권이었다는 말을 절대 입밖에 내지 말라'는 것이었다. 가족들은 경찰의 압력에 굴할 수밖에 없었다. 당시의 삼엄한 공안 정국에서 '파출소 갈 일조차 없는 소시민'[3]들에게 '운동권'이라는 사회적 낙인은 행려병자, 금치산자 선고보다도 더 위협적인 것이었다. 수사 당국은 시신을 보존하고 진상을 규명하려는 일부 유족들의 간원(懇願)에도 불구하고, 시신을 조속히 화장하고 유품 일체를 없앨 것을 강요하였다.

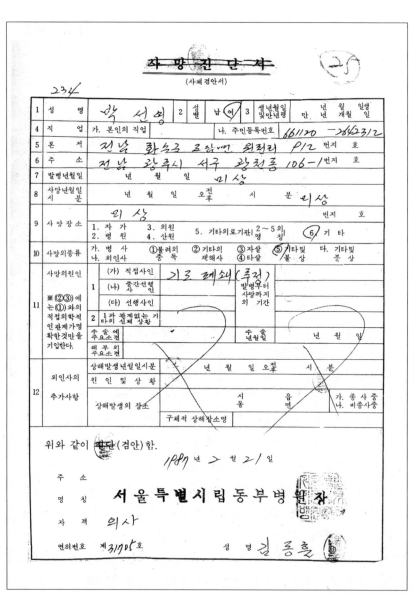

사 망 진 단 서

(사체검안서)

234

1	성 명	박 선영		2	성별	남 (여)	3	생년월일 및만년령	만 년 월 일생 년 월 일 개월 일
4	직 업	가. 본인의 직업			나. 주민등록번호	661120 -2862312			
5	본 적	전남 화순군 조산면 원정리 P12 번지 호							
6	주 소	전남 광주시 서구 광천동 106-1 번지 호							
7	발병년월일	년 월 일 의상							
8	사망년월일 시 분	년 월 일 오전 시 분 의상 오후							

9 사 망 장 소　　의 상　　　　　　　번지 호
  1. 자 가　3. 의원　　5. 기타의료기관 2~5의 6 기 타
  2. 병 원　4. 산원　　　　　　　명 칭

10 사망의종류
  가. 병 사　①불려의　②기타의　③자살　⑤기타및　다. 기타및
  나. 외인사　중 독　　재해사　④타살　　불 상　　불 상

11	사망의원인 ※(②③)에 는(①)와의 직접의학적 인관계가명 확한것만을 기입한다.	1	(가) 직접사인	기포 폐쇄 (추정)	발병부터 사망까지 의 기간	
			(나) 중간선행			
			(다) 선행사인			
		2	1과 관계없는 기 타의 신체 상황			
			수 술 의 주요소견		수 술 년월일	년 월 일
			해 부 의 수요소견			

12	외인사의 추가사항	상해발생년월일시분	년 월 일 오후 시 분		
		원 인 및 상 황			
		상해발생의 장소	시 읍 가. 종사중 동 면 나. 비종사중		
		구체적 상해장소명			

위와 같이 진단(검안)함.

1987년 2월 21일

주 소
명 칭　　**서울특별시립동부병원장**
자 격　　의사
면허번호　제31705호　　　　성 명　김종훈 ㊞

고인이 2년간 몸담아 온 학교[4]측의 대응도 경찰 못지 않게 조직적인 것이었다. 학교측은 조문은커녕 제자의 죽음을 '이성 관계로 인한 비관 자살'[5]로 몰아 부치며, 교직원을 시켜 유가족의 동태를 감시하는 한편 학생회 간부 두 명을 보내 '조용히 입다물고 있을 것'[6]을 종용하였다. 수사 기관을 방불케 하는 학교측의 이러한 일사불란한 조치들은 85년 4월 부임한 정태수 학장[7]의 진두 지휘하에 폭력적으로 학생 자치 활동 및 민주화 운동을 탄압해 온 2년간의 '노하우'를 바탕으로 하는 것이었다.

모든 절차는 생략되었다. 시신은 신속하게 처리되었다. 2월 20일, 영안실로 옮겨진 시신은 21일, 담당 의사의 사체 검안을 거쳐 22일, 화장되었다. 가족들의 통곡소리는 영안실 벽을 넘지 못했다. 그의 주검은 일간지 사회면 몇 줄도 차지하지 못하고, 벽제 화장터에서 한 줌의 재로 화했다. 유해를 실은 초라한 영구 행렬이 서울교대 정문 앞에서 멈췄다. 잠시의 실랑이 끝에 겨우 학교측의 허락을 얻어낸 유족들은 운동장을 한 바퀴 돌아 쓸쓸히 서울을 빠져나갔다. 고인의 마지막 길을 배웅하는 따뜻한 손길은 어디에도 없었다. 교수는 물론이요 2년여의 세월을 함께 보낸 정든 친구들의 배웅조차 없었다. 오직 유족들의 '돌발 행동'을 우려하는 교직원들의 삼엄한 눈초리만이 있을 뿐이었다.

그 날 저녁, 유해는 광주 광천동 고인의 집에 당도하였다. 몇 점 안 되는 유품마저 고인의 집 베란다에서 하나하나 소각되었다. 사진이, 편지가, 노트와 책이, 그가 살아온 스물 두 해의 흔적 모두가 불살라졌다. 참으로, 완전한 죽음이었다.

그가 없는 집안은 괴괴하기만 하였다. 가족들의 '숨결 하나 움직임 하나'[8]에는 바닥 모를 슬픔과 분노의 심연이 유령처럼 드리워져 있었다. 그 슬픔과 분노는 쉽사리 출구를 찾지 못했다. 그저 불에 데

15

인 가슴만 싸쥐고 웅크린 채 매일매일 다가오는 통한의 새벽을 속절없이 맞이할 뿐이었다.

이제 무엇이 남았는가? 그가 이 세상에 왔다 간 흔적은 어디에 있는가? 세상에 누가 있어 그 이름을 부르는가. 그는 정녕 이 세상 사람이었는가? 그는 무엇 때문에 이리도 바삐 가버렸는가? 선영아! 이 야속한 사람아! 전생의 나비처럼 잠시 내 속에 깃들였다 길손처럼 뚜벅뚜벅 걸어 나간 내 안의 사람아! 보여다오, 말해다오. 내 가슴을 찢고 부활해다오!

주

1 1987년 2월 13일 박선영의 유고 일기 중에서

2 "… 동대문 경찰서 박부웅 담당 형사가 경찰서로 호출하여 조사를 받았습니다. '언론이 알면 공무원의 신분에 영향이 있을 것이니 좋을 것 없다.', '불온서적이나 유인물이 있으면 다 치워 버리라.'고 했습니다. 그러면서 유서는 주지 않았고, 딸의 유품 중 무엇을 가져갔는지도 모릅니다……." 이상 「민주화 운동자 관련 명예회복 및 보상 신청 자료」중 고인의 아버지가 작성한 탄원서에서. 이하 「명예회복 관련자료」라 칭함.

3 박선영의 오빠 박종욱의 회고문 「꽃 같은 내 동생 선영이」 중에서. 이하 「꽃 같은 내 동생…」으로 표기함.

4 서울교육대학교, 이하 서울교대라 칭함.

5 당시 서울교대 학장 정태수는 87년 신입생 오리엔테이션 자리에서 공개적으로 "사회과학 공부하지 말아라. 서클 들지 말아라. 박선영이라는 학생은 운동권 학생과 같이 공부하다가 당했다. 그래서 어쩔 수 없이 죽었다. 운동권 학생들은 성을 수단으로 생각한다."는 망언을 서슴지 않았다. 이상은 「명예회복 관련자료」에서.

6 당시 서울교대 총학생회장과 부학생회장이라고 밝힌 두 명의 학생이 방문하여 "교수한테서 들었다. 알려지면 좋지 않으니 조용히 입 다물고 있는 것이 좋을 것이다."라고 말하고 감. 이상 「명예회복 관련자료」에서.

7 1931년 경남 진양 출생. 진주 사범 및 단국대 법학과 졸업. 1980년 국보위 문공분과위원장 입법회의 의원. 1981년 문교부 차관. 1985년 서울교대 학장 취임. 1987년 7월 서울교대 학장 사임 후, (주)국정교과서 이사장 취임.

8 오빠 박종욱의 회고문 「꽃 같은 내 동생…」중에서

1부 · 너는 이렇게 죽었어

나의 죽음에 대해
그 어떤 추측도 억측도 싫다.
액면 그대로 받아들이길 바란다.

— 박선영의 유서에서

너는 이렇게 죽었어 - 언니[1]

서울에서 언니는 원만하게 지내고 있습니다. 언니가 될 수 있으면 빨리 언니의 길을 나아갔으면 하는 것이 저의 바람이기도 합니다. 언니가 부모의 역을 잘해 줬으나 언제까지 아우의 희생물이 될 수는 없으니까요.

— 86년 8월 아버지에게 보낸 편지에서

그 해 겨울은 유난히 춥고, 눈이 많이 내렸다. 너와 함께 살던 창신동 집은 가파른 언덕 꼭대기라, 눈만 한 번 왔다 하면 비탈길을 오르내리는 게 여간 조심스럽지 않았어. 누군가 연탄을 깨놓아 군데군데 발 디딜 곳이 있긴 했지만, 까딱 잘못하면 미끄러지기 십상이었어. 게다가 허수룩한 이층집 난간에 딸린 우리 방은 외풍이 어찌나 심했던지! 그 해 겨울 우리는 추위에 떨다 못해 지물포에서 비닐을 사다가 바람막이 삼아 창을 막아 버렸지.

1987년 2월 20일 금요일. 눈물 없이는 떠올릴 수 없는 그 날, 그 날도 그렇게 추운 날이었어. 바람이 몹시 불었고, 며칠 전 내린 눈으로 곳곳에 눈이 쌓여 있었지. 여섯 시나 됐을까. 일찌감치 퇴근한 나는 회사 문 앞에서 잠시 망설였어. 어디로 갈까. 집까지는 걸어서 십 분, 엎어지면 코 닿을 거리였어. 하지만 어쩐지 집에 곧장 들어가고 싶지 않았어. 그러고 보면 사람 심리란 참으로 묘한 거야. 그 날 난 집에 무슨 급한 볼일이라도 있는 사람처럼 온종일 시계만 쳐다보며 퇴근 시간이 되기를 기다렸거든. 나도 모르겠어. 그냥 이유 없이 불안하고 머릿속이 시끄러워서 자꾸 집에 가고만 싶은 거야.

하지만, 정작 회사 문을 나서자 어디로 가야 할지 막막하기만 했어. 문득 그런 생각이 들데. 이럴 줄 알았으면 선영이 말대로 그 사람한테 전화나 할 걸 그랬나? 그 사람, 며칠 전에 선본 남자 말이야. 그때 내 나이 스물 일곱, 고등학교 졸업하고 갓 스무 살에 서울 올라와 일곱 해를 사는 동안 해 놓은 일도 없이 자꾸 나이만 먹어 가고 있었어. 어머니는 '마땅한 자리'만 났다 하면 틈나는 대로 궁합을 보러 다니시는 모양이었지만, 나는 어쩐지 내키지 않았어. 동생들 치다거리나 하면서 나이 들어가는 언니의 모습이 안쓰러웠을까. 그해 겨울 들어 너 역시 결혼하라는 소리를 자주 입에 올렸지.

그날 아침에도 그랬어. 아침 밥상을 마주하고 앉은 너는 밥 먹는 내 얼굴을 빤히 들여다보았지. 그러다 문득 이런 소리를 했어.

"언니야. 니가 먼저 그 사람한테 전화를 해서 오늘 만나자고 해라."

"몰라. 사람이 그래도 좀 땡기는 맛이 있어야 만날 기분이 나지."

볼멘 소리를 하는 나에게 너는 다시 말했지.

"사람 한 번 보고 어떻게 알아? 어느 정도 만나 봐야 성격도 알고 정도 들지. 그러니까, 언니야. 오늘 전화해서 만나라. 만나서 재밌게 놀다가 늦게 늦게 들어 와라."

"이럴 때 보면 아주 지가 언니 같다니까. 알았어. 생각해 보고."

그래, 객지 생활 칠 년에 점점 각박해지고 마음의 여유를 잃어 가는 나에 비해 넌 정말 의젓하고 이해심이 넓은 아이였어. 네게 목숨과도 같았을 운동을 그만두라는 나의 채근에도 그저 빙긋 웃어넘길 줄 아는. 아, 그러나! 왜 몰랐을까! 그 날 그 말이 내게 주는 너의 마지막 선물일 줄이야! 이 언니는 진정 꿈에도 생각지 못했다!

나는 검은 코트 주머니에 두 손을 찌르고 천천히 걸음을 옮겼어.

계절은 입춘을 지나 봄을 향해 달려가건만, 왜 그리도 춥던지. 동대문운동장에서 늘 걸어오는 길을 따라 걷던 나는 전에 가끔 들리던 헌 책방 앞에 멈춰 섰어. 언니야, 할 수 있어. 이제부터라도 시작하는 거야. 다시 네 목소리가 귓전에 울려 퍼졌어. 서울교대에 입학한 너와 함께 자취를 시작하게 된 1985년, 나는 너무너무 기뻤다. 외로운 객지 생활에 신물이 난 나는 잔뜩 들떠서 몇 달 전부터 방을 얻어놓고 너를 기다렸다. 비록 부엌 없는 월세방이지만, 냉장고도 할부로 들여놓고, 스탠드 있는 번듯한 책상도 들여놓고, 이부자리며 석유 곤로 올망졸망한 세간 다 갖춰놓고 조바심 치며 너를 기다렸어. 서울에 올라온 네가 나에게 준 첫 선물은 대학 진학이라는 목표였지. 월급 타서, 적금 들고, 여유 생기면 고향에 부치는 것을 낙으로 알던 나는 너로 인해 '나만의 꿈'²을 적립하기 시작했어. 우리의 시작은 비록 초라했지만, 씩씩하게 살았다. 주말이면 도시락을 싸들고 교대 도서관으로 가서 함께 공부를 했지. 낮에는 직장으로, 밤이면 학원으로 강행군해야 했고, 쥐꼬리만한 봉급을 쪼개 네 용돈과 책값, 내 학원비까지 충당해야 하는 빠듯한 생활이었지만, 즐거웠다. 우린 당당하게 가난했다. 집에 가는 길에 시장통에서 먹는 떡볶이 한 접시, 순대 한 점에도 마냥 행복했다. 석유곤로에 밥이라도 할라치면 매운 연기에 눈물을 훔치며 불을 붙여야 했고, 비라도 오는 날이면 물 받느라 밤을 꼬박 새웠고, 손님이 오면 너는 어김없이 베개를 안고 불기 없는 마루로 나가서 자곤 했지.

그러나, 아우야. 내가 새로운 꿈에 젖어 있는 사이, 너는 이미 또 다른 꿈을 키워 가고 있었구나. 뒤늦게 내가 그 사실을 알았을 때는, 그것은 이미 너와 한 몸이 된 지 오래였다. 운동권! 텔레비전 화면을 붉게 물들이는 대학생들의 시위 장면과, 포승줄에 굴비 두름처럼 엮여 끌려가는 죄수들의 모습이 겹쳐지면서 나의 뇌리를 흔들었다.

교사인 아버지와 사범대 졸업을 앞둔 종욱의 얼굴이 떠올랐다. 네 밑으로 의석이 영석이 얼굴도 줄줄이 떠올랐다. 가슴이 두 방망이질 쳤다. 맏이였던 나는 부모 대신 모든 걸 보살피고 책임져야 하는 감독자로서만 너를 보았다.³ 월급 받아 생활하고, 네 용돈 주고, 어떻게 하면 돈을 모아 좀더 나은 방으로 가서 네가 공부할 수 있는 환경을 만들어 줄 수 있을까 하는 것이 내 최대의 관심사였다. 86년 3월, 드디어 창고 같은 방에서 탈출하여 부엌이 달린 산동네 이층 방으로 이사하던 날, 우린 너무 좋아서 손을 맞잡고 춤을 추었지.

그래, 나는 온갖 방법을 동원해 너의 활동을 통제하기 시작했어. 하지만 그 어떤 회유도, 협박도 통하지 않았지. 급기야 나는 시골에 계신 아버지께 알려 불호령을 내리게 했다. 그래, 선영아. 그 해 겨울 난 무던히도 너를 채근했다. 운동에 깊이 빠져들어 가는 너를 그냥 지켜볼 수가 없었다. 너의 활동을 통제하기 위한 마지막 수단으로 네 용돈까지 줄였다. 너와 나에게 이런 운명이 다가와 내 평생에 뼈 아픈 후회를 남길 줄 그때 어찌 짐작이라도 할 수 있었으랴.

다만, 그날 동대문 거리를 걸으면서 내가 생각한 것은 전날 밤늦게까지 잠을 이루지 못하고 책상에 앉아 골똘히 생각에 잠겨 있던 창백한 너의 얼굴이었다. 너의 얼굴에는 짙은 고민의 그림자가 드리워져 있었다. 자는 척 돌아누웠지만 왠지 가슴이 저려 왔다. 이 서울 바닥에 의지할 데라고는 언니밖에 없는 아이가 고민이 있어도 털어 놓지 못하고 저렇게 혼자 가슴앓이를 하는구나 생각하니 그간 너무 모질게 군 내 자신이 후회스러웠다. 깜빡 잠들었다가 새벽녘에 깨어 일어나 보니, 너는 내 옆에서 잠들어 있었다. 몸을 잔뜩 웅크린 채 곤히 잠든 네 모습이 얼마나 애처롭고 가엾던지! 별의별 생각이 다 들었다. 운동한다고 내가 너무 몰아 부쳤나, 제 딴에는 의로운 일을 한다고 나선 것일 텐데…… 어찌나 마음이 아프던지 그만 너를 흔

죽기 한 달 전 언니와 과천 서울대공원에서

들어 깨우고 싶었다. 선영아, 언니하고 털어놓고 이야기 좀 하자, 우
리 이야기 좀 하자……. 그러나 죽은 듯이 곯아떨어진 너를 차마 흔
들어 깨울 수 없었다. 나는 속에서 치밀어 오르는 수많은 말들을 꾹
눌러 삼키고 말았다. 내가 고작 한 일이라곤 이튿날 아침 네게 영화
티켓 두 장을 내민 것뿐이었다. 지금 생각하면 그때 직감적으로 느
낌이 왔던 건데, 그렇게 하지 못한 게 너무나 애통하구나.

　내가 무식했던 게 죄라면 죄다. 파국으로 죽음으로 내닫는 널 지
켜보고만 있었으니, 죽는 날까지 벗을 수 없을 이 숙명과도 같은 죄
책감을 어이할까. 너의 고통을 조금이라도 이해했더라면 널 막다른
길로 가게 하지는 않았을 텐데……

그날 아침에도 그랬다. 바쁜 출근 시간이라 밥을 먹자마자 부지런히 옷 갈아입고 나갈 준비를 하는데, 부엌에 들어간 너는 나올 줄을 몰랐다. 딴 때 같으면 아버지 출근하실 때처럼 꼭 마루까지 따라나와 "언니야, 잘 다녀와." 하고 인사하던 네가 그날은 몇 번을 불러도 대답이 없었지.

"선영아, 언니 출근한다!"

"……."

하는 수 없이 터덜터덜 2층 계단을 내려오던 나는 아무래도 기분이 이상해 다시 올라갔다. 그리고는 부엌 쪽을 향해 다시 한 번 소리쳤다.

"언니 간다!"

"으응……."

그뿐이었다. 너는 끝내 모습을 드러내지 않았다. 네 마지막 모습을 보이기 싫었을까? 지금도 그때를 생각하면 온몸에 전율이 이는 것 같다. 분명 무슨 일인가 일어날 것 같은 예감이 들었는데, 끝내 그걸 놓친 게 너무나 통탄스럽구나. 그래, 선영아. 언니는 이제야 알겠구나. 그날 온종일 나를 사로잡던 그 불안감의 정체가 무엇인지.

나는 헌 책방 앞에서 육교를 건넜다. 육교를 건너며 내려다보니 건너편 동대문 시장에 각양각색의 원단이 산처럼 쌓인 포목점들이 눈에 띄었다. 하릴없이 가게 앞을 어슬렁거리며 구경을 하다가 문득 집의 요와 이불이 낡았다는 데 생각이 미쳤다. 그래, 봄도 오는데, 새 것으로 하나 장만하자. 선영이도 좋아하겠지…… 포목점마다 들어가 이것저것 고르다 보니 한시간이 훌쩍 지나 버렸다. 나는 이불감으로 뜬 천 보따리를 양손에 들고 서둘러 걸음을 옮겼다. 사방에 어둠이 깔리기 시작했다. 선영이가 집에 있을까. 친구랑 영화 보러 나갔을까. 시장 골목으로 접어들자 다시 네 생각이 떠올랐다. 나는 반찬 몇 가지를 사들고 어두컴컴한 언덕길을 올랐다. 저만치 커다란 나무에 가려진 이층집이 시야에 들어 왔다. 얼른 이층 우리 방 창문을 올려다보았다. 불빛 한 점 없이 캄캄하기만 했다.

　너는 없었다. 방안은 말끔히 치워져 있었고, 바닥에는 담요가 깔려 있었다. 나는 짐을 내려놓고, 옷을 갈아입기 시작했다. 책상 위에 올려진 백지 한 장이 얼핏 눈에 띄었다. 백지에는 커다랗게 '부엌'이라 씌어 있고, 부엌을 향해 화살표가 그려져 있었다. 그 위에는 부엌열쇠가 놓여 있었다. 이게 뭐지? 그것은 분명 너의 글씨였다. 부엌문을 잠그고 나갔나……? 빨래거리를 챙겨 든 나는 부엌문을 따고 들어갔다.

　어두운 부엌은 썰렁했다. 새벽녘에 닫아 둔 쪽창이 열렸는지[5] 바람소리가 들렸다. 저만치 도깨비불처럼 빨간 불이 깜빡거렸다. 불을 켰다. 건너편 찬장 위에 카세트 라디오가 놓여 있었다. 이걸 왜 여기다 뒀을까? 수돗가에 빨래를 담근 나는 카세트를 들고 무심코 돌아섰다. 그때 머리털이 곤두서고 쭈뼛 거리는 느낌에 무심코 고개를 들었다. 아, 선영아. 거기 네가 있었다. 너는 마치 그냥 서있는 것처럼 보였다. 잠든 것처럼 평온한 얼굴에는 실낱같은 미소마저 어려 있었다.[6] 섬짓하면서도 한편으론 장난이겠거니 하는 기분이었다. 너는 평소에도 장난을 잘 치는 아이였으니까. 선영아, 너 왜 그러고 있니……? 네 손을 잡았다. 아, 그 무섭도록 차가운 감촉! 선영아, 선영아! 아무리 불러도 대답이 없었다. 아무리 흔들어도 감각이 없었다.

　이게, 이게 도대체 뭐야, 이게 뭐지? 다리가 후들거렸다. 내 몸을 떠받치고 있는 부엌 바닥이, 시커먼 연탄더미가, 찬장이, 카세트 라디오가 핑글핑글 돌았다. 선영아. 나는 어쩔 줄을 모르고 밖으로 뛰쳐나갔다. 아냐, 그럴 리 없어. 나는 다시 부엌으로 돌아왔다. 빳빳이 굳어 있는 네 손을, 네 다리를, 네 몸을 마구 흔들었다. 선영아, 선영아, 이건 꿈이야. 깨어나, 깨어나란 말이야! 아악!

　나는 무작정 밖으로 뛰어 나갔어. 주인집 아저씨가 대문 밖 공터에서 차를 닦고 있었어. 아저씨, 아저씨 도와주세요. 나 좀, 우리 선영이 좀 도와주세요. 아저씨는 사색이 된 내 표정을 살피더니 말없이 파출소 쪽을 가리켰어. 나는 이를 악물고 미친 듯이 파출소로 달려갔어. 아저씨, 아저씨 도와주세요 나 좀, 우리 선영이 좀 살려주세요.

　어어, 이 아가

씨 보게나. 차근차근 이야기를 해야지. 앞도 뒤도 잘라먹고 무턱대고 살려달라면 어떡해 해? 번지수가 어떻게 돼? 뭐라구? 일삼공에 팔 칠……. 아가씨, 집 전화번호가 몇 번이라구? 광주? 서울엔 아무도 없나? 아가씨, 아가씨, 정신 좀 차려 봐요! 집에 연락해야 할 거 아냐. 아니, 젊은 사람이 자기 집 전화번호도 몰라? 에이, 니미랄. 일찍 퇴근하긴 다 틀렸네. 이봐, 이 순경!⁷ 안되겠어. 이 아가씨, 아주 인사불성이야. 광주 박운주, 응, 응, 선생이라는데 조회해서 연락처 알아내고, 본서에 연락해서 현장 출동해. 허허, 이거 이러다 줄초상 나겠네. 이봐요, 아가씨…….

아아, 너는 그렇게 죽었어. 못난, 이 못난 언니한테 말 한 마디 못하고.⁸

12월도 며칠 안 남았다.
세월은 이다지도 유수와 같이 흐르는지.
… 선영이 때문에 걱정이다. 눈치는 채고 있었지만
아직도 끊지 않고 계속하는 게 분명하다. 어떻게 해야 할지 암담하다.
집에서 만약에 알게 되면 난리 날 게 분명한데,
도대체 어떻게 해결해야 하나.
  — 86년 12월 23일 언니의 일기에서

2월 19일자로 마감된 언니의 가계부

너는 이렇게 죽었어 – 동생[9]

일전에 여기서 술 먹으면서 이런 이야기를 했어요. "언제로 돌아가고 싶냐." 고. 전 87년도로 가고 싶어요. 제가 고3이 되기 이틀 전, 고2가 끝나던 바로 전날. 우리 반은 고2때 무결석 반이었죠. 우리 담임은 아직도 그 일을 자랑스러워해요. 저도 숱하게 담임 따라서 애들 찾으러 다녔죠. 종종은 저 혼자 다니기도 했고. 그러던 제가 갑자기 나타나질 않았어요. 개근상 받는 날에 저 혼자만 빠진 거죠. 그 날, 2월 20일을 어떻게 잊겠습니까.

— 동생 박의석의 편지에서

"머이라고요?"

거실에서 전화를 받는 어머니의 목소리가 몇 계단 껑충 뛰어올랐다. 저녁 식사를 마친 후 부엌 방에서 책을 보고 있던 나는 심상찮은 어머니의 목소리에 귀를 기울였다.

"위독허다고요? 오매, 어쩌까!"

나는 벌떡 일어나 거실로 나갔다.

"아이고, 선영이가 위독하단다. 화진이는 뭣허고 있다냐, 빨리 병원에 델꼬 가야제!"

어머니는 실성한 사람처럼 거실바닥을 굴러 다녔고, 온몸을 떨며 아무 데고 머리를 부딪쳤다.

"우리 선영이가 위독하다니 말이 안돼! 교통사고가 났을까 어쨌을까! 참말로 어째야 쓰까!"

아버지가 어깨를 붙들고 주저앉히자 힘없이 무너진 어머니는 두 손으로 방바닥을 쳤다. 다시 아버지가 전화를 받았다. 난 조용히 상황을 지켜보고 있었다. 연탄가스, 위독, 병원…… 긴장된 상황이었지만, 그때만 해도 괜찮을 거라고 생각했다. 그래 병원 가면 살 수 있다. 그러나 어머닌 이미 무언가를 예감하신 듯 아예 넋을 잃고 방바닥을 치고 있었다. 정신을 수습한 어머니가 다시 서울로 전화를 넣었다. 옆방 사람이 전화를 받는 것 같았다.

"여그 광준데요. 우리 큰딸은 어쩌고 있소? 아니, 우리 선영이는 아픈 애가 아닌데, 병원… 경찰서요……?"

미친 듯이 절규하던 어머니가 조용해졌다. 수화기를 품에 안은 채 기도하듯 어머니의 상체가 거실 바닥으로 기울었다. 심장이 뚝 떨어져 내리는 듯한 느낌. 나는 작은누나가 죽었음을 직감했다. 거실에 있던 식구들이 모두 일어났다. 아버지의 얼굴이 석고상처럼 굳어 가고 있었다. 막내 영석이는 어머니와 아버지를 번갈아 보며 어쩔 줄을 몰랐다. 나는 잠시 집을 빠져 나왔다. 끈적끈적하게 집안을 휘감고 있는 그 무겁고 지독한 공기를 견딜 수가 없었다. 두 팔을 흔들며 있는 힘껏 골목을 뛰어 내려갔다. 늦겨울의 찬바람이 뼛속 깊이 스며들었다. 작은누나가 죽었다고? 왜? 설쇠고 갈 때만 해도 멀쩡하던 누나가 왜 죽어? 이제 고3이 되니, 공부 열심히 하라고 내 등을 두드려 주던 누나가 죽었단 말야? 무엇 때문에! 말도 안돼! 뭔가 착오가 있을 거야. 오늘만 해도 그래. 어머니는 화순 이모하고 큰누나 사주를 보러 갔다 오셨지. 곁다리로 작은누나 사주도 봤는데 그렇게 좋을 수가 없다고, 초년고생이 말도 못하게 심하다는 큰누나만 그리도 걱정하셨지. 그래, 뭔가 잘못된 거야. 그럴 리가 없어…….

집에 돌아오니 벌써 어머니는 서울에 올라갈 채비를 갖추고 있었다. 버스는 끊긴 때라, 기차를 이용해야 했다. 어머니가 영석이를 데리고 먼저 출발하고, 아버지와 나는 형이 퇴근하기를 기다려 다음 차로 올라가기로 했다. 지금도 잊혀지지 않는다. 11시 40분발 열차. 기차 안의 공기는 숨막히게 답답했다. 아버지는 끝내 침묵을 지켰다. 형도, 나도 입을 열지 않았다. 자꾸만 갈증이 났고 목이 갑갑했다. 서울역 광장에는 아직 짙푸른 어둠이 깔려 있었다. 병원에 도착하자 시가지가 조금씩 밝아 오기 시작했다. 차들이 경적을 울리며 지나갔다. 병원 입구에서 아버지는 잠시 걸음을 멈추었다. 수위실 건너편 집채만한 나무가 검은 머리채를 풀어헤친 곳에 영안실이 아가리를 벌리고 있었다. 아버지는 심호흡을 한 번 하더니 결심한 듯 영안실로 들어갔다.

작은누나는 영안실 오른쪽 맨 끝자리에 있었다. 어머니와 큰누나, 막내의 모습이 보였다. 외삼촌과 이모들의 모습도 눈에 띄었다. 아버지가 나를 돌아보았다.

"누나한테 절해라"

아버지가 시키는 대로 넙죽 절하고 일어나는데, 사진 속에서 환하게 웃는 작은누나와 눈이 마주쳤다. 얼른 눈을 내리깔았다. 영정 앞에 놓인 작은 꽃다발…… 초라했다. 적막했다. 바보 같은 작은누나……. 나는 영안실을 나왔다. 담벼락에 붙어 선 큰 나무 아래서 형이 혼자 담배를 피우고 있었다. 하늘을 올려다보았다. 분주한 서울의 아침이 시작되고 있었지만, 하늘은 아직 어두웠다. 흰 새벽달이 얼음처럼 차가운 빛을 발하고 있었다. 누나야, 작은누나야. 그래 이제 속이 시원하냐? 이렇게 초라하게 갈려고, 그리 열심히 공부했냐? 이렇게 비참하게 가라고 아침마다 자전거로 학교까지 바래다 준 줄 아냐? 이 바보, 바보 같은 누나야……

중흥동 시절, 우린 얼마나 행복했던가. 누난 고3이었고, 나는 중3이었지. 작은누나가 고3이 되자 어머니는 뒷바라지를 위해 당장 누

5남매의 단란한 모습. 윗줄 오른쪽에서 두번째가 선영.

나 학교와 가까운 중흥동 주택가로 방을 옮겼다. 어차피 우리는 집한 칸 없이 철새처럼 이리저리 옮겨다니던 터였다. 주인집 옆에 딸린 상하(上下)방이었다. 부모님과 형, 누나, 나, 동생이 그 비좁은 곳에서 복작대야 했지만 우린 정말 재미나게 살았다. 아버지와 어머니가 아랫방을 썼고, 형과 나, 동생이 책상 세 개를 놓고 윗방을 차지했다. 작은누난 있을 데가 없어 주방에 책상을 들여놓은 채 포장을치고 공부하곤 했다. 그러나 누나는 대개 학교에 남아 공부했다. 가끔씩 독서실에서 밤샘을 하기도 했다. 누나가 독서실에서 공부를 할때면, 아버지를 따라 식구대로 격려 방문을 했다. 덕분에 난생처음바나나를 얻어먹기도 했지. 그땐 왜 그렇게 먹고 싶은 게 많았는지.그때 우리 식구는 한 달에 쌀 한 가마니씩을 먹어치웠다.

자식들 뒷바라지에 허리가 휘면서도 어머니는 늘 행복해했다. 특히 작은누나는 입시생이라고, 아침, 점심, 저녁, 밤참까지 꼭 따뜻한 밥을 해서 학교며 독서실로 날랐다. 방학 때는 형과 내가 번갈아 가며 점심 저녁을 학교로 날랐다. 번잡한 시장통을 빠져 나와 하천을 따라 200여 미터 내려가면 하천 다리 건너로 큰 침엽수 나무 사이로 빨간 벽돌 건물이 보였다. 전남여고였다. 건물 왼쪽에는 3~4미터 높이의 감자바위가 우람하게 서 있었다. 나는 정문 오른쪽 수위실에서 누나를 기다렸다. 그러면, 긴 머리를 뒤로 땋아 내리고 흰 상의에 검정 치마를 입은 누나가 활짝 웃으며 모습을 드러내곤 했다. 옷 사 입을 형편이 아니라 누난 방학에도 항상 교복을 입고 다녔지만, 늘 단정하고 깔끔한 모습이었다.

아침에는 누나를 자전거 뒤에 싣고 학교까지 바래다줬다. 아직도 그 길은 손금처럼 훤히 내다보인다. 시내 중심이 시작되는 큰 도로까지는 자신 있게 달렸다. 건널목을 지나면 곧바로 하천길이 나오는데 혹시나 하는 생각에 항상 마음을 졸이곤 했다. 단 한 번도 거르지 않고 그렇게 매일같이 누나를 바래다줬다. 그런데, 그게 누나를 위해 해줄 수 있는 마지막이었다니!

"그만 들어가자."

어느새 형이 다가와 나를 바라보고 있었다. 얼핏 형의 눈자위가 축축이 젖어 있는 게 보였다. 외면했다. 난 싫어. 눈물 보이지 않을 거야. 바보 같은 누나 때문에 내가 왜 울어. 안 울어. 못 울어. 억울해서, 서러워서 못 울어. 큰누나, 우리 엄마, 우리 집 여자들 불쌍해서 못 울어. 가만두지 않을 거야. 작은누나 이렇게 가게 한 놈들 모조리 쓸어버릴 거야. 죽여 버릴 거야!

시간이 흘러갔다. 눈자위가 푹 꺼진 어머니는 몇 번이고 영정을 끌어안고 쉰 목소리로 흐느꼈다. 이모는 옆에서 잊으라고, 잊어야 산다고 되풀이했다. 힘없이 귀기울이는 어머니의 모습이 너무나 가련했다. 큰누나는 망연자실한 얼굴로 영안실 구석에 아무렇게나 쭈그려 앉아 있었다. 외가댁 친척 몇 명 외엔 찾아오는 조문객도 없었다. 아니, 있었다! 학교에서 보냈다는 두 명의 학생이 왔고, 동대문 경찰서 담당 형사 박부웅이 왔다. 학생들은 '조용히 입다물고 있으라'고 으름장을 놓았고, 박부웅은 조서를 써야 한다고 아버지를 밖으로 불러내었다.

박부웅을 만나고 돌아온 아버지는 연거푸 담배를 피웠다. 반백의 머리칼이 온통 땀에 젖어 있었다. 하룻밤 사이에 아버지는 중노인이 된 것 같았다. 형이 조심스럽게 아버지에게 다가가 무어라 말을 건네었다. 아버지는 힘없이 고개를 가로 저었고, 형은 잠시 침묵을 지켰다. 두 사람은 한동안 무언가를 논의했다. 나 있는 곳까지 이야기 소리는 들리지 않았지만 둘 다 긴장된 얼굴이었다. 마지막으로 형이 무겁게 고개를 끄덕였고, 아버지는 굳은 얼굴로 어머니에게 갔다. 잠시 후 어머니의 새된 고함소리가 영안실의 무거운 공기를 찢어놓았다.

"그렇게는 못해! 내 자식이 어쩌고 죽은지도 모른디, 왜 화장을 해? 죽으면 죽었지 나는 그렇게는 안 헐라네!"

나직하게 타이르는 듯한 아버지의 목소리가 들렸다.

"이 사람아. 선영이 일이 알려지면 같이 활동한 애기들한테 피해가 간당게 그러네. 고문해서 죽은 박종철이 테레비에서 안 봤는가? 아, 운동권 찾아낼라고 여그저그서 눈이 뻘개져 있는디, 내 자식은 이미 죽었지마는 남의 자식은 지켜야 안 쓰겠는가?"[10]

"언제부터서 고로고 운동권을 챙겼소? 작년 추석에도 바빠서 못 온다는 애기를 기연히 불러놓고 휴학해라 마라 뜨드러 잡고 말긴 사람이 누구요? 말 좀 해 보씨요! 말겠소, 안 말겠소!"

"……."

더 이상 어머니는 예전의 그 유순하고 순종적인 여인이 아니었다.

어머니의 태도는 완전히 달라져 있었다. 빨갛게 충혈된 눈에서는 방향을 알 수 없는 분노의 불이 이글거렸다.

"긍게 죽었다니까! 데모 헌다고 경찰이 죽였든지 언놈이 죽였어. 절대, 우리 선영이는 죽을 애가 아니여. 왜 죽어? 이 좋은 세상을 놔두고? 부모가 없어, 형제가 없어, 찾아갈 집이 없어?"

"엄마, 왜 여기서 큰소리를 내고 그래요. 지가 죽은 거예요. 유서다 써놓고 죽은 거라구요……."

"화진이 너도 똑같애. 니가 아버지보고 선영이를 더 이상 놔둬선 안되겠다, 맨 데모만 하러 댕기고, 도저히 말을 안 묵는다, 추석에 오라게서 아버지가 좀 타일릋씨요, 그런께 아버지가 선영이보고 기연히 오라겠제. 와서 집에서 추석을 쇠고 가니라 그랬제. 너하고 아버지하고 짜고 그랬냐 안 그랬냐!"

큰누나의 입술이 부르르 떨렸다. 맑고 뜨거운 눈물이 볼을 타고 방울져 흘러내렸다. 큰누나는 아무 말도 못하고 고개를 푹 떨궜다. 어머니의 퀭한 눈에도 눈물이 고였다. 큰딸을 향한 연민의 눈물……. 아, 가엾은 엄마, 불쌍한 큰누나!

보다못해 이모가 거들고 나섰다.

"언니, 제발 진정하고 내 말 좀 들어 봐. 선영이가 죽기 전에 써논 유서를 우리 동생[11]이 봤대. 선영이가 유서에다 정부 욕을 무진장하니 써놓고, 자기가 디딜 땅이, 설 땅이 없다고 써놨드래. 그렇게 말도 못하게 심한 욕을 써놓고 갔드란다. 그렇게 형사들이 유서를 가지가 버린 거야. 운동권 학생이라 유서를 내놓으면 사회에 혼란이 온다고. 고집 피우지 말고 화장해. 그게 형부하고 자식새끼 지키는 길이야."

"나는 못헌다, 나는 못해. 우리 선영이 이렇게는 못 보낸다. 자식 한 번 보냈으면 됐지, 어떻게 두 번 죽임을 하란 말이여……."

어머니는 땅바닥에 주저앉아 목놓아 울었다. 그러나 우리를 도와

줄 사람은 어디에도 없었다. 어머니의 통곡과 절규에도 불구하고 상황은 예정된 수순을 밟아 나갔다. 저녁 무렵 나는 형과 큰누나와 함께 창신동 집에 갔다. 작은누나의 물건들을 '치우러' 간 것이다. 차에서 내려 시장통을 지나고 구불구불한 골목을 한참 올라갔다. 산동네에 이르는 제법 큰 도로에 다다르니 맨 끝 오른쪽에 누나 집이 보였다. 대문을 열고 이층으로 올라가려는데 땅바닥에 허연 것이 떨어져 있었다. 주워 보니, 아, 아버지! 그것은 작은누나에게 보내는 아버지의 편지였다![12] 누나는 이 편지도 못 읽고 죽어 버린 것이다. 조금만 빨리 써보냈어도, 며칠만 빨리 써보냈어도……. 생각할수록 모든 것이 안타깝고 원통했다.

이층으로 올라가는 철제 계단은 왜 그렇게 가파르던지! 이런 곳에서 누나들 둘이 산 것이다! 작년에 서울에 잠깐 들렀을 때 하룻밤 자고 간 적이 있었지만, 그때와 이 날의 느낌은 완전히 달랐다. 창고 같은 방과 부엌, 철제 난간, 모든 것이 몸서리치도록 서럽고 슬펐다. 이 초라한 집에서 그렇게 옹색하게 살다가 죽어간 것이다. 서울이 싫고, 창신동이 싫고, 깍쟁이 같은 서울 사람들의 무표정한 얼굴이 싫었다. 미웠다.

부엌에 들어간 형이 나를 불렀다. 형은 부엌문 오른쪽에 박힌 대못을 가리키며 '누나가 죽은 자리'라고 말했다. 용납할 수가 없었다. 아냐, 거짓말이야. 작은누나가 자살했을 리가 없어. 이렇게 초라하고 덧없는 죽음을 택했을 리가 없어.

방으로 들어간 형과 나는 누나와 관련된 물건을 치우기 시작했다. 큰누난 그냥 옆에서 지켜보며 울고만 있었다. 책장도 뒤졌고, 서랍도 뒤졌다. 누나와 관련된 물건은 모조리 박스에 넣었다. 그렇게 해야 한다고 했다. 그날 밤 우리 세 사람은 불을 끄고 나란히 누나의 방에 누웠다. 한동안 큰누나와 이런저런 이야기를 나누던 형이 잠들자,

큰누나는 나를 향해 가슴에 맺힌 이야기를 쏟아냈다.

"… 아무래도 선영이가 죽기 전에 책을 정리한 거 같애. 책상 발판 있는 데 선영이 책이 엄청 많이 있었거든. 그런데 아까 치울 때 보니까 얼마 남아 있지 않은 거야. 세미나 노트며, 소련 책[13]이며 잔뜩 있었는데……. 일기장도 내가 사준 건데, 분량이 확 줄었어. 아까 보니까 연탄 아궁이에 재가 수북하드라. 분명히 죽기 전에 태웠어. 태운 거야. 그 몹쓸 것이, 이름이고 뭐고 운동권하고 관련된 내용은 다 태우고 간 거야……"[14]

그러나 나는 듣고 있지 않았다. 집중할 수가 없었다. 아무 소리도 귀에 들어오지 않았다. 몇 달 전 서울에 왔을 때만 해도, 같은 자리에 같은 이불을 깔고 누나들과 함께 누워 도란도란 즐겁게 이야기를 나눴건만, 이제 작은누나는 없는 것이다. 이럴 수가 있나? 주르륵, 뜨거운 것이 볼을 타고 흘러내렸다. 나는 큰누나가 들을세라 소리 없이 굵은 눈물을 흘렸다. 하염없이 흘러내린 눈물로 작은누나가 베고 자던 조그만 베개가 흠뻑 젖었다. 내 오늘을 잊지 않으리라. 내 누날 죽인 놈들, 가만두지 않으리라.[15]

받는 사람 : 대통령 노태우

보내는 사람 : 전남대학교 공과대학 무기재료공학과 1학년 박의석

역사의 사생아 군부독재, 매국노에게 경고한다. 역사 앞에 무릎을 꿇고 죄값을 받으라. 정의는 살아 있고, 반드시 승리한다. 나는 너희에게 말한다. "맨몸으로 맞서 싸워 패배시키겠다." … 드디어 그 날이 왔을 때 하늘 보고, 땅 보고, 가슴을 쾅쾅 치며 "하하하" 웃으며 미쳐 버리리라."

— 1989. 3. 12. 일요일. 박의석 쓰다.

너는 이렇게 죽었어 – 오빠[16]

아, 하나님. 공의의 하나님. 정말 정녕코 이럴 수도 있는 겁니까! 허물어져 내리는 육신, 눈앞을 가로막는 슬픈 눈물, 부모님의 피눈물, 누나와 의석이 그리고 영석이의 절규. 이렇게 착한 선영이에게 이런 일이 있을 수가. 열심히 살아온 우리 가족에게 이런 슬픔이.

— 오빠 박종욱의 진술서에서

대학 졸업을 앞두고 있던 나는 군 입대까지의 몇 개월 동안 광주 시내 모 학원에서 아르바이트를 하고 있었다. 그 날 저녁 퇴근하고 집에 들어가니 아버지와 의석이만이 집을 지키고 있었다. 집안의 분위기는 늦겨울의 날씨만큼이나 춥고 가라앉아 있었다. 나는 굳어 있는 아버지의 표정을 살피며 의석에게 물었다.

"엄마는……?"

의석은 아무 말 없이 내 시선을 피했다. 침통한 표정이었다. 갑자기 아버지가 몸을 일으키며 말했다.

"선영이가 많이 다쳤단다. 인자 우리도 올라가자."

아버지의 표정과 태도는 평상시의 근엄함과 안정감을 잃고 있었다. 그 상황에서 동생이 어디를, 얼마나 다쳤는지 물어볼 엄두가 나지 않았다. 나는 잠자코 아버지의 뒤를 따랐다. 광주 시내 곳곳에 눈이 쌓여 있었고, 늦겨울의 매서운 바람이 휘몰아치던 을씨년스런 날씨였다. 캄캄한 밤을 달려 서울동부시립병원에 도착했다. 희뿌옇게

동이 터 오고 있었다. 동생이 누워 있는 곳은 입원실이 아닌 영안실이었다. 완전한 절망감, 슬픔과 분노.[17]

영안실을 지키고 있던 어머니와 누나, 영석이 우리를 보자 다시 울음을 터뜨렸다. 그러나 우리에게는 마음껏 슬퍼하고 분노할 자유마저 없었다. 유형무형으로 다가오는 감시의 눈과 서슬 퍼런 공권력의 압력이 또다시 우리를 긴장 속에 몰아넣었다. 그들은 보호자가 도착하기도 전에 실신 지경의 큰누나를 상대로 일방적인 조서를 꾸몄고, 인장을 찍게 만들었다.[18]

우리가 도착하고 얼마 안 있어 다시 동대문 경찰서 담당 형사 박부웅이 반장이라는 자와 함께 영안실을 찾아왔다. 그들은 경찰서에서 조사할 것이 있다며 아버지를 데리고 나갔다. 나도 얼른 그 뒤를 따랐다. 그들이 아버지를 데리고 간 곳은 지하다방이었다. 모든 조사는 경찰서에서 이루어져야 함에도, 이 사건이 언론에 드러날 것을 우려한 그들이 편법을 쓴 것이다. 그들은 대뜸 화장(火葬)할 것을 요구했다.

"박 선생도 말하자면 공무원 신분이니 더 잘 아시겠지마는, 아직까지 이 사회에서 운동권, 체제 전복 세력은 용납이 안 됩니다. 가족들을 위해서도 신속히 처리하십시다. 사회에 알려져서 좋을 게 없어요."

"……."

"사실 까놓고 말해서 댁에서 어떻게 처리하시든지 우리는 아무 상관없어요. 다만 박 선생 입장을 생각해서 드리는 말씀이니까, 내 말대로 하세요. 에또오……, 보니까 여기 있는 박선영이 오빠도 사범대 출신인데, 이런 문제가 터지면 교사 발령에도 지장 있는 거 다 아시죠?"

"다른 것은 더 이상 말 안 해도 잘 알겠고, 선영이가 가족 앞으로 남긴 유서만큼은 돌려줘야 안 쓰겠소."

"허어, 잘 아실 만한 분이 그러시네! 박 선생! 따님이 보통 사람일 거 같으면 우리가 이러지도 않아요. 당연히 돌려드려야지. 솔직히, 우리도 그거 갖고 있어 봤자 골치만 아파요. 허나! 박선영인 운동권이에요. 운동권도 보통 운동권이 아니야. 이런 마당에 유서를 내놓고 여론화시키면, 사회 혼란이 와요. 거, 박 선생 책임질 수 있어요? 난 책임 못짐다! 박선영이 밑으로 중3, 고3 줄줄이 아니에요? 자식 농사 망칠려면 맘대로 하시든가."

"……."

"잘 알아서 하시겠지만 노파심에 말씀드리자면, 집에 불온서적이나 유인물이 있으면 다 치우세요. 나중에 조사 나갔을 때 그런 게 발견되면 재미없습니다. 박 선생한테도 이로울 게 없구요."[19]

영안실로 돌아오는 길에 신문사 차량을 보았다. 나는 아버지를 돌아보았다.

"아버지, 언론에 알릴까요?"

아버지는 외면하며 기운 없이 말했다.

"어서 가자……."[20]

허깨비처럼 걸어가는 아버지의 뒷모습! 눈물이 쏟아졌다. 아, 터져버릴 것 같은 울분과 분노! 죽은 선영이에 대한 회한과 죄책감으로 가슴이 찢어질 것만 같았다. 착하고 예쁜 내 동생 선영이를 누가 이렇게 만들었나! 생각해 보면 서울교대 입학이라는 첫 단추부터 이미 잘못 꿰어진 것이었다. 중학교를 우수한 성적으로 졸업한 선영이는 전남여고에 입학해 성실히 공부했다. 동생은 어린 나이에도 의젓하게 집안 일을 돕고 남을 배려할 줄 아는 조숙하고 포용력 있는 아이였다. 비록 학력고사 점수는 본인과 가족의 기대에 못 미쳤지만 선영이는 경희대 한방과에 진학하여 평생 어려운 이웃에게 진료 봉

초등학교 시절 형제들과 함께

사하며 살기를 원했다.

그러나 우리의 가정 형편은 그러한 선영이의 바람을 충족시켜 줄
수가 없었다. 서울교대 입학을 권했던 게 어찌 아버지만의 잘못이겠
는가. 부모님 입장을 헤아려 결국 서울교대에 입학한 선영이가 운동
권이 된 것은 어쩌면 너무도 당연한 일이었는지도 모른다. 우리 오
남매는 아버지의 엄격한 교육과 어머니의 자애롭고 이타적인 사랑
아래서 반듯하고 정의롭게 커 왔다. 아버지는 전교조가 출범하기 수
십 년 전부터 개인적으로 교장의 횡포와 부당한 문교 행정에 저항
해 오신 분[21]이었으며, 어머니는 외할아버지의 "사랑을 주기만 하고
받지 말라."는 말씀을 입버릇처럼 외던 분[22]이었다.

서울에 올라와 많은 사람들을 만나고 여러 가지 상황에 부딪치고
갈등하면서, 선영이는 언더 서클 활동을 통해 진보적인 가치관을 정
립해 나갔다. 그런 선영이에게 서울교대의 폭압적인 분위기는 너무
도 숨막히는 것이었고, 자신의 활동이 드러났을 때 교사인 아버지에

게 가해질 위협을 생각지 않을 수가 없었다. 그러나 방학이 되어 며칠씩 광주에 머무르면서도 선영이는 말을 아끼는 편이었다. 자신의 전 존재가 걸린 심각한 문제들을 가슴 가득 안고서도 자기 입장만을 내세우지 않았다.

그러면 나는, 나는 무엇을 했나? 동생의 그 통렬한 번민과 갈등의 시간을 지켜보면서 내가 했던 일이 무엇이었나? 82학번으로 대학 생활을 시작하여 마르크시즘을 공부하고 시위에 참여하면서, 당시 고등학생이던 동생의 호기심 어린 질문에 군부독재 타도의 정당성을 역설하던 나는 과연 선영이의 무엇이었나?[23] 말로는 학생 운동의 당위에 공감하면서도 현실적으로는 소시민적 타협의 길을 강조하던 나의 위선과 비겁, 정의롭고 비타협적인 기질을 물려줬으면서도 집안의 장래를 먼저 걱정해야 했던 우리 집안의 이중적인 분위기는 과연 선영이를 어디로 이끌어 간 것일까.

선영아, 선영아, 가엾은 내 동생. 이 오빠에게 기회를 다오. 마음을 열고 진심을 다해 너와 이야기할 수 있도록, 이 잔인한 시간을 한 번만, 딱 한 번만 돌이켜 다오. 그러나 건너온 세월을 돌이킬 순 없었다. 견디기 힘든 시간들이 속절없이 흘러갔다. 마지막 순간까지 절대로 화장할 수 없다고 버티는 어머니의 피맺힌 절규는 메아리 없는 울부짖음이었다. 우리는 거대한 현실의 벽 앞에 무력하게 무릎 꿇었다.

2월 22일 아침 10시 경, 병원에서 사람이 왔다.

"지금 염(殮)할 거니까, 가족 분들 와서 보실려면 보세요"

아버지가 긴장된 얼굴로 일어났다. 식구들도 줄줄이 따라 일어났다. 영안실 왼쪽 편에 난 좁은 길을 따라 영안실 뒤쪽으로 돌아갔다.[24] 썰렁하게 놓여진 간이 침대 위에 흰 수의를 갖춰 입은 선영이가 누워 있었다. 하얗게 굳어 버린 동생의 모습은 너무도 춥고 슬퍼 보였다. 선뜻 그 앞에 나설 용기가 나지 않았다. 망설이고 있는 사이 아버지가 천천히 동생 앞으로 다가갔다. 아버지는 선영이의 볼을 손으로 어루만졌다.

"선영아, 아부지다…… 아부지 원망 많이 했제……? 잘 가거라. 인자 하늘나라에 가서 천사처럼 살아라!"

아버지는 울먹이며 저승 갈 노자를 챙겨 주었고, 밥을 떠 먹여 주었다. 말없이 지켜보던 어머니가 다가갔다. 어머니는 돌연 치마를 걸어 부치고 침대 위로 올라갔다. 그리고는 동생의 시신 위에 사지를 맞대고 엎드려 누웠다. 눈물 한 방울 흘리지 않는 어머니의 얼굴은 엄숙하고 비장했다. 누구도 범접할 수 없는 위엄이 서려 있었다. 우리는 망연자실한 얼굴로 어머니가 하는 양을 말없이 지켜보았다. 어머니는 선영이 입술에 자신의 입을 맞대고 천천히 얼굴을 부비기 시작했다. 나직하고 쉰 듯한 목소리가 허공에 울려 퍼졌다.

"아가……. 선영아……. 내 죄여, 내가 잘못했다. 니가 허고 싶은 대로 허게 부모가 밀어줘야 썼는데, 니가 생목숨을 끊을 때까지 왜 이렇게 몰르고 너를 말겼는가 모르겠다. 아가? 엄마가 약속허게. 니가 허든 일을 내가 허게. 니가 죽은 그 시간에 나는 죽고 너는 살았다. 내 눈에 흙이 들어갈 때까지 니가 허든 데모, 니가 허든 민주화를 내가 허게. 암것도 걱정 말고 편히 쉬어라. 아가……."[25]

지하에서 울려 퍼지는 듯한 어머니의 쉬고 갈라진 목소리! 섬짓한 전율이 온몸을 휘감았다. 그것은 그날 이후 우리 가족의 숨가쁜 변화를 예고하는 출사표(出師表)와도 같은 것이었다. 나는 마치 진군의 나팔소리를 듣는 병사처럼 몸 속의 혈관이 잔뜩 팽창하는 듯한 흥분과 전율을 느꼈다. 선영아, 보이니? 들리니? 우리 엄마야. 네 이름으로 다시 태어난 우리 엄마, 자식들 삼시세때 따신 밥 지어 먹이고 배 두드리는 것 보는 재미에 세월 가고 날 가는 줄 모르던 우리 엄마야.

그 사이 이모부가 선영이의 마지막 가는 길을 위해 본견으로 지어준 한복이 도착했다. 색동 저고리에 붉은 치마. 생전에 까치동 저고리 한 번 못 입혀 봤다고 엄마는 얼마나 서러워하셨던가. 한복을 갖춰 입은 선영이의 얼굴은 참으로 고왔다. 고통스런 길을 떠나면서도 입가에 맑은 미소까지 띄운 얼굴, 가족들에 대한 네 마지막 배려이리라. 나는 굵게 패인 선영이의 목을 어루만졌다. 이제 하늘나라에서 영원히 편안하게, 고민 없이 행복하게 살아라. 나는 동생의 차디찬 이마에 마지막 입맞춤을 했다.

이제 벽제로 떠나야 할 시간이었다. 외삼촌이 부른 장의차가 도착했다. 이윽고 관에 실린 선영이는 장의차 뒤쪽에 놓여졌다. 우리는 친척 몇 명과 함께 벽제 화장터로 갔다. 커다란 방에 가마 구멍이 몇 개 나 있고, 각각의 가마 앞에는 가족들이 기다리거나, 밖에서 진행 상황을 들여다볼 수 있는 유리 부스가 있었다. 선영이가 누운 관이 가마에 들어갈 받침대에 올려졌다. 관은 순식간에 가마로 들어가고 문이 닫혔다.

"선영아!"

외마디소리와 함께 누나가, 이어 어머니가 쓰러졌다. 혼절한 어머니와 누나를 이모들이 부축해서 밖으로 나가고, 잠시 후 나도 영석이를 데리고 나왔다. 돌아보니, 둘째 의석이 혼자 눈을 부릅뜨고 지켜보고 있었다. 불쌍한 놈! 의석은 형제 중에서도 선영이와 가장 각별한 사이였다. 아버지의 잦은 전근으로 식구들이 뿔뿔이 흩어져 살 때도 녀석은 선영이와 항상 붙어 다녔지. 지금도 눈에 선하다. 방학이면 부모형제를 만나기 위해 기차를 타고 행여 손을 놓칠세라 둘이 꼭 붙들고 걸어오던 모습! 각별했던 어린 날의 추억을 배웅하듯 의석은 그렇게 제 누나의 육신이 타고 한 줌의 재가 될 때까지 시

뻘건 불꽃이 이글거리는 불가마를 뚫어지게 노려보았다. 중 하나가 들어가 경을 외기 시작했다. 시간이 얼마나 지났을까. 화장터 직원이 유해를 걷어 왔다. '오빠!' 하고 손을 흔들며 다정하게 웃음 짓던 동생의 흔적은 간 데 없고, 몇 조각의 앙상한 뼈만이 남아 있었다. 함께 넣어 준 찬송가도 안경도, 색동저고리도 모두 사라져 버렸다. 그 남은 뼛조각마저 가루가 되어야 했다.

"억울해! 억울해! 억울해!!"

아버지는 선영이의 유해를 막자사발에 담아 빻으며 울부짖었다.[26] 그러나 아버지의 처절한 절규는 메아리도 없이 차가운 아침 공기를 꿰뚫고 구름 너머로 사라져 갔다.

선영이는 그렇게 갔다. 우리는 유해를 담은 나무상자를 싣고 광주집으로 향했다. 차는 구파발에서 서울역을 거쳐 고속도로로 빠져 나왔다. 제 누나를 한줌의 재로 만들어버린 서울이 증오스럽던 의석은 지쳐 차창에 얼굴을 파묻고 잠들어 있었다. 광주집에는 순천 외할머니와 친할머니, 큰집아제를 비롯한 많은 사람들이 와 있었다. 그날 선영이는 큰방 부모님 곁에서 하룻밤을 보냈다.

다음날 아침 일찍 나는 큰집아제와 함께 동생의 유해를 가지고 나섰다. "선영이를 어드로 델꼬 가냐! 안 된다, 내가 델꼬 있을란다!"

어떻게 알았는지 어머니가 버선바람으로 울면서 따라왔다.

"종욱아, 아이? 글먼 안 되야. 엄마는 안 되야."

어머니는 애끓는 목소리로 나를 불렀다. 큰집아제와 친척 분들이 어머니를 막아섰다.

"죽은 자식 끼고 있으면 뭣허요? 하루라도 빨리 잊어야제. 영산강이나 목포 바다나 어드로 가서 종욱이랑 뿌리고 올라니까, 여그 가만히 계시쇼."

"못 뿌린다! 내 선영이 못 뿌린다! 종욱아, 종욱아!!"

나는 돌아서서 눈물을 삼켰다. 이를 악물었다. 눈도 감고 귀도 감았다. 나는 동생의 유골을 품에 안고 차에 올라탔다. 우리가 당도한 곳은 남평 화순, 동생이 나고 자란 고향 땅이었다. 나는 큰집아제에게 잠시 기다리라 이른 뒤 강가로 내려갔다. 드들강은 그 넉넉한 품으로 고향을 에워싸고 유유히 흘러가고 있었다. 깨복쟁이 어린 시절 함께 물장구치고 놀던 드들강. 바닥에 깔린 잔돌들이 까만 눈을 빛내며 나를 빤히 응시했다. 강물을 한 웅큼 손으로 움켜쥐었다. 맑고 차가운 물살이 흔들리며 눈이 시렸다. 나는 천천히 동생의 유해가 담긴 보자기를 풀었다.[27]

선영아, 엄마, 불쌍한 우리 엄마를 지켜다오. 널 찾아볼 무덤이라도 만들고 싶지만, 알지? 그러면 우리 엄마 못 산다. 무덤 앞에 초막 짓고 몇 년, 몇 십 년이라도 그리 살 거다. 용서해다오, 이해해다오, 아니, 아니, 절대 잊지 말아다오. 살아서도 죽어서도 너를 지키지 못한 이 오빠의 비겁을, 위선을 절대 잊지 말아 다오. 두 눈 크게 부릅뜨고 지켜봐 다오. 이 오빠가 어찌 살아가는지, 네 죽음을 딛고 어찌 다시 태어나는지 선영아, 선영아, 꽃 같은 내 동생아……[28]

"… 선영이를 생각하면 가장 안타까운 게
선영이 하고 싶은 활동들 충분히 공감하면서도
지원해 주지 못하고 반대하고, 선영이를 더욱더 갈등 상황으로 몰고 갔던 것,
그 다음에 죽은 후에 이 문제를 공식적으로 사회 이슈화시키지 못한 것,
그게 가장 가슴이 아프죠…."

— 오빠 박종욱의 술회에서

45

너는 이렇게 죽었어 - 아버지[29]

지금 내게서 가장 두려운 것은 아버님의 희망이다. 퇴직금을 가지고 노후를 자식들에게 의지하지 않고 지내시려는 희망. 아무리 진리길이요 삶의 삶다운 길이라면서 모든 것들을 하나씩 버리며 생활하더라도 자신의 존재를 존재하게 한 부모는 머릿속에 사라지지 않는다.

— 1986년 6월 박선영의 일기에서

1987년 봄, 광주. 나른한 봄밤의 꿈에서 깨어나기에는 아직 이른 새벽, 광천동 한 아파트에 불이 켜졌다. 머리가 희끗희끗한 초로의 사내가 문을 열고 막 배달된 신문을 집어들었다. 사내는 신문을 옆구리에 낀 채 아파트 복도에 난 창문을 열고 담배를 피워 물었다. 사위는 아직 캄캄한 밤, 이지러진 새벽달이 눈앞에 걸려 있었다.

집안으로 들어온 사내는 거실 바닥에 털썩 주저앉았다. 밤새 잠을 이루지 못한 듯 그의 눈빛은 깊고 적막해 보였다. 그는 들고 있던 신문을 훑어 내렸다. '고문 경관……', '대학가 연일 집회 시위……', '정부, 농어가 부채 경감 대책……' 등의 제목이 활동 사진처럼 빠르게 눈앞을 스쳐갔다.

벽시계를 힐끗 쳐다보았다. 시간은 네 시를 향해 달려가고 있는데, 아내는 아직 돌아오지 않았다. 지금쯤 어느 거리, 어느 골목을 헤매고 있는가. 선영이 가버린 후로 아내는 한동안 바깥출입을 하지 않았다. 퇴근해서 돌아와 보면 발뒤축에 길고 무거운 그림자를 매단 채 거실을 서성이는 아내의 뒷모습이 눈을 아리게 했다. 그래도 아침저녁에는 가족들의 온기가 있어 잠시나마 딸을 잊을 수 있었을 것이다. 하지만 남편이 출근하고, 자식들마저 학교에 가고 나면 아내는 고독하고 잔인한 시간과의 지리한 전쟁을 치러야 했다. 아내는 무엇으로 그 무서운 시간들을 견뎠을까.

'몹쓸 녀석…….'

한숨이 흘러나왔다. 딸이 그렇게 훌쩍 가버린 지도 한 달이 넘었다. 아버지라 해서 죽은 자식에 대한 회한과 그리움이 없을 것인가. 아, 생각하기조차 두려운 그날의 악몽이 지금도 눈에 잡힐 듯 선하게 떠오른다.

아홉 시나 되었을까. 식구들은 상을 물린 뒤의 나른한 휴식을 취하고 있었다. 그 평온한 저녁을 깨버린 건 느닷없는 전화벨 소리였다. 딸이 죽었다는 청천벽력 같은 소식! 믿을 수 없었다. 하늘이 무너져 내리는 듯 눈앞이 아득했다. 왜 죽었을까? 그 용기면 아버지와 툭 터놓고 이야기라도 해보지. 아니지, 툭 터놓고? 등록금이 싸다는 이유로 그토록 가기 싫어하는 교대를 일방적으로 보내놓고? 운동 그만두지 않으려면 차라리 휴학을 하라고 호통부터 쳤던 아버지와? 내가 죽였구나. 알량한 선생질 때문에……. 내가 미웠고, 이 세상 모두가 미웠다.[30] 무슨 낯으로 딸의 얼굴을 볼 것인가. 두려웠다. 아버지에 대한 원망으로 일그러진 고통스런 딸의 얼굴을 가슴에 담고 평생을 살아가느니 차라리 죽는 게 나을 것 같았다. 딸의 시신을 볼 용기가 나지 않았다. 서울로 달리는 기차 안에서도 내내 그 생각뿐이었다.

그러나 서울에서는 또 다른 위협이 기다리고 있었다. 학교측의 협박과 경찰의 압력……. 비열하게도 그들은 내 교사 신분을 걸고 넘어졌고, 나는 변변히 맞서 보지도 못하고 타협해야 했다. 장차 우리

가정에 어떤 먹구름이 드리워질지 걱정스러웠다. 불과 한 달 전에 일어난 박종철 군 사건도 떠올랐다. 딸의 죽음으로 인해 누군가 위험에 처하게 된다면…….

화장하던 날, 영안실에서 선영이의 마지막 모습을 보았다. 살아 있을 때처럼 얼굴이 깨끗하고 웃는 모습이었다. 신기했다. 고통에 이지러진 모습을 상상하면서 그간 얼마나 두려워했던가…….

'아! 네가 가고자 한 길이었구나.'

그렇게 생각하니 한편으로 마음이 놓였다. 선영이를 화장한 다음 날 아들을 불러 동생과 관련된 모든 것을 태우라고 했다.

"꼭 이렇게까지 해야 해요?"

큰아들 종욱은 동생의 책, 노트, 편지, 사진들을 없애라는 말에 강한 불만을 나타냈다.

"상황이 좋아질 때까지 어디 다른 곳에 보관해 둬도 되잖아요."

"상황이 좋아져야? 고로고 협박하고 인자 전화꺼지 도청헌디? 내 말 잘 들어라잉? 내 생전에 민주화는 안 와.[31]"

"아버지, 그건 괜한 피해 의식이에요. 여기 이 책들은 시중에서도 쉽게 구할 수 있는 그런 책들이라니까요!"

"군소리 말고 싹 다 태워!"[32]

아들도 나도 입을 굳게 다물었다. 냉정히 돌아서는 나를 바라보는 아들의 눈에 어리던 참혹한 원망과 분노! 그래, 알고 있다. 아내도 자식들도 다 나를 원망했다. 그래 아들아, 네 말처럼 나는 피해 의식에 젖은 구세대다. 너는 모를 게다. 6·25의 비극 속에서 얼마나 많은 사람들이 짐승만도 못하게 죽임을 당했는지, 형사란 놈들이 법의 이름으로 못된 짓 하는 걸 얼마나 많이 봐 왔는지. 그래 나는 두렵다. 법이 두렵고, 경찰이 두렵고,[33] 이데올로기가 두렵다. 딸아, 선영아, 이 아비를 어쩌란 말이냐…….

선영이 남긴 수십 권의 책이며 노트, 선영이의 모든 흔적이 한 줌 연기로 사라졌다. 모두가 말을 잃어 갔다. 허전하고 암울한 분위기가 집안을 에워쌌다. 특히 아내는 종일 혼자서 그 외로움과 분노,

아버지와 함께. 윗줄 왼쪽이 선영

서러움을 감당해야 했다. 딸이 죽은 지 채 보름이나 지났을까. 아내는 거리로 뛰쳐나가기 시작했다. 3월 개강을 맞아 꿈틀거리기 시작한 대학가의 움직임과 비슷한 시기였을 것이다. 아내는 최루탄 쏘는 소리만 들리면 어디든 미친 듯이 달려나갔다. 나갔다 하면 밤 열두 시를 훌쩍 넘겼고, 오늘처럼 새벽이 되도록 돌아오지 않는 경우도 잦았다. 그 시각까지 뭘 했냐고 물으면 '선영이 찾으러 갔었다'고 말했다. 할 말이 없었다. 그 말의 의미를 누구보다 잘 알고 있었기 때문이다. 선영이가 어디 있겠는가. 민주화 시위의 물결 속에, 정의로운 외침 속에 있을 것이다. 그러면 선영이를 어찌 만날까. 함께 하는 것이다. 그들과 함께 외치고, 함께 울고, 함께 쫓기는 것이다. 아내는 안식을 두려워했다. 편안한 수면과 휴식을 거부했다. 귀신같은 몰골로 진종일 거리를 헤매다 들어와 몇 시간 눈을 붙이는 둥 마는 둥, 날이 밝기도 전에 일어나 다시 나갈 때까지 온 집안을 들쑤시며 쓸고 닦는 것이다.

자식 잃은 부모라고 다 저럴까. 아내의 모습을 보고 있노라면 억

형제들과 즐거운 시간을 보내는 선영

장이 무너졌다. 처음에는 저러다 말겠거니 생각했다. 그러나 아니었다. 날이 갈수록 아내는 더 맹렬해졌고, 전사(戰士)의 모양새를 갖춰 갔다. 누이 잃고, 따사로운 어미의 품까지 잃은 아들놈들의 풀죽은 모습이 안쓰러웠다. 안타까웠다. 때로 화도 치밀었다. 어쨌든 산 사람은 살아야 할 게 아닌가…….

'딸칵' 소리와 함께 문이 열렸다. 반사적으로 현관 쪽으로 고개를 돌렸다. 저게 뭐고! 저게 사람 얼굴이야? 최루탄 가루를 뒤집어쓴 머리는 허옇게 너불거리고, 얼굴이며 목덜미에 저 멍든 자국 좀 봐! 전경들한테 하도 얻어맞아 상처가 아물 새가 없는 것이다. 아내는 기진맥진한 얼굴로 나를 스쳐 안방으로 들어갔다. 안도의 한숨과 함께 울컥 화가 치밀었다. 나는 물 한 사발을 벌컥벌컥 들이키고 안방으로 들어갔다. 아내는 입던 옷을 벗어 던지고 막 누우려던 참이었다.

"도대체가 시방 몇 시여!"

"몇 시면 멋헐라고요?"

아내는 눈을 치뜨고 나를 쳐다보았다. 저 눈, 시도 때도 없이 '아비의 죄'를 묻는 저 눈! 속에서 뜨거운 것이 치받혀 올라왔다.

"맨 데모만 허러 댕기고 요것이 사람 사는 꼬라지여? 요것이?"

나는 아내가 던져 놓은 가방을 걷어차며 악을 썼다. 가방이 쩍 하니 입을 벌리며, 내용물을 토해 놓았다. 마스크, 휴지, 치약, 양초, 라이타……

"내가 밥을 안 허요, 빨래를 안 허요?"

아내가 벌떡 몸을 일으키며 맞받았다.

"고것이 다여? 밥허고 빨래가 다냐고? 새끼들이 밥을 먹는지 굶는지 내팽개쳐 불고 맨 데모만 허러 댕기면 다여?"

"글먼 민주화를 안방에서 허요? 아, 안방 민주화 해 갖고 자식이 죽었는디도 고로고 몰라? 민주화를 헐라면 대가리 한나라도 모타서 밖으로 나가야제. 안방 민주화는 절대로 필요가 없어. 째깐 했을 때부터 자식들 무릎 딱 꿇쳐 놓고 '공부가 먼저가 아니다, 인간이 먼저다, 못된 인간들 요런 놈들 저런 놈들 다 역사적인 요런 말들 다 해가면서 그렇게 안방 민주화 안 했소? 안방에선 안돼! 안방에서 될 일 같으면 자식이 왜 죽어? 생떼 같은 내 딸 선영이가 왜 죽냐고오!"

나는 아내의 멱살을 쥐고 흔들며 소리쳤다.

"죽은 자식만 자식이여? 산 자식 건사할지도 알아야제!"

아내는 싸늘한 눈빛으로 나를 올려다보았다. 멱살을 잡은 손아귀에 저절로 힘이 빠졌다. 아내는 핑하니 방을 나가 부엌에서 칼을 들고 들어왔다. 아내는 내 손에 칼을 쥐어주며 결연히 부르짖었다.

"나를 죽이씨요! 선영이가 하던 일을 못허게 할라면 나를 죽여버리씨요! 당신 원망 안 헐라니까 차라리 죽여버리씨요. 내가 왜 원망을 해? 선영이 간 날로 나는 살아도 산 것이 아니여. 그때게 말했잖애? 나는 죽고 너는 살았다. 나는 선영이 이름으로 댕기는 거여, 선영이 찾아 댕기는 거여. 선영! 내 선영! 내가 아니면 누가 그 이름을 불러 줘? 유서가 있어, 찾아볼 무덤이 있어? 시상에 뼛가루마저 다 뿌려 없애 불고, 죽은 자식이니 잊으라고?"

아내는 몸부림치며 제 가슴을 쾅쾅 두드렸다.

"나는 못 잊어! 자식이 지 목숨보다 소중헌 조국을 나한테 남겨 주고 갔는디, 그 약속을 어떻게 잊어? 그 동안 헛세상 산 것만도 원통헌디. 암만 포기를 좀 해 볼려고 생각해도 미운 일이 없어. 잘못된 것이 없고, 죽을 이유가 없어. 독재 때문에 죽은 거여. 글안허면 왜 죽어, 이 좋은 세상에? 팔다리 없고, 눈도 없고, 나무둥치 같이 생긴 사람도, 노점이고 시장 바닥이고 배때기를 밀고 댕기면서 수세미를 사써요, 고무줄을 사써요 허면서 세상을 산다……."[34]

아내의 넋두리는 더 이상 나를 상대로 한 것이 아니었다. 자식들 앞에선 눈물을 보이지 않으려 애쓰던 아내는 한번 봇물이 터지자 그칠 줄을 몰랐다. 울고 싶은 사람 뺨 때린 격이었다. 나는 아내가 움켜 쥔 칼을 빼앗아 부엌에 던져 놓고, 화장실로 들어갔다. 문을 걸어 잠근 나는 물을 틀어놓고 큰소리로 통곡했다. 노도(怒濤)처럼 쏟아지는 눈물! 그래 울어라, 울어! 맘껏 울어라! 너도 울고 나도 울자! 자식까지 죽은 마당에 눈물 아껴 무엇하냐. 그래, 선영아. 니 엄마 말이 맞다. 이 아버지가 너를 죽음으로 몰고 갔다. 서울교대 보내 놓고, 운동 못하게 말렸다. 휴학하라고 했다. 네 입장은 들어보지도 않고, 일방적으로 밀어 부쳤다. 하지만 선영아, 그것은 이 아비의 죄였으나, 이 아비의 죄만은 아니었다. 이 아비의 어깨에 실린 가난의 죄, 편견의 죄, 가부장적 전통의 죄였다. 싫다는 너를 교대에 밀어 넣고 이 아비라고 어찌 아무 생각도 없었겠느냐. 네 밑에 두 놈 대학 보내놓고 나면, 너 하고 싶은 공부, 너 하고 싶은 일을 하도록 너를 그만 놓아주리라……

선영아, 네가 이렇게 서둘러 갈 줄은 몰랐다. 생각이 고이고 때가 익으면 행동에 옮기면 그뿐, 이 아비가 자식들 불러다 앉혀 놓고 자상하게 설명하는 성격은 아니지 않니. 작년 2월, 네가 죽기 얼마 전

성적표를 받았다. 바닥을 가리키는 성적. 그러나 크게 걱정하지 않았다. 어릴 때부터 네가 보여준 책임감 있고 의젓한 모습을 나는 늘 신뢰해 왔다. 담담한 마음으로 네게 편지를 썼다. 손톱만큼도 흥분하거나 너에 대한 미움을 갖지 않았다. '선영아, 오늘 너의 성적표가 왔다. 예상대로 성적이 많이 떨어졌더구나. 그러나 나는 이것이 네가 다른 학생들처럼 쓸데없이 시간을 보내고 놀러 다닌 결과가 아니라는 것을 충분히 이해한다. 대학 들어가기 전까지 너는 단 한번도 나를 실망시킨 적이 없다. 아버진 너를 믿는다.[35] 조금이라도 이 아버지한테 미안한 감 갖지 말아라. 새로운 마음으로 다시 시작하면 좋은 결과를 거둘 수 있지 않겠느냐. 편히 마음먹고 3학년 새 학기 잘 보내라. 성적표는 동봉해서 보내니 참고하고 없애든지 해라. 아버지.'

그러나 선영아! 너는 그 편지도 받아 보지 못하고 죽었구나. 하루만, 이틀만 더 일찍 보냈더라면…… 무릎을 치고 땅을 쳐보지만, 내 자식은 이미 가고 없구나. 선영아, 이 무심한 것아! 기왕에 가려거든, 수십 년 동안 이 아비의 눈을 가려 온 마음의 벽, 권위의 벽, 두려움의 벽이나 쾅쾅 깨부수고 가려무나……[36]

"자식이 뭔고……. 그렇게 자식 하나가 부모를 흔들어 놓고 이렇게 살게 만들드라고. 즈그 엄마고 새끼들이고 항시 마음을 편안히 갖고 살지 못 허게 선영이가 만들어 부렀잖아. 온 식구를 다. 오늘날까지. 말도 못 해. 저 동생들 오월대로 뭐로 서울까지 원정 가서 싸우면서도 다 사회에서 자리잡고 올바르게 서도록 만든 게 바로 즈그 누나 정신이라고."

— 아버지의 술회에서

주

1 언니 박화진의 구술을 토대로 재구성했음.

2 언니 박화진은 동생의 응원과 격려에 힘입어 주경야독하며 뒤늦게 대학입시를 준비하였고, 85년 겨울 학력고사에 응시하였으나 실패하고 말았다. 시험 결과가 좋지 않게 나오자 박선영은 본인보다 더 가슴아파했다고 한다. 언니 박화진의 술회와 편지에서.

3 「명예회복 관련자료」에 수록된 언니 박화진의 진술서에서.

4 박선영이 유명(幽明)을 달리한 창신 2동 130-87 소재의 이층 방. "… 창고 같은 방에서 탈출하여 산동네 이층 방에, 부엌이 달린 곳으로 이사하던 날 너는 얼마나 좋아했던가! 지대가 높아 야경이 끝내주겠다며……. 하지만 그 집이 널 앗아갔다. 어느 일요일, 우연히 창문을 열고 내다보니 어떤 기와 지붕 위 여러 사람들이 비를 맞으며 구호를 외치고 있었다(노동자 '전태일 열사'의 집). 왜 그러는 거냐고 네게 물었더니 시위중이고 지붕에서 내려오면 연행하려고 경찰이 지키고 있으니 내려오지도 못하고 1주일째 저러고 있다고 했다. 그러나 나중 알고 보니 선영이도 거기에 자주 들렀다고 이소선 어머니께서 말씀하셨다……." 「명예회복 관련자료」중 언니 박화진의 진술서에서.

5 사건 당일 이른 새벽에 잠이 깬 언니 박화진은 잠시 부엌에 나갔다가 한기를 느껴 쪽창을 닫았다. 그러나 시신을 확인하던 그날 저녁, 창은 다시 열려 있었다. 부엌의 쪽창은 박선영이 목매 죽은 자리에서 마주 보이는 곳에 위치해 있었다. 고인은 그 손바닥만한 창을 통해서나마 마지막으로 세상의 공기를 호흡하고 싶었던 것일까.

6 박선영은 고개를 갸웃이 떨구고 두 팔을 자연스럽게 내려뜨린 채 평온하게 죽어 있었다. 혀도 빠지지 않았고, 배설물도 없는 깨끗한 죽음이었다. 언니 박화진은 시신을 처음 발견했을 때, 순간적으로 '십자가에 못 박힌 예수'의 형상을 떠올렸다고 한다.

7 덕산 파출소 이경구 순경

8 언니 박화진은 이제 동생의 죽음이 던진 충격에서 벗어나, 남은 삶을 동생의 유지에 따라 살기로 마음먹고 있다. 박선영은 생전에 언니에게 "아이들은 우리의 희망이다. 불쌍한 아이들을 돌보며 살고 싶다."는 말을 자주 했다고 한다.

9 미국에 유학 가 있는 동생 박의석이 보내온 편지와 일기를 토대로 재구성했음.

10 그 당시에 우리 선영이가 운동권 학생으로 활동한 것을 다 알았고, 또 박종철이를 고문해서 87년 1월 14일에 안 죽였소? 선영이가 죽은 날하고 한달 차이여. 그러니까 아버지는 선영이가 활동했던 애들을 수습을 해서 박종철이처럼 그렇게 피해가 갈까 싶음께, 내 자식은 이미 죽었지마는, 운동권 학생들한테 내 자식의 죽음을 폭로험으로써 피해가 갈까 싶어 가지고, 이 세상이 좋아지면 같이 활동한 동지들은 다 나타난다, 남한테 피해 간다, 박종철이처럼 …."

11 외삼촌 오치방 씨는 사건 당시 유서 전체를 직접 확인한 유일한 사람이다. 「명예회복 관련자료」에 포함된 진술서에서 오씨는 "…전화 연락을 받고 마장동에 동부시립병원 영안실로 갔습니다. 그 때 거기에 형사 2-3명과 큰조카가 있기에 무슨 일이냐고 물어보았습니다. 그랬더니 형사가 유서(약 8장)를

보여 주며 목메어 자살하였다고 했습니다. 유서의 내용에는 이 사회가 너무나 혼란스럽다는 내용과 독재 사회를 비난하는 내용이 있었습니다. 또 다른 학우들과 선두에서 싸우고 싶지만 교단에 계신 아버님께 폐가 될까봐 뒷자리에서 남모르게 속만 태우고 있노니 더 이상 살고 싶지 않다는 내용이 주요 골자였습니다."라고 증언하고 있다.

12 "2월 중순쯤 되어서 성적표가 왔어. 보니까 아튼 제일 끄터리에서 첫째번인가 둘째번인가 그래. 그 놈을 보고 인자 내가 편지를 썼어. 선영이한테. 담담한 심정으로 썼어. 흥분하거나 선영이를 미워하는 마음으로 쓰거나 그렇지 않고잉. '선영아, 그런 것 허다가 요렇게 공부를 못허고 그런 거 아버지가 다 이해하니까 조금이라도 아버지한테 미안한 감 생각하지 말고 내년부터 다시 시작하면 안되겠냐. 그렇게 마음먹고 같이 살자. 성적표는 동봉을 해서 보낼 것이니까 니가 참고를 허고 없애부리든지 그래라.' 그렇게 쓰고 딱 동봉해서 보냈어. 그 편지를 못 받아 보고 죽었다고, 선영이가." 아버지의 술회 중에서.

13 러시아 혁명사 류의 책이나 마르크스, 레닌 등의 원전을 말하는 듯하다. 글쓴이.

14 2001년 2월, 언니 박화진의 술회에서.

15 동생 박의석은 대학 졸업 후 독학으로 전통 한옥(韓屋)을 공부하였고, 여러 사람·단체의 협조를 이끌어 내어 지리산 골짜기에 박선영 기념관 '소의재'를 세우는 데 중요한 역할을 했다. 박선영은 평소 '지리산은 피 맺힌 분단의 역사가 사무쳐 있는 민족의 영산'이란 말을 자주 했다.

16 오빠 박종욱의 술회와 편지글, 진술서를 토대로 재구성했음.

17 「명예회복 관련자료」 중 오빠 박종욱의 진술서에서.

18 「명예회복 관련자료」 중 언니 박화진의 진술서에서.

19 "… 병원에를 가니까 형사들이 유서를 가지가 버렸다고 그러는 거야. 그래서 왜 형사들이 유서를 가지가 버렸냐 그러니까 운동권 학생이라 유서를 내놓으면 사회에 혼란이 온다고 박부웅 형사가 가져가 버렸다고 그래. 그러면서 동대문 경찰서에서 조서를 안 쓰고 다방에 갔어. 지하다방. 거기 가서 조서를 쓴 거여. 아버지를 데리고 가서. 이 사회에 내놓으면 혼란이 온다, 가족이 공무원이고 그렇기 때문에 위험이 온다, 우리 가족들을 보살피기 위해서도 유서를 못 내논다 그랬대." 라는 어머니의 술회와 관련자들의 유사한 증언을 토대로 재구성.

20 「명예회복 관련자료」 중 아버지의 진술서에서.

21 "부모님의 원래 성향이 불의와 부조리에 대해서 유난히 결벽성을 가지고 계셨고, 이에 대한 단호한 비판적 입장을 견지하셨습니다. 따라서 선영이는 자연스레 그 당시 한국적 상황에 대한 문제의식을 '인식하고 비판적 안목을 막연하게나마 가지고 있었다고 생각되는군요." 오빠 박종욱의 편지와 술회에서.

22 "우리 선영 할아버지는 사랑을 주기만 허고 받지 마라겠거든. 신조가. 그래서 나 어려서부터 그 소리만 들었어. 그랬는데 우리 선영이가 바로 사랑을 주기만 했제 남의 아픔을 듣기만 했제 지가 듣고 해결주려 노력했제 지 아픔은 남한테…" 어머니의 술회에서.

23 "전대에서 대학 생활을 시작할 당시에는 잘 아다시피 매일 매일이 데모의 연속이었습니다. 저는 처음에는 민족 종교에 대해 관심을 갖고 책을 읽고 정기적인 모임에도 참여를 했는데 선영이는 틈틈이 그 책을 보면서 관심을 갖고 질문을 하기도 하였습니다. 그리고 대학생활과 써클활동에 대해서 묻기도 하고 관심을 가졌습니다. 특히 왜 대학생들이 데모를 하는가에 대해 많은 관심을 가졌던 기억이 납니다. 그 당시의 대학 생활은 군부독재 타도와 반정부 데모에 많은 시간을 할애하는 나날이었습니다. … 따라서 선영이는 대학 진학 공부에 매우 바쁜 가운데에도 그러한 사회적 병리현상과 이슈에 대해서 자연스레 비판의식을 가질 수 있었습니다. 특히 군부독재와 천민자본주의에 의한 폐해에 대해서는 많은 관심을 가지고 있었다고 기억됩니다." 오빠 박종욱의 편지에서.

24 동생 박의석의 편지에서.

25 언니 박화진의 술회에서.

26 동생 박의석의 편지와 화장 현장에 함께 있었던 친척 오빠(정현 군)의 글을 통해 재구성.

27 오빠 박종욱의 술회를 통해 재구성.

28 오빠 박종욱은 7월 1일 입대하는 날까지 각종 집회와 민주화 시위에 참여하였으며, 90년 2월 제대하자마자 전교조 활동을 시작하여 지금에 이르고 있다.

29 아버지 박운주 씨의 술회와 진술서를 토대로 재구성했음.

30 「명예회복 관련자료」에 첨부된 아버지의 진술서에서.

31 「명예회복 관련자료」 중 아버지의 진술서에서. "선영이의 말처럼 '내 생전에 민주화는 안 올지도 몰라' 하는 생각에, 미련 없이 선영이의 흔적을 지웠습니다……" 박선영은 86년 6월의 일기에서 '존재이전(학생운동을 정리하고 노동자로서 현장에 투신하는 것)'에 대한 고민을 피력하며 "과연 나 세대에 올지 안올지 모르는 일"이라 표현한 바 있다.

32 아버지와 오빠 박종욱의 술회 및 진술서를 통해 재구성.

33 아버지의 술회에서.

34 어머니의 술회를 통해 재구성.

35 86년 8월 아버지에게 보낸 편지에서 박선영은 서울까지 유학 와서 형편없는 성적만 보내게 돼 죄송하다고 말하며, 다음과 같이 덧붙인다. "아버님. … 대학 생활을 남들 다 노는 것처럼 즐기려고 생각하진 않습니다. 한 불완전한 인간이 모든 자유와 자율이 주어진 환경 속에서 새로운 사회의 일원으로서 알을 깨려고 노력합니다. 아버님께서 염려하시는 자식이 되지 않도록 노력합니다……"

36 아버지 박운주 씨는 딸의 죽음과 부인 오영자 씨의 열정적인 활동에 고무되어 수십 년 몸담아 온 교련을 탈퇴하고, Y교사모임을 시작으로 그 해 11월, 전교조 장성지부 교사협의회를 창립하였다. 98년 2월 명예퇴임 할 때까지 전교조의 각종 집회 및 시위의 선봉에서 싸워 왔다. 89년 장성군 전교조 홍보부장, 90년 전국 해직교사 원상복직 추진위원회 전남중부지역 대표, 91년 교사 시국선언 전남 대표, 93년 해직교사 전원복직과 교육개혁을 대통령께 건의하는 전남 현직교사 대표 등을 역임하였고, 98년 명예퇴임 때에는 전교조 목련장을 수상하였다.

2부 · 참 맑은 시절

예전에 내가 어렸을 적에
하나님의 형상이라고 믿었던 뭉게구름.
장마가 걷힌 하늘의[1] 청청[2]과 뭉게구름이 조화롭다.
내가 한 점 구름이 되어 모든 이의 마음을 두드리는
소나기가 된다면 얼마나 좋을까.
비록 하루살이처럼 짧은 인생일지라도,
시원한 여름의 정화수가 된다면…….

— 1986년 7월 박선영의 일기에서

샘물처럼 맑은 아이

박선영은 1966년 10월 22일(음력 9월 9일)에 전라남도 화순에서 태어났다. 3남 2녀 중의 차녀, 태어난 순서로는 셋째였다. 선영이 태어나기 얼마 전, 어머니는 묘한 꿈을 꾸었다. 깎아지른 듯한 높은 산 깊은 계곡, 알록달록한 수석들이 장관을 이룬 곳에 수정같이 맑은 물이 찰랑찰랑 흐르고 있었다. 물소리에 이끌리듯 다가가니 한 아기가 도내기샘³에서 놀고 있는 것이었다. 어찌나 예쁘던지 덥석 아기를 안아 올렸는데, 그만 꿈에서 깨고 말았다.

맑은 물 속을 노닐던 꿈속의 아이는 바싹 야윈 몰골로 세상에 나왔다. 태중에서부터 배를 곯은 탓이었다. 교사인 아버지의 박봉을 쪼개 시댁 식구들 건사하고, 남편과 어린 남매를 보살피다 보면 정작 임산부인 어머니 입에 들어갈 것이 없었던 것이다. 살도 없이 쪼글쪼글한 핏덩이가 가냘픈 울음을 토해내자, 허약한 몸으로 산고(産苦)를 치른 어머니는 기진맥진 실신해 버리고 말았다. 아버지는 갓 태어난 둘째 딸에게 착하고 명예롭게(혹은 영화를 누리며) 살라는 뜻으로 '선영(善榮)'이라는 이름을 붙여 주었다.

선영은 세 돌 지날 무렵까지 유난히 병치레가 잦았다. 툭하면 체하거나 감기에 걸렸고, 조금만 심해져도 화르르 몸을 떨며 경기를 일으켰다. 허약한 아이를 바라볼 때마다 '뱃속에서 배를 곯아 저렇거니' 하는 생각에 어머니는 몹시 가슴이 아팠다. 위로 두 남매가 아무 탈없이 건강하게 쑥쑥 자라는 걸 볼 때마다 늘 선영이 마음에 걸렸다. 산골 오지에서 아이가 아프기라도 하면 그처럼 난감한 일이 없었다. 단순히 체한 정도면 코밑에 초를 묻히고 배를 주무르는 등의 민간요법을 쓰거나, '체 내리는 양반'을 불러와 체기를 가라앉히곤 했다. 그러나 독감이라도 걸리면 별 수 없이 병원엘 가야 했다. 당시 화순에서 병원을 가려면 광주까지 나가야 했다. 광주 나가는 길은 구비 구비 열두 구비 험한 고갯길이었다. 눈만 조금 왔다 하면 차가 다니질 못했다.

갓난아이가 얼굴이 시퍼래져서 활활 떨고 있는 것을 속수무책으로 바라보는 부모의 심정이란 이루 말할 수 없이 참혹한 것이었다. 딱한 사정을 전해들은 이웃사람 하나가 자기 친구가 운영하는 가축병원을 소개해 주었다. 동물과 사람의 몸이 비슷하니, 간단한 병은 고칠 수 있으리라는 얘기였다. 가축병원 원장은 호인(好人)으로 때마다 선영이를 치료해 주면서도 단 한 푼도 받으려 들지 않았다. 고맙고도 송구한 마음에 어머니는 돈 대신 작은 선물로 성의 표시를 하곤 했다. 그 일을 계기로 두 집안의 인연이 시작되어 지금까지 수십 년 동안 온 가족이 친 혈육처럼 가까이 지내게 된다.[4] 특히 원장은 인사성 바르고 쾌활한 선영이를 유달리 귀여워하여 며느리[5] 삼겠노라 입버릇처럼 말하곤 했다.

선영의 병치레도 차차 줄어들어, 두 돌이 지나자 몰라보게 건강해졌다. 첫돌 지나 막 말을 배우기 시작한 선영은 온 동네 사람들의 귀여움을 독차지했다. 선영을 아는 사람 중에 선영을 예뻐하지 않는 이가 없었다. 어떤 이를 만나든 구김 없는 태도로 명랑하게 인사를 건넸고, 상대가 미처 듣지 못하면 옷자락을 잡아 흔들며 소리쳤다.

"안녕하세요?"

생김새가 예뻐서가 아니었다. 말 하나 행동 하나가 그렇게 예쁘고 맑을 수가 없었다. "말은 내 자식이 이쁘고, 곡식은 남의 곡식이 좋다."는데, 남들도 예뻐하는 내 자식을 그 부모가 귀하게 여기지 않을 리가 없었다. 어머니는 밤마다 곤히 잠든 딸의 모습을 신기하게 들여다보곤 했다. 고사리 같은 손을 쥐어 봤다가, 발을 만져 보고, 땀 젖은 머리칼도 쓸어 넘겼다.

'니가 뭐냐? 뭐길래 그렇게 이쁘냐? 생긴 것이 이쁘냐? 아니, 이쁘지는 않으지. 덧니가 나서 입술은 뜰썩하고, 코끝도 약간 들리고 빼빼 마른 것이, 어째 그리 사람 애간장을 녹이냐. 내 배로 났지만, 너 참말로 별것이다……'

선영이 네 살 나던 해 겨울이었다. 외가에서 운영하던 2층 가구점에서 불이 났다. 당시 외가 식구들은 가구점 아래층 살림방에서 생활하고 있었다. 춥고 건조한 날씨에 가구점에서 화재가 났으니 오죽이나 잘 탔으랴! 부랴부랴 큰길로 나와 보니 이층은 이미 수습할 수 없을 정도로 불길이 번져 있었다. 설상가상으로 이층 화재에 신경 쓰는 사이 일층 살림방으로 연기가 몰려들어가 외사촌 다섯이 모두 질식사하고 말았다. 선영의 외가는 온통 충격과 절망에 휩싸였다. 그 중에서도 특히 외할머니의 상심은 이루 말할 수가 없었다. 보다못한 외삼촌들이 누이를 찾아왔다.

"누나. 엄마가 저러고 울고 허전해 허시는디, 선영이를 좀 델꼬 갔으면 쓰겄소. 엄마도 선영이는 이뻐라 헝게……"

그러나 외삼촌 편에 딸려보낸 선영이는 금방 집으로 돌아왔다. 혼자 재미나게 놀다가도 할머니가 우는 기색만 보이면 얼른 쫓아와서 말을 걸고, 노래를 부르고, 춤을 추더라는 것이다. 외삼촌은 혀를 내두르며 말했다.

"세상에, 네 살 먹은 애기가 엄마가 울기만 하면 고앵이처럼 착 앵겨서 할머니, 할머니 나 좀 봐요, 하면서 막 웃겨 버리는 거야."

어머니가 빙긋이 웃으며 말했다.

"글면 더 델꼬 있어 보지 그랬냐."

"엄마가 애기 마음 아프게 해서 안되겠다고 데려가라고 글두만.

애기한테 못할 짓 헌담서……."

　선영은 철들기 전에도 형제들과 입을 것, 먹을 것 가지고 다투는 일이 없었다. 밥상에 맛있는 반찬이 올라오면 '할머니 반찬'이라며 함부로 손대지 않았다. 이렇게 욕심 없고 반듯한 성격은 다른 형제들의 경우도 마찬가지로 타고난 성품임과 동시에 교사인 아버지의 철저한 가정 교육의 영향이 큰 것으로 보인다.

살아 있는 상록수

광주사대 출신으로 1958년부터 완도 고금 초등학교에서 교사 생활을 시작한 선영의 아버지는 교사로서의 사명감이 투철한 사람이었다. 정규 수업을 마친 후에도 아이들에게 속독이며, 독서 활동을 열성적으로 지도했고, 지역의 지식인으로서 지역 계몽 활동에도 상당한 관심을 가졌다. 선영이 태어날 무렵 화순 초등학교에 근무하던 아버지는 군 교육청을 거쳐, 1970년에는 한천면소재지에서 18km나 떨어진 첩첩산중에 자리잡은 고시분교 분교장으로 자원해 갔다.

다음은 1971년 9월 4일자 전남매일에 실린 관련 기사 전문이다.

살아 있는 상록수[6]
— 화순 한천 고시분교 박운주 선생

71년 3월 전남일보 기사

문명의 소외지대, 누구도 쉽게 가볼 수 없는 벽지학교에서 이름도 없고 욕심도 없는 한 교사가 한갖 교육의 고난과 역경의 교훈만을 심기에 바빴다. 마침내는 뒤떨어진 지역 사회의 발전을 위해서 까지도 온통 사재로 피땀을 쏟다가 합심하던 아내마저 병들어 누워버렸지만

그래도 상록혼은 식지 안했다.

화순군 한천면 고시리 812. 한천리 국민학교 고시 분교장. 학생수 44명. 교실 1칸. 1, 2, 3학년 2부 복식수업. 광주사대를 나와 교직 13년의 박운주 교사(37)는 보이는 것이라곤 망막하고 무거움뿐이었다. 그래도 초롱초롱한 눈망울에 비친 교육의 힘이 아직도 미신을 믿는 것만이 모든 것의 최상위라는 지역 사회민들을 어떻게 하면 가장 보람된 삶의 보금자리로 만들까 하는 생각만이 박교사의 전부.

농가호수 47호. 인구 295명. 해발 6백m의 속칭 말봉산 아래 자리잡은 이 마을에 고시분교장이 설립되기는 69년 3월 1일이었다. 부임되던 날로부터 4개월째 이발기구 일체를 구입, 부인 오영자씨(30)와 함께 어린이는 물론 지역사회민 전체에게 손수 깎아주면서 어느덧 이발사로 변하기도 했다. 또 밤이면 중학에 진학못했던 청소년들을 모아다 초롱불 교실에서 열심히 가르쳤으며, 저축심의 앙양으로 「마을금고」를 설치하기도 했다.

그리고 학습활동에 필요한 학용품을 무상으로 대주었다. 그런가하면 자활운영과 지역사회를 위해서 감나무, 밤나무 등을 2백주나 둘러심기도 했다. 또한 사재 10만원을 털어 어린이 이발소, 목욕탕을 지었다. 이렇게 사랑의 교사는 교육열에 묻히다 보니 영양실조와 가난에 뒤쫓겼다. 남몰래 뜨거운 눈물에 젖어 보기도 일쑤였다. 결국 지내오는 동안 지난달 초순께부터는 부인 오씨가 병들어 눕기까지도 했다. 너도나도 어린이들은 곁을 떠날줄 몰랐다.

이제까지 냇물만을 마시던 이 마을에도 「펌프」가 학교에 세워지게 됐고, 차차 박교사의 뜻을 알아차려 들어와 따르게된 지역사회민들은 언어생활의 순화는 물론 인사성, 교육, 시사문제, 응급 약품 비치, 반공교육 철저에 이르기까지 박교사는 지역사회민들에게 의사, 간호원, 법질서까지 맡았다.

벽지 학교에 사택이 따로 있을 턱이 없었다. 낯선 마을, 다 쓰러져 가는 빈집에 짐을 부리고 온 식구가 새로운 생활을 시작했다. 아이들의 적응은 한결 빨랐다. 아버지와 어머니가 봉사 활동에 힘쓰는 동안 아이들은 들로 산으로 천방지축 돌아다니며 자연의 삶을 만끽했다. 처음에는 경계의 눈초리를 늦추지 않던 이웃사람들과도 혈육처럼 친해져 칡 한 뿌리, 고사리 한 주먹이라도 다투어 가져왔다.

아버지에게는 가정도 학교의 연장이었다. 아버지는 저녁마다 자식들에게 속독법을 익히게 하였고 돌려가며 책을 읽혔다. 그런 일이

고시분교 시절의 단란한 가족 모습

반복되다 보니, 나중에는 저녁 먹고 책을 잡으면 밤 열시 무렵 마지막 페이지를 넘기게끔 훈련이 되었다. 아버지가 성적 문제로 자식들을 나무란 적은 거의 없었다. 그러나, 인간의 도리나 삶에 대한 태도만큼은 엄격하게 지도하는 편이었다.

그런 면에서 선영은 '두 말이 필요 없는' 딸이었다. 선영은 아버지에게서 책임감 있고 철저한 생활 태도를, 어머니에게서 따스한 인

간애와 인화력을 물려받았다. 선영의 그런 면모는 후에 초등학교에 입학했을 때 고스란히 드러났다. 광주 산수 초등학교[7]에 들어간 선영은 학교에서 돌아오면 반드시 손발부터 씻고 앉아서 숙제를 했다. 갓난 동생[8]이 기어다니며 훼방을 놓으면 서서도 했다. 그러고 나서야 놀았다. 또 선영은 집에서 입학 기념으로 사준 단벌 원피스를 삼일에 한번씩 제 손으로 직접 빨아 입었다.

단벌 원피스를 입은 선영(왼쪽)

그런 의젓함과 쾌활함, 인사성이 담임 선생님의 눈에 띄지 않을 리가 없었다. 입학한 지 며칠 되지도 않아 학교에서 실장을 시키겠다는 연락이 왔다. 여느 집 같으면 의당 기뻐할 일이었지만, 상하방에서 일곱 식구가 북적이며 사는 처지에 실장 뒷바라지를 하기란 벅찬 일이었다. 어머니는 집안 형편상 실장은 못시키겠다고 대답했다. 며칠 뒤 학교에서 다시 연락이 왔다. 이번에는 회장을 맡으라는 것이었다. 더 이상 사양할 수가 없어 하는 수 없이 회장을 맡게 되었다. 아버지의 잦은 전근으로 여러 학교를 전전해야 했지만, 선영은 낯선 환경에도 전혀 기죽지 않고 곧잘 적응했다. 처음 보는 친구들에게도 낯가림을 하지 않았다. 우등상, 개근상, 상이란 상은 다 받아 왔다. 어머니는 딸이 받아 온 상장을 벽에 붙여 놓곤 했는데, 초등학교를 졸업할 무렵에는 더 이상 붙일 자리가 없을 지경이었다.

선영의 초등학교 시절을 회고할 때마다 늘 나오는 얘기가 있다. 초등학교 일 학년까지만 해도 선영의 머리는 어깨 밑으로 치렁치렁하게 내려오는 길이였다. 세 살 무렵부터 한번도 안 자른 머리였다. 초등학교에 입학한 선영이가 아침마다 옷을 챙겨 입고 돌아앉으면, 어머니는 늘 그 긴 머리를 곱게 땋아 귀 뒤로 늘어뜨려 주곤 했다. 그런데 어머니가 어느 날부턴가 시름시름 앓기 시작했다. 어찌나 몸이 안 좋은지 일어나 앉아 선영이의 머리를 땋아 줄 힘조차 없었다. 안 되겠다 싶어 장날에 선영이를 데리고 읍내 미장원에 갔다. 대충 집에서 잘라 줄 수도 있었겠지만, 그래도 딸이 처음으로 기른 머린데 나중에 크면 기념으로 주고 싶었던 것이다. 훗날 이 머리카락이 어떤 역할을 하게 되는지 그때 어머니는 상상조차 할 수 없었다.

치렁치렁한 머리를 자르기 전의 선영

남겨진 두 남매

1976년 여름, 화순에서 함께 살던 아버지가 광양에 있는 중학교로 발령이 났다. 광양에 단칸방을 얻은 부모님은 아이들을 전부 데려갈 수가 없어, 선영과 바로 밑에 동생 의석을 할머니댁에 맡기고 큰아들 종욱과 막내 영석만을 데리고 갔다. 언니 화진은 광주에서 혼자 학교를 다니고 있었다. 당시 선영은 초등학교 4학년, 의석은 1학년이었다. 철부지 어린 남매를 떨궈놓고 가는 어머니 심정이야 이루 형언할 수 없는 것이었다. 아마 선영이 없었다면, 3년 가까운 짧지 않은 기간을 그리 수월하게 넘길 수 없었을 것이다.

선영은 어머니를 대신하여 의젓하게 동생을 돌봤다. 입학한 지 얼마 안 된 어린 동생의 손을 잡고 학교를 다녔으며, 집에 오면 동생 숙제와 과제물부터 점검했다. 동생 도시락이며 빨래, 소소한 집안일까지도 농사일에 바쁜 할머니에게 미루지 않고, 하나부터 열까지 다 제 손으로 챙겼다. 봄에 모내기 할 때나 가을에 벼를 벨 때면, 할머니는 놉[10]을 얻어 온종일 논에 나가 일했다. 저녁 늦게 파김치가 되어 일꾼들과 들어오면, 선영은 일꾼들 밥상까지 싹 봐놓고 기다리고 있었다. 누가 이래라 저래라 할 때까지 기다리는 성격이 아니었다. 할머니는 부모님이 잠시 고향에 들릴 적마다 입에 침이 마르게 손녀를 칭찬하며 기뻐했다.

다음은 동생 의석이 고등학교 2학년 때[11] 쓴 일기의 한 대목이다.

… 나는 소풍갈 때가 제일 서러웠다. 나의 1년[12]에는 어머니가 타향에 계셨다. 처음 소풍 가는 봄소풍 때에 운월리를 지나면 넓은 냇물이 나오는데, 그곳

으로 갔다. 누나는 4학년이었다. 거의 나에 관한 일은 발벗고 나섰다. 특별히 그
날은 도시락 반찬이 달걀로 바뀌었다. 누나가 같이 먹자 해도 안 갔다. 친구들
과 먹었다. 그런데 몇 분 후에 엄마 오셨다고 오라고 했다.

　엄마! 얼마나 기대했는가. 안 올 줄 알았는데 오다니, 징검다리를 성급히 건
너가니 누나 친구들 있는 데 계셨다. 동생도 왔다. 얼굴이 통통한 게 오래간만
이다. 조금은 서먹하다. 같이 싸오신 것을 먹고 되돌아 왔다. 그 전에 누나가 소
풍 간다고 편지했던 모양이다. 누나는 이곳에서는 제일 가는 똑똑이다. 다른 애
들이 따라오지 못할 정도다. 하여간 엄마가 오셨다는 말에 오쩌나 기뻤는지 모
른다. 아침 새벽부터 서둘러 늦지 않게 오시느라 무척 애쓴 모양이었다……'[13]

　의석은 대체로 동네아이들과 잘 어울려 놀았지만 때로 짓궂은 아
이들의 놀림감이 되기도 했다. 한번은 밖에 놀러간 의석이 날이 저
물도록 돌아오지 않았다. 저녁상을 차려놓고 집안을 서성이던 선영
이 아무래도 걱정스러워 동생을 찾아 나섰다. 마을 고샅을 걸어 나
오는데 옆집에 사는 덕기와 마주쳤다.

　"덕기야, 우리 의석이 못 봤냐?"

　"쩌그 미나리꽝 우게 공터에서 성들하고 놀던디?"

　"그래, 고마워. 가봐라."

　어두운 공터에 희끗희끗한 작은 물체 하나가 등을 보이고 서 있
었다.

　"무궁화 꽃이 피었습니다. 무궁화 꽃이 피었습니다……"

　풀죽은 의석이의 목소리였다. 저만치서 지켜보니 동네 성들과 숨
바꼭질을 하는데, 저희들끼리 짜고 의석이만 계속 술래를 시키는 것
이었다.

　"아직도! 아직도! 야, 의석이 너 눈뜨면 죽어!"

　한참만에 눈을 뜬 의석이 비칠비칠 걸어나왔다. 여기저기서 키득

거리는 소리가 들렸지만 찾을 수가 없었다. 선영은 원망스런 눈길로 주위를 두리번거리는 의석의 앞에 다가갔다.

"누나야!"

의석은 금방이라도 울음을 터뜨릴 것처럼 입술을 비죽거리며 선영에게 달려왔다. 선영은 동생의 손을 꽉 잡고 어둑어둑한 공터를 향해 소리쳤다.

"야! 느그들 다 나와!"

"……."

아이들은 제각기 숨어 있는 곳에 코를 박고 꼼짝도 하지 않았다.

"니들 어디 어디 숨었는지 아까부터 다 봤응게 좋은 말로 할 때 나오는 게 좋을 거다."

동네에서 선영을 모르는 아이는 없었다. 학교에서 선영이만큼 공부 잘하고 똑 부러지게 말 잘하는 학생은 없었던 것이다.

"좋아. 오늘은 봐줄 테니, 내 얘기 잘 들어. 니들 앞으로 이런 식으로 치사하게 놀면 가만 안 놔둔다. 알겠냐! 성이면 성답게 굴어야지, 약자를 괴롭히면 쓰냐, 안 쓰냐. 그리고 너! 지난번에 의석이 공 뺏어간 애지? 너 몇 반이야?"

의기양양해진 의석이 눈을 빛내며 소리쳤다.

"누나야, 쩌 성이 나보러 성 있으면 델꼬 와 보라고 막 놀렸다. 우리 형 있지? 글제 누나야, 우리 성 엄청 힘세제?"

"의석이 넌 뭘 잘했다고 그래. 저녁때가 되면 집에 들어와서 씻고 밥 먹고 숙제할 생각은 않고."

의석은 꿀밤 한 대를 얻어맞았지만, 누나가 마냥 자랑스러웠다. 차마 누나한테 안길 수는 없었지만, 누나 옆에 매미처럼 딱 붙어서 손을 꼭 잡고 걸었다.

방학이면 선영은 동생을 데리고 부모님이 계시는 광양으로 갔다.

기차와 버스를 갈아타고 가야 하는 긴 여행이었다. 어린 초등학생들에게 서너 시간의 여행은 다소 무리한 일이었지만, 선영은 그래도 길 한 번 잃지 않고 잘도 찾아갔다. 광양에 갈 날짜가 정해지면 남매는 그 날만을 손꼽아 기다리며 잠을 설치곤 했다.

"누나야, 엄마한테 갈려면 이제 몇 밤 남았지?"

"세 밤."

"아휴, 세 밤이나……? 누나야, 우리 오늘 세 밤 다 자 버리자. 응?"

"바보! 밤은 하루에 한번씩만 오는 거야. 자, 눈감아 봐. 누나가 노래 불러 줄게."

방학에는 그리운 부모님은 물론, 흩어져 살던 형제들까지 만날 수 있었다. 광양에 모인 선영의 가족은 먹을 것을 싸가지고 여천 화학공장이 건너다 보이는 바닷가로 나갔다. 썰물이 진 바닷가 뻘에는 물고기가 푸드득거리며 돌아다녔다. 반지락도 잡고, 문어도 잡았다.

광양에서 가족들과 함께

꽉 채운 바구니를 들고 가면, 어머니는 즉석에서 맛있는 탕을 끓여 주곤 했다.

가족들과 생전 처음 목욕탕이란 곳에 가기도 했다. 식구대로 남탕 여탕으로 갈려 때를 밀고 나와, 버스를 기다리며 정류장 앞 중국집 에서 먹는 짜장면 맛이라니! 방학 끝나기 일주일 전이면 남매는 다 시 화순으로 떠나야 했다. 대개는 어머니가 순천까지 배웅했는데, 한 번은 마을 앞에서 택시를 태워 보낸 적이 있었다. 선영은 어머니한 테 받은 차비를 손에 꼭 쥐고, 다른 손으로는 동생의 손을 꼭 잡았 다. 등에는 어머니가 바리바리 싸주신 먹을 것이며, 할머니 선물이 들어 있는 가방을 매고 있었다. 택시 안에서 돌아보니 어머니가 미 소 띤 얼굴로 천천히 손을 흔들고 있었다. 그 서글픈 미소! 영영 헤 어지는 것도 아니건만, 손을 흔들며 택시 저편으로 멀어져 가는 어 머니 모습은 왜 그리도 슬퍼 보이던지! 선영은 울지 않으려고 입술 을 깨물었다. 동생은 눈물 콧물 바람으로 뒷좌석에 매달려 엉엉 울 고 있었다. 애꿎은 동생만 타박했다.

"엄마 앞에서 안 운다고 손 걸어놓고 우냐!"

"엄마 앞에서 안 울었다, 택시 타고 울었다. 어허엉……."

기차는 오후 늦게야 화순역에 도착했다. 화순에는 비가 억수같이 쏟아지고 있었다. 버스는 쉬 오지 않았다. 고스란히 비를 맞고 차를 기다리려니, 온몸이 와들와들 떨렸다. 추웠다. 부모님 얼굴이 눈앞에 아른거렸다. 동생은 이를 딱딱 부딪치며 선영을 올려다보았다.

"누나야, 이번에도 차 안 오면 엄마한테 가자. 응?"

애처롭게 선영을 쳐다보는 동생의 눈에는 금방이라도 흘러내릴 듯 눈물이 한가득 고여 있었다. 불쌍한 내 동생……. 선영은 얼른 과 일 가게를 가리키며 말했다.

"의석아, 복숭아 사줄까?"

동생은 고개를 흔들었다.

"싫어, 싫어. 복숭아 싫어. 엄마한테 가고 싶어."

"그래, 그럼 지금부터 백까지 세는 거야. 백까지 세도 차가 안 오면 엄마한테 가자. 대신 천천히 세야 해."

"하나, 두울, 세엣, 네엣……."

천천히 숫자를 세 나가던 의석의 목소리가 점점 빨라졌다. 저만치 고향 가는 버스가 달려오고 있었다.

"스물 일곱, 서른, 마흔, 쉰, 예순……."

무정한 버스는 어린 남매를 덮칠 듯이 달려와 흙탕물을 내갈기며 멈춰 섰다. 새파랗게 질린 의석의 얼굴에 줄줄 눈물이 흘렀고, 굵은 빗방울이 그 위를 덮쳐 흘렀다.

사냥개코

선영이 부모님과 떨어져 동생을 돌보며 산다는 사실을 뒤늦게 알게 된 학교 선생님들은 깜짝 놀랐다. 항상 단정한 복장과 태도, 우수한 성적을 유지하고 있던 탓에 그런 고달픈 생활을 할 것이라곤 전혀 눈치채지 못했던 것이다. 교무실에서 '멋쟁이'라 불리던 깔끔한 소녀 선영은 선생님들의 사랑을 독차지했고, 연거푸 효행상과 문교부장관 상을 수상하였다.

중학 입학 직후의 선영

2년여의 세월이 흘러 선영은 천태 국민학교를 졸업하게 되었다. 선영이 1등으로 졸업하게 됐다는 홍보물이 부모님이 계신 광양에까지 날아왔다. 어머니는 단상에 나가 상을 받는 자랑스런 딸의 모습을 그리며 단걸음에 달려왔다. 그러나 정작 졸업식장에서 일등상을 받은 것은 2등 짜리 아이였다. 지역 유지인 그 아이 부모가 미리 학교에 손을 써놓은 모양이었다.

졸업식 전날 선생님이 선영이를 불러 '사정이 있으니, 네가 양보해라.'고 말했다는 것이다. 선영은 기꺼이 양보했다. 그러나 부모님이 객지에 있는 관계로 딸자식이 불이익을 받았다 생각하니 어머니의 가슴은 천 갈래 만 갈래 찢어졌다. 학교측의 부당한 처사가 괘씸했고, 부모가 곁에서 뒷바라지하지 못해 이런 일이 생겼다는 자책감으로 괴로웠다. 섭섭해하는 어머니를 위로한 것은 오히려 선영이었다.

"엄마, 나는 괜찮애. 그까짓 상 안 받으면 어때. 내가 일등인지 여그서 모르는 사람이 없는디? 나는 괜찮애."

79년 3월 선영은 고향 화순에서 중학교에 입학했다. 당시는 촌에서 먹고사는 것도 힘들어 중학교도 보내지 못하는 집이 많았다. 선영의 친구 중에도 집안 형편이 어려워 진학하지 못하고 공장에 간 친구들이 몇 있었다. 선영은 그 친구들과 꼬박꼬박 편지를 주고받으며 도타운 우정을 쌓아 나갔다. 중학교에 입학한 지 4개월쯤 지나, 선영은 다시 아버지가 계신 광양 진월 남중학교로 전학하게 되었다. 진월남중은 섬진강 휴게소 옆에 자리한 학교로 이름은 '남중'이지만 여학생도 꽤 있었다. 광양 골약 중학교에 재직하던 아버지가 이 학교로 옮긴 것도 그럴만한 사연이 있었다.

1976년 광양군 골약 중학교로 발령을 받은 아버지는 의욕적으로 중학교 과학 교사 생활을 시작하였다. 그러나 초등학교 때 분위기와는 너무나 달랐고, 이해할 수 없는 일 투성이었다. 특히 교장의 비교육적인 생활 태도는 눈뜨고 보지 못할 정도였다. 참다못해 교장실에 들어가 시정을 요구했지만 받아줄 리 없었다.[14] 얼마 지나지 않아 사건이 터졌다. 직권 내신을 당하고 만 것이다. 어머니는 그 용렬하고 부당한 현실에 분개하여, 육성회 임원들이 회의를 끝내고 나오는 면사무소 앞에서 교장의 멱살을 잡고 소리쳤다.

"말해봇씨요! 박운주 선생이 뭐를 잘못했소!"

"하이고! 이것 좀 놓고 좋게 말하씨요. 사람들 다 본디서……."

"사람들 눈은 무섭소? 나는 한나도 안 무섭소. 하늘을 보고 한 점 부끄럼이 없응게! 얼릉 말해보씨요. 젊은 선생들 볶아 갖고 술 받아도라 허는 게 나쁘요, 잘못된 거 잘못됐다고 지적헌 사람이 나쁘요!

당신 겉은 한심한 교장 밑에서 애기들이 뭐를 배우겠소"

훗날 학생 운동가로 성장하는 선영의 밑바탕에는 부모님의 이러한 '반골 기질'과 정의로움이 그대로 깔려 있었다 해도 과언이 아니었다. 아버지는 딸의 그런 면모에 대해, "징하니 고집이 세고 사나웠어. 부당하게 뭘 요구하면 달려들면서 싸워. 그래도 집에만 오면지 엄마한테 고양이처럼 앵겨서 장난치고 아양떨고 별 짓거리를 다해."라고 회상한 바 있다.

선영은 어려서부터 한 번 한다고 하면 끝까지 하고야 마는 쇠고집이 있었다. 아무 일에나 쓸데없이 고집을 부리거나 짜증을 내는 성격은 아니었다. 하지만, 자신의 인격이 부당하게 훼손된다고 느끼거나, 인생을 좌우하는 선택의 문제에서만큼은 한 치의 양보가 없었다. 한 번 화가 나면 사냥개처럼 물불 안 가리고 달려들었다. 상대가누구든 어떤 위치에 있는 사람이든 정면으로 맞받아 싸웠다.

선영이 초등학교를 졸업하기 전의 일이었다. 선영의 어머니는 화순에서 시부모님을 모시고 시집살이를 하면서 말못할 마음고생을 많이 겪었다. 특히 직선적인 성품에 대가 센 시어머님과의 마찰이잦았다. 대개는 일에 파묻힘으로써 울화를 삭이곤 했지만, 간혹 참지못하고 자식들에게 분풀이를 할 때도 있었다. 한번은 홧김에 학교에서 돌아온 선영이에게 매를 들었다. 얼김에 두들겨 맞은 선영이 땀을 삘삘 흘리며 대들었다.

"엄마, 내가 뭘 잘못했다고 나를 때려요? 엄마 성질 나는 걸 왜 나한테 푸느냐구요! 숙제를 안 했어요, 심부름을 안 했어요, 설거지를 안 했어요? 왜 이유 없이 나를 때려요!"

사납게 대드는 선영이를 멍하니 바라보던 어머니가 맥없이 매를 떨어뜨렸다.

"그래, 엄마가 잘못했다……. 미안하다, 아가……."

어머니는 마당에 주저앉아 흐느끼기 시작했다. 선영의 눈빛이 이내 어머니를 향한 연민으로 촉촉해졌다. 선영은 조용히 어머니에게 다가갔다.

"엄마……"

선영의 가느다란 팔이 엄마의 목을 부드럽게 휘감았다.

"엄마, 미안해. 엄마 속상한 것도 모르고……. 엄마, 울지 마. 응?"[15]

가족들은 선영의 약간 들린 듯한 코와 저돌적인 성격을 빗대어

사냥개코 박선영. 그러나 선영은 중고교 시절 오똑하게 콧날을 세운다고 빨래집게로 코를 집고 잠자리에 들기도 하는 여학생다운 사랑스런 면모도 지니고 있었다.

선영을 '사냥개코'라는 애칭으로 부르곤 했다. 선영은 완고하고 엄한 아버지 앞에서도 비교적 자유롭게 자기 주장을 했다. 언니나 오빠가 아버지 앞에서 쩔쩔매는 것과는 상당히 다른 태도였다. 아버지는 선영에 대해 상당한 믿음을 갖고 있었던 것으로 보인다. 아버지는 선영이에 대해서만큼은 평소 별다른 '잔소리'를 하지 않았다. 아버지는 '징허니 고집 세고 사나운' 선영의 성격을 '멍청하게 싸나운 게 아니라 부당하게 무엇을 요구' 받거나, '경우에 벗어나는 말을 하'는 상황에 맞선 정당한 반응이라고 생각했다. 평소 '뭐 하나 나무랄 데가 없는 생활 태도'와 '모든 문제를 이성적으로 대처'하는 딸의 성품에, '지가 알아서 헐 것이다'는 두터운 믿음을 가지고 있었던 것이다.

슈바이처 박사처럼

진월은 섬진강 하류에 자리한 고장이었다. 바다와 만나는 지점이라 갯벌과 뒤섞인 강은 혼탁했고, 물도 찝찌름했다. 화순에 있는 남매를 불러들이기 위해 이곳에 방 두 칸 짜리 한옥을 얻은 부모님은 약간의 빚을 지게 되었다. 그 빚을 갚기 위해 어머니는 김 장사를 나섰다. '선생님 사모님이 김 장사 다닌다'는 소리를 듣지 않으려고 밤으로만 몰래 다녔다. 산더미 같은 김 상자를 이고 진 어머니가 밤차를 타고 부산으로, 서울로 낯선 거리를 헤매 다니는 동안 집안 일은 자연히 선영이 차지가 됐다.

남자들만 우글우글한 집에서 밥이며 설거지, 빨래며 집안 청소까지 어린 중학교 1학년 짜리 혼자 감당해야 했다. 큰 통에 물을 받아 장난꾸러기 두 남동생 목욕까지 시켰다.[16] 동생들이 말썽을 피우다 아버지한테 걸려 호된 꾸지람을 듣는 날이면, 엄마대신 위로해 주고 감싸주는 일도 역시 선영의 몫이었다. 회초리를 맞은 동생들이 엄마를 부르며 흐느껴 울면, 선영은 아버지 몰래 방에 들어가 눈물을 닦아주곤 했다.

"아버지가 느그들이 미워서 때렸겄냐. 다 잘되라고 때린 것이제. 울지 말고 책보고 있어. 누나가 고구마 구워 주께."

석유 살 돈조차 없어 아버지가 학교에서 가져온 폐지를 말아 연탄 위에 빙 둘러놓고 후후 불어가며 밥을 지었다. 여름에는 그래도 할 만했다. 그러나 겨울이 오면 얼음장같이 차가운 물로 집안 일을 해야 했다. 결국 선영의 손에 얼음이 들고 말았다. 지친 다리를 끌고 집에 돌아온 어머니가 동상에 걸린 딸의 손을 보고 얼마나 가슴아파 했던가. 그러나 선영은 아무렇지도 않다는 듯 씨익 웃으며 말했다.

"엄마 난 괜찮애. 쪼끔 가렵기만 한 걸 뭐."[17]

그런 가운데서도 선영은 항상 소리 없이 책을 읽었다. 그맘때 여학생들이 흔히 하는 것처럼 텔레비전 드라마를 본다거나 라디오를 듣는 일이 일체 없었다. 아버지가 학교에서 빌려오는 책들을 방 귀퉁이에 쌓아놓고, 벽에 몸을 기대고 앉아 조용히 책을 읽었다. 학교 도서관에 있는 책들이란 대부분 세계 명작이거나 위인전 따위이기 마련이었다. 그런 책에 싫증이 나면 선영은 그 나이에 소화하기에는 다소 난해한 서적들을 집어들기도 했다.

학교에서도 선영은 착실한 모범생이었다. 아버지의 잦은 이동으로 밥먹듯이 전학을 했지만, 선영의 성적은 진월중학교에서도 여전히 수위를 달렸다. 진월 중학교는 각 학년이 남자반, 여자반, 혼성반 등 세 개 반으로 나뉘어져 있었다. 언제나 여자반에 속해 있던 선영은 남자반의 신율건과 늘 전교 1, 2등을 다투었다. 이들은 흔히 말하는 '선의의 라이벌' 관계로, 짝짓기를 좋아하는 여학생들은 이들을 진월에서 가장 어울리는 '짝'으로 꼽곤 했다. 그러나 이들이 실제로 우정을 나누게 되는 것은 대학 시절 우연한 조우(遭遇)를 통해서이다.

선영은 특히 수학을 잘해서, 전남대나 서울대를 가면 수학교육과를 가겠노라 말하기도 했다. 그러나 어린 시절부터 줄곧 선영이 꿈꿔 온 미래상(未來像)은 '슈바이처 박사'와 같은 삶이었다. 선영에게는 의술을 통해 어려운 이웃에게 봉사하고, 인류의 구원을 희구하는 삶이야말로 평생을 바쳐도 아깝지 않은 인생의 모델이었던 것이다. 선영이 이런 꿈을 가지게 된 데는 어려운 가정 형편이 심리적으로 적지 않은 영향을 미쳤을 것이다. 선영이 깊은 우정을 나눈 친구

진월중학교 시절 소풍 가서 아버지와 찰칵!

들 또한 대부분 불우한 환경에 처해 있었다.

　그러나 어둠을 아는 자만이 빛을 갈구한다던가. 다행스럽게도 선영은 어둠에 익숙했으되 어둠에 찌들려 있지는 않았다. 그의 성격은 쾌활했고, 낙천적이었으며, 유머 감각이 있었다. 그에겐 그늘진 구석이 없었다. 그는 천성적으로 결핍(가난)과 단절(외로움)이 주는 고통을 인간에 대한 따스한 시선으로 번역해 낼 줄 알았다.

진월에서의 생활이 몇 개월 지났을 때였다. 하루는 선영이 어머니에게 이런 말을 꺼냈다.

"엄마, 우리 옆집 애 있잖아. 글쎄 등록금 못 내 갖고 학교도 못 다니게 됐대. 불쌍해 죽겠어. 우리가 쪼끔 도와주믄 안 되었어?

"아유, 사정은 안됐다만 우리 형편에 도와줄 여력이 있겠냐."

"기성회비 면제는 담임 재량으로 얼마든지 할 수 있다는디, 아버지한테 얘기 좀 잘해 도라고 허믄 안 될까?"

"글쎄, 이따 저녁에 오시면 말씀 드려 보자."

결국 그 친구는 선영 아버지의 주선으로 기성회비 면제를 받게 되었고, 선영이와도 더욱 진한 우정을 나누게 되었다.

3학년 1학기를 끝으로 선영은 다시 순천 동산여중으로 전학을 갔다. 고등학교를 순천으로 보내기 위한 부모님의 배려였다. 선영은 연합고사를 본격적으로 준비하는 한 한기 동안을 동산여중에서 보냈다. 이곳에서 선영은 생전 처음 아버지와 정면으로 대립하게 된다. 생전에 선영이 아버지와 정면으로 부딪쳤던 적은 딱 세 번이었다. 두 번째와 세 번째의 대립에 대해서는 다음 장에서 이야기하기로 하고, 여기선 그 첫 번째 이야기를 해보자. 그것은 바로 고교 진학 문제였다.[18]

아버지는 큰딸 화진에 이어 둘째딸 선영 역시 상업계 고등학교에 진학시키려 했다. 고3 입시생인 큰아들에 이어 선영이 밑의 두 동생까지 뒷바라지하기 위해서라는 남아 선호의 전통적인 가치관을 어느 정도 갖고 있는 아버지의 나름의 교육책이었다. 그러나 집안 형편을 살펴 상업계 진학을 받아들인 맏딸과는 다르게 선영은 끝까지 인문계 진학을 고집했다. 울기도 했고, 아버지에게 매달려 애원하기도 했으며, 며칠간 단식을 하기까지 했다. 딸의 고집에 어머니가 먼저 꺾였다. 어머니는 '인문계만 보내 주면 대학은 내 힘으로 보내겠다.'고 아버지를 설득했다. 결국 아버지가 손을 들고 말았다. 1982년 봄, 선영은 광주 전남여고에 입학했다.

때마침 선영이네는 광주 교외[19]의 목장으로 옮겨 가 있었다. 이곳은 아버지 친구 분이 하는 목장으로, 산 속에 덩그마니 집이 있었다. 마을에서 조금 떨어진 곳이었으나, 적적하지는 않았다. 소도 몇 마리 있었고, 조그만 돼지우리도 있었다.[20] 자연이 친구요, 벗이었다. 창문

을 열면 온 천지를 덮은 흰 눈에 눈이 시렸다.[21] 그야말로 전원을 만끽하는 생활이었다. 아침에 학교에 가려면 비포장도로를 한참이나 걸어 나와야 했지만, 소원대로 인문계 고등학교에 들어갔다는 뿌듯함에 선영은 고된 줄도 모르고 걸어다녔다.

목장집에서 형제들과 함께

어머니와 딸

시골 학교에서 전교 1, 2등을 다투던 선영의 성적은 전남여고에서는 놀랍게도 중간쯤밖에 되지 않았다. 시골과 도시의 교육 편차가 그렇게 큰 것이었다. 특히 기초가 잡혀 있지 않은 영어 성적이 엉망이었다. 그러나 선영은 실망하지 않았다. 영어 단어숙어집을 가지고 다니면서 틈나는 대로 외웠다. 갈수록 밤늦게까지 공부하는 날이 많아졌다. 시험 볼 때마다 성적이 차츰차츰 올라가더니, 마침내 3학년 때는 완전한 상위권에 들게 되었다.

선영은 3학년에 올라가자마자 실장 선거의 강력한 후보로 추천되었다. 어머니의 걱정이 태산이었다.

"엄마, 애들이 자꾸 실장 하라고 하는데 어떻게 해?"

"안돼야. 우리가 실장 뒷바라지를 어떻게 허냐? 요새는 돈이 있어야 실장도 헌단다. 긍게 요번에 시험 보면 한나라도 틀려. 안다고 다 맞지 말고."

"엄마도 참! 어떻게 아는 걸 일부러 틀려."

"그러면 어쩌냐. 애기들이 자꾸 실장 허락헝게 글제."

"내가 알아서 할게. 엄마는 걱정 마세요."

선영은 강력히 실장을 고사하여 결국 부실장을 하게 됐다. 그런데 선영은 4월에 실시된 모의고사에서 전교 1등을 했다. 공교로운 일이었다.

"아이구! 일등을 놔부렀으니, 어떻게 하냐? 딴 애기들은 어쩌고 했다냐?"

"선생님들 불러다 식당에서 대접했대요."

"워따! 식당에서 대접을 허면 돈이 얼마여."

"엄만, 모른 척 그냥 가만히 계세요."

"글도 안 되제! 니가 기가 죽어 다니면 쓰겄냐. 엄마 맘도 안 좋제. 새끼가 일등을 놔부렀는디."

어머니는 이리저리 궁리를 하다가 학교 교사 식당을 이용하기로 했다. 학교에 연락을 해서 날을 받았다. 어머니는 직접 장을 봐다가 음식을 준비했다.[22] 딸기가 귀한 때였다. 딸기를 박스로 사들이고, 소고기를 닷 근 샀다. 밥을 해서 찬합에 담고, 밑반찬과 술과 불고기를 준비했다. 정성을 다한 어머니의 대접에 화답하듯 교사들은 입을 모아 선영이를 칭찬했다. 성적이 계속 오르고 있으니 일년간 잘 뒷바라지하여 이 추세를 유지해야 한다는 것이다.

전교 1등을 한 고3 시절 선영의 모습

부모님은 선영의 뒷바라지를 위해 전남여고와 가까운 중흥동에 상하방을 얻었다. 어차피 집도 없는 처지라 마음만 먹으면 어디로든 옮길 수 있는 터였다. 자식의 미래를 위해서라면 맹모 삼천지교(三遷之敎)를 마다하겠는가. 새로 이사간 집은 선영의 학교까지 걸어서 십 분 거리였다. 어머니는 선영이 공부에만 전념할 수 있도록 세심하게 모든 것을 배려했다. 아침, 점심, 저녁, 밤참 하루 네 끼 밥을 일일이 새로 지었고, 뜨거운 김이 식기 전에 학교로, 독서실로 손수 날랐다. 겨울에는 따뜻한 음식, 여름에는 시원한 음식으로 좋은 컨디션을 유지하도록 하였고, 영양가 높고 저렴

한 제철 음식을 마련하려 애썼다.

선영은 어머니에게 제발 고생하지 말고 다른 어머니들처럼 도시락이나 두 개씩 싸달라고 했다. 하지만 어머니는 학력고사 시험 보는 날까지 그 일을 했다. 공부하는 딸을 위해서라면 뭐든 하고 싶었던 것이다. 당시 어머니에게 말썽 없이 착하게 커 나가는 자식들만큼 소중한 건 없었다. 남매는 어머니의 전부요 세상의 모든 것이라 해도 과언이 아니었다. 자식 뒷바라지에 허리 펼 새가 없던 중흥동 상하방 시절을 어머니는 지금도 잊지 못한다. 행복했다. 세상 누구도 부럽지 않았다.

여상을 졸업한 큰딸 화진은 서울 큰 회사에 취직했고, 큰아들 종욱도 전남대 사범대에 진학했으며, 선영을 비롯한 밑의 두 동생들도 건강하게 자라나고 있었다. 큰아들은 졸업만 하면 자동으로 교사 발령이 날 터이고, 이제 선영이만 대학에 보내 기반을 잡으면, 밑의 두 동생들 미래도 술술 풀리리라 낙관하였다. 큰딸 화진을 미리 서울로 보내 놓은 것도 다 이유가 있었다. 선영이 대학에 입학하면 큰딸 곁에 붙여놓고, 큰딸이 시집갈 때쯤이면 선영이 두 동생의 둥지 역할을 할 수 있으리라 여겼던 것이다.

어머니는 아침마다 우유 세 개, 요구르트 세 개를 받아, 끼니마다 선영이를 챙겨 먹였다. 그러나 선영은 동생들이나 주라고 좀체 먹으려 하지 않았다. 아침마다 그 골목을 지나는 사람이면 먹어라, 안 먹는다는 모녀간에 정겨운 실랑이가 벌어지는 광경을 목격할 수 있었을 것이다. 어머니가 잠시라도 한눈을 팔면, 선영은 슬며시 우유를 내려놓고 쏜살같이 내빼기 일쑤였다. 그러면 어머니는 기어이 그것을 들고 큰길까지 쫓아 나가 선영이 먹는 것을 직접 눈으로 확인하고서야 집으로 돌아왔다.

열 손가락 깨물어 안 아픈 손가락이 있을 것인가. 선영이 먹을 것을 챙길 때마다 다른 자식들이 눈에 밟혔다. 특히 의석이, 영석이가 마음에 걸렸다. 돌덩이라도 삼킬 한창 나이에 얼마나들 먹고 싶을 것인가. 선영이 밤참으로 비싼 과일이나 과자를 사서 찬장에 숨겨놓고 돌아서면, 어느새 영석이 다가와 빤히 쳐다보곤 했다.

"나는 봤다, 나는 봤다!"

"잉, 뭐여? 뭘 봐?"

시치미를 떼고 돌아섰지만, 안쓰럽고 미안했다. '봤다, 봤다' 하면서도 찬장에 손 한 번 댈 줄 모르는 착한 막내가 가여웠다. 몇 개 꺼내줄 수도 있었다. 그러나 막내 주고, 의석이 안 주랴. 아예 못 먹을 것으로 해두어야 했다. 새끼들 벌린 입을 고루 채우자면 한정이 없었다.

'그려, 가난이 원수여. 지금은 누나가 입시생인께 느그들이 양보혀라. 느그들도 인자 머지 않았다. 입시도 생일처럼 형제간에 돌려가며 해묵는 것이다니까……'

온 가족의 관심도 고3 수험생 선영이에게 모아졌다. 공부방이 없었던 선영은 주로 학교에 늦게까지 남아 공부하거나 독서실에서 밤샘 공부를 하곤 했다. 선영이 독서실에서 밤을 지새는 날이면 아버지는 먹을 것을 사들고 격려차 독서실을 방문하곤 했다. 동생 의석은 아버지를 따라 누나한테 갔다가 생전 처음 바나나를 얻어먹기도 했다고 한다.[23] 밥 나르는 일도 어머니, 오빠, 동생들까지 온 가족이 총동원되었다.[24] 선영의 가족은 가난했지만, 그 어느 때보다 구순하고 화기애애한 시절을 보내고 있었다.

어느 날 오후. 시험을 끝내고 평소보다 일찍 귀가한 선영이 고양이처럼 살금살금 부엌에 들어왔다. 선영은 바닥에 쪼그려 앉아 채소를 다듬는 어머니의 눈을 두 손으로 가렸다.

"누구게?"

어리광 섞인 둘째 딸의 목소리에 어머니 입가에 미소가 번졌다. 선영의 장난기를 익히 잘 아는 어머니가 장단을 맞췄다.

"글쎄 이게 누굴까? 듣기는 많이 듣던 목소린디……"

"힌트! 세상에서 제일 예쁘다."

"세상에서 젤로 이뻐? 오매, 우리 화진이구나?"

어머니의 넉살에 선영은 어머니의 젖가슴에 손을 쑥 집어넣고 간지럼을 태우며 짐짓 볼멘 소리를 했다.

"에잇! 이렇게 쉬운 문제도 못 맞추다니, 벌이다, 벌!"

"하하하……. 아이고, 간지러워! 항복, 항복이단께!"

한참 짓궂게 장난치던 선영이 어머니 곁에 쪼그리고 앉아 파를 다듬기 시작했다.

"못써. 손 베려. 손 씻고 가서 한 잠 자."

"아이, 엄마는! 잠은 잘수록 더 온대요. 근데, 엄마."

"으응?"

"세상엔 어려운 사람들이 너무너무 많은 거 같애."

"어려운 사람? 쌔고 쌨지. 우리만 해도 밖에 나가면 선생님, 사모님, 껍데기만 그럴 듯하지, 속은 요로고 곯고 사는지 누가 알겄냐."

"아냐, 엄마. 우린 너무너무 행복한 거야. 먹을 것이 없어 배곯고 다니는 애들이 얼마나 많은지 몰라. 나랑 맨날 도시락 같이 먹는 애들 중에 시골에서 와 갖고 자취하는 애들이 있거든요. 병림이라는 애는 동생들 다섯하고 자취하는데, 동생들 도시락 싸주고 나면 지 도시락 쌀 게 없대. 참 안됐어, 엄마."

"그냐? 아이고, 고삼 짜리가 동생들 밥해 주니라고 참말로 욕본다. 쯧쯧."

"걔네들 보고 있으면 공부방 없다고 한탄한 내가 참 부끄러워져, 엄마."

"아야, 누가 들으면 도토리가 키 잰다고 하겠다 야."

농담으로 받아넘기면서도 어머니는 마냥 흐뭇한 표정이었다. 선영이 다듬은 파를 맑은 물에 헹구면서 말했다.

"그러니까, 엄마아. 점심 시간에 반찬 좀 많이 갖고 오면 안 될까?"

"나두 싼다고 쌌는디?"

"혼자 먹기는 괜찮헌데……"

"친구들하고 갈라묵을라고?"

"고생스럽지만 되도록 많이 좀 싸 줘요, 엄마. 둘째딸의 특별 주문이에요."

어머니는 대견한 듯이 선영의 궁둥이를 툭툭 두드렸다.

"우리 선영이 누가 낳는디 요로고 신통방통해? 누구 딸이여?"

"엄마 딸!"

고교시절 친구들과, 병림

나는 나를 길들인다

"누나야, 꼭 잡아라!"

"운전이나 똑똑허니 허씨요, 기사 양반?"

"하하하……."

자전거에 몸을 실은 남매의 웃음소리가 폭죽처럼 터졌다. 간밤에 내린 비로 아침 공기는 그 어느 때보다 싱그러웠다. 뒷자리에 앉은 선영은 무릎 위에 가방을 올려놓은 채 두 손으로 손잡이를 꼭 붙들고 있다. 흰 반팔 블라우스에 짙은 감색 치마, 단정한 교복 차림이었다. 선영은 방학중에도 꼭 교복을 챙겨 입었다. 옷이 없기도 했지만, 아침마다 뭘 갈아입을지 고민하는 수고를 덜어 주기 때문이었다. 길고 검은 머리채를 뒤로 땋아 내린 옆모습이 총명하면서도 고집 있어 보인다. 널찍한 주택가 골목을 빠져 나오자 저만치 2번 버스 다니는 길이 보인다. 오른쪽으로 핸들을 꺾으며 의석이 소리쳤다.

"작은누나, 엄마 속 좀 썩이지 말어."

"내가 뭘 속을 썩인다고 그나?"

"뭘! 아까 봉께 또 우유 안 먹고 내빼불두만."

"봤나?"

"긍게 주면 준 대로 얌전히 받아먹어. 엄마 또 큰길까지 들고뛰게 하지 말고."

"언제는 안 먹었냐. 오늘 아침에 먹은 게 얹혔는가 어째 속이 편치 않아서……."

"속은 뭔 속이 안 편해? 막둥이 주라고 글제? 나도 다 알어."

"째깐헌 게 뭘 안다고 누나한테 말대답이야? 운전이나 똑똑이해."

　말문이 막힌 선영이 얼른 마주 오는 리어커를 가리켰다. 의석도 잠시 입을 다물었다. 중앙시장에는 벌써 부산한 아침이 시작되고 있었다. 어물전을 지나 시장통을 빠져 나온 자전거가 건널목 앞에 잠시 멈췄다. 시내 중심이 시작되는 중앙로였다. 신호가 바뀌길 기다리며 의석이 다시 응수했다.

　"쩨깐해? 내가 작은누나 키를 추월한 게 언젠데?"

　"멀대 같이 키만 크면 뭐하냐? 요, 내실이 있어야지."

　선영이 손가락으로 의석의 뒤통수를 톡톡 치며 말했다.

　"내실? 학교 가서 친구들한테 다 물어 봐. 이런 동생이 어디 한나라도 있나. 아침마다 모셔다 줘, 점심 저녁으로 도시락 갖다 줘……. 행복한 줄을 알아야지."

　"그래그래. 니 말이 맞다. 하하하……."

　선영은 흡족한 얼굴로 동생의 뒷모습을 바라보았다.

　'개구쟁이 어린 동생이 어느새 이렇게 자랐을까. 화순에서 엄마한테 가자고 떼쓰던 일이 어제 같은데, 벌써 중3이라니…….'

　실없이 농담만 흘리는 것 같던 동생은 이제 제법 의젓한 티가 났다. 성적도 1학년 때보다 상당히 올랐다. 식구들이 뿔뿔이 흩어져 살 때도, 의석이와는 한 번도 떨어져 산 적이 없었다. 그래서인지 의석이한테는 유독 마음이 쓰였다. 선영은 훌쩍 커버린 동생의 등을 다독여 주려다 말고 얼른 손을 움츠렸다. 자전거는 벌써 하천을 끼고 달리고 있었다. 하천을 따라 난 이 작은 길은 위험한 곳이었다. 의석은 속도를 낮추고 조심스럽게 자전거를 몰았다. 하천을 끼고 2백여 미터쯤 올라가자 다리 건너편에 자리잡은 전남여고가 보였다.

　"의석이 너 영어 이야기 대회 나간다며? 뭘로 할지 정했나?"

　"어. 헨젤과 그레텔. 아버지한테 테이프 사다 달라고 했어."

"그래, 열심히 해라. 영어도 딱딱한 문법보다 작품으로 느끼면 익히는 게 훨씬 도움이 돼. 이따 보자."

"응, 이따 봐."[25]

학교 앞에서 내린 선영이 손을 흔들었다. 의석이 탄 자전거가 저만큼 멀어져 갔다. 동생은 이제 제 학교로 달려가 연합고사 공부에 열중할 것이다. 10분 후면 나 역시 저 거대한 붉은 건물 속에 갇혀 공부에 매달리게 될 것이다. 우리는 모두 길들여지고 있다. 너는 나의 삶을 길들이고, 나는 너를 길들이고, 사회는 나를 길들이고 있다.[26] 공부, 공부, 공부! 선생님들은 대학을 '학문의 전당'이니 '상아탑'이니 '자유와 낭만'과 같은 말로 채색하며, 이 험난한 관문만 넘으면 마치 장미빛 주단이 깔린 미래가 펼쳐질 것처럼 말한다. 과연 그럴까. 설사 그렇다 해도, 진정한 학문 탐구의 장으로 가기 위해 4지 선다형의 두뇌로 길들여져야 하는 이 현실은 얼마나 모순된 것인가!

그러나 실망의 씁쓸함을 맛보기 위해서라도 일단 이 시기를 무사히 넘겨야겠지. 틀에 찍혀 나오는 붕어빵과도 같은 신세를 면하려면 아직도 넉 달이나 남았다. 앞으로 한 학기 동안은 죽어라 기출 문제만 풀어댈 것이다. 나는 과연 합격할 수 있을까. 담임 선생님과 아버지는 은근히 서울대를 기대하고 계시지만, 아무래도 영어 때문에 불안하다. 그러나 캔디야! 웃자! 너를 향해 활짝 피어날 미래를 위해.

"선영아!"

등뒤에서 '주걱턱 아줌니' 순자의 목소리가 들렸다. 내내 뛰어 왔는지 숨이 턱에 닿아 헐떡거리며, 비오듯 땀을 흘리고 있었다.

"야, 그렇게 불렀는데 한번 돌아보지도 않냐?"

"못 들었는데?"

"뭔 생각을 그리 열심히 했냐. 님 생각?"

"하하. 생각할 님이라도 있으면 좋겠다."

"흠, 너 어제 보니까 요상한 책 읽더라?"

"요상한 책이라니?"

"철학책. 니 책상에 있던데?"

"어쭈, 이젠 남의 책상을 막 뒤지기까지?"

"뒤지긴 누가 뒤져. 정석 위에 떡하니 올려놨두만."

순자가 말하는 '철학책'이란 오빠한테 빌린 『철학 에세이』였다. 그걸 책상 위에 꺼내놓았던가? 선영은 미간을 찌푸렸다. 오빠가 읽더라도, 갖고 다니지는 말라고 했는데…….

"선영이 넌 지겹지도 않니? 안 그래도 책더미에 묻혀 사는 애가. 난 책만 보면 머리가 다 지끈거리더라."

"그 책은 철학이라는 것을 이해하기 쉽게 설명해 놓은 책이야. 철학은 지식인들만 논하는 어려운 학문이 아니라, 농사꾼이나 노동자들의 삶에서 우러나는 지혜 같은 것도 일종의 철학이래."

"노도옹자자? 너네 오빠 전대 들어가서 맨날 데모만 한다더니, 이제 아주 너까지 이상해져 부렀다? 너 이러다 대학 들어가면 아주 데모꾼으로 나서겠구나?"

"데모하는 게 뭐 나쁘냐? 옳은 것을 옳다고 말할 용기만 있다면야."

"하긴 전두환은 광주 쳐들어 와서 2천명이나 죽였대드라. 우리 친척 아제가 사람 죽어 나가는 거 직접 봤대……."

순자는 자기가 직접 목격하기라도 한 듯 갑자기 흥분해서 떠들어대기 시작했다. 광주 사람 치고 그런 이야기 한두 개쯤 들어보지 않은 사람이 없을 것이다. 선영 역시 순천에서 살다가 광주로 이사왔을 때, 난생 처음 80년 5월에 광주에서 있었던 이야기를 듣고 얼마나 놀랐던가. 소련 사람도, 중국 사람도, 북한 사람도 아니고, 어떻게 멀쩡한 대한민국 군인이 대한민국 사람에게 총을 겨눌 수 있단 말인가.

"… 하여간 방학 하니까 전대 데모 안 해서 세상 좋드라. 어휴, 그놈의 최루탄인지 뭔지!"

1983년도에 전남대 사범대 윤리교육과에 들어간 선영의 오빠는 입학하던 날부터 옷에 최루탄 가루를 묻히고 들어왔다. 금남로에는 연일 전대생과 조대생들의 시위가 벌어졌다. 축제조차도 시위로 시작하여 시위로 끝나기 일쑤였다. 광주의 대학생들에게 시위는 하나의 일상이었다. 데모하는 학생들에 대한 광주 시민들의 호응도 대단했다. 선영의 학교에서 금남로까지는 큰소리쳐도 들릴 정도로 가까웠다. 금남로나 전남대에서 최루탄을 뿌려대면, 가스 때문에 수업을 진행할 수가 없었다. 시위가 있는 날이면, 오빠는 어김없이 유독 가스를 풍기며 귀가했다. 부모님들은 큰아들이 간간이 시위에 참여한다는 사실을 알았지만, 크게 걱정하지 않았다. 오히려 밥상머리에서 오빠와 함께 시국에 대한 의견을 나누기도 했다. 때로 오빠는 군사독재 정권을 비난하는 발언을 하기도 했지만, 그럴 때마다 선영의 부모님들도 자연스럽게 맞장구를 쳤다. 아버지는 교직 생활에서 여실히 느껴온 잘못된 교육 정책에 대해 신랄한 비판을 가하기도 했다.

이것은 훗날 대학생이 된 선영에게 운동을 그만두라고 강권하던 것과는 크게 대별되는 모습이었다. 사실 오빠는 반정부 성향을 지닌 비판적인 대학인이었을 뿐, 특정한 운동권 조직에서 활동하는 것은 아니었다. 무엇보다 오빠는 일정한 선을 넘지 않았다. 대학 생활의 낭만도 즐길 줄 알았고, 적당히 학점 관리도 할 줄 알았으며, 졸업 후 교사가 되겠다는 현실적인 목표에도 동의하고 있었다. '독재 타도'라는 사회적 실천의 의미도 정의감의 건강한 분출에 있었다. 선영의 부모님들은 누구보다 그 사실을 잘 알고 있었던 것이다.

그러나 세상에는 일단 마음으로 진리를 받아들였으면, 그것을 고스란히 몸으로 살아내야 하는 종류의 인간이 있다. 선영은 과연 어떤 종류의 사람일 것인가. 이에 대해서는 뒤에서 더 자세히 언급하기로 하자. 다만 여기서는, 고등학생 선영이 왕성한 지적 호기심으로 오빠의 책들을 섭렵하고, 대학 생활이 주는 자극을 스펀지처럼 빨아들이고 있었다는 점만을 지적하기로 하자.

아버지, 아버지

뜨겁던 여름이 지나고 계절은 겨울을 향해 화살처럼 달려갔다. 선영이 독서실에서 밤샘 공부를 하는 날이 점점 많아졌다. 매월 실시하는 모의고사 결과는 그런 대로 낙관적이었다. 이 추세만 유지한다면 집에서 바라는 대학에 무난히 합격하지 않을까 싶었다. 그러나 12월에 실시된 학력고사 결과는 선영과 가족들의 기대에 미치지 못하였다. 수학이 너무 어렵게 나왔던 것이다. 취약 과목인 영어에서 깎인 점수를 벌충하려면 수학에서 반드시 만점을 맞아야만 했다. 아버지의 실망은 매우 컸다.

아버지와 딸은 한동안 직접적으로 부딪치지 않으면서도 각자 나름대로 대안을 모색하였다. 아버지는 학비 부담이 적으면서도 딸의 장래가 보장되는 학교를 알아보기 시작했다. 선영은 은연중에 어려서부터 꿈꿔온 한의대를 마음속에 떠올려 보았다.

"그래. 한의대는 의사의 길을 보장하면서도 4년 코스만으로 모든 게 끝난다. 문제는 등록금이다. 아버진 분명 반대하실 거야……"

문득 인문계 고등학교 진학 문제로 아버지와 대립했던 일이 떠올랐다. 아, 아무 생각 없이 공부만 할 때는 차라리 행복했다! 원서 쓸 날이 가까워오자 선영은 점점 초조해지기 시작했다.

담임 면담을 하고 돌아오는 선영의 발걸음은 무겁기만 했다. 담임 선생님은 선영의 성적 밑에 붉은 펜으로 밑줄을 긋고 낚시 바늘 같은 물음표를 그려놓았다.

"사립대 같으면야 네 점수로 갈 데가 많겠지만……"

선영의 처지를 뻔히 알고 있는 선생님은 차마 말을 잇지 못했다.

면담 시간 내내 볼펜 꼭지만 물어뜯던 선생님은 마침내 다음 주에는 부모님 면담이 있을 것이며, 그 전까지 부모님과 진학 문제를 결정지으라는 말로 마무리를 했다. 선영은 낚시 바늘 같은 물음표에 덜미를 잡힌 듯한 기분으로 교무실을 나왔다.

'어떻게 해야 하나. 시간은 자꾸 가는데, 어쩌지? 아냐. 이렇게 고민만 하고 있으면 뭐해. 우선 엄마하고 상의해 봐야겠어.'

책도 몇 권 없는 가방이 천근같이 무겁게 느껴졌다. 요즘은 학교에 가도 온통 진학 이야기뿐이었다. 선생님들도, 아이들도.

"박선영!"

어깨를 축 늘어뜨리며 교문을 나서는데, 등뒤에서 낯익은 목소리가 들려왔다.

"여태 뭐하다 이제 가냐? 순자는 아까 가던데."

병림이. 역시 수심에 찬 얼굴이다. 선영이 돌아보며 억지로 웃어 보였다.

"청소 벌써 끝났냐?"

"대충 놀다 왔어. 청소고 뭐고 다 귀찮아."

"넌 학교 문제 어떻게 할 거냐?"

선영의 질문에 병림의 얼굴이 금방 어두워졌다.

"몰라, 나도……. 우리 집 대책 없잖아. 동생들도 줄줄이 사탕이고. 아무래도 포기해야 될까 봐."

"포기하다니, 말도 안돼! 여태까지 고생한 거 아깝지도 않니? 무슨 길이 있을 거야. 내가 좀 알아볼게. 예전에 진학 잡지에서 등록금 면제되는 학교에 대해 나온 거 본 적이 있거든. 다시 알아볼 테니까, 기운 내."

"후후, 말만이라도 고맙다. 하지만 별 기대 안 해. 성적이 월등한 것도 아니고, 누가 나 같은 애를 공짜로 공부시켜 주겠냐."

"무슨 말을 그렇게 하냐. 니가 어때서? 성적이 월등해야 공부할 수 있다는 법이 어디 있니? 공부는 정말 하고 싶은 사람이 하는 거야."

"고마워, 선영아. 난 있지. 너랑 있다 보면, 니가 친구가 아니라 언니가 아닌가 착각할 때가 있어."

"뭐야? 아니 그럼 여태 친군 줄 알았냐? 앞으로 언니라고 부르고, 꼬박꼬박 존대말 써라 잉?"

"어쭈!"

"어쭈? 허어, 언니한테 말버릇이 그게 뭐냐?"

희미한 겨울 햇살이 주거니 받거니 장난치며 걸어가는 두 친구의 등줄기를 간지럽히고 있었다.

고등학교 친구들과 함께. 맨 왼쪽이 순자, 오른쪽 끝이 선영.

선영은 자기 문제에 대해서는 좀처럼 내색하지 않는 성격이었다. 친구들 사이에서도 선영은 주로 이야기를 듣는 쪽이었다. 친구들의 고민거리를 주의 깊게 경청하고는 따뜻한 위로의 말로 힘을 북돋아 주곤 했다. 그러다 보니 선영의 주위에는 늘 친구들이 많았다. 그러나 정작 선영의 마음 저 밑바닥을 흐르는 것들에 대해서는 아는 사람이 없었다.

그날 밤이었다. 저녁상을 물린 아버지가 선영을 불렀다. 선영은 내심 긴장하며 아버지 앞으로 다가갔다. 아버지는 부엌 쪽을 가리키며 말했다.

"느그 엄마도 들어오락해라."

드디어 올 것이 왔구나. 선영은 심호흡을 하며 마음을 다잡았다. 박선영, 침착해야 해. 흥분해선 안돼. 조리 있게, 그러나 솔직하게 내 생각을 말씀드리는 거야.

잠시 후 어머니가 치마 자락에 손의 물기를 닦으며 들어왔다.

"그래, 어드로 갈지 그 동안 생각은 좀 해봤냐?"

"네, 아버지."

아버지는 눈을 들어 딸의 얼굴을 찬찬히 살폈다. 머뭇거리지 않는 선선한 대답에 약간 놀란 표정이었다. 오늘 아버지는 작정한 바가 있었다. 퇴근길에 우연히 처가 쪽으로 먼 일가붙이를 만났는데, 선영이 얘기를 했더니 서울교대를 강력히 추천했다. 자기 동생[27]도 서울교대 다니는데 등록금도 싸고, 취직도 보장되니 여자로서 그보다 좋은 조건이 없다는 것이다.

"경희대 한의학과를 갔으면 좋겠어요."

"한의학과?"

아버지는 미간을 좁히며 단호하게 말했다.

"거그는 안돼!"

"아버지, 저는 한의학을 공부해서 우리같이 어려운 사람들 진료 봉사해 주며 사는 게 평생의 꿈입니다. 입학금만 대 주세요. 그러면, 그 다음부터는 제가 벌어서 다닐게요."

"니가 벌어서 한의대를 다닌다고? 허허, 외양간에 소가 웃겠다. 아, 말이 되는 소릴 해야제. 공부 따라가는 것만도 숨찬데, 돈을 벌어야? 세상 물정 알라면 안직도 멀었다."

선영은 애원하는 눈빛으로 말했다.

"저도 다 알아봤어요, 아버지. 한 학기 다니고 일년 쉬고 하는 식으로도 얼마든지 대학 다닐 수 있대요. 학기 중에 돈벌기 힘들면, 휴학해서 벌면 되잖아요."

"이 집에 선영이 너만 있냐? 얼른 졸업해서 동생들 뒷바라지 헐 생각도 좀 해야제. 두 말 말고 아버지 허란 대로 해. 내가 두 군데를 제시헐 테니까, 둘 중에 한나만 골라."

아버지가 제시한 학교는 서울교대와 카톨릭 의대 메디컬센터였다. 아버지 식으로 요약하자면, 서울교대는 저렴한 학비로 초등학교 교사가 되는 길이었고, 메디컬센터는 등록금 면제에 간호사가 되는 길이었다. 안돼! 선영은 마음속으로 안타까이 부르짖었다.

"아버지, 졸업하면 동생들 제가 책임질게요. 졸업해서 자리잡으면……."

"한의대 졸업헌다고 금방 한의사 된 중 아냐? 한의사 자격증 따야제, 글고 자격증 따면, 병원은 누가 공짜로 내 주냐?"

말문이 막혔다. 거기까지는 미처 생각해보지 못한 문제였다. 그러나 간호사! 초등학교 교사! 선영의 얼굴은 흙빛으로 변해 갔다. 꿈에도 생각지 못한 길이었다. 아버지, 내가 가고자 하는 곳은 대학이에요! 직업인 양성소가 아니라구요! 침착하자던 다짐은 간 데 없고 선영은 무심결에 어머니를 돌아보았다. 아, 이럴 수 없어. 이럴 순 없어. 엄마, 엄마! 나 좀 도와줘. 엄마 제발!

선영은 곁에 앉은 어머니를 간절한 눈초리로 쳐다보았다. 어머니는 아까부터 딸의 애처로운 눈길을 충분히 의식하고 있었다. 그러나 한 번 작심하면, 하늘이 무너져도 눈도 꿈쩍 않는 수십 년 박씨 고집을 어찌 꺾는단 말인가. 어머니는 헛기침을 두어 번 하고 목을 가다듬은 뒤에야 겨우 입을 열었다.

"거시기, 선영 아빠……."

어머니가 할 말을 익히 예상한 듯 아버지는 어머니의 말허리를 싹둑 잘라냈다.

"자네도 괜히 딸자식 역성만 들지 말고 앞길을 생각하라고. 선영이 한나가 아니여. 종욱이 졸업할라면 한참 남었고, 의석이 영석이 인자 금방이여, 금방."

"워따. 역성을 드는 게 아니라, 지가 요로고 한의대를 원하는데……."

"자네 선영이 고등학교 갈 때 뭐락했는가? '고등학교 보내주면 대학은 내가 갈칠란다'고 안 했는가?"

"그랑게 내가 시방 말헐라고 안 허요? 파출부라도 해서 선영이 입학금은 내가 마련해 볼랑게, 지가 가고자픈 디로 보냅시다."

버럭 고함이 터져 나왔다.

"아, 그걸 말이라고 해! 하이튼 애나 어른이나 똑같다니까! 그렇게나 물정을 몰라? 아, 꿈이야 좋제! 한의대 나와서 어려운 사람들 도와주고잉……."

선영의 진학 문제는 어느새 부부싸움으로 비화되고 있었다. 이런 상황을 바란 건 절대로 아니었다. 견딜 수 없었다. 선영은 저도 모르게 벌떡 일어났다.

"그만하세요! 아버지 말씀은 충분히 알아들었어요. 며칠만 생각할 말미를 좀 주세요."

아버지는 홧김에 딸의 뒤통수에 대고 소리쳤다.

"아, 생각허고 자시고 헐 것도 없어! 댕기고 싶으면 댕기고, 말고 싶으면 말아 부러!"

선영은 집을 박차고 나왔다.

'이건 아냐! 인정할 수 없어. 돈 몇 푼 때문에 원하지도 않는 길을 가고 싶지 않아. 내 인생이 걸린 문제야.'

어디선가 비웃는 소리가 들려왔다.

'박선영, 정신차려! 네 인생? 네 삶이 어디로부터 왔는데? 이 구차하고 남루한 현실이 바로 네 삶이야. 이 현실을 네가 바꿀 수 있을 것 같애? 모르니? 아버진 최선을 다하셨어. 아버지가 더 구차해지길 바라니? 너한테 매달려 애걸복걸하길 바래?'

'아냐! 그건 아냐! 아버질 미워하지 않아. 누구도 미워하지 않아. 난 그냥 온전히 내 자신의 밑바닥을 내보이고 싶었을 뿐이야.'

시간이 지나자 서서히 한기가 느껴졌다. 잠바 한 쪽 걸치지 않은 얇은 티셔츠 차림이었다. 검푸른 하늘을 올려다보았다. 밤하늘에 소름처럼 돋아난 잔별들이 머리 위로 금방이라도 쏟아져 내릴 것 같았다. 눈, 눈이라도 왔으면! 방향을 알 수 없는 이 타는 듯한 노여움을 식혀 줄 얼음덩이가 우박처럼 뚝뚝 떨어졌으면! 찝찔하고 뜨거운 것이 선영의 볼을 타고 주룩 흘렀다.

순간을 사는 연습

"해방이다!"

영조가 하늘 높이 가방을 던져 올렸다. 가방은 커다란 포물선을 그리며 눈 덮인 교정 저쪽으로 떨어졌다. 영조가 두 팔을 벌리고 앞으로 달려갔다. 그 뒤를 성심이가 내달렸다. '와!' 하는 괴성과 함께 두 사람이 눈 위를 뒹굴었다. 까르르. 웃음소리. 펑펑 쏟아지는 눈. 종업식을 마친 3학년 학생들이 재깔거리며 꾸역꾸역 교문을 빠져나갔다. 이제 이들은 올 겨울만 넘기면 대학으로, 사회로 각자 뿔뿔이 흩어져 갈 것이다.

병림에게 무언가를 열심히 설명하며 걸어가던 선영이 눈밭을 뒹구는 친구들을 눈으로 더듬었다. 두 친구는 벌써 맹렬한 눈싸움을 벌이기 시작했다. 친구들을 향해 환히 웃어 보이며 선영이 다시 말을 이었다.

"… 그러니까 거기 들어가면 4년 동안 학비 걱정 안 해도 되고, 대신 나중에 발령 받았을 때 월급에서 조금씩 까 나가면 된대. 니 점수면 충분하니까, 걱정 말고 원서 넣어 봐."

"그래, 고맙다. 근데 넌 어쩔 거냐?"

"나? 글쎄……."

선영은 말을 흐렸다. 얽히고설킨 진학 문제를 뭐라 설명하면 좋을 것인가. 이건 내가 어쩔 수 있는 선택의 문제가 아니잖은가. 물론 굳이 선택하라면 못할 것도 없다. 내겐 두 가지 선택의 길이 있다. 서울교대에 진학하느냐, 대학을 포기하느냐, 두 갈래 길. 그러나 내겐, 너무 가혹한. 선영의 입가에 자조(自嘲)의 웃음이 새나왔다. 그때 뭔가 퍽 하고 옆구리를 때렸다. 상념에서 깨어난 선영은 눈을 크게 떴다.

"윽! 아니 저것들이?"

옷에 묻은 눈을 털어 내던 선영이 병림을 돌아보며 소리쳤다.

"야, 가자! 아그들한테 한 수 갈쳐야겠다."

"오케이!"

두 여학생은 가방을 가슴에 안고 운동장 아래로 달려나갔다. 눈덩이를 여러 개 뭉쳐 든 선영이 교복 치마를 펄럭이며 눈밭을 가로질렀다. 자지러지는 비명소리, 웃음소리, 고함소리. 선영은 영조와 성심의 입에 눈덩이를 박아 넣고 낄낄거리며 냅다 달렸다.

박선영, 부끄러운 줄 알아라! 네가 고통이라 부르는 게 사실은 얼마나 작고 사소하고, 용렬한 건 줄 아니? 대학은커녕 중학교 문턱도 넘지 못한 네 초등학교 친구들을 생각해 봐. 갓 스물에 직장 생활을 시작한 언니의 청춘을 생각해 봐. 우리 엄마는 물로 허기를 때우며 나를 낳았어. 이 지구상에서 네 고통은 고작해야 4천만 분의 1, 60억 분의 1, 아니 억조창생 분의 1에 불과해.

눈아! 너를 기다렸다. 네 하얀 살로 내 삶의 헛것들을 덮어 다오. 누가 말했던가, 인생은 순간을 사는 연습이라고. 눈아! 난 지금 이렇게 살아 있다. 이렇게 살아 있어서 기쁘고, 시리도록 차가운 네 감촉이 기쁘고, 함께 하는 벗들이 있어 반갑다. 가라, 1984! 이제 너를 과거라 부르겠다. 그래, 어디든 어떠랴, 바둑인 뜰 것이다.[28] 내게는 터질 것 같은 젊음과 마음을 다해 사랑할 가족과 친구들이 있다. 헉헉, 뜨거운 입김을 내뿜으며 선영이 눈밭에 드러누웠다. 한층 거세진 눈발이 잿빛 하늘로 솟구치고 있었다.

그 해 마지막 날이었다. 선영은 어머니가 조촐한 다과상을 준비하는 동안 부엌에서 저녁 설거지를 하고 있었다. 해마다 연말이면 온 가족이 한 자리에 모여 묵은 해를 반성하고 새해를 맞는 모임을 가졌다. 언제부터인지는 정확하지 않지만 선영의 언니, 오빠가 도시로 유학을 떠나기 시작한 무렵부터가 아닌가 싶었다. 이 날 이 시간이 되면, 식구들은 직장 동료들과 망년회를 하거나, 친구들과 즐거운 시간을 갖다가도 어김없이 집으로 돌아왔다.[29]

이 날의 모임은 특히 선영의 대학 진학을 앞둔 시점이라 여러 가지로 의미가 있었다. 부모님은 선영이 서울교대에 입학하게 되면 서울의 큰딸 화진에게 보낼 생각이었다. 서울 면목동 이모 집에 기식하던 큰딸은 선영과의 생활을 위해 얼마 전 숭인동에 작은 월세방을 얻어 놓은 상태였다.[30]

아버지는 선영의 서울교대 행을 기정사실화하고 있었다. 한의학과를 고집하던 선영도 이젠 한 풀 꺾인 눈치였다. 며칠 전에는 아버지에게 지나가는 말처럼 '둘 중에서 하나를 골라야 한다면 서울교대를 택하겠노라'고 말하기도 했다. 일단은 안심이었다. 그러나 아직 부녀 사이에는 뭔가 모래알처럼 서걱거리는 듯한 감정적인 이물감이 남아 있었다. 일찌감치 퇴근한 아버지는 내심 오늘의 모임이 둘째 딸의 마음을 풀고 위무(慰撫)하는 자리가 되길 바랐다.

'딩동'. 초인종 소리가 들렸다. 언니다! 와락, 반가운 마음에 그릇을 헹구는 선영의 손길이 빨라졌다. 두르르 동생들 달려나가는 소리.

"큰누나다!"

영석의 환호성과 함께 화진 언니의 정겨운 목소리가 들려왔다.

"아버지! 저 왔어요!"

"화진이냐? 오니라고 욕봤다."

거실에 계시던 아버지도 반갑게 큰딸을 맞았다. 과일을 깎고 있던 엄마가 현관 쪽으로 고개를 꺾었다.

"우리 큰딸 왔냐. 밥은 어쨌냐?"

"먹고 왔어요."

언니는 앉자마자 선물 보따리부터 풀기 시작했다. 부모님과 화순 이모 겨울 내의, 동생들 양말이며 올망졸망한 선물이 쏟아져 나왔 다.[31] 오늘은 전에 없이 케이크 상자와 샴페인까지 사왔다. 각각 대학 과 고등학교에 진학하는 동생들 - 선영과 의석 - 을 격려해 주기 위 함일 터이다.

"이게 다 뭐여?"

거실 바닥에 펼쳐진 선물들을 내려다보는 부모님의 표정에는 큰 딸에 대한 대견함과 안쓰러움이 거미줄처럼 복잡하게 엉켜 있었다. 어려서부터 가족과 떨어져 외지(外地)에서 외롭게 성장한 딸, 고등 학교 졸업하자마자 당연한 것처럼 부모의 짐을 나눠 가진 딸, 이제 다시 동생 선영의 학업을 뒷바라지하겠다고 자청한 딸······. 맏이에 대한 미더운 마음에는 부모로서의 미안함과 자책이 어느 정도 포함 돼 있었다.

"언니야!"

의석을 앞세워 다과상을 내온 선영이 쑥스럽게 웃으며 언니 옆에 앉았다. 화진은 미소 띈 얼굴로 선영에게 손을 내밀었다.

"우리 선영이 공부하느라고 고생 많았지?"

다정하게 손을 맞잡은 두 자매를 흘겨보며 의석이 짐짓 볼멘 소 리를 했다.

"이거 왜 이래. 작은누나만 시험 봤는가. 나도 연합고사 봤어."

"큰누나, 나두! 나두 이제 중학생이다?"

재롱둥이 막내 영석의 말에 집안 가득 함박꽃 같은 웃음이 피어 났다. 샴페인을 딴 종욱이 아버지 잔을 채우며 말했다.

"아버지! 이 녀석들, 기념으로 샴페인 한 잔씩 돌릴까요?"

"아암! 한 잔 씩들 해. 요거는 술이 아니고, 음료수다니까? 큰놈들

105

은 맥주 마시고 싶으면 알아서 따라 마시고잉. 자, 건배!"

"건배!"

"올해도 다들 고생했다. 첫째, 느그들 어무니가 느그들 키우니라고 고생했고, 둘째는 화진이여. 아부지가 항상 말허는 것이지만, 큰누나는 부모 다음이여. 화진이가 느그들을 위해 희생하고 애쓴다는 것을 항상 잊지 말아야 헌다. 그게 인간의 도리여. 공부? 그거 암것도 아닌 거여. 인간이란 것은 말이다……."

아버지의 말이 길어지자 오 남매는 재빨리 의미심장한 눈빛을 교환했다. 자식들의 입가에 싱글싱글 웃음기가 떠오르자, 민망해진 어머니는 아버지의 옆구리를 쿡쿡 찔렀다.

"아따, 먼 서론이 그렇게 길다요? 애기들 앉혀 놓고 종례허요? 오늘은 우리 일곱 식구 즐겁게 일 년을 마감하는 날인게, 언능 노래나 한 자리 허씨요."

어머니의 스스럼없는 말투는 상당히 파격적인 것이었지만, 날이 날인만큼 아버지도 유쾌하게 맞받아 쳤다.

"허허, 아부지가 분위기를 깨부렀냐? 글도 사람이 헐 말은 해야제. 아부지가 체신없이 인나서 노래부터 허면 쓰겄냐. 분위기는 젊은 느그들이 띄우는 것이제. 어디 공부하니라고 고생헌 우리 두째 딸 노래 솜씨부터 들어 보끄나?"

아버지는 슬그머니 선영을 향해 고개를 돌렸다. 둘째 딸을 바라보는 눈빛이 애틋했다. 원래 아버지가 주도하는 가족 모임은 연장자 순서대로 돌아가며 한해를 반성하고 새해의 포부를 밝히는 자리였다.[32] 그러나 이 날의 분위기는 예년과는 약간 달랐다. 이 겨울이 지나면 20년 동안 품고 살아 온 딸자식을 서울로 떠나보내야 하는 아쉬움과, 원하는 대학을 보낼 수 없는 안쓰러움이 부모님의 마음을 '짠하게' 만들었던 것이다.

식구들의 시선이 온통 자기에게 쏠리자, 선영은 멋쩍은 웃음을 흘리며 입을 열었다.

"올 한 해 나름대로 열심히 한다고는 했는데 시험 결과가 좋지 않아서 죄송하구요, 또 요 며칠 진학 문제로 아버님께 심려를 끼쳐 드려 면목이 없습니다. 그 동안 부모님 입장은 헤아리지 않고 너무 제 고집만 피운 거 같아요. 어느 대학, 어느 공간으로 가든 다 저 하기 나름이라고 생각해요. 앞으로 부모님 실망하시지 않도록, 대학 생활 알차게 꾸려나가겠습니다……"

'어느새 저렇게 여물었는고.'

아버지는 묵연히 선영의 얼굴을 바라보았다. 대견했다. 마음도 아팠다. 그래, 4년이여. 4년만 참아 봐라. 졸업해서 발령 나면, 이 아비가 너 하고 싶은 공부 계속할 수 있게 뒷받침해 주마. 공부는 대학이 끝이 아니다. 대학원 가서도 얼마든지 할 수 있다. 네 고집 꺾어 놓고 미안해서 하는 이야기만은 아니야. 사실 아버지는 네 진지하고 강직한 성품이 걱정스러운 적도 있었다. 고등학교 1학년 때이던가. 너는 내게 이런 말을 했었지. 아버지. 학교 오가는 길에 휴지를 좀 주워 볼라고 했는데 못 줍겠대요. 아무리 주워도 끝이 없어요. 감당을 못하겠어요. 세상에! 속으로 얼마나 놀랐던지! 주택가 골목길도 아니고, 번잡한 시장통의 휴지를 오며 가며 혼자 다 주우려 했던 것이다.[33] 양심에 따라 실천하는 용기야 가상하고 놀라운 것이지만, 아가, 이 아비를 보아라. 너무 강직해도 못쓴다. 삶의 굴곡과 풍파를 어찌 감당하려느냐……

어색한 분위기를 바꿔보려는 듯 선영이 언니를 돌아보며 말했다.

"언니야, 빈 몸으로 가도 구박하지 말어?"

"빨랑 졸업하고 올라오기나 해. 언니가 거금 주고 니 책상까지 들여놨다 야. 스탠드까지 있는 완전 최고급으로."[34]

"정말? 야호! 역시, 울 언니가 최고야!"

선영이 환호성을 지르며 언니를 부둥켜안자, 의석이 끼어들었다.

"큰누나, 끝이 아냐. 안심하지 마. 3년 뒤엔 책상 하나 더 사야 할 거야."

"뭐야? 하하하……."

새로 이사한 아파트에서 연말 모임을 갖는 가족들

한바탕 웃음이 지나갔다. 분위기는 한결 화기애애해졌다. 오빠가 맥주를 따라 주며 선영에게 농을 걸었다.

"야아, 우리 선영이 말하는 거 보니까 이제 제법 어른스러운데? 어이, 사냥개코! 한 잔 해!"

"사냥개코? 아, 나는 미(美) 의식이 없는 사람하고는 안 마셔."

"에이, 그러지 말고 한 잔 마셔. 마시고 노래 하나 해라."

"뭔 노래를 허라고."

"지난번에 나랑 연습한 거 있잖아. 오빠가 기타 쳐줄까?"[35]

"아이 참……."

술 한 모금에 눈자위가 붉어진 선영이 더 이상 빼지 않고 노래를 시작했다.

깊은 산 오솔길 옆 자그마한 연못엔
지금은 더러운 물만 고이고 아무 것도 살지 않지만
먼 옛날 이 연못엔 예쁜 붕어 두 마리
살고 있었다고 전해지지요 깊은 산 작은 연못……[36]

아버지 옆에서 귤껍질을 벗기던 어머니가 흐뭇한 미소를 지으며 혼잣말처럼 중얼거렸다.

"하이튼 나는 친구들이 아무리 관광차로 여행을 댕기고 그래도 알토란 겉은 우리 새끼들만 생각하면 한나도 안 부럽당게.[37] 우리 오 남매, 더도 말고 오늘 겉이만 화목하니 의좋게 살아라잉. 오늘 겉이 만……."

효녀 심청

"오빠. '대자적'이라는 게 뭐야?"

"대자적? 어, 너 그 책 또 보냐? 작년에 봤잖아?"

선영이 아까부터 읽고 있는 책은 한완상 씨가 쓴 저 유명한 『민중
과 지식인』[38]이었다.

"으응, 시간 있을 때 다시 한번 읽어볼려고"

"글쎄, 이거 좀 까다로운 개념인데……. '대자적(對自的)'[39]이란 건
다른 것과의 관계 속에서 자신을 새롭게 자각하고 정립하는 주체의
태도를 말하는 거야."

"다른 것과의 관계?"

"즉자적 민중이 우리 주위에서 흔히 볼 수 있는 힘없는 사람들,
일방적으로 지배당하고, 조종당하는 민중들을 말하는 거라면, 대자
적 민중은 지배 계급과의 관계 속에서 자신이 어떻게 압박 받아 왔
고, 무력화되어 왔는지를 냉철하게 꿰뚫어 보고, 그에 맞서 저항할
줄 아는 자각된 민중을 말하는 거야."

"자각된 민중……."

선영은 쉽게 이해가 가지 않는다는 듯 입맛을 다셨다. 오빠는 적
당한 예를 떠올리려는 듯 실눈을 뜨고 한동안 천장 벽지의 꽃무늬
를 헤아리더니, 갑자기 동생 앞으로 바싹 다가앉았다.

"너 중학교 다닐 때 십이륙(10 · 26) 사태 기억나지? 박정희가 김
재규한테 총 맞아 죽었을 때 말야. 그때 어쨌냐? 텔레비전에서 몇
날 며칠 장송곡만 틀어주고 역사의 큰 별이라도 떨어진 것처럼 분
위기 잡았잖아. 할머니 할아버지 막 대성통곡하고"

"맞아, 기억난다! 그때 나도 면에 설치된 분향소에 가서 분향하고 묵념하고 그랬어. 근데 솔직히 부모님 돌아가신 것도 아닌데 애들이 다 울고불고 하니까 사실 난 좀 어리둥절했지."[40]

"거 봐라! 이 나라 군사 독재 썩은 정치의 발판을 누가 만들었는데! 그거 다 박정희가 만들어 논 거 아냐? 박정희가 '한강의 기적'을 이뤘다지만, 따지고 보면 그게 다 국민들 피땀 쥐어짜서 만들어 낸 거고, 살판난 건 재벌들 뿐이야. 노동자, 농민들, 우리 같은 힘없는 사람들에게 달라진 게 뭐가 있어, 재벌들 배만 잔뜩 불려놨지. 그런데 봐라! 온 국민을 18년 동안이나 바보로 만들고, 탄압한 사람이 죽었다고 땅을 치고 통곡하는 사람들이 수두룩하잖아."

"깨어 있지 않은 즉자적 민중이다 이거지?"

"그렇지. 이 땅의 모든 역사는 깨어 있는 민중에 의해 이끌어져 왔어. 민중이 깨어나야 해. 깨어 있지 않은 민중은 역사의 주인이라 불릴 자격도 없는 거야. 대학생이나 지식인의 역할도 바로 거기서 나오는 거고."

선영은 콧등을 찡그리며 골똘히 생각에 잠겼다. 오빠의 말은 대체로 이해할 수 있었다. 그러나 의문점이 완전히 풀린 것은 아니었다. 그렇다면 대학생은 과연 지식인인가, 지식인은 대자적 민중이 될 수 있는가, 민중은 지식인의 도움 없이 스스로 깨어날 수 없는가……. 무수한 의문 부호들이 선영의 머릿속에서 꿈틀거렸다. 그러나 요 며칠 그 모든 의문점들을 제압하며 선영을 괴롭히는 문제가 있었으니 그것은 바로 '계급' 문제였다.

무엇보다 선영은 오빠의 책들을 접할 때마다 '계급'이라는 낯선 용어에 거부감이 일었다. 현대 사회의 다양한 인간관계를 너무 협소한 관점으로 바라보는 게 아닌가 하는 생각 때문이었다. 더욱이 선영은 어렴풋이 그 '계급'이라는 용어 뒤에는 공산주의라는 이념의 복병이 도사리고 있음을 감지하고 있었다. 군사 독재나 자본주의 사회의 폐해와 저항의 필요성에 대해서는 쉽게 납득하고 인정할 수 있었음에도, '이념'이라는 막다른 골목에 부딪치면 막막하기 그지없었다. 자기만의 생각에 잠겨 있던 선영은 자기도 모르게 그 생각의 편린을 입 밖에 내고 말았다.

"오빠, 데모하는 대학생들은 다 공산주의자야?"[41]

"뭐야? 하하. 넌 이 오빠가 공산주의자 같아 보이냐?"

"아니, 그런 게 아니라……. 데모하는 대학생들이 보는 사회과학 책들은 대부분 공산주의 서적인 거 같애. 『철학 에세이』만 해도 좀 그렇잖아?"

선영의 속마음을 꿰뚫기라도 한 듯 오빠가 빙긋 웃으며 말했다.

"맑시즘을 공부한다고 해서 다 공산주의자가 되는 건 아니야. 대학생들이 맑시즘을 공부하는 건 공산주의자가 되기 위해서가 아니라 그 속에 있는 저항 의식을 배우고 투쟁의 동력으로 삼기 위해서야."

"투쟁의 동력?"

"흠……. 선영이 너 안 되겠다. 미리 앞질러 읽는다고 좋은 게 아니야. 고민에도 단계가 있는 거야. 아무 책이나 집히는 대로 읽지 말고, 우선 우리 역사, 특히 근현대사부터 차근차근 읽어 봐라. 우선은 니가 지금 어디에 서 있는가를 아는 게 중요한 거야. 거기서부터 출발해. 오빠 책상 위에 보면 '해방전후사의 인식'[42]이란 책이 있거든? 그것부터 찬찬히 읽어 봐. 보다가 모르는 거 있으면 오빠한테 물어 보고."

"알았어."

"시험도 끝났겠다 친구들하고 놀기도 하고 그래. 맨날 집에서 책만 들여다보지 말고. 그리고……."

오빠는 잠시 말을 끊고 동생의 얼굴을 바라보았다. 대학 진학 문제로 한 차례 홍역을 치른 뒤, 동생은 식구들에게 애써 밝은 모습을 보이려 했다. 그러나 어릴 때부터 키워온 꿈을 한 순간에 접는다는 게 어디 쉬운 일이던가. 그 심정은 누구보다 오빠가 잘 알았다. 오빠 역시 대학 진학 문제로 아버지와 팽팽한 신경전을 벌인 적이 있었다. 어디 아버지뿐이랴? 집안 어른들까지 모여 장손이 입학할 대학과 학과를 결정해 버린 것이다.[43]

낚시터에서 아버지, 오빠, 막내동생 영석과 함께

"요즘 힘들지?"

"아냐, 오빠……."

"힘들 거야. 너도 알겠지만, 오빠도 솔직히 처음부터 교사되고 싶은 마음은 없었다. 그런데 막상 대학에 들어가고 나니 생각이 좀 달라지더라. 네 말대로 대학 생활이란 자기 하기 나름이라는 생각이

들더라고. 그리고 교육 문제도 간단히 접고 지나갈 문제가 아냐. 모든 것이 교육으로부터 시작되잖아. 그런 면에서 초등 교육이 참 중요해. 여러 가지 아쉬움은 있겠지만 힘내고, 슬슬 교육 문제에도 관심을 가져 봐."

선영은 말없이 머리를 끄덕였다. 오빠와 이렇게 진지한 대화를 나눈 것도 거의 처음 있는 일이었다. 대학 입학을 앞둔 동생을 오빠는 이미 성인으로 인정하고 있었던 것이다.

2월이 되자 선영은 서서히 서울에 올라갈 준비를 했다. 짐이래봐야 별 것 없었다. 입던 옷가지를 챙겼고, 몇 권의 책과 몇 장의 사진, 필기구……. 그것이 전부였다. 그보다 더욱 중요한 준비가 있었다. 그건 바로 집을 떠나는 연습이었다. 선영은 단 한번도 가족을 떠난 적이 없었다. 화순에 살 때도 그저 동생과 남겨졌을 뿐, 떠난 것은 오히려 가족이었다. 남겨진 이의 외로움을 너무 일찍 알아서일까. 떠남을 준비하는 마음이 가뿐하질 않았다. 무엇보다 어머니가 걱정이었다. 언니를 서울에 올려 보내고, 이제 남은 딸마저 떼 놓고 나면 얼마나 허전할까. 두 딸의 서울 살림을 위해 새로 김치를 담고, 밑반찬을 만드느라 분주한 어머니의 일과를 지켜보노라면 가슴 한 켠이 싸했다.

어느 날, 잠깐 친구 집에 다녀오겠다며 외출한 선영이 저녁 무렵에야 들어왔다. 선영은 커다란 비닐 봉투를 껴안고 있었다.

"엄마, 이거!"

"이게 뭐다냐?"

"장학 적금 탄 거 헐어서 좀 샀어, 엄마."

"장학 적금?"

졸업[44]과 동시에 고등학교 3년 동안 적립한 장학적금을 찾으니 그럭저럭 15만 원 돈이 되었다. 선영은 그 돈을 고스란히 어머니에게 내밀었다. 그러나, 어머니는 펄쩍 뛰며 받지 않았다. 옷 한 벌 제대로 사주지도 못했는데, 용돈 아껴 모은 제 돈까지 챙길 수야 있는가. 서울 가서 용돈 아쉬울 때 쓰라며, 싫다는 딸의 손에 억지로 쥐어준 게 바로 엊그제 일이었다.

비닐을 벗겨 내자 베개, 속옷, 양말, 냉장고 덮개 등 각종 잡화가 쏟아져 나왔다. 어머니는 눈이 휘둥그레졌다.

"야이, 그 놈 갖고 용돈이나 하제, 뭣허러 이런 걸 사 왔냐."

"용돈 많은데 뭐. 여기 이 베개는 엄마 아빠 거, 딸 걱정 말고 밤에 편안히 주무시라고. 이건 식구들 속옷하고 양말, 맨날 모자라잖아. 식구대로 새 것으로 하나씩 챙겨 주세요. 이건 냉장고 위에 덮는 레이스야, 엄마. 내가 한 번 해볼게."

선영은 냉장고 위에 흰 레이스 덮개를 씌우며 말했다.

"야, 좋다! 엄마, 나 학교 가고 없어도 예쁘게 하고 살아야 돼?"

어머니는 황황히 걸레를 집어 들어 방바닥을 문지르기 시작했다. 콧날이 시큰하고 눈시울이 뜨거워 딸을 똑바로 쳐다볼 수가 없었다. 선영 역시 어머니를 외면하고 돌아 선 채 레이스 자락만 만지작거렸다.

아버지 월급 타서 쌀 사고, 연탄 들여놓고, 세금 내고, 자식들 학비 제하고, 회수권 한 달 치 사서 나눠주고 나면 남는 게 없었다. 옷가지며 아이들 용돈은 생각할 수조차 없었다. 속옷이며 양말이 그렇게 귀할 수가 없었다. 큰딸이 가끔 사 보내는 것은 아버지를 드렸고, 자식들은 으레 헌 것을 기워 입기 마련이었다.

어머니는 간신히 입을 열어 이렇게 중얼거렸다.

"입학식 때 입을 옷도 없음서, 옷 한 벌 사자게도 그렇게나 마다고……."

"옷 많은데 뭐. 서울 가서 언니 옷 빌려 입어도 되고. 엄마, 불쌍한 사람들이 얼마나 많은 줄 알아. 우리 반에도 반수 이상이 돈이 없어서 대학을 못 가. 나는 호강하는 거야, 엄마."

어머니는 걸레를 휙 던져 놓고 화난 사람처럼 말했다.

"너는 어쩌면 그러냐. 남들은 돈 안 준다고 용돈 달라고 근다더라. 글안해도 널 보내놓고 어찌고 살지 그 생각만 허면 죽겠는디, 갈라면 정을 떼고 가야제 요로고 정을 주고 가면 가슴 아파서 엄만 어떻게 사냐……."

"엄마는 차암……."

선영이 다가와 어머니 어깨를 감싸 안으며 부드럽게 말했다.

"내가 뭐 영영 못 올 데 가나? 가면 언니도 있고, 몇 달만 있으면 금세 방학인데 뭐. 그리고 엄마, 나 보고 싶으면 언제든지 편지해. 당장 달려올게."

어머니는 딸의 머리를 쓸어내리며 한숨처럼 읊조렸다.

"정도, 정도 우리 선영이 같이 많으리. 말 한 자리, 행실 하나 버릴 것이 없으니, 너는 참말로 효녀 심청이 같다잉……." [45]

주

1 일기 원문에는 '(하늘)은'이라고 돼 있으나, 의미상 '(하늘)의'의 오기(誤記)인 듯하다. 글쓴이.

2 청청(靑靑) : 푸르고 싱그러운 하늘빛을 뜻함. 글쓴이.

3 동그랗게 흐르는 물. 도래샘이라고도 함.

4 이후 화순 이모로 통칭되는 사람들이 바로 이들 가족이다.

5 원장댁 큰아들 정호 군은 선영보다 한 살 위로 선영이 죽은 뒤 부모님과 함께 서울로 올라와 시신을 확인하고 화장 과정을 지켜보았으며, 그해 9월 2일 추모제를 즈음하여 선영을 추모하는 글을 쓰기도 했다. 이 글의 일부는 당시 교대 대자보에 게재되었다. 현재 치과 의사.

6 기사 내용 중 한문은 한글로 표기하였음. 맞춤법은 원문 그대로임.

7 아버지는 72년 3월 1일부터 1년 간 전남 화순 동복 남 초등학교, 73년 3월 1일부터 1년간 전남 화순 동 초등학교에 근무했으며, 선영이 입학할 당시 가족들은 광주 풍양동에 자리잡고 있었다.

8 막내 동생 영석. 1973년 2월 9일생.

9 '내가 버리는 걸 싫어해. 집에서 그냥 머리를 뚜깍뚜깍 자른 것이 아니고, 애기를 델꼬 장날 미장원에 갔어. 머리를 좋게 잘라 달라고, 지가 크면 지 머린께 준다고, 그렇게 방정스러웠어요 내가. 그걸 지금까지 보관을 했어. 지 머리도 자르고 내 머리도 잘라 갖고, 선영이 머리는 애기 머리라 숱도 적고 놔래. 선영아 니 머리여, 인자 그러고 딱 싸서 놔뒀거든. 그거이 지금까지 있어. 그렇게 이사를 댕겼는데도, 자식은 가고 없고 머리만 남았더라고, 머리 갖고도 많이 울었네 참말로……:" 어머니의 술회에서. 이렇게 남겨진 머리카락은 훗날 선영의 유해를 망월동 5·18 묘역으로 이장할 때 함께 넣어졌다.

10 식사를 제공하고 날삯으로 일을 시키는 일꾼. 삯꾼.

11 누나 생존시에 쓴 의석의 성장기.

12 동생 의석의 초등학교 1학년 때를 말함.

13 띄어쓰기를 제외하면 원문 표기 그대로임.

14 "교장 선생님이 술 받아 주라고 선생님들을 성가시게 그래싸. 그래서 내가 교장 선생님한테 가서 그러지 말라고 그랬어. 홀떡홀떡 뛰더라고, 내가 그 말을 헌께. 아, 손자 같고 인자 학교들 막 나와 갖고 그 애(젊은 선생님)들이 뭘 안다요, 아 술 그게 몇 푼이나 한다고 그걸 안 받아온다고 무르팍 꿇쳐놓고, 울리고, 그러면 쓰겄소 내가 타일렀거든. 박운주 니 같은 게 뭐인데 감히 교장 앞에 와서 그러나 이거지. 교장 앞에서 다들 무서워 갖고 벌벌 떤다니께. 근데 나는 그런 게 두렵지 않으니까. 학교 교육이 잘되려면 교장 선생님이 잘해야 쓸 것 아니요, 그래도 세상은 전부 다 교장 편이여. 속으로는 어떨망정 겉으로는 전부 교장 편이여. 세상이 꼭 그렇게 흘러갔어." 아버지의 술회에서.

15 "정하니 고집이 세고 사나웠어. 부당하게 뭘 요구하면 달려들면서 싸워. 그래도 집에만 오믄 지 엄마한테 고양이처럼 앵겨서 장난치고 아양떨고 별 짓거리를 다해." 아버지의 술회에서.

16 막내 동생 영석의 술회에서. 이때 영석은 초등학교 1학년이었다.

117

17 그때부터 대학 시절까지, 어머니는 동상 걸린 딸의 손을 치료하기 위해 좋다는 약과 민간 요법은 다 써봤지만, 선영의 손은 결국 죽을 때까지 완치되지 못했다.

18 서울교대 84학번 이옥신의 술회에서.

19 광주시 남구 방림동.

20 막내 동생 영석의 술회에서.

21 동생 의석의 일기에서.

22 재야 인권 단체에서 어머니의 맛갈진 음식 솜씨를 모르는 사람은 '프락치(?)' 취급을 받는다. 궁금하신 분은 박선영 기념관 소의재를 방문하시라. 061-783-0047

23 동생 의석의 편지글에서.

24 "저녁에는 11시 반에 학교에서 끝나. 집이 상하방이라 아버지방 남동생들 방 한나, 그러면 지 방이 없제 잉. 그렇게 주방에다가 요로고 포장 쳐놓고 책상 한나 놔두고 하거든. 그러니 공부가 하기 어렵제 잉. 엄마는 딸그락거렸쌌고 그렇게 학교서 끝나면 독서실로 가. 밤에 먹을 것을 학교 끝날 시간에 내가 딱 갖고 가. 야참은 과일 같은 거 조금씩 사서 놔뒀다가 그 놈을 갖고 가. 애기 데리고 독서실까지 데려다 줘, 내가……." 어머니의 술회에서.

25 동생 의석의 편지 내용을 토대로 재구성한 것임.

26 1985년 10월, 중학 친구 신율건에게 보내는 편지 "넌 너의 삶을 길들여 나가고 있다. 난 너를 길들이고 있고, 사회는 우리를 길들이고 있다……"에서 응용한 구절임.

27 이옥신. 서울교대 84학번으로 교대 내 언더 서클에서 활동하였고, 87년 제적되었다. 85년 교대에 입학한 선영에게 학습 팀을 소개해 준 바 있다.

28 친구 순자에게 보낸 1986년 11월 19일 자 편지의 마지막 구절.

29 어머니와 아버지, 기타 가족들의 술회에서.

30 언니 화진의 술회에서.

31 언니 화진의 가계부를 참고한 내용임.

32 "연말에 가족끼리 모이면 첫째로 각자 자기 반성하는 시간을 갖고, 둘째로 새해 계획을 돌아가면서 이야기를 했어. 인자 내가 제일 먼저 반성을 허고 차례로 돌아가면서 했지. 돌아가면서 노래도 부르고 술도 한 잔씩 하고 큰놈들은 맥주 마시고 작은놈들은 음료수 마시고 그렇게 했어. 나? 뭐 아는 노래가 있는가? 「나그네 설움」 같은 거이나 부르고 그랬제. 허허. 큰아들 빼고는 나를 탁했는가 다 노래를 못해. 선영이도 노랜 잘 못했어." 아버지의 술회에서.

33 "… 우리 집에서 학교 가는데 거리가 한 육백 미타 정도 될 거야. 근데 시장을 거쳐가. 거가 광주 대인시장인데, 나보고 뭔 말을 하냐면, 아버지 휴지를 내가 학교 가는 길에, 오는 길에 휴지를 줏어 보니까 못 줍겄다고, 감당을 못허겄다고 그래. 다니면서 휴지를 줏었던 모냥이여……." 아버지의 술회에서.

34 언니 화진의 술회에서. "… 선영이 올라오기 몇 달 전부터 방을 얻어놓고 냉장고도 할부로 들여놓

고, 가구점에서 스탠드 있는 학생 책상. 당시에는 꽤 비싸게 주고 산 책상이었어. 그것도 사놓고, 선영이 올라오기만 기다렸지. 그때까지 너무 외롭게 지내서 선영이랑 같이 살게 된 게 그렇게 좋을 수가 없는 거야……."

35 선영은 오빠의 기타 반주에 맞춰 함께 노래 부르기도 했다. 오빠 박종욱의 술회에서.

36 "… 그 당시엔 민중가요가 널리 퍼지지 않은 시절이라 김민기의 노래나 「작은 연못」 등 당시의 금지가요 테잎이 내게 있었거든요. 그런 걸 주로 듣곤 했지요……." 오빠 박종욱의 술회에서.

37 어머니의 술회에서.

38 정우사에서 출간(出刊)된 80년대 대학가의 베스트셀러. '시각 교정'용으로 신입생에게 즐겨 읽히던 책이다.

39 대자적(對自的 ; fur sich) ; 퓌어 지히. 독일 철학에서 다른 것과의 관계에 의하여 자기를 자각하고 자기 자신과 대립하는 일. 대자(對自). ↔ 즉자(卽自). 안 지히(an sich). 한완상 씨는 『민중과 지식인』에서 이 두 개념을 이용하여 민중이 단순한 피압박 계급에서 자각된 민중으로 나아가야 한다고 설파하였다.

40 동생 의석의 일기에서. "… 어느 날 아침 등교길에 우리는 정치 이야기를 하게 됐다. 대통령이 돌아가셨다는 소식이 우리의 귀에까지 들어온 것이다. … 그 분이 새마을 운동 등 여러 가지 사업을 벌여 국가 발전에 큰 공헌을 하신 분임을 안다. 그런데 돌아가셨으니 우리로서도 의아해 할 만한 것이다. 그날 오후에 면사무소에 마련된 조촐한 분소에 갔다. 학생 전체가 다 갔다. 머리를 조아리고 조용히 명복을 빌었다. 큰 별의 사라짐을 아쉬워 했는지도 모른다……."

41 오빠의 회상에서. "… 그리고 대학생활과 서클 활동에 대해서 묻기도 하고 관심을 가졌습니다. 특히 왜 대학생들이 데모를 하는가에 대해 많은 관심을 가졌던 기억이 납니다. … 따라서 선영이는 대학 진학 공부로 매우 바쁜 가운데서도 그러한 사회적 병리현상과 이슈에 대해 자연스레 비판의식을 가질 수 있었습니다. 특히 군부독재와 천민자본주의에 의한 폐해에 대해서는 많은 관심을 가지고 있었다고 기억됩니다……."

42 『해방전후사의 인식 I』. 송건호 외, 한길사 간(刊). 일명 '해전사'란 약칭으로 불림.

43 "… 전대 사대를 가고싶은 마음이 전혀 없었는데 가족들의 강권에 의해 갔지요. 실은 중앙대 연극 영화과와 한양대 관광과, 그리고 중대 신문방송 학과쪽으로 가고 싶었어요. 성적도 충분히 가능했고, 집안 어른들이 모여서 내 진로를 고민한 것이 바로 전대 사대였고, 결국은 사대, 그리고 학과도 어르신들이 정해 주신 윤리과……." 오빠 박종욱의 술회에서. 박종욱은 83년 전남대 사범대 윤리학과에 차석으로 합격했다.

44 "… 담임선생님이 선영이를 아주 이뻐했지. … 졸업식 때 가니까 뺏진가 학교에서 전체 주는 거 있잖아. 메달 같이 생긴 거. 그걸 쫙 나눠 주두만. 실장이. 근데 어째 또 그게 숫자가 모자랐어. 선생님이 선영이 걸 가지고 가더라고. 선영아 하나 모자란다, 니가 양해해라. 선영이도 메달 걸고 사진도 찍고 했으니까 당연히 그러라고 양보하고, 그걸 보니까 마음이 좋더라고, 아 저렇게 부족하고 아쉬울 때

선영이를 찾는구나 하는 게……." 어머니의 술회에서. 선영은 1985년 2월 전남여고를 졸업했다.

45 "… 그 놈 저금통장을 헐어 아버지 벼개 엄마 벼개 사고, 팬티 사고 양말 사고 냉장고 레이스 덮개 사고, 이것저것 사 갖고 왔더라고 … 야이 왜 그걸 찾아서 용돈이나 하제 그런 걸 사갖고 왔냐. 넌 꼭 심청이 같다잉. 내가 못됐지. 내가 왜 그랬능가 모르겠어. 대학교 보낼람서 그 말을 했단 말야. 그러니 그게 좋은 말이여? 지금 생각하면 말을 조심해야겠더라야." 어머니의 술회에서.

3부 · 코뿔소

최루탄 속에서 고뇌하는
한국의 현대인이여
병사여. 청춘이여. 정열이여.
피눈물의 역사여.

— 박선영의 일기[1]에서

지하(地下)를 찾아

… 여느 학교와 달라서 모든 것에 흥미를 잃기가 쉬운 곳이란다. 젊음이 흐르는 곳. 大學의 문화. 조금은 특징적인 그런 것도 없는. 어쩜 高等의 연장처럼 느껴져. 지금은 덜 그렇지만 전엔 많은 고민을 했었어. 그 고민도 이젠 달게 받는단다. 내 마음의 성장을 위해서 필요한 거름이라고 생각돼서…….

— 1985년 5월 6일 친구에게 보낸 편지에서

선영은 1985년 2월 27일, 서울에 올라왔다. 함께 올라온 어머니는 선영이 오리엔테이션 참석을 위해 학교에 가 있는 동안 손바닥만한 방을 쓸고 닦고, 두 딸이 먹을 음식들을 세심하게 갈무리하였다. 3월 5일[2], 어머니는 다소 들뜬 기분으로 딸의 입학식[3]에 참관했다. 식장

1985년 입학식 정경

(1989.2.18) 전남 광주에 딸한 반도, 다당 3.1동 유관순 언니에 대열를이여, 박선영 조국에 딸, 선영 1985.년 3월 5일 너 데이고 엄마하고 서울교육대학 입학식했지 엄마는 기분 조았지 너도 기분조아지 천하것시 내것 되는두 날게있으며 날라볼 듯 조아했지 불평이 없드냐 착하고 고운녀 상양하고 아량한녀 1987.2.20일날 밤 8시에 난다 없는 전화한통화로 버 선영이가 사망했다고요 죽을이유가 없었다 누가 외 버 딸 선영을 죽였서 차목한현실 만나냐 죽인후없었 내 딸 보고싶다, 정 알 버딸 너는 페퍼자가 않고 너는 송자나 너는웃고 있지 에미를 충동식키고있섯 머서 엄마거어나 아빠 어서기거어나 백성이 몸마저 빼기고 우리가 듯들다 당다 저 없한 마요 바뿌게 닦으면서 네가해야 할이는 모르지 투쟁, 그러다, 허지말 너는 1989.2.18일 날 졸업식이나 와자 맏다지 아버지 하고 언니 동생 오빠는 군봉무에 못가 않지 엄마는 한반도 사법부 방명무 판사가 이무나워 폭판 물 사건 학성들 재판에 방청하다가, 그에들을 혈를 대이게에 오용위량 전두한 이손자 구속하라고 외처지 그러다고 법정소란죄 단다 할만피 없이가 선류젯저 다고 곤터단다 한반도 자법부는 각성 해나 한다 1988.11.14. 결였지 그도 사법부를 각성 하기위에서 단식도했지 일째 이루시 법부가 조국를위해 도대저 무어션 했는고 노척본 사법부 판사를 당에 젓방피는 사법부 그런법도 범어나 한 때받는 민중을 사법부가 무기 사형 간접 그레도 오자리저 좋 갇로 우리 당과 주를중으로 저질러 총으로서 군부득재 툴림없는 왜놈이량이와나 잔민할수없지 한마도조국 광주, 광주는 사라있다 천년 말년 민주에 영혼 내 자식들은 사라있다 선영 알지 에미는 송자에 버딸 1989.2.18일날 너 3분 2번제 재판 받닷다 판자님도 (정상하) 판사니 에미는 피를 토하듯 터진것같튼 머리를 잡으며 재판중 피를 텅트려다 자식 입학식 에는 즐거웠지 졸업식날 선영는 간데없고 에미는 법정 재판 원통한 이세상 졸업식에서 섭섭했지 그러나 못갖지마는 이땅에 백성을 다아라 우리을 아는 분들는 모두축가 했지 인타까운 심정 젖저지 심정 선영 소원는 민주 조국는 하나다 선영, 엄마는 잘타가도 민중에 아품을 볼며는 모두헌제요 자식갓튼 마음으로 또죽인다 또 박본다 그본느 롤참기가 여간외로가 없다 안나는 참을수 없섯 너 자식들 산를 너무며는 더욱 산 저 죽튼 산 그러나 우리 엄마들는 좌정차지 않고서 무기앞페 더욱 항거고 용기갓고 너 선영이몸 로써 싸워가갓게 선영 울지마 네가오는날 어서와나지 통일 민주 20일날 2월2일날 선영을 에도 해주신 분들 대접해나지 에미는 강방에서 못간다 말에나 모든분들게 미안하다 선영 모든 분들게 저줄부리며 인사 허라 어제밤 꿈에 강물에서 가에에서 아름다운 거북이 박메로나와서 엄에게 이부로 푸난 하품를 하고 다인다 꿈에도 그러캐 아름당더리 구치소에서 꿈에 조온 환경 꿈을 아니 꾸었다 선영 여전이 비씨 덮지 오다 영 우리영 꾸매보기 소원이다 내 딸 선영 종보자 겨룡동이 따당아, 영 네 소원는 통일 민주 (엄마)

124

은 온통 꽃의 물결, 입학식 내내 어머니는 입을 다물지 못했다. 초등 교사의 부푼 꿈을 안은 신입생들 틈에 서 있는 딸의 모습이 너무나 자랑스러웠다. 고등학교 때 입던 낡은 청바지와 잠바를 걸친 게 마음에 걸렸을 뿐, 세상 무엇도 부럽지 않았다.[4]

외롭게 빈방을 지키던 언니는 동생이 올라오자 몹시 기뻤다. 부엌 없는 손바닥만한 월세방에도 훈기(薰氣)가 도는 것 같았다. 퇴근길 골목 어귀에서 올려다보면 조그만 창에 불빛이 어른거렸다. 오랜 세월 '불 꺼진 창'에만 익숙했던 탓일까, 그 불빛이 그렇게 신기할 수가 없었다. 퇴근 시간이 기다려졌고, 동생을 위해 무엇이든 해주고 싶었다. 면목동 이모네 집에 갔다 오던 날에는 백화점에 들러 노트 며 샤프펜슬, 필통, 도시락 통 등을 한 아름 사서 동생에게 들려주기도 했다.[5]

어머니가 광주 집으로 내려가자, 숭인동 자취방에는 두 자매만 남았다. 자매는 나란히 이불 속에 누웠다.

"내일부터 바로 정식 수업이니?"

"그런가 봐."

"학교는 맘에 들디?"

"글쎄, 아직 잘 모르겠어. 더 다녀봐야지 뭐."

기실 선영은 오리엔테이션 첫날부터 실망이 컸다. 수학과 선배들 과의 상견례 자리에서 서클 이야기가 나왔을 때였다. 선영은 한 선배에게 '언더 서클'[6]에 대해 질문했다. 대학 서클에 대해서는 고등 학교 때부터 워낙 관심이 있던 터였다.

"저기요, 우리 학교에도 언더 서클 있어요?"

"언더 서클……? 아아, 지하 서클? 그러엄, 많지! 밑에 가면 학회 실도 있고, 지하 서클도 많아."[7]

알고 보니 그 선배가 이야기한 곳은 말 그대로 '지하실'이었다.

운동에 무관심한 학생이라면 그런 엉뚱한 대답을 할 수도 있는 것이었지만, 왠지 선영은 김이 새어버린 느낌이었다. 학교의 분위기는 상당히 어둡고 침체돼 있었다. 황량한 교정에는 메마른 나무들이 드문드문 서 있었고, 인문관이니 강의동이니 하는 이름표를 걸고 눈앞에 층층이 펼쳐진 대학 건물들은 마치 병영(兵營)이나 병동(病棟)처럼 삭막해 보였다. 그 완강한 콘크리트 건물 사이를 이른 봄의 먼지바람이 떼 지어 몰려다녔다.

선배들의 모습 속에선 묘한 열패감(劣敗感)이 느껴졌다. 실제로 서울교대에 입학한 학생들은 대부분 우수한 실력을 갖춘 가난한 집안의 '효자 효녀'[2]들이었다. 가난이라는 장벽에 부딪친 이들은 저마다 어릴 적부터 키워온 꿈을 접고 어쩔 수 없는 선택을 강요받아야 했던, 또 다른 '박선영'들이었다.[9]

1946년 경기 공립 사범학교로 출발한 서울교대는 50년 동안 문교 행정의 전도사 역할을 자임하는 역대 친정부 인사들에 의해 무비판적 '초등교사 양성소'의 전초 기지가 되어 왔다.[10] 일제 시대 전문학교의 낡은 잔재는 청산되지 못한 채 시간이 갈수록 확대재생산되고 있었다. 서울교대를 출세의 발판으로 삼은 교육 관료들의 과잉 충성은 끝을 모르고 치달아갔다. 스스로 이러한 현실을 극복해야 할 학생들은 병역 특혜, 수업료 혜택, 졸업 후 발령 문제라는 잔인한 현실의 족쇄에 묶여 옴짝달싹하지 못하고 있었다. 1980년에 등장한 전두환 군사 독재 정권은 학생 운동을 근절하고 대학을 장악하기 위한 수단으로 '학원 안정화 정책'을 시도하였다. 그러나 지식인 사회와 각 대학의 저항은 의외로 거셌다. 궁지에 몰린 '학원안정화라는 망령'은 결국 갓 초급대학의 구태를 벗은 '제일 약한 상대를 골라서 한 판 승부를 벌이'게 됐다.[11] 선영이 입학한 1985년 3월은 바로 그 본격적인 싸움이 예고되는 때였다.

서울교육대학교 수학교육과 850622.

3월 6일, 첫 수업을 마친 선영은 텅 빈 강의실에 홀로 앉아 학생증에 새겨진 학번을 물끄러미 바라보았다. 이것이 앞으로 4년 동안 자신을 대신할 이름이었다. 하루가 어떻게 지나갔는지 몰랐다. 고교 시절을 방불케 하는 빈틈없는 수업 시간, 개성 없는 교수들의 시시한 농담까지도 열심히 받아 적는 학생들……. 현기증이 났다. 선영이 꿈꾸고 상상해 오던 대학의 모습은 이런 것이 아니었다. 선영이 생각하는 대학은 '고등(高等)의 연장'[12]이 아니라 보다 자유롭고 비판적이며 진취적인 곳이었다.

선영의 노트 한 귀퉁이가 깨알 같은 글씨로 까맣게 채워지고 있었다. 격렬한 토론, 들끓는 고뇌, 차가운 지성, 사랑과 우정, 저항과 실천……. 인식에 목마른 대학인이라면 의례히 꿈꾸는 것들이 아니겠는가. 그러나 그것은 어쩌면 '낙서 속의 꿈'에 지나지 않는 것인지도 몰랐다. 4·19 혁명의 '알맹이'[13]를 폭력으로 짓밟은 박정희 유신 정권 이래 이 땅의 대학은 진정한 학문의 장으로서 제 구실을 하지 못했다. 목마른 자가 샘을 파듯 뜻있는 젊은이들은 지하로, 지하로 들어갔다.

민중과 대학인의 치열한 저항과 악화된 세계 여론에 직면한 전두환 정권은 1984년 1월 17일 국정 연설에서 '폭력 정치 배제와 평화적 정권 교체'를 약속하는 등 유화 제스처를 통해 민심 사냥에 나섰다. 각 대학에 학원 자율화 추진 위원회가 구성되었다. 11년 만에 학생의 날이 부활하였다. 당장에라도 이 땅에 '민주의 봄'이 상륙할 것 같은 기세였다.

1986년도 선영의 학생증.

그러나 모든 것은 여전히 '껍데기'에 불과했다. 멀리서 보기만 하라고 '봄'이던가. 봄은 너무도 멀고, 아득한 곳에 있었다.

　서울교대의 경우는 더욱 참담했다. 타 대학에서 학원자율화추진위원회가 구성될 무렵, 이 학교에서는 교대 자율화, 민주화를 위한 학내 시위에 참여했다는 이유로 여러 학생들이 제적되었다.[14] 또 타 대학에 민주적 총학생회가 건설되는 시기에는 '교대 통폐합설'에 관한 공청회를 요구했다는 이유로 많은 학생들이 정든 학교를 떠나야 했다.[15] 상상을 초월하는 서울교대의 살벌한 분위기는 학생들로 하여금 언감생심 총학생회 건설은 생각할 수조차 없게 만들었다. 1985년 1월 25일 학도호국단을 폐지하고 자율적인 학생회 건설을 허용한다는 정부의 발표가 있자, 서울교대에서도 드디어 총학생회 준비위원회[16]가 발족되었다. 정부 방침을 정면에서 거부할 수 없었던 학교 당국은 표면적으로는 총학생회 건설을 인정하는 듯이 보였다. 그러나 실상은 눈엣가시와도 같은 총준위 활동을 예의 주시하면서 총준위 회칙을 인정하지 않는 등 사사건건 방해 공작을 펼쳤다.[17]

　갓 대학에 입학한 선영이 이러한 정황을 소상하게 알 리가 없었다. 다만 광주에서 무성하게 떠돌던 80년 5월과 관련한 갖가지 증언들이나, 고등학교 시절 오빠를 통해 들었던 단편적인 이야기들을 통해 '운동이란 탄압과 감시의 눈을 피해 은밀하게 진행될 수밖에 없는 것'이라는 사실을 직관적으로 깨닫고 있었을 뿐이었다. 광주 및 호남 출신 대학생들에게 그러한 깨달음은 거의 육체적인 통증에 비견되는 아픔이었다. 그런 맥락에서 선영이 오리엔테이션 자리에서 선배에게 '지하(언더 서클)'의 행방을 물었던 것은 신입생으로서의 단순한 호기심 차원을 넘는 것이기도 했다.

　지하! '그 곳'은 어디에 있으며, 대체 '그들'은 어디에 숨어 있는 것일까. 선영은 대학 생활에 대한 실망과 아쉬움을 딛고, 적극적으로

서울교대를 배경으로 수학과 친구들과 함께

지하 - 새로운 출구 - 를 찾아 나섰다. 첫 번째로 문을 두드린 곳은 학회였다.

　서울교대에서 '학회'가 생긴 것은 84년 3월이었다.[18] 윤리·사회·수학·과학·실업교육과에 '연구회'가, 교육학과에 '학생회'가, 국어교육과에 '학회'가 각각 창립총회를 가졌다. 학회란 학생 자치 활동의 근간이 되는 대중 조직으로, 학생 스스로 학술 활동의 주체로서 참여할 수 있는 공간이었다. 학회의 구성원들은 자율적으로 공동 연구, 학년별 세미나에 참여하여 정규 과정을 보충할 수 있으며,

고립된 개인을 흡수하여 공동체 의식을 함양하고 건전한 대학 문화를 형성해 나갈 수 있는 것이다.[19] 당시 대다수의 서울교대 학생들은 '초급대학 시절의 교과목을 엿가락 늘리듯 늘려만 놓고 케케묵은 강의노트를 그대로 사용하는'[20] 무자격 교수들의 내용 없는 강의에 넌덜머리를 내고 있었다. 생긴 지 얼마 안 된 탓에 아직 자리를 잡지 못한 상태였지만, 학회 활동에 대한 선배들의 열정만큼은 자못 뜨거운 것이었다.

선영은 학회 가입만으로 만족하지 않고, 학보사 수습기자가 되었다. 서울교대 학보사 활동이 그리 활발하지 않다는 얘기는 익히 들어왔지만, 그래도 대학언론 특유의 사회성과 비판적 감각은 살아 있지 않을까 하는 게 선영의 생각이었다.

서울교대 학보사 편집실.

서클 UNSA

… 학교 오리엔테이션이었어. 써클 얘기가 나왔을 때였지. 그때 선배에게 우리 학교도 under circle 있냐고 물었지. 그랬더니 선배 曰 많다는 거야. 학회실도 지하실에 있고 그곳엔 circle room도 많대. 알고 보니 강의실 지하실 room들이었어. 얼마나 창피하던지……

— 1986년 2월 18일 친구 병림에게 보낸 편지에서

입학하자마자 학회, 학보사 등 다양한 활동 공간을 확보한 선영은 연이은 신입생 환영회에 잇따라 참석하게 되었다. 공식적인 학과 모임과는 달리 쾌활하면서도 친근한 학회의 분위기에 선영은 일단 안도했다. 지도 교수의 일장 훈시를 들어야 하는 학보사 분위기와는 대조적이었다. 선영은 격의 없는 태도와 명랑한 성격으로 85학번 동기들과 어울렸고 선배들을 사귀었다.

정식 수업이 시작된 지 일주일이나 지났을까. 선영은 우연히 게시판에 나붙은 광주향우회 신입생 환영회 공고를 발견했다. 낯설고 물설은 서울에서 고향 사람을 만난다! 생각만 해도 반갑고 즐거운 일이었다. 선영은 설레는 마음으로 향우회 장소로 달려갔다. 커다란 식당 안에는 벌써 여러 팀이 자리를 잡고 왁자하게 떠들어대고 있었다. 하지만, 그 중에서 향우회 사람들을 찾는 것은 식은 죽 먹기였다. 선영은 정겨운 고향 말씨가 흘러나오는 쪽으로 자연스럽게 다가갔다.

바로 이 모임에서 선영은 서울교대 윤리교육과 84학번 이옥신을 만나게 된다. 이옥신은 선영의 외가 쪽 먼 친척으로, 선영이 태어나기도 전에 양가(兩家)가 화순에서 한 집에 살았던 적이 있었다. 쉽게 말하면 선영이 네가 이옥신의 집에 세 들어 살았던 것이다.[21] 실제로 두 사람은 이 날의 향우회 자리에서 첫 만남을 가진 것이지만, 두 집안의 연고(緣故)로 인해 서로에 대해서는 익히 들어 알고 있었다. 특히 이옥신보다는 선영 쪽이 상대에 대해 더 강하고 분명한 인상을 갖고 있었다. 대학 진학을 둘러싼 아버지와의 갈등 속에서 '이옥신'이란 이름이 그 어느 때보다 자주 언급되었기 때문이었다. 또 선영은 서울에 올라오기 전, 아버님으로부터 '모르는 것이 있으면 이옥신을 찾아가 상의하고 의지하라'는 당부를 듣기도 했다.[22] 이 날 향우회 자리에서 상대를 먼저 알아채고, 인사를 건넨 것도 선영이었다.[23] 추측에 불과한 것이지만, 어쩌면 선영은 광주 향우회에 참석하기로 마음먹었을 때부터 이옥신의 존재를 어느 정도 의식하고 있었을지도 몰랐다.

　"저……, 혹시 옥신 언니 아니세요?"

　"어? 맞는데, 누구……?"

　이옥신이 의아한 표정을 짓자 선영은 몹시 반가워하며 말했다.

　"저 박선영이라고 해요. 우리 아버지가 언니네 오빠 잘 아는데……."

　이옥신은 그제야 겨우 선영을 알아볼 수 있었다. 지난 겨울 방학에 집에 들렀을 때, 이옥신은 오빠로부터 선영의 아버지를 만난 이야기를 들었던 것이다.[24]

　"아아, 니가 말로만 듣던 선영이구나? 반갑다. 무슨 과니?"

　"수학 교육과요."

　"그래……?"

그 날 이옥신은 선영을 유심히 관찰했다. 소녀처럼 여리고 맑은 인상에, 미소 띤 얼굴로 조근조근 이야기하는 선영의 모습에 호감이 갔다. 선영은 선배들에게 꼬박꼬박 존댓말을 썼고, 상대의 단점을 지적할 때도 '살살' 웃으면서 기분 나쁘지 않게 설득하는 재주가 있었다. 무엇보다 선영은 잘 웃었다.[25] 누구와도 쾌활하게 어울렸고, 묘하게 사람을 끌어당기는 친화력이 있었다. 일단 선영에게 호감을 느낀 이옥신은 선영을 '알피(RP)'[26] 대상 1순위로 낙점하게 된다.

이옥신은 교대 내 언더서클에서 활동하고 있었다. 당시 교대 내에는 A, B, C, D 총 4개의 '언더 서클'이 존재했다. 계보를 거슬러 올라가면 결국 하나의 '패밀리'[27]에서 파생된 서클들이겠지만 각 팀은 연대 투쟁의 필요성이 제기될 때를 제외하고는 대부분 독자적으로 활동했다. 이들은 각각 독자적인 학습 구조와 실천 구조를 가지고 있었다. 이들의 초기 활동은 구성원을 재생산하는 것을 제외하면, 특별히 내세울 만한 게 없는 미미한 것이었다.[28] 이들은 광화문, 사당동 등지에 은밀히 마련한 '팀방'에서 밤새도록 등사기를 밀어서 유인물을 만들었고, 새벽같이 학교에 '잠입'하여 강의실, 화장실 등의 장소에 배포하였다. 또 학교 곳곳에 '찌라시'[29]를 붙이거나 스프레이로 건물 벽에 구호를 써넣기도 했다. 유인물과 구호의 내용은 상황에 따라 반정부, 반체제적인 내용이 되기도 했고, 학내 문제를 주 이슈로 삼기도 했다. 그 밖의 활동은 간혹 학교 연합시위, 집회에 참여하거나, 농활에 참가하는 등 타 대학과 크게 다를 바가 없었다.

이들은 상당히 큰 위험을 무릅써야 했다. 앞서 지적한 바대로 서울교대의 특수한 상황은 학생 운동에 동참하려는 학생들에게 더욱 가혹하고 비장한 결단을 요구했다. 시위에 참석하는 것만으로도 징계 사유가 되었고, 심한 경우 제적까지 감수해야 했다. 이에 대해서는 뒤에서 더욱 자세히 살펴보기로 하고, 다시 이옥신이 속해 있던 언더서클의 이야기로 돌아가 보자.

1985년 초 서울교대에 총준위가 뜨자 공개적인 활동 영역을 갖고 있지 못한 언더 서클들은 제각기 학내 '오픈 공간'을 확보하기 위해 몇 개의 서클을 장악하려는 시도를 하고 있었다. 이들은 무엇보다 서울교대 총학생회 건설에 주도적으로 참여해야 한다는 목표를 가지고 있었다. 그러기 위해서는 운신의 폭이 넓은 대중조직을 장악할 필요가 있었다. 가장 접근이 용이했던 공간이 바로 학내 서클이었다. 학내 서클이라고 해서 무조건 뚫고 들어갈 수는 없었다. 어느 정도의 건강성은 가지고 있는 서클이라야 했다. UNSA, 탈사랑, 빈도(연극반) 등의 서클이 주 타깃이 되었다. 이옥신은 1학년 때부터 일찌감치 서클 UNSA에 자리를 잡고 있었다.

"서클은 어디 어디 가입했니?"

"서클요? 서클은 아직 가입하지 않았구요. 수학과 학회하고 학보사에 들어갔어요."

"학보사?"

이옥신은 미간을 찌푸렸다. 학보사라…… 지도교수가 버티고 앉아 신문 제작에 시시콜콜 간섭하는 학보사는 난공불락이었다. 언론의 중요성을 생각하면 학보사 '작업'도 등한히 할 수는 없었지만, 체제가 바뀌지 않는 한 운동권 역량이 절대적으로 부족한 상황에서 기운 낭비라는 판단이 섰던 것이다. 하지만 갓 입학하여 모든 것에 의욕을 보이고 있는 선영에게 그런 내색까지 할 수는 없었다.

"어때! 마음에 들어?"

"글쎄요, 사람들은 좋은 거 같아요."

"흠, 사람들…… 선영아, 나 있는 서클 소개해 줄까? 가 보면 알겠지만, 거기 사람들도 아주 인간적이야. 그리고 좋은 책을 선정해서 함께 읽고 일주일에 한번씩 세미나도 한다. 또 거기 있으면 나하고

서클 UNSA 신입생 환영 등반.

도 자주 만날 수 있잖아."

"세미나요?"

선영은 호기심을 숨기지 않았다.

"주로 어떤 책들을 읽는데요?"

"학년마다 달라. 1학년은 이번 주에 이문열의 『젊은 날의 초상』
했고, 다음 주에는 아마 『난·쏘·공』 할 거야."

"난쏘공이요?"

"『난장이가 쏘아올린 작은 공』[30]이라고 조세희가 쓴 유명한 소설
이야. 세미나 전까지 미리 책 읽고 의문점을 정리해 오면 돼."

"네에……."

토요일에 이옥신과 UNSA 서클룸에서 만나기로 약속한 선영은
집으로 돌아오는 길에 서점에 들러 『난쏘공』을 구입했다. 소설 가지
고 세미나를 한다는 게 좀 이상하기도 했고 신기하기도 했다. 소설
은 썩 마음에 들지 않았다. 난장이로 대변되는 가난한 도시 빈민들

은 처참한 패배만을 거듭하고 있었다. 소설을 읽는 내내 가슴이 답답했다. 패배만이 예정된 삶에서 대체 어떤 희망을 쏘아 올릴 수 있다는 것인가.

토요일 2시 10분 전. 선영은 서클룸의 문을 두드렸다. 커다란 테이블에는 신입생인 듯한 여학생 두 명이 멀뚱멀뚱 앉아 있었다. 선배로 보이는 남학생 두 명이 창문턱에 걸터앉아 기타를 치며 노래를 부르고 있었다. 바위섬 너는 내가 미워도 나는 너를 너무 사랑해……. 웬일인지 그들은 신입생들에게 별다른 관심을 보이지 않았다. 노래 부르는 틈틈이 선영이들을 바라보는 눈빛은 오히려 뜨악해 보였다. 이옥신의 모습은 아직 보이지 않았다. 열띤 토론에 대비해 연거푸 책을 두 번이나 읽은 선영은 어쩐지 맥이 풀렸다. 토론에 참여할 1학년 학생의 수도 적으려니와, 세미나에 임하는 그들의 태도도 적잖이 실망스러웠다. 벽에 부착된 칠판과 분과 게시판을 훑어보고 있는데, 여러 사람의 발자국 소리가 들리더니 이옥신이 씩씩하게 문을 밀치고 들어왔다.

"선영이, 일찍 왔네? 인사해. 앞으로 자주 보게 될 선배들이야."

이옥신의 뒤에서 서너 명의 선배들이 미소를 짓고 있었다.

"안녕하세요? 박선영입니다. 만나 뵙게 되어 반갑습니다."

"반가워? 조금 있으면 보기만 해도 웬수 같을 걸?"

"하하하……."

이들과의 만남은 유쾌했다. 그들은 거리낌 없이 솔직한 태도로 선영을 대했으며, 걸진 농담 속에서도 상대에 대한 애정이 뚝뚝 묻어나는 것 같았다. 세미나는 선영의 예상대로 진행되지 못했다. 발제를 해오기로 한 여학생은 책 구경도 못 한 상태라 했고, 다른 여학생은 반 정도 읽었다고 했다. 선영은 어안이 벙벙했으나, 선배들은 그럴 줄 알았다는 듯 시원스럽게 웃고 넘어갔다. 이옥신의 제의로 일행은

신림동 쪽으로 자리를 옮겼다. 기타를 치던 남학생들은 예상대로 일
행을 따라오지 않았다.

서클 UNSA 동료들과 함께

　서울대 앞 '녹두집'[31]에 자리를 잡은 일행은 막걸리 한 동이와 파
전을 시켜놓고 한 사람씩 돌아가며 자기를 소개했다. 이들은 대체로
운동적인 성향이 강한 학생들로, 자신을 '초동'이라거나 '피노키오'
등의 별명으로 소개했다. 특히 '초동'이란 남자 선배는 동기들 중에
제일 먼저 '동'[32]을 뜨고 싶다는 소망을 별명에 담았다고 해서 선배
들의 빈축을 사기도 했다. 이들 모두 운동권 학생이라고 단언할 수
는 없었지만 적어도 운동의 대의에 대해 암묵적으로 동조하는 분위
기였고, 특히 민주적 총학생회 건설의 필요성에 대해서는 적극적으
로 동의하고 있었다. 이들 중에는 이옥신처럼 학내 '언더'에서 올라
온 사람도 있었지만, 교회 쪽에서 활동하다가 '학내 작업'을 위해 다
시 들어온 사람도 있었다.[33] 활동 무대가 어디든 이들은 직감적으로

서로에게서 '권'의 냄새를 맡곤 했지만, 쓸데없이 캐묻거나 아는 척하지 않는 것이 활동가들의 기본 예의요, 불문율로 인식되던 때였다.

서클 내에는 운동권과 비운동권 간의 보이지 않는 알력이 치열하게 벌어지고 있었다. 선영을 뜨악한 태도로 대하던 남학생들은 기존 회원으로서 운동권 패거리의 공공연한 서클 출입을 심히 못마땅해하고 있었다.

"아휴, 그 운사 꼴통들!"

술이 몇 순배 돌아가자 선배들은 은근히 속내를 털어놓았다.

"저렇게 쇠심줄같이 버티고 있으니 어떤 신입생이 버티고 있겠냐? 아까운 병아리들만 여럿 놓쳤다!"

"작업이 쉽지는 않을 거야. 그리고 너무 노골적으로 색깔을 드러내면 안 돼. 우리가 총학을 잡기 위해선 무엇보다 기존 회원들과의 융화가 필요해. 피노키오 너도 처신 잘해. 쓸데없이 튀지 말고."

"튀긴 누가 튀냐? 쟤네들 하는 짓 너도 봤잖아. 도무지 말이 안 통해. 차라리 벽 보고 얘기하는 게 낫겠다."

선영은 그제야 이들이 처한 상황을 조금이나마 짐작할 수 있었다. 기존 회원과 운동성 있는 회원들 간의 마찰이 팽팽하게 이어지는 상황에서 견뎌내지 못한 신입생 두어 명이 서클을 떠버리고, 오늘로 예정된 세미나는 엉망이 되었던 것이다.

막걸리 몇 동이가 동났을 즈음 누군가 조심스럽게 「상록수」를 선창하기 시작했다. 「상록수」의 느릿느릿한 박자와 비장한 가사가 가슴을 울렸다. 어느새 선영의 어깨에는 누군가의 팔이 묵직하게 걸쳐져 있었고, 모두가 한 목소리로 후렴구를 합창하고 있었다. 노래만큼 전염성 강한 게 또 있을까. '군부독재 타도'를 목청껏 외친 것도 아니건만, 선영은 왠지 눈시울이 뜨거워졌다. 혼자가 아니라는 생각만으로도 목이 메었다.[34]

악몽의 시작

튼튼한 나무는 쓰러지지 않는다. 가지가 꺾이고 잎들이 모두 떨어지고 볼품
없이 앙상하게 남았다 할지라도 죽지 않는다. … 더 튼튼한 나무를 가꾸기 위하
여 많은 비바람을 시련을 겪으면서 굳세져야 한다. 아니 우리 모두는 그래야 한
다. 이니스프리의 섬[35]을 향해.

— 날짜 미상의 일기에서

1985년 4월 1일, 전 문교부 차관 정태수가 제 8대 학장으로 취임
하면서, 총준위 발족으로 화사한 민주의 봄, 자율의 봄을 고대하던
서울교대에 검은 먹구름이 드리워지기 시작했다. 정태수는 80년 국
가보위비상대책위원회[36]의 문공분과 위원장, 입법회의 의원을 지낸
인물로 정태수 부임
이후 서울교대의 변
화를 이해하기 위해
서는 다소 지루하지
만 신군부의 집권
과정을 알 필요가
있다.

1980년의 봄은
민주화 열기가 분출
되던 시기였다. 야당

정태수

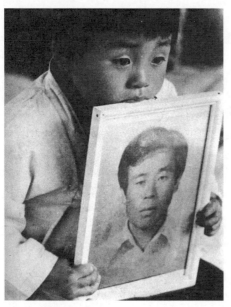
광주항쟁의 상흔

과 재야, 노동자, 학생 등은 계엄철폐를 요구하며 연일 대규모 시위를 벌였다. 4월 21일에는 강원도 사북탄광 노동자들이 파업을 벌였고, 5월 15일에는 서울역 광장에 10만여 명이 모이는 등 전국 곳곳에서 대규모 시위가 일어났다. 이러한 일련의 사태에 대해 신군부는 무력을 사용하여 강경진압하기로 방침을 정하고, 5월 18일 비상계엄을 전국으로 확대하고 광주 시내에 계엄군을 투입하였다. 이로써 정국은 군부와 반대 세력간의 정면 대결의 양상으로 치달았다.

신군부의 정국 대응은 두 차원에서 이루어졌다. 하나는 기존 정치인과 재야인사들을 연행하거나 그 활동을 제한하는 것이었고, 다른 하나는 날로 격화되는 계엄철폐 시위를 무력을 동원하여 억누르는 것이었다. 국민들의 민주화 요구를 부분적으로 수용하는 양보책을 쓸 수도 있었지만 신군부는 일단 무력으로 제압한 이후에 점진적인 유화책을 쓰기로 하였다.

5월 18일 계엄사령부는 김대중(정치인), 김종필(공화당 총재), 이후락(국회의원), 박종규(국회의원), 문익환(목사), 김동길(연세대 부총장), 이영희(한양대 교수) 등 26명을 부정축재 및 사회혼란 조성 혐의로 연행하고, 24일 대통령살해 사건과 관련해 사형이 확정된 김

재규 전 중앙정보부장, 박선호 전 중앙정보부 의전과장 등 5명에 대한 교수형을 집행하였다. 5월 27일에는 광주항쟁을 진압하기 위해 계엄군을 투입하였고, 이 과정에서 2천여 명의 민간인이 희생되는 희대의 유혈사태가 발생했다.

5월 31일 신군부는 정권 찬탈의 마지막 수순으로 전두환 친위세력인 하나회를 중심에 둔 국보위를 급조하였다. 국보위는 명목상 최규하 대통령을 위원장으로 하고 있었지만, 실질적 권한은 전두환이 상임위원장으로 있는 상임위원회에 있었다. 국보위는 "부정부패, 부조리 및 각종 사회악을 일소하여 국가기강을 확립한다."는 취지 아래 대대적인 숙정작업을 진행하였다. 이른바 '3김' 세력 제거를 위해 6월 24일 김종필을 모든 공직에서 사퇴시키고, 8월 13일 김영삼을 정계 은퇴시켰으며, 9월 17일 김대중에게 사형선고를 내렸다. 이와 함께 11월 12일 구세대 정치인 811명을 정치활동 규제자로 선정하여 일체의 정치활동을 금지시켰다.

한편 8월 4일 '사회악 일소 특별조치'를 단행하여, 11월 27일까지 4개월에 걸쳐 폭력배, 공갈사기배, 밀수마약사범 등 사회풍토문란자 총 5만 7,561명을 검거하고, 이들 중 66%에 해당하는 3만 8,259명을 군부대 순화 교육 대상자로 분류하여 이른바 삼청교육(三淸敎育)을 받게 하였다. 삼청교육 대상자 중에는 정치인, 재야인사, 광주시위 관련자, 대학생, 종교인 등 시국사범들이 상당수 포함되어 있었다.

국보위의 일련의 활동은 한마디로 구시대 정치세력을 청산하고 새로운 정치인맥을 형성하는 과정이었다. 이 숙정작업으로 신군부 세력에 대해 비우호적이었던 많은 수의 민간 정치인들이 정치무대에서 사라졌다. 반면, 노태우, 정호용, 이춘구, 허삼수 등 국보위에서 맹활약을 벌인 각계 인사들은 제5공화국 출범 이후 장관, 국회의원,

청와대 등 요직으로 진출했다.

일개 국장에 불과하던 정태수가 문교부의 쟁쟁한 1급 관료들을 제치고 81년 문교부 차관이 될 수 있었던 배경에는 국보위 시절의 충성 서약이 한 몫을 단단히 했다. 정태수는 결코 대학 총장이나 차관 경력에 만족할 인물이 아니었다. 서울교대 총장으로 부임한 그는 5공화국이 중도 포기 - 사실은 잠정 유보 - 한 학원안정화 정책을 성공적으로 추진하여 입신출세(立身出世)의 발판으로 삼으려는 정치적 야심을 가지고 있었다. 정태수는 부임 직후부터 국보위 시절에 배운 기막힌 '재주'를 서울교대 학생운동 탄압에 절묘하게 써먹기 시작했다.

스승의 날을 맞아 절 받는 정태수(서울교대 중앙잔디밭)

정태수 학장의 취임 일성은 서울교대를 '국민교육의 메카'로 만들겠다는 것이었다. 그가 '국민교육'이란 거창한 단어를 언급한 것은 교육 기관으로서의 서울교대의 사회적 의미와 역할을 부각시키기 위함이라기보다는 '국민학교 교사 양성기관'라는 기능적인 측면을 명백하게 강조하기 위함이었다.[37] 1985년 4월 18일자 서울교대 학보에 실린 정태수 학장의 취임사를 보면, 그가 서울교대에 몰고 올 변화가 어떠한 것인지 가히 짐작할 수 있을 것이다.

… 학외의 정치, 경제, 사회적 현상은 각각 그 전공에 따른 탐구대상일 수는 있으나 그것을 실천하는 것은 대학의 임무가 아니며 특히 교육대학의 일은 아닙니다. 학생 자치활동도 공부하는 목적을 위한 활동이지 사회적 현실문제를 해결하려는 활동이 아닌 것은 상식인 것입니다. 혹시 우리 대학의 설립목적과 관계없는 〈反教育의 地下水〉가 우리 학교에 스며들어 우리의 목적과 진로를 방해하지 않도록 합심협력하에 우리 대학의 목적을 향해 나아가야 할 것입니다……

변화는 곧바로 시작되었다. 그간 학생들에게 심상찮은 기미가 보일 때마다 진화에 나서 서울교대 '소방수 역할'을 해온 '지도교수 시간'이 주 1회의 정규 시간으로 바뀌었다. 사제간의 관계를 돈독히 한다는 명목이었지만 실상은 학생들의 자율활동을 통제하기 위한 수단이었다. 이 시간은 일방적인 학교 정책 홍보와 반공 이데올로기 주입, 정부의 정책 홍보[38]로 메워졌으며, 감상문을 작성케 하여 내용에 따라 점수를 매겨 그것을 학생들의 성향을 파악하는 자료로 사용했다. 철저히 체크된 출결 상황은 곧바로 학생과로 넘어가 발령순위에 영향을 미쳤고, 개별적인 면담을 이유로 수시로 학생들을 호출하였다.[39]

학교 측은 총학생회 부활 움직임에 대해서만은 신중하고도 교활하게 일을 진행시켰다. 지피지기면 백전백승이라 했던가. 우선 4월 9일 총준위 발대식을 세심하게 지켜보았다. 학생들의 진용과 전열을 파악한 학교 측은 총준위의 활동을 무력화할 치밀한 계획을 세웠다.

4월 10일 보직교수 인사를 단행했다. 학생 운동 탄압의 선봉장으로 학생처장에 최성락[40]을 내세웠다. 최성락은 RNTC(학군 하사관) 교관 출신의 한운봉을 자신의 오른팔로 삼아 준비 태세를 갖췄다. 정태수 학장이 부임하기 전인 2월 15일에 이미 발령 받은 학보부장과 방송국장[41]을 단속하여 각 언론사를 학보 홍보용 도구로 만들었다. 1987년 2월 18일자 학보와 4월 18일자 학보를 면밀히 살펴본 학생이라면 총학생회 건설을 바라보는 시각에 상당한 변화가 있다는 사실을 간파했을 것이다. 서울교대는 그야말로 비상계엄이 선포된 섬이었다. 양식 있는 교수들은 침묵을 지켰으나, 대부분은 눈치껏 정태수의 비위를 맞췄다.

학생들은 아직 문제의 심각성을 느끼지 못하고 있었다. 서울교대 하늘에 드리우기 시작한 암운(暗雲)이 어떻게 자유와 민주를 갈망하는 학생들의 숨통을 끊어 놓고 짓누를 것인지 아직 누구도 예측할 수 없었다.

4월 19일, 그 날은 금요일이었다. 점심 식사를 마친 선영은 친구들과 함께 중앙 잔디밭에 앉아 커피를 마시고 있었다. 넓은 잔디밭에는 많은 수의 학생들이 삼삼오오 짝을 지어 따사로운 햇볕을 즐기고 있었다. 본관 앞 등나무 아래에 앉아 있는 십수 명의 학생들이 아까부터 잔디밭 쪽을 유심히 살피고 있었다. 그 중에는 서클에서 안면을 익힌 선배들의 모습도 눈에 띄었다. 선영은 친구들의 잡담을 귓등으로 흘려들으며 연신 시계를 들여다보았다.

'분명히 12시 반에 시작한다고 했는데……'

선영이 기다리는 건 집회 시작을 알리는 사이렌 소리였다. 오늘은 4·19 혁명 25돌을 기념하는 총준위 집회가 있는 날이었다. 학생회관 입구에는 벌써 며칠 전부터 이 날 집회를 알리는 총준위 명의의 대자보가 붙어 있었다. 선영은 이미 서클 선배들과 「미완(未完)의

혁명 4·19」라는 문건을 학습한 바 있었다. 학습의 실천적인 초점은 4·19 정신을 계승하여 민주적 총학생회 건설에 박차를 가하자는 것에 모아졌다. 1960년 젊은 학생들이 민주의 제단에 피를 뿌린 대가로 11년 만에 부활한 총학생회는 1975년 유신 정권에 의해 다시 학도호국단 체제로 변질된 채 오늘에 이르고 있었던 것이다. 그 사실 자체만으로도, 서울교대 학생들에게 4·19는 '미완'일 수밖에 없었다. 선배들과는 집회가 끝나는 대로 다시 모여 집회 평가를 한 뒤, 수유리 4·19 묘역을 참배하기로 약속이 돼 있었다. 그런데 어쩐지 분위기가 이상하게 돌아갔다. 집회 시간이 다가오자 수십 명의 교직원들이 몰려나와 잔디밭 주위를 얼쩡대기 시작했다. 4월의 청명한 날씨를 즐기러 나온 사람들치고는 학생들의 동태를 살피는 눈빛이 지나치게 날카롭고 위압적이었다.

집회는 예정 시간을 약간 넘기고서야 비로소 시작되었다. 핸드마이크를 든 남학생 하나가 식순이 붙은 임시 단상에 올랐다. 총준위 위원장 82학번 고민택이었다. 대여섯 명의 학생들이 위원장을 엄호하듯 좌우에 늘어섰다. 잔디밭과 등나무 아래서 미리 대기하고 있던 학생들이 슬금슬금 모여들자, 단상 앞에는 약 50명 정도의 대열이 갖춰졌다. 시간이 지날수록 학생들의 숫자는 점점 불어났다. 강의동에 있던 학생들은 창밖으로 고개를 내밀고 잔디밭 쪽을 내려다보고 있었다. 대열 속에서 서클 선배들을 발견한 선영은 재빨리 그 안으로 뛰어 들었다.

"2천 백 사향 학우 여러분, 안녕하십니까. 총학생회 준비위원회 위원장 82학번 고민택, 학우 여러분 앞에 인사 올립니다. 자유와 민주를 열망하는 2천여 학우 여러분! 지금으로부터 25년 전 이 땅에 어떤 일이 일어났었는지 기억하고 계십니까. 25년 전 오늘은 정의와 자유를 사랑하는 수많은 학생들이 3·15 부정선거를 저지른 썩어빠진 독재 정권의 총칼 앞에 분연히 일어선 역사적인 날입니다. 이승만 정권의 부패한 심장을 도려내기 위해 민주주의를 외치며 시청으로, 중앙청으로 진군했던 그날의 함성은 지금도 우리의 핏속에 면면히 흐르고 있습니다. 사랑하는 학우 여러분……."

그때였다. 대열의 후미에서 웅성거리는 소리가 들리더니 교직원 몇 명이 단상으로 뛰어 올라갔다. 이어 각 학과 교수들과 교직원들이 일사불란하게 학생들을 에워싸기 시작했다. 일용직까지 총동원된 이들의 조직적인 움직임은 군사 작전을 방불케 했다. 선두에 선 학생처장 최성락은 사령관처럼 외쳤다.

"마이크 뺏어!"

대열의 앞에 서 있던 학생들이 재빨리 고민택을 엄호하면서 교직원과 몸싸움을 벌이기 시작했다. 고민택이 격앙된 음성으로 소리쳤다.

"학우 여러분! 동요하지 말고 대열을 지켜주십시오! 합법적인 총준위 집회마저 폭력으로 무산시키려는 학교 측의 음모를 분쇄하고 끝까지 우리의 집회를 사수합시다……."

"당장 끌어내!"

교직원에게 머리채를 잡힌 여학생이 울부짖으며 질질 끌려 나갔다.

"신성한 학원에서 폭력 교수 웬말이냐! 학우 여러분! 단결합시다!"

"어용 교수 물러나라 홀라홀라, 폭력 교수 물러나라 홀라홀라……."

학생들은 흔들리는 대열을 사수하기 위해 스크럼을 짜고 노래를 부르기 시작했다.

사람들의 눈길이 격한 몸싸움이 벌어진 단상에 쏠렸을 즈음, 누군가 선영의 옆구리를 쿡쿡 찔렀다.

"야, 너 UNSA 새로 들어왔다는 애 아냐? 후딱 기어 나가지 않고 뭐해! 입학하자마자 찍히고 싶냐! 빨랑 못 나가?"

UNSA 선배는 아니었지만, 서클룸에서 몇 번 마주친 적 있는 '땅콩'이란 선배였다. 선영은 얼김에 떠밀리듯 대열을 빠져나갔다. 바로 그때 마이크를 빼앗긴 총준위 위원장이 끌려가지 않으려고 발버둥치며 아예 땅바닥에 누워 버렸다. 기회를 놓칠세라 벌떼같이 달려든 직원들이 사지를 버둥거리는 위원장을 질질 끌고 갔다. 지도부를 빼앗긴 학생들은 당황한 기색이 역력했다. 본격적인 학생 사냥이 시작됐다. 여름 논에 피 뽑아내 듯, 교수들은 자기 과의 학생들을 쏙쏙 빼내기 시작했다. 반항하는 학생들에겐 서슴없이 욕설을 퍼부었고, 멱살을 쥐거나 뺨을 갈기는 교수도 있었다. 교수들은 한낱 저자거리의 무뢰배와 다름이 없었고, 교정은 인권 실종의 무법천지였다.

상황 끝. 집회 시작 이십 분만에 모든 것이 종료되었다. 잔디밭에 널브러진 단상과 찢어진 채 이리저리 흔들리는 종이 조각만이 종전의 소동을 말해 주고 있었다. 이 광경을 지켜본 학생들은 입을 굳게 다물고 각자의 자리로 돌아갔다. 활짝 열려졌던 강의동 창문들도 일제히 빗장을 걸었다. 5교시 시작을 알리는 벨이 울렸다. 누가 4월을 잔인한 달이라 했던가. 누가 4월을 갈아엎는 달이라 했던가. 선영은 강의동 앞에 우두커니 서 있었다. 그의 눈길은 단상 주변의 헝클어진 잔디에 고정돼 있었다. 환청인가. 눈앞에서 발버둥치며 끌려가던 선배들의 울부짖음이 아직도 귓전에 쟁쟁한 것은.

어디로 갈거나

4월 말. 교대인의 마음에 박힌 얼음덩이를 풀어내려는 듯 봄비가 교정을 적시고 있었다. 백곡(百穀)을 윤택하게 한다는 4월의 단비였다. 감색 우산을 받쳐 든 선영이 학교 정문을 들어섰다. 2호선이 개통된 후 전철을 이용하는 학생들의 후문 사용이 급증하고 있었지만, 선영은 여전히 등하교 길에 정문을 애용하고 있었다.[42]

정문 앞 게시판 앞에 한 무리의 학생들이 웅성거리고 있었다.

'무슨 일일까?'

선영은 무심코 걸음을 멈추었다. 학생들의 머리 사이로 비닐에 쌓인 공고문 한 귀퉁이가 시야에 들어왔다.

"어머! 쟤 짤렸다 야?"

"누구야?"

"있잖아, 총준위 위원장."

"총준위?"

"넌 총준위도 모르냐. 총학생회 준비위원회!"

"나 원래 그런 거 초월하고 살잖아."

"초월 좋아하시네. 니가 언제 그런 데 관심 있었냐."

"관심 있으면 뭐하냐. 이놈의 학교에서 뭐 하나 제대로 된 적 있어? 신경 끊고 사는 게 속 편하지……."

"그나저나 큰일이다 야. 이번에 임용된 졸업생이 2백 명도 안 된데……."

하이힐 소리와 함께 학생들이 사라지자, 게시판 앞에는 선영의 모습뿐이었다. 선영은 미동도 하지 않고 뚫어져라 게시판을 쳐다보고 있었다.

고민택 총학생회 준비 위원장(82) – 제적(학내 반정부 집회 주도)
이혜진(82), 유창연(83) – 무기정학(학내 반정부 집회 주도)[43]
홍석주(83) – 유기정학 10개월(학내 반정부 집회 주도)[44]
기타 위원 5명 – 근신 10개월[45]

학내 집회 한 번 했다고 해서 이런 중징계가 내려지다니! 게다가 정부도 인정하겠다는 총학생회 건설 일꾼들을! 이건 아예 총학생회를 허용하지 않겠다는 선전 포고가 아닌가. 지성의 전당이라는 대학에서 이런 반지성적인 작태가 버젓이 벌어지고 있다니! 진정한 사도(師道)에 테러를 가하는 이런 작태야말로 징계 받아 마땅한 행위가 아닌가. 게다가 부당 징계에 대한 일부 학생들의 저 한심한 반응은 또 뭔가.

'아, 이 학교가 대체 어디로 가려는가…….'

선영은 한숨을 내쉬며 게시판 앞을 물러났다. 정문 앞 소로(小路)에 열지어 피어난 백목련이 한껏 피어보지도 못하고 빗방울에 뚝뚝 떨어져 있었다. 젖은 공기 속에서 은은한 라일락 향기가 풍겨 왔다. 여러 개의 꽃이 어우러져 하나의 형체로 제 빛을 발한다는 라일락

은 단결을 상징하는 서울교대의 교화였다. 총준위 전원 징계와 단결,
라일락…… 선영은 쿡 하고 웃음을 삼켰다.

"박선영!"

강의동 건물로 들어서는데 이현숙[46]의 목소리가 들렸다. 선영은
우산의 물기를 털어내며 현숙에게 물었다.

"전철 타고 왔나?"

"아냐, 복사할 게 좀 있어서."

선영은 입학 직후부터 죽기 전까지 현숙을 비롯한 몇 명의 여학
생[47]들과 친하게 어울렸다. 특별한 계기가 있어서라기보다는 성향상

서울교대 수학과 친구들과 원주에서

서로 잘 맞는 친구들이었던 것 같다.

"선영아, 너 교육 원리 리포트 제출했니?"

"그거 다음 주까지 아닌가?"

"아냐. 이번 주까지래. 조교가 꼭 내라고 그러드라. 중간고사, 그
리포트로 대체한대."

150

"어쩌냐? 난 아직 시작도 안 했는데."

"나도 서론 쫌 쓰다 말았어. 지금부터 하면 되지 뭐."

"아이 참, 큰일 났네. 운사 세미나 발제도 해야 되는데."

"너 운사 여태 하냐? 그만두고 싶다면서?"

"다른 대안이 없잖아. 넌 잘 되니?"

"그럭저럭.[48] 그나저나, 입조심 해야겠더라."

"왜?"

"선배가 그러는데, 우리 학교 네 명 중에 한 명은 짭새래.[49] 프락치가 우글우글 하단다."

"……"

"가만있어라, 오늘 1교시 영어지?"

그 날은 일주일 중에 수업이 제일 많은 날이었다. 4·19 집회 이후로는 강의실에 들어가 교수들 얼굴 마주하는 일 자체가 곤혹스러웠다. 강의 시간에 수업은 안 하고 엉뚱한 소리를 해대는 교수들이 부쩍 많아진 것이다. 서클은 운동권 학생의 온상이라는 둥, 총준위 간부들은 총학생회를 혁명의 도구로 생각하는 놈들이니 순진한 마음에 괜히 이용당하지 말라는 둥……. 수업 내용에도 전혀 깊이가 없었다. 심지어는 고등학교 때 배운 것을 다시 복습하는 촌극이 연출되기도 했다.

초등학생들을 가르치기 위한 교육과정이라는 것이 학문적 전문성도 갖추지 못한 실력 없는 교수들에게 배워야 할 이유라도 된단 말인가. 서울교대가 진정으로 양질의 초등 교육을 위한다면 2천 1백 예비 교사들을 학문의 틀에 얽매이지 않는 자유로운 사고와 보다 철학적이고 건강한 교육관으로 이끌어야 하지 않는가. 학과 선배들에게 이런 문제의식을 열어 보이면 열에 아홉은 "꿈 깨!" 하고, 정말 '꿈 깨는' 소리를 하곤 했다. 답답한 마음을 달래려고 파울로 프레

이리의 『페다고지』나 라이머의 『학교는 죽었다』와 같은 책을 읽노라면 책 속의 현실과 교대의 현실이 참담하게 대비되어 선영의 분노는 더욱 생생해지는 것이었다.

그뿐인가. 언제부턴가 RNTC 교관 한운봉이라는 자가 교정을 활보하기 시작했다. 그는 학교에 상주하는 비밀경찰과 다름이 없었다.[50] 형사처럼 교내 곳곳을 기웃거리며 학생들의 동정을 살폈고, 학생들이 하는 말에 귀를 기울였다. 그의 눈자위에는 악당 표시처럼 빨간 점이 찍혀 있었다. 어쩌다 그 교활하게 깜빡이는 눈과 마주치면 오싹 소름이 끼쳤다. 그 고압적인 분위기에 눌린 학생들은 화기애애하게 이야기를 나누다가도 멀리 그의 그림자만 얼씬거려도 얼른 입을 다물어 버리곤 했다.

5월에 접어들면서 부당징계 철회 싸움이 시작되었다. 이에는 이. 총준위 전원 징계라는 학교 측의 선제공격에 대한 맞대응이었다. 학생들은 이번 사태를 학도호국단을 능가하는 하향적(下向的) 어용 총학생회를 만들려는 학교 측의 불순한 기도로 보고, '어용 총학 저지 및 부당징계 철회 투쟁'[51]을 전개했다. 5월 9일, 총준위 징계의 부당성을 폭로하고 이의 철회를 요구하기 위한 학내 집회가 열렸다. 총준위 위원장 고민택(82, 윤리)과 양묘생(82, 사회), 조인옥(82, 과학) 3명이 주도한 시위였다. 중앙 잔디밭에 100여 명의 학생이 모여들었다. 철벽같은 교직원들의 삼엄한 경비에도 불구하고 4·19 집회 때보다 더욱 많은 숫자가 모여든 것은 부당징계에 대한 학생들의 공분(公憤)과 경악을 웅변하는 것이었다. 학교 측은 4·19 집회 때보다 더욱 용의주도하게 대응했다. 전 교직원 동원은 물론, 학생들의 시위 장면을 낱낱이 비디오와 카메라에 담았다. 학생들은 4·19 집회 때처럼 강제해산 되는 걸 방지하기 위해 스크럼을 짜고 구호를 외치며 계속해서 교정을 돌았다. 그런데 시위 도중 한 여학생이 교직원에게 옷을 찢기는 사태가 벌어졌다. 보다 못해 김주호(82, 미술)가 뛰어들었고, 심한 몸싸움으로 격화되었다. 상황은 파국을 향해 치달아갔다.

시위를 주도한 고민택, 조인옥, 양묘생은 물론, 몸싸움을 벌인 김주호까지 총준위에 이어 추가로 징계를 받았다.[52] 징계 철회 시위 참가자 100여 명에 대한 대량 특별 경고 조치가 이어졌다. 그들이 받는 불이익의 정도도 등급별로 매우 다양했다. 시위에 참석한 졸업생들은 발령 보류자가 되었고, 재학생 단순 참가자는 '발령 전 순화 교육 대상자' 즉, '근신 예비교사'가 되었다. 어이없는 일이었다. 악명 높은 대한민국의 공안 경찰조차도 단순 시위 참가자는 훈방 조치하는 게 관례가 아니던가. 특별 경고 조치를 받은 재학생들은 아르바이트 알선이나, 성적 · 유공 등의 각종 장학금 수혜 대상에서 원천적으로 제외되었다. 학교 측은 그와 더불어 앞으로 학교에서 불허하는 모든 집회에 참여하는 자는 '발령 전 순화 교육 대상자'가 될 것임을 천명했다.[53]

서울교대는 첩보 능력을 갖춘 거대한 병영[54]으로 탈바꿈하기 시작했다. 학교 측은 이 날 사진에 찍힌 학생들의 신상을 비밀리에 기록하고 분류하여 노란 파일에 보관하였다. 이 노란 파일에는 기본적으로 문제 학생들의 신상과 전력(前歷), 활동 내역, 지도 후 반성의 정도가 항목별로 기재되었다. 한마디로 정태수 식(式) '블랙리스트'였다. 블랙리스트에 오른 학생들은 심지어 학과 사무실에 비치된 학생 명단 사진에 빨간 동그라미로 표시되어 지도 교수가 해당 학생을 항상 주목하고 관찰할 수 있게 하였다. 이것은 마치 청교도인들이 '주홍 글씨'를 새겨놓음으로써 죄 지은 자와 자신을 분리하려는 것과도 같은 광적인 마녀 사냥이었다. 빨간 동그라미가 그려진 사진 좌우에는 선배 · 동기 · 후배 관계를 나타내는 화살표가 간첩 조직

사건 계보처럼 표시되어 있곤 했다.

이 블랙리스트는 관리동 우측 후미진 곳에 자리한 두어 평 공간의 밀폐된 방에 보관되었다. 이 곳은 학내 소요나 외부 집회 참가로 붙들려 온 학생들을 취조하는 공간, 학생들 사이에 일명 '취조실'로 불려지는 곳이었다. 당연히 취조는 '빨간 점' 한운봉이 도맡았다. 그는 권력에 아첨하고 약한 자를 찍어 누르는 전형적인 기회주의자로, 학군 하사관 시절에 습득한 '군바리 정신'을 학생운동 탄압에 잔인하게 적용하였다. 초보적인 인문 사회과학 서적만 들고 있어도 불온한 운동권 학생으로 부풀려져 순식간에 발령 보류자, 순화교육 대상자로 분류되곤 했다. 그에게 취조를 받은 한 학생의 말을 들어보자.

"그 사람 말투! 순전히 범죄자 취급하는 투야. 고분고분 대답하지 않으면 윽박지르고, 주먹질에 손찌검에 나중엔 슬슬 달래기도 하고, 괜히 가족 이야기 꺼내며 마음 약하게 하고 다른 이야기로 화제를 돌리다가 교활하게 유도 심문하는 자야. 그 사람은 눈이 정말 무서워. 특히 눈자위에 악당 표시처럼 빨간 점 같은 게 있는데 우리를 노려볼 때마다 온몸에 소름이 끼쳤어."[55]

실로 답답한 현실이었다. 한대수가 '물 좀 주소. 목 마르요.' 하고 부르짖던 저 70년대 유신 체제와 다른 게 무엇인가. 꿈 많던 대학생 박선영은 입학 초기부터 출구를 봉쇄당한 채 방황하기 시작했다. 정태수 천하(天下)가 된 서울교대는 마음 놓고 발을 뻗어 볼 만한 한 뼘의 공간이 없었다. 학보사도, 학회도, 서클도 선영의 갈증을 채워주지 못했다. 이제 선영은 어디로 가야 할 것인가. 어디로.

별을 보고 걷다

꿈속을 헤매었는지 모르겠다. 안개가 자욱하고 나는 거기에 서 있었다. 푸르디 푸른 하늘과 간간이 떠 있는 흰 구름, 그 사이로 빛나는 별 하나, 별 둘, 별 셋. 사랑과 님과 나의 별을 찾아본다. 시공간을 초월해서 마음 통할 이가 있겠지. 이게 불교의 인연이리라. 기다려 본다. 그 인연이 내게 다가와 곧 사라져서 잡지 못하게 되더라도…….

— 날짜 미상의 일기에서

선영은 교대 전철역 못 미쳐 외환은행 앞에서 발을 멈췄다. 그는 슬며시 뒤를 돌아보았다. 특별히 누가 주의를 준 건 아니었지만 왠지 그래야 할 것 같았다. 거리엔 무심하게 지나치는 행인들 뿐, 자신을 주시하는 사람은 아무도 없었다. 선영은 외환은행 건물 안으로 들어갔다. 레스토랑 〈보네르〉는 건물 지하에 있었다.

"여기!"

어두컴컴한 홀 구석에서 땅콩이 번쩍 손을 들었다.

"일찍 왔네? 늦을 줄 알고 느긋하게 책 보고 있었는데."

"5교시 수업 제꼈어요."

"저런! 모범생인 줄 알았더니."

선영이 고쳐 말했다.

"모범생이었죠."

'땅콩'은 묘한 웃음을 흘리며 선영을 바라보았다. 선영이 멋쩍은 듯이 말했다.

"사람 앉혀 놓고 왜 자꾸 웃어요?"

땅콩은 정색을 하며 말했다.

"너 참 볼수록 특이한 애다. 얼굴은 여리게 생겨 갖고."

"네?"

"학교에서 레드(Red)로 찍혀 있는 선배가 만나자고 하면 뭔가 불순한 의도는 없나 잘 따져봐야지, 기다렸다는 듯이 덥석 만나냐?"

땅콩의 농담 섞인 말에도 선영은 웃지 않았다.

"언니, 요즘 학교 상황 어떻게 생각해요?"

"결국은 학교 의도대로 어용 총학이 생기겠지."

땅콩은 심드렁하게 대꾸했다.

"예상했었어요?"

"심하긴 하더라만 익히 예상했던 바지. 우리 캠[56] 역량이 워낙 열악하니까. 4년제로 바뀐 지도 얼마 안됐고, 거기다 신임 학장이 완전 반동이잖아. 지금 언더 애들이 학내 오픈 공간 잡겠다고 들어가 있는데, 어째 잘될 거 같지가 않다……. 선영이 넌, 서클 할 만하니?"

선영이 픽 웃으며 말했다.

"첨엔 기대 많이 했는데, 사실 좀 실망스러워요. 신입생도 별로 없고 세미나도 잘 안되고."

더 솔직히 말하자면, UNSA 세미나는 선영의 지적 호기심을 채워줄 만한 그릇이 못 되었다. 기초적인 사회과학 입문서들은 입학 전에 이미 읽은 터라, 선영은 자신의 의문점을 해소시켜 줄 좀더 심도 있는 토론을 원했다.

"학회랑 학보사는?"

"학보사는 재미없어서 바로 나왔고, 학회는 『자주 고름 입에 물고…』[57] 한번 하고는 4월 들어 별 진척이 없어요."[58]

"니네가 차암 골 때리는 학번이다. 우리 때야 아예 캄캄했으니까 당연히 언더로 가는 거라고 생각했지. 암흑 속에선 별빛이 더 잘 보이는 법이잖아. 그야말로 루카치[59]의 말처럼 밤하늘의 별을 보고 걸어갔던 거지. 헌데 지금 자치 활동의 틀이 만들어지기도 전에 난데없는 꽃샘 추위라니! 너처럼 한 줌 햇볕을 바라고 핀 꽃들이 얼어붙기 딱 알맞은 때다."

"막막해요. 이런 학교에서 어떻게 4년을 채울지."

"그저 꽃샘 추위라면 어떻게든 버텨볼 만하다만, 흠, 글쎄……."

땅콩은 뭔가 골똘히 생각하는 눈치더니, 마침내 다시 입을 열었다.

"학내 상황은 당분간 비전이 없을 거 같고, 너 외부 활동 한 번 안 해 볼래?"[60]

"외부요?"

"교회 내에 있는 대학생 연합 서클[61]인데, 학습도 비교적 탄탄하고 괜찮아."

"난 크리스천도 아닌데."

"허어! 예수님도 크리스천은 아니네, 이 사람아. 세상의 정의와 진리를 위해 살다 가셨을 뿐이라네."

"하하……."

선영은 솔직하면서도 거침없이 핵심을 찌르는 땅콩의 말투가 마음에 들었다. UNSA 기존 회원들이 가장 싫어하는 사람이 바로 이 땅콩이라는 데 생각이 미치자 어쩐지 더 통쾌하고 후련한 느낌이었다. 땅콩은 회원도 아니면서 일이 있을 때마다 UNSA 서클룸을 제 집 안방처럼 사용하곤 했다. 급하게 타자를 치기도 했고, 책을 읽기도 했으며, 밤새 뭘 했는지 아침부터 소파에 드러누워 옆에 사람이 있든 말든 코를 골기도 했다.

땅콩은 선영의 웃음을 동의의 뜻으로 받아들였다.

"주말에 엠티가 있다. 엠티부터 참가해."

"이번 주말이요?"

속전속결. 땅콩의 일 진행 방식에는 그저 혀를 내두를 따름이었다. 땅콩은 주머니에서 딱지 모양으로 접힌 쪽지를 꺼내 선영에게 건넸다.

"일단 옵서버로 참여해서 관찰해 보라구. 과연 몸 담을 만한 공간인지, 사람들은 믿을 만한지. 그 다음은 니가 판단해. 내가 해 줄 수 있는 일은 여기까지야."

땅콩이 먼저 일어섰다. 선영은 식어빠진 커피를 앞에 둔 채 상념에 잠겼다.

'학회와 서클……. 내용성이 없긴 하지만 아직 내가 몸 담고 있는 공간이다. 문제가 있다고 해서 다들 발을 빼버린다면 과연 누가 남을 것인가. 결과적으로, 함께 풀어가야 할 과제를 다른 사람에게 미루는 비겁은 아닐까. 땅콩의 제의에 이렇게 쉽게 흔들릴 줄은 나 자신도 몰랐다. 옥신 언니를 만나 볼까? 분명히 뭐라고 하겠지? 아, 하지만 이 학교는 정말 희망이 보이질 않아. 아무리 군사 독재 치하라지만, 이런 말도 안 되는 일이 백주에 벌어지는 대학이 이 땅에 서울교대 말고 또 있을까…….'

선영은 조심스럽게 쪽지를 펼쳤다.

'토요일 오후 4시. 우이동 6-1번 종점. 인솔자가 신앙 캠프 피켓을 들고 있을 것임. 시간 엄수해 주세요. H[62].'

불행히도 우리는 선영이 몸 담게 될 이 서클에 대해 구체적이고 정확한 정보를 가지고 있지 못하다. 서클이 소속된 교회가 어디인지, 함께 한 동료는 어떤 사람들인지, 무수한 조직이 난립했던 1985년부터 1987년에 이르는 격동기에 이 서클은 과연 어떤 경로를 걸어 갔으며, 이념적으로 어떠한 성향을 띠고 있었는지 증언해 줄 사람은 사실상 없다. 선영의 활동을 근거리에서 지켜본 서클 동료들은 대부분 80년대 중후반 비합법 활동의 와중에서 뿔뿔이 흩어져 버렸다. 박선영 사후(死後) 일부 선배・동료와 가족들의 몇 차례에 걸친 조우(遭遇) - 혹은 조우의 가능성 - 가 있었으나, 안타깝게도 연락이 끊기고 말았다. 그에 대해서는 5부에서 좀더 세밀하게 이야기하도록 하자. 아무튼 그런 이유들로 인해, 이 글은 당시의 객관적인 정세와 학생운동(혹은 교회운동) 상황, 생전의 일기와 편지글, 그리고 가족・친구들의 술회를 토대로 그 활동상을 조명해야 하는 현실적 한계를 안고 출발할 수밖에 없었다. 그러면 다시 85년 5월 선영의 이야기로 돌아가 보자.

토요일은 맑았다. 28번 버스에서 내린 선영은 6-1번 종점을 향해 거슬러 올라갔다. 덥다 싶을 만큼 화창한 날씨였다. 파란 하늘엔 솜털 같은 흰 구름이 두둥실 떠가고 있었다. 우이동의 맑은 공기에서는 약간의 열기마저 느껴졌다. 성급한 이들 중에는 반팔만 입고 나돌아다니는 이도 있었다. 선영은 미팅 장소에 나가는 대학 신입생처럼 가슴이 설레었다. 어떤 사람들일까. 과연 나를 어떤 얼굴로 대해 줄까. 흔히 말하는 '예수쟁이'들은 아닐까. 부드러운 바람이 선영의 짧은 머리를 흔들고 지나갔다.

6-1번 종점 부근에는 엄청나게 많은 사람들이 몰려 있었다. 화창한 휴일을 맞아 MT며 수련회를 나온 학생들이 대부분이었다. 각 패거리들이 들고 있는 피켓도 다양했다. 한동안 패거리들을 둘러보던 선영이 난감한 얼굴로 건너편 가게 쪽으로 나앉았다. 시간은 4시 정각을 향해 달려가고 있었다. 이 많은 사람 중에서 어떻게 찾는다지? 선영의 이마에 땀방울이 송송 맺혔다. 구멍가게를 들락거리는 사람

들의 꽁무니를 망연히 쳐다보던 선영이 갑자기 벌떡 일어났다. 내가 찾지 못하면, 나를 찾게 하는 수밖에. 선영은 휴지통에서 초코파이 상자 두 개를 뒤집어 고깔 모양으로 접었다. 그리고는 사인펜으로 고깔의 앞뒤에 이렇게 썼다.

'4시 신앙 캠프의 H를 찾습니다.'

지나는 사람들마다 종이 고깔을 쓰고 앉아 있는 이 기묘한 여학생을 흘끔흘끔 바라보았다. 그러나 정작 선영을 찾는 사람은 아무도 없었다. 시간은 어느덧 5시를 가리키고 있었다. 선영은 점점 초조해지기 시작했다. 이깟 쪽지 하나 던져놓고 사라진 땅콩이 야속하기까지 했다. 선영은 안주머니에 넣어둔 쪽지를 다시 꺼내 들었다. '토요일 오후 4시. 우이동 6-1번 종점. 인솔자가 신앙 캠프 피켓을 들고 있을 것임. 시간 엄수해 주세요. H' 한숨을 쉬며 일어서는데, 선영을 내려다보며 웃고 있는 사람이 있었다. 중키에 부피감이 느껴지지 않는 여윈 체격, 얼른 봐서는 쉽게 나이를 헤아릴 수 없는 눈매를 지닌 사람이었다. 선영은 엉거주춤한 자세 그대로 눈을 크게 뜨고 상대방을 살폈다.

"저, 혹시 신앙 캠프……"

"그 이상한 거나 좀 벗어요."

나직하고 단호한 목소리였지만, 그의 눈은 분명 웃고 있었다. 선영은 그제야 자기 머리 위에 올려진 '이상한 것'을 의식하고 얼굴이 새빨개졌다. 고깔을 벗은 선영은 잠자코 그의 뒤를 따랐다. 일행은 벌써 MT 장소로 떠난 모양이었다. 성큼성큼 그린파크 뒤쪽 길을 오르던 그가 갑자기 뒤를 돌아보았다. 얼결에 선영도 멈춰 섰다.

"땅콩하곤 잘 알아요?"

"그냥 서클 선후배 사이에요."

"그래요? 땅콩 말론 아주 아끼는 후배라던데. 거기 서클 어때요?

잘 안된다면서요?"

"땅콩 선배 말론 우리 학번이 너무 애매한 상황이래요. 양지로 나
오자마자 신임 학장 때문에 얼어붙게 생겼다고. 선배들 때는 아예
캄캄한 암흑이라 밤하늘의 별을 보고 밤길을 걸어갔대요."

"허, 이거 의원데요? 땅콩이 루카치를 다 인용하다니!"

H는 한바탕 큰소리로 웃고 나서는, 변사처럼 과장된 목소리로 읊
조리기 시작했다.

"별이 빛나는 창공을 보고 갈 수가 있고, 또 가야만 하는 길의 지
도를 읽을 수 있던 시대는 얼마나 행복했던가……?"

상기된 눈빛을 반짝이던 H가 문득, 멋쩍은 듯 씩 웃었다.

"루카치의 유명한 문구죠. 나중에 루카치의 『소설의 이론』이란 책
서문을 한 번 읽어 봐요. 그걸 보면서 선영 씨의 어둔 밤을 밝힐 별
을 한 번 찾아 봐요."

MT 장소인 민박집은 활기로 가득 차 있었다. 수돗가에 진을 친
학생들은 썻는다, 음식 준비를 한다 온통 부산을 떨었고, 방을 차지
한 축들은 집이 떠나가라 함성을 지르거나 발을 구르며 노래를 불
렀다.

"이쪽이에요."

H는 터질 듯이 요란한 노래 소리가 들려오는 방으로 선영을 안내
했다.

뜻 없이 무릎 꿇는 그 복종 아니요
운명에 맡겨 사는 그 생활 아니라
우리의 믿음 치솟아 독수리 날듯이
주 뜻이 이뤄지이다 외치며 사나니

방문을 노크하자 안에서 고함을 쳤다.

"관등성명(官等姓名)!"

"나야, 임마!"

방문을 열자 쾨쾨하고 시큼한 발 냄새가 훅 끼쳐 왔다. 커다란 방 안에 원을 그리고 앉아 있던 십 수명의 젊은이들은 노래를 멈추기는커녕 더 크고 빠른 기세로 노래하며 무릎 걸음으로 두 사람을 향해 육박해 왔다.

약한 자 힘 주시고 강한 자 바르게
추한 자 정케 함이 주님의 뜻이라
해 아래 압박 있는 곳 주 거기 계셔서
그 팔로 막아 주시어 정의가 사나니

"어어, 이거 왜 이래……. 악!"

암전(暗轉). 방문 안쪽 좌우에 숨어 있던 남학생 둘이 커다란 담요로 H와 선영을 덮어 씌웠다. 나머지 학생들은 두 사람이 빠져나오지 못하도록 담요 끝을 단단히 붙들었다.

"에, 지금부터 신입 학우 박선영 양의 신고식을 거행토록 하겠습니다. 선배는 작전 암호에 응하지 않은 죄로 야자타임 십 분 형에 처하겠습니다. 잠시 대기하시고, 우선 우리 신입 학우 관등성명을 밝혀 주세요."

"서울교대 수학교육과 85학번 박선영입니다."

"안 들린다!"

"서울교대, 85학번 박, 선, 영입니다!"

"네, 좋습니다. 귀하께서는 오늘 지각한 사유를 육하원칙에 의거하여 간단명료하게 답해 주세요."

"네 시 정각에 6-1번 종점에 도착했지만, 사람이 너무 많아서 신앙 캠프 피켓을 찾을 수가 없었습니다!"

"네, 좋습니다. 다음은 오늘 신고식의 강도와 밀접한 관련이 있는 질문이니까, 성실히 답변해 주세요. 귀하가 소속된 학과의 남녀 학생 성비를 백분율에 의거하여 답변해 주세요."

"사회자! 예정에 없는 사사로운 질문이다!"

"아아, 다른 분들은 조용해 주세요. 사회자의 인생이 걸린 문젭니다. 박선영 양?"

"남학생 20, 여학생 80입니다!"

"아주 좋습니다! 귀하의 답변에는 반성의 빛이 역력하므로 개전의 기회를 통해 주님의 품에서 새로운 삶을 찾을 수 있도록 훈방 조치되겠습니다."

사회자가 선영 쪽 담요를 슬쩍 열어주자 선영이 잽싸게 기어 나왔다. 그 서슬에 함께 빠져나온 H가 몇몇 학생에게 눈짓을 보내더니 멍석말이하듯 사회자를 담요로 둘둘 말았다.

"에이, 간악한 놈! 얘들아, 사랑가 한 판 진하게 불러 주자."

사회자가 다급하게 소리쳤다.

"여러분, 여러분 이성을 찾아주세요! 여러분은 지금 일부 몰지각한 과격분자들의 선동에 휘말리고 있습니다……"

"매우 쳐라!"

H의 외침을 신호로 모두가 사랑가를 부르며 벌떼같이 사회자에게 달려들었다.

사랑 사랑 영익이[63] 내 동지 내 사랑
영익이 내 동지 내 몸과 같이 사랑하리

아예 담요 위로 올라서는 사람, 꼬집는 사람, 팔꿈치로 쥐어박는 사람, 각양각색이었다. 난생처음 보는 과격한 광경에 선영은 어리둥절하기만 했다. 진짜로 치고 박고 싸우는 게 아님은 분명했지만, 왜들 이러는지 처음엔 도통 이해할 수가 없었던 것이다. 하지만 선영은 곧 담요에 누군가의 손이 닿기만 해도 자지러지게 비명을 지르는 사회자의 모습에 큰소리로 웃음을 터뜨리고 말았다. 이것은 80년대 대학을 다닌 학생들에겐 매우 낯익은 광경으로, 소위 팀방[64] 문화와 게릴라 식 소규모 시위에 적응하는 과정에서 자연스럽게 싹튼 전투 문화였다. 투쟁 속에서 동지애를 다진다고나 할까. 한바탕 격한 장난을 치고 나면 생면부지의 사람들도 오랜 친구처럼 가깝게 느껴지고, 오더가 떨어지면 언제든 손에 손을 잡고 대로(大路)로 뛰어나갈 수 있는 정서적 준비가 갖춰지곤 했던 것이다.

저녁 식사 후에 정식 일과가 시작되었다. 종전까지만 해도 짓궂게 장난을 치던 학생들은 등을 꼿꼿이 세우고 진지하고 엄숙한 태도로 앉아 있었다. 서너 개의 복사물이 돌려지기 시작했다. 조용한 방안에는 팽팽한 긴장감이 흘렀다. 좌중의 준비 상태를 눈으로 점검하며 H가 입을 열었다.

"우선 보위 점검을 하겠습니다. 요즘 에니[65]들이 MT 장소를 급습하는 사례가 빈번해지고 있습니다. 비상사태에 대비한 우리의 알리[66]는 'K교회 신앙캠프'입니다. 여러분은 신앙캠프를 하자는 내 제안에 따라 이 자리에 모인 겁니다. 반드시 숙지하시기 바랍니다. 탁자 위에는 항상 각자 지참한 성경과 찬송가를 올려놓고, 동네 사람들 눈에 띄기 쉬운 곳에서는 반드시 자매님, 형제님으로 호칭을 통일시켜 주기 바랍니다. '나이롱 신자' 티 내지 마시고, 돌발 상황이 벌어지면 주인집에서 '식사요!' 하고 소리칠 겁니다. 그러면 각자 가지고 있는 자료를 즉시 나에게 전달합니다. 자료에 대한 모든 것은 나 외에는 아무도 모르는 겁니다. 됐습니까? 질문!"

"그럼 만약 무슨 일이 생기면 형 혼자 뒤집어쓰게 되잖아요."

후배의 걱정스런 질문에 H는 빙그레 미소 지으며 말했다.

"나야 어차피 정리 학번이니까, 그런 걱정 말고. 자, 다른 질문 없으면 다음으로 넘어갑시다. 오늘 첫 번째 일정은 예고한 대로 광항 세미나입니다. 다들 『넘어넘어』[67] 읽어 왔겠죠? 우리 박선영 자매는 처음이니까 차차 다른 사람들한테 빌려 읽도록 하고, 오늘은 일단 옵서버로 참여하세요. 나머지는 이따 점검합니다. 안 읽어 온 사람은 내일 아침 식사 당번!"

"어휴, 큰났네. 아직 못 읽었는데."

1학년 후배가 머리를 긁적이자, H는 혀를 차며 말했다.

"임마, 광항이 일제 시대 광주학생의건 줄 알았다는 애가 그렇게 게으름을 부리냐? 쯔쯔……. 계속해서 두 번째 일정은……."

NO PAIN NO GAIN

내가 살아가는 이유 : 그것은 인생에 몸을 내던지고, 정열적으로 그것을 탐구하는 일이었다. … 자신이 확신하는 사상에 따라 행동하는 것은 세상에서 가장 지극한 일이다. 그러나 그것이야말로 명예라는 것이다.

—날짜 미상의 일기에서[68]

우이동 MT는 스무 살 선영의 삶을 송두리째 흔들어 놓았다. 광주 항쟁에 대해 알만큼 안다고 자부했던 선영이었지만, 머릿속에 뒤죽박죽 혼재돼 있던 단편적인 기억과 느낌들의 정체가 비로소 뚜렷해지는 느낌이었다. 고등학교 시절, 오빠의 사회과학 서적을 읽고 일상적으로 대학생들의 시위를 접하고 5월 그날의 일들에 대한 무수한 일화를 접해 왔으나, 구르몽의 「낙엽」[69]과 전혜린[70]을 동경하던 선영의 여린 가슴 속에서 책의 이론과 광주는 쉽게 접목될 수 없었다.

그때껏 삶의 표면으로 모습을 드러내지 않던 무수한 기억들이 선영의 머릿속에서 환하게 불을 밝히며 슬라이드처럼 지나갔다. 가장 직접적이고 뚜렷한 기억은 82년, 그러니까 선영이 전남여고에 입학하던 해 10월 무렵의 일이었다. 수업을 마친 선영이 학교를 빠져나오는데, 갑자기 웽 하는 굉음과 함께 앰뷸런스 한 대가 엄청난 속도로 질주해 갔다. 그 소리가 얼마나 요란한지 사람들이 다 나와서 내다 볼 정도였다. 집에 갔더니 오빠가 잔뜩 흥분해서 그 이야기를 꺼냈다. 광주 교도소에 있던 박관현이라는 사람이 감옥에서 단식중이었는데, 교도관들이 고기며 음식물을 억지로 먹이는 과정에서 기도가 막혀 죽었다는 것이다. 어린 선영은 '세상에 뭐 그런 나쁜 사람들이 있지' 하는 정도의 느낌을 가졌을 뿐, 박관현이 어떤 인물이며, 그의 죽음이 의미하는 것은 무엇이고, 항쟁 이후의 무력함과 패배감에 젖어 있던 광주의 대학생들을 어떻게 다시 묶어 세웠는지에 대해선 생각할 수 없었다.

항쟁이 시작될 무렵, 선영은 진월에서 중학교를 다니고 있었다. 지역적으로도 떨어져 있고, 아직 어렸던 탓에 광주 항쟁에 대해선 전혀 알지 못했다. 그러나 당시 선영은 시민군 한사람이 섬진강 휴게소까지 내려와서 진월 사람들한테 광주 소식을 전해 주었다는 소리를 아버지에게 들은 적이 있었다. 그렇지, 조대생[71]이던가? 진월에 낯선 대학생 하나가 내려왔었다. 지금 생각하면 광주 항쟁 직후에 검거를 피해 타지로 피신해 온 게 분명했다. 그땐 아무 것도 몰랐고, 그저 남자 대학생이 마을에 나타났다는 것만으로도 친구들 사이에 꽤 흥미로운 이야깃거리로 회자되곤 했다.[72]

광주로 이사하여 전남여고에 들어가고 나서도 선영에게 광주는 여전히 고유명사였다. 인근 조선대와 전남대생들이 매일의 일과처럼 도청이며 금남로로 뛰쳐나가는 걸 보면서도, 대학에 대한 선망과 '낭만' 적 시각에서만 바라봤던 것은 아닐까. 물론 당시 선영은 고등학생으로서는 상당히 높은 정치의식과 지적인 사고의 틀을 갖추고 있었다. 그러나 대학 시절 자각된 한 인간으로서 새롭게 깨어나기 위한 총체적인 반성과 자기 검열은 필연적으로 거쳐야 할 통과의례였던 것으로 생각된다.

이 시기 선영의 일기를 보면 대학인으로서 자신의 정체성을 확립하려는 몸부림과 함께, 스스로의 낭만성, 감상성을 극복하기 위한 '반성적 사고' 가 곳곳에서 처절한 사투를 벌인다. 그는 비 오는 밤,

블랙커피를 음미하며 클래식 음악을 듣다가, 문득 다음과 같이 독백한다.

내가 예전에 꿈꾸던 그런 환경과 조금은 흡사하다는 생각이 든다. 하지만 포만이 가져다주는 탄력의 상실은 정말 싫다. 좀더 활동적인 내 자신에 대한 흥미, 본질, 호기심……. 수레바퀴처럼 신선한 흥미를 잃은 타성처럼 회전하는 생활이 싫다. 외제 커피를 마시면서 이열치열의 맛을 즐긴다. 大學生이란 기득권! 내가 취한 행동들은 어떠한 것들이었나…….
— 1985년 8월 25일자 일기에서

또, 그는 전혜린의 염세주의에 경도된 자신을 질책하며,

… 나의 가식은 현학적인 면을 즐겨 찾고자 한다. 외피, 두꺼운 외피를 두른 내 자신. 하지만 나만의 문제가 아니다. 이 시대를 살아가는 우리 모두의 문제인 것이다."
— 같은 날 일기에서

선영은 그것이 비단 자기만의 문제가 아니라 이 시대를 살아가는 모든 이들의 문제라는 점을 지적하며, 인식의 지평을 넓히고 있다. 그는 '大學 4年間 가장 큰 목표는 가치관의 형성(날짜 미상의 일기에서)'이라 못 박고, 자기와의 투쟁을 선언한다. 자기 내부의 낡고 묶은 것들을 허물고 '부정의 부정'[73]을 통해 진보를 꾀하는 싸움은 엄청난 고통이 따르는 것이었다. 그는 외친다. "NO PAIN NO GAIN."

자기를 안다는 것은 자신의 자아 개념을 확립하는 것이며 잘못 확립된 자아

168

개념을 회복하는 것이 곧 자기와의 투쟁이 된다. NO PAIN NO GAIN. - 고통 없이는 아무 것도 얻어지지 않는다.

— 날짜 미상의 일기에서

그 아픈 투쟁을 감수해야 하는 이유는 무엇인가. 그것은 바로 '역사가 증명한 진리의 길'을 걸어가기 위해서이다.

M^{74}은 역사의 과정이요 역사가 증명한 진리의 길이요 험난한 자기 극복의 길이다. 인간은 보편적으로 본능적으로 자기의 생활에 부적인 영향들을 헤쳐 나가려고 노력한다. 이러한 개개인에게 힘들게 다가오는 생활이 점점 규모가 커져갈 때 헤쳐 나가고 대응하려는 힘들 또한 성장하게 되며 끝내는 변화가 된다. 커다란 변화가……

— 날짜 미상의 일기에서

대학생이라는 '기득권'에 대한 선영의 반성적 문제의식은 소시민적 여성관에 대한 단호한 거부로 나타난다.

판 틀어놓고, 석양, 커튼 드리워지고, 안락한 거실에 앉아 매몰되는 한 아낙이고 싶지 않소. 뛰면서 활동하고, 바쁘게, 고달프게 그리고 아프게 생활하고프요. 내 모든 것 버리고, 모든 허울 벗어 버리고, 모든 그물에서 탈피하여.

— 서클 선배 H에게 보내는 편지 초고에서

'뛰면서', '바쁘게', '고달프게', '아프게' 살고 싶은 그의 열망은 그의 삶을 숨 가쁜 질주의 회오리 속에 밀어 넣었다. 선영은 답보 상태에 있던 학회를 정리하고, K교회 대학생부 서클 활동에 주력하였다. 그러나 학내 서클 UNSA만은 학회처럼 단호히 절연할 수는 없었다. 고향 선배 이옥신이 자리 잡고 있는 곳이었고, 무엇보다 길지 않은 기간 동안 서클 사람들과 정이 들었던 것이다. 학교에 오면 마음 놓고 갈 수 있을 만한 공간이 UNSA밖에 없었다. 강의가 빈 시간에는 의례히 UNSA에 올라가 조용히 책을 읽다 나오곤 했다. 연합 서클의 스터디 일정은 빡빡한 편이었다. 우이동 MT에서의 광주 세미나와 같은 기획 스터디도 간혹 있었지만, 대개는 한국의 근현대사와 자본주의 경제 이론, 철학의 기초 이론 - 변증법과 유물론 - 들로 1학년 커리큘럼이 구성돼 있었다. 주교재 외에도 부교재가 두세 권씩 반드시 첨가되곤 해서, 정신 바짝 차리고 공부하지 않으면 선영보다 먼저 시작한 팀원들의 진도를 따라가기 힘들었다.

1학년 학습팀의 지도를 맡은 선배는 84학번들이었으나, 83학번인 H도 항상 세미나에 참관했다. H는 대개 아무 말 없이 1, 2학년의 토론을 지켜보았으나, 세미나의 논점이 흐트러지거나 보충 설명이 필요한 경우에는 몇 마디 날카로운 지적을 가하곤 했다. 매번 세미나에 참여할 때마다 선영은 학내 세미나에서 느낄 수 없는 팽팽한 긴장과 매력을 동시에 느끼곤 했다. 긴장이란 교회에 소속돼 있음에도 불구하고 물밑에서 활동할 수밖에 없는 언더 상황에서 오는 것이었고, 매력이란 각 대학 재학생들과의 만남이 주는 신선한 자극이었을 것이다. 그들은 학습의 우위를 점하기 위해 은근히 선의의 경쟁을 펼치기도 했고, 출신 학교 별로 서클의 주도권을 장악하기 위한 알력이 생기기도 했다.

팀원들 중에는 정통 크리스천도 물론 있었지만, 대개는 H 말마따나 '나이롱 신자'들이었다. 이들은 70년대 이래 첨예한 억압 상황 속에서 교회를 보호막으로 삼아 활동의 근거지를 마련해 온 사람들이었다. 이들은 각 교회 안에서 뿌리를 내리기 위해 크고 작은 진통을 겪어야 했다. 각 학교에서 운동권과 비운동권간의 갈등이 빚어졌던 것처럼 교회 안에서도 정통 신자들과 운동권 간의 갈등은 첨예했다. 철학적으로 따져 봐도 유물론과 유신론의 대립이었으니, 어쩌면 그것은 당연한 일이었는지도 모른다. 아무튼 새로운 영역을 찾은 선영은 바쁜 일과 속에서도 삶의 희열과 기쁨을 만끽하고 있었다.

강의가 끝난 어느 날 오후였다. UNSA 서클룸에서 세미나 준비에 열중하고 있는데, 이옥신이 들어왔다. 마침 서클룸에는 두 사람 외엔 아무도 없었다. 이옥신은 선영이 줄을 그어 가며 읽고 있던 책을 집어 들어 후루룩 페이지를 넘겼다.

"재밌냐?"

대답대신 선영은 희미하게 웃었다.

"CM 쪽 소개받았다며."

"네. 안 그래도 언니하고 이야기 좀 하려 했는데."

"무슨 얘기?"

"아무래도 운사 정리해야 할 것 같아서요. 두 가지를 병행하려니까 힘드네요."

이옥신은 들고 있던 책을 탁자 위에 올려놓고, 선영을 똑바로 바라보았다.

"그쪽에만 전념하려고?"

선영은 고개를 끄덕였다.

"언니, 나는 CM에서 운동의 희망을 찾기로 했어요. 지금과 같은 학교 상황에서 뭐 하나 제대로 할 수 있는 게 없잖아요. 아직까지 이 사회에서는 그래도 CM 쪽이 운신의 폭이 넓은 거 같아요."

"선영아."

선영 옆에 앉은 이옥신은 진지한 얼굴로 입을 열었다.

"M은 어차피 장애를 헤치고 가는 거야. 장애가 전제되지 않는 운동은 없어. 그리고 레이버[75]들이 자신이 몸담은 단사[76]의 문제를 하나하나 해결해 나가는 속에서 성장하듯, 모든 운동은 기본적으로 자신이 속한 장에서 출발하는 거야. SM[77]도 마찬가지야. 우리 캠 상황이 다른 어떤 곳과 비교할 수 없을 정도로 가혹하지만, 그렇다고 자신의 문제를 방기하고 다른 장으로 눈을 돌리는 것은 일종의 회피야. 냉정하게 생각해 봐. 혹시 니가 너무 쉽고 편한 길을 택하는 건 아닌지."[78]

"그건 아니라고 봐요, 언니. 제가 쉽고 편한 길을 찾으려 했다면 아예 운동을 생각하지도 않았을 거예요. 만일 인정에 묶여 학회나 운사에 남는다 해도 여기서 뭘 배우고, 무슨 실천을 하겠어요. 지도 교수는 서클 내 불순세력을 뿌리 뽑겠다고 나서고, 기존 회원들의 반발도 심하고. 이건 아니에요."

"그래, 그건 나도 인정한다. 내가 말하는 건 다른 차원이야. 난 너에게 운사에 남으라고 말하는 게 아니다. 좀 더 다른, 본격적인……."

이옥신은 더 이상 말을 잇지 못하고, 눈짓으로 천정을 가리켰다. '도청되는 곳이니, 조심하라'는 뜻이었다. 이옥신은 손바닥에 'UNDER'라고 쓰고 나서, 이내 지우는 시늉을 했다.

"강요하진 않아. 어느 곳을 선택하든 네 자유야. 일단 선배를 한 사람 소개해 줄 테니까 만나보고 나서 활동 여부를 결정하길 바란다."

이옥신은 선영이 학내 운동을 지속할 공간으로 자신이 속해 있는 언더 서클 가입을 제안한 것이다. 선영은 신중한 얼굴로 고개를 끄덕였다. 언더 팀 활동의 가능성에 대해서는 미처 생각해 보지 못한 게 사실이었다. 끝까지 부딪쳐 보지도 않고 다른 장으로 눈을 돌린다는 것은 어쩌면 이옥신의 말대로 '회피'일 수도 있었다.

사실 모든 자율 활동이 원천적으로 봉쇄된 서울교대 상황에서 건전한 생각과 양식을 가진 학생치고 한 번쯤 이런 고민에 빠져 보지 않은 학생은 드물 것이다. 87년 교대자율화추진위원회 위원장 김현순[79]은 「박선영과 나」라는 글에서 이렇게 술회하고 있다.

… 교대 3학년 때던가. 나는 고통과 고민의 터널 끝에 서서 중간고사를 보지 않고 학교를 포기하려 했었다. 더 이상 학교생활을, 삶을 지탱하고 살아가기가 너무나 힘들었다. 그러다 결국 학교로 돌아오면서 얻은 결론이 하나 있었다. '서울교대가 정도가 지나친 문제점이 있지만 이 사회엔 어느 곳이나 극복해야 할 문제는 있다. 내가 여기서 포기하고 돌아선 뒤 또 다른 문제에 부딪쳤을 때 또 피해버릴지도 모르는 내가 되어 있으면 어떡하나……. 그래 한번 부딪치자.' 라고.

그래, 한번 부딪쳐 보자, 선영도 그렇게 다짐했으리라. 이옥신이 소개한 선배는 뜻밖에도 83학번 김상애[80]였다. 김상애라면 UNSA에서 몇 번 마주친 적이 있는 선배였다. 이렇게 팀 선배로 만나게 되니 조금은 색다른 느낌이었다. 『삶의 지혜』, 『철학의 기초이론』, 『철학 에세이』[81] 등 입학 직후부터 학회와 서클을 전전했던 선영이 다소 시시하게 여길 수도 있는 초보적인 학습 과정이 되풀이되었다. 그러나 커리큘럼을 문제 삼은 적은 없었다. 학습이란 하면 할수록 의문이 깊어지는 법이니까. 문제는 다른 데 있었다. 팀 인원이 몇 명 안 되는데다가 고정 인원도 없이 들쭉날쭉해서 팀이 안정적으로 굴러가질 못했던 것이다. 많으면 세 명, 아니면 한두 명 정도가 학습에 참여했다. 지리멸렬한 팀의 상황에 회의를 느낀 선영은 결국 언더 활동을 정리하고 교회 서클 활동에 진력하게 되었다.

나는 투쟁하지 않으면 안 된다[82]

나는 투쟁하지 않으면 안 된다.
그것은 내가 나아가야 할 길이기 때문에 투쟁하는 것이다.
투쟁과 자살 中에서 어느 한쪽을 택하지 않으면 안 되기 때문이다.
— 날짜 미상의 일기에서[83]

오후 7시. 가리봉 오거리에 어둠이 깔리기 시작했다. 일찌감치 도착해 시장 골목을 배회하던 선영은 약속 장소인 국밥집으로 걸음을 옮겼다. 이 날은 대우 어패럴 노조 위원장이 임금인상 투쟁 과정에서 구속된 후, 구로지역 사업장에 들불처럼 번지고 있는 동맹파업에 대한 지지 시위가 계획된 날이었다. 이들 노조가 85년 임투[84]에서 요구한 것은 월 10만 원 보장이었다. 동맹파업에 가세한 효성물산의 평균임금은 일당 2천2백4십 원에, 월 6만5천 원이었다. 당시 노동자 한 명이 자취할 수 있는 방이 3만 원, 짜장면 한 그릇이 1천2백 원, 커피 한 잔이 1천5백 원이었으며, 대학생 한 명의 서울 지역 하숙비는 12만 원에서 15만 원 선이었다.

한 달에 돼지고기 반 근, 김 10장, 두부 1모, 화장지 3개, 두 달에 양말 1켤레, 한 달에 목욕 2회, 공중전화 10회를 걸고 살기 위해 그들에겐 10만 원이 필요했다. 그 요구를 받아들일 수 없다면 누구든지 맞서 싸울 수밖에 없었던 것이 당시 노동자의 현실이었고, 대량구속과 구류, 해고를 불사하면서도 전두환 정권에 맞서 싸울 수밖에

구로 동맹파업

없었던 것이 구로동맹파업이었다.

　국밥집 앞을 서성이고 있노라니 영익이 씩 웃으며 나타났다.

　"왔나?"

　영익이 어느새 선영의 옆에 바짝 붙어서며 속삭였다. 낮은 목소리에 긴장감이 실려 있었다. 두 사람은 나란히 큰길 쪽을 향했다.

　"정보가 샌 거 같다. 완전히 쫙 깔렸는데."

　"어떻게 정보가 새지?"

　"이런 일 흔해. 학운 쪽에도 프락치가 많으니까. 모르는 사이에 도청 당했을 수도 있고, 밀어붙여 보는 거지 뭐……"

　큰길이고 시장통이고 할 것 없이 전경이 쫙 깔려 있었다. 떨렸다. 약정한 시간이 다가올수록 다리가 허공에 뜬 듯 후들거렸고, 손에 땀이 쥐었다. 특히 전경들 앞을 지날 때면, 눈을 어디에 둬야 할지 몰랐다. 그러나 영익은 달랐다. 영익은 마치 산보라도 나온 사람처럼 느긋하게 걸음을 옮겼다. 도수 높은 안경 너머로 전방을 살피는 눈만이 날카롭게 빛났다. 그는 시선을 앞에 고정시킨 채 말했다.

"선영이 너 가투 처음이지?"

"어떻게 알아?"

"어떻게 알긴! 니 얼굴에 가투하러 나왔다고 써 있다. 자, 얼굴 좀 펴고 자연스럽게 웃어 봐."

"넌 안 떨려?"

"안 떨린다면 거짓말이지. 그런데 한두 번 경험이 쌓이니까 자신감이 붙더라. 요령도 생기고. 등산 하고 비슷한 거 같아. 왜, 등산하다 보면 너무 힘들어서 그만 포기하고 싶어질 때가 있잖아. 그런데 그 힘든 과정을 거쳐 막상 정상에 오르면, 아, 그 기막힌 해방감! 너도 곧 알게 될 거야. 이 쨍쨍한 긴장감을 헤치고 도로를 점령했을 때의 그 기분, 목이 터져라 구호를 외치다 돌아보면 모두 내 동지들, 눈빛만 봐도 단박에 동지라는 걸 알 수 있지. 저기, 저 사람들을 봐. 느낌이 오지 않니?"

그랬다. 척 봐도 한 눈에 동지라는 걸 알 수 있는 사람들이 곳곳에 '쨍박혀' 있었다. 물건을 고르는 척하며 기지개를 켜거나 신발끈을 매는 사람들. 그러나 그들을 다른 사람들과 구분하는 건 옷차림도 행동거지도 아니었다. 눈빛이었다. 당장이라도 공처럼 튀어오를 듯한 저 싱싱한 눈빛들.

큰길로 나온 두 사람은 버스정류장을 향했다. 학생과 노동자들이 버스 정류장 앞을 가득 메우고 있었다. 꾸역꾸역 모여드는 사람들의 물결. 저 많은 사람들이 대체 어디에 숨어 있었던 것일까. 그들의 얼굴에는 한결같이 비장한 미소가 흐르고 있었다. 저렇게 많은 사람들이 나와 함께 새벽을 꿈꾸고 있었다니! 선영은 가슴이 벅차올랐다. 아, 나는 이제야 가두시위 장소에 도착한 것이로구나. 나는 여태껏 '여기'가 아닌 '저기', 저 아득한 두려움 속에 갇혀 있었던 것이로구

나. 비상대기 장소에서 종이 위에 퇴로(退路)[85]를 그리던 H는 문득 후배들에게 이런 말을 했었다.

"굳이 두려움을 이기려 하지 마. 그냥 자신의 한 부분으로 인정해. 그러면 두려움도 나를 더 이상 이겨야 할 대상으로 생각하지 않을 거야."

선영의 얼굴에 미소가 어렸다. 선영은 자신과 두려움 사이에 일정한 거리가 생기고 있음을 깨달았다. 마음이 한결 편안해졌다. 뭔가 재잘거리고 싶은 마음에 무심코 영익의 손을 잡았을 때였다. 영익이 선영의 손을 힘껏 맞잡으며 소리쳤다.

"떴다!"

예정 시간 7시 15분, 정확하게 야사[86]가 떴다. 야사를 중심으로 대오가 형성되기 시작했다.

"가자!"

선영의 손을 잡은 영익이 도로 안으로 뛰어들었다. 도로변에 대기하고 있던 학생들도 함성을 내지르며 속속 합류했다. 도로를 점거한 학생들의 숫자는 어림잡아 4, 5백 명을 넘어섰다. 누군가 하늘 높이 던져 올린 유인물 뭉치가 공중에서 풀어져, 흰 꽃잎처럼 나풀거리며 내려왔다.

"노동운동 탄압하는 군부독재 타도하자!"

"민주노조 탄압하는 전두환은 물러가라!"

"노학 연대투쟁으로 군부독재 타도하자!"

구호와 함성, 노랫소리가 가리봉 검은 하늘을 온통 뒤흔들었다. 도로변에 길게 늘어선 퇴근길의 노동자들이 간간히 구호를 따라 외치거나 박수를 쳤다. 두 명씩 조를 이룬 서클 동지들의 모습도 눈에 띄었다. 동지! 선영의 마음속에서 선배나 동기로만 분류됐던 이들이 어느새 동지라는 새로운 이름으로 다가왔다.

강제와 감시 속에 우울하고 고통에 찬
죽음의 고역 같은 노동에서 해방되어
자유를 얻고 기쁨에 찬 빛나는 노동 쟁취
동지여 두려움 없다 역사는 우리의 것

노래를 부르는 선영의 눈에 눈물이 가득 고였다. 그래, 나는 비로
소 살아 있다, 투쟁 속에서. 이 살아있음의 감격과 해방감을 지켜내
기 위해, 나는 투쟁하지 않으면 안 된다.[87] 혼과 몸을 다해.
  따당 따다다다당……. 시위 대열 전방에서 최루탄이 터지기 시작
했다. 묵직한 화염병 가방들이 신속히 앞으로 옮겨졌다. 여기저기서
보도블록 깨는 소리가 들렸다. 여학생들이 돌무더기를 옮겼다. 그러
나 경찰의 대규모 공세에 밀려 싸움은 오래 지속되지 못했다. 특히,
속칭 '청카바'로 불리는 사복 경찰의 투입으로 시위 대열은 금세
흐트러지고 말았다. 몇몇이 박수를 치며 "침착, 침착!" 하고 외쳤다.
그러나 개별적으로 대오를 이탈하는 사람들을 막을 수는 없었다. 질
서정연한 퇴각은 대량 연행을 피하기 위해서도 중요한 일이었다. 그
러나 이제는 어쩔 수 없었다. 불과 십여 미터 앞에서 청카바들이 토
끼몰이를 하고 있었다.
  "뛰어!"
  영익의 고함소리가 들렸다. 선영은 뛰기 시작했다. 아니, 뛰었다기
보다는 전후좌우의 거센 흐름에 밀려갔다고 해야 옳았다.
  "거긴 안 돼! 퇴로가 막혔다! 돌아와! 박선영, 돌아와!"
  그러나 돌아갈 수 없었다. 선영이 뛰어든 골목 입구로 이미 청카
바가 들이닥친 것이다. 수십 명의 학생들과 함께 죽어라 뛰어가는데,
사람 하나가 겨우 지날 만한 샛길에서 두 명의 남학생이 나지막한
담장을 넘고 있는 게 보였다. 선영은 순간적으로 그쪽을 택했다. 남

학생들의 도움으로 담장을 넘기 시작했다. 담장 위에 허리를 걸친 채 다리를 들어 올리는데 바로 뒤에서 어지러운 군화발 소리가 들렸다.

"저 년 잡아!"

머리털이 곤두서고 진땀이 흘렀다. 간신히 뛰어내린 선영은 앞뒤 볼 것도 없이 냅다 뛰었다. 골목을 꺾기 전에 잠깐 돌아보니, 담장 저쪽에 헬멧 두어 개가 이쪽을 노려보고 있었다.

선영은 근 한 시간 가량 낯선 골목을 돌다 대로로 빠져나왔다. 사위는 완전한 어둠이었다. 버스에 올라탄 선영은 차창에 비친 제 모습에 실소를 터트렸다. 짧은 머리칼이 온통 땀에 젖어 얼굴에 찰싹 달라붙은 꼴이 꼭 물에 빠진 생쥐 같았던 것이다. 반쯤 열어놓은 창으로 서늘한 저녁 공기가 기분 좋게 스며들었다. 스릴 만점의 멋진 첫 가투였다. 선영은 뿌듯한 마음으로 서클 동지들이 모여 있을 점검 장소로 향했다. 고대 앞에 내린 선영은 비로소 동지들의 안위가 걱정되었다. 다들 '살아' 있을까. 영익은? 자타가 공인하는 천하의 '홍길동'이 설마 달리진 않았겠지? H, H는? 아까 도로에 뛰어들면서 얼핏 H를 본 것 같았다. 그는 웃고 있었다. 나를 보는 그의 눈길에는 언제나 웃음이 감돌았다. 두려움에 질려 있는 내게 그는 혹시 이렇게 말하고 싶었던 것일까. 그 이상한 거나 좀 벗어요.

"박선영!"

고갈비집 중앙 테이블을 차지한 채 침통한 얼굴로 술을 들이키던 서클 사람들이 선영을 발견하고는 벌떡 일어섰다.

"너, 살아 있었구나?"

영익이 제일 먼저 달려와 선영을 번쩍 들어올렸다.

"선영아!"

혜원이 눈물을 글썽이며 선영을 부둥켜안았다. 술을 얼마나 퍼마

셨는지, 벌써 혀가 꼬부라져 있었다.

"야아, 선영이 너어 달린 줄 알았단 말이야. 이잉⋯⋯."

"달리긴⋯⋯."

어린애처럼 울음을 터트리는 혜원의 어깨를 토닥이는데, 누군가 선영의 어깨에 묵직한 손을 올려놓았다.

"고생했다."

H였다. 그는 역시, 웃고 있었다.

인간에 대한 사랑

자연의 한 부분으로서 인간이기를 사람들은 부인한다. 그래서 더욱 더 기계 문명에 매몰되고, 물의 현상 즉, 인간가치의 상품화가 첨예화되어 가고 있는지도 모른다. 친구에게서 형제간에게서 우리는 자신을 발견하고 또 비춰보면서 새로운 슬픔을 발견하게 된다.

— 1986년 날짜 미상의 일기에서

"엄마!"

와락 현관문을 밀치고 들어선 선영은 엄마부터 찾았다. 집안은 조용했다. 아이고, 우리 선영이 왔구나, 물 묻은 손을 닦으며 주방에서 환한 웃음으로 반겨줄 어머니가 보이지 않았다. 오빠도 동생들도 보이지 않았다. 방학인데 다들 어디 갔지? 문도 안 걸고. 선영은 신발을 벗고 마루로 올라섰다. 부지런한 어머니의 성격대로 집안은 깔끔하게 정돈돼 있었다. 안방, 동생들 방, 욕실 차례로 문을 열어 보았으나 역시 아무런 기척이 없었다. 맥이 풀린 선영은 갈아입을 옷을 챙겨들고 작은 방으로 들어갔다.

"와아아!"

오빠와 막내 동생의 괴성에 혼이 빠진 선영은 방바닥에 풀썩 주저앉았다.

"여기서 뭐하는 거야? 간 떨어질 뻔했네."

선영이 눈을 흘기는데 문 옆에 앉아 있던 어머니가 웃으며 딸의 손을 잡았다.

"우리 딸 왔냐?"

"엄마도 여기 있었네?"

"그래, 너 온다고 오빠가 니 방 이쁘게 맹글어 준다고 도배지도 이쁜 놈으로 사다 도배허고 책상 놓고 여태 쓸고 닦고 했다."

"이야!"

그러고 보니 방이 몰라보게 달라졌다. 잔잔한 꽃무늬 도배지에, 화사한 커텐에, 선영이 좋아하는 인형까지 책상 위에 놓여 있었다.

"오빠, 고마워."

"고맙긴, 임마."

"근데 내가 뭐 방이 필요 있나? 방학 때만 며칠 있다갈 걸 뭐."

"그래도 그런 게 아니야. 너도 그렇고 누나도 집에 오면 편하게 있을 데가 없잖아."

"야, 아무튼 기분 좋다. 근데, 흠, 흠……. 이게 무슨 냄새야?"

영석이 싱글거리며 대꾸했다.

"누나 온다고 하니까 큰형이 이 방에 향수 뿌렸다? 마무리 서비스래."

"마무리 서비스?"

"응. 여학생 방엔 좋은 냄새가 나야 된대."

"와아! 진짜 끝내주는 서비스다. 오빠, 땡큐! 대신, 오빠 장가갈 때 내가 신혼방 이쁘게 꾸며줄게. 아예 향수를 병째로 들이부을까."

"하하하……."

"야, 정말 기분 좋다."

선영은 흐뭇한 얼굴로 다시 한번 집안을 둘러보았다. 선영이네가 이 운암동 아파트로 이사한 것은 선영이 대학 입학을 앞둔 84년 겨울이었다. 단칸방, 상하방을 전전하던 끝에 생전 처음 이 '우아한'

아파트로 이사 왔을 때 식구들은 눈이 휘둥그레졌다. 특히 선영이 감탄한 것은 욕실이었다. 욕실에는 텔레비전에나 나올 것 같은 욕조가 반짝반짝 빛을 발하고 있었다. 수도꼭지를 좌우로 돌리면 온수와 냉수가 자유자재로 나왔다. 욕조에 떨어지는 물소리가 은쟁반에 옥구슬 구르는 소리처럼 들렸다. 꿈만 같았다. 이사 기념으로 가스렌지도 들여놓았다.[88]

이제 어머니는 눈물을 훔쳐가며 석유곤로에 불을 붙이지 않아도 되었고, 연탄 위에 '종우때기 불'[89]을 피워 보리쌀을 안치지 않아도 되는 것이다. 완고하고 과묵한 아버지까지 '집에 갈 시간이 기다려진다'고 말할 정도였으니, 다른 식구들의 기쁨과 설레임은 말할 것도 없었다. 방 세 개 짜리 아파트. 그러나 선영이 이 아파트에 살아 본 것은 불과 며칠 되지도 않았다. 선영이 곧 서울로 올라가 버리자 어머니는 그게 그렇게 안쓰러울 수가 없었다. 아버지와 어머니가 안방을 쓰고, 큰아들과 둘째, 셋째가 방 하나씩 차지하기로 했을 때, 어머니는 불쑥 이렇게 중얼거렸다.

"좋기는 좋은디 선영이가 맘에 걸려. 요로고 좋은 집서 살아 보도 못 허고, 지 방 하나 못 차지허고, 서울로 가 부렀네. 주방에다 포장 쳐놓고 쪼그리고 공부허던 생각이 나서 걍 마음이 짠해……."

"걱정 마세요, 엄마. 작은 방을 선영이 방으로 하면 되잖아요. 내가 도배도 새로 싹 하고 이쁘게 꾸며놓을 테니 걱정 마세요."

"이잉? 그럼 너는 어쩌고?"

"저는 동생들하고 같이 지내면 돼요. 다 남자들인데 어때요. 아무리 그래도 선영인 여학생인데 제 방이 따로 있어야죠."

마음을 어루만지는 듯한 큰아들 종욱의 말에 어머니의 수심이 봄눈 녹듯 사라졌다. 주방에서 저녁 준비를 거드는데, 어머니가 걱정스레 말했다.

"아가, 어디 아프냐. 왜 그렇게 말랐냐. 얼굴은 새까매 갖고."

"내가 살이 좀 빠졌나아? 날씬하면 좋지 뭐. 아픈 덴 없으니까 걱정마세요."

그렇게 대답하면서도 선영은 속으로 뜨끔했다. 학교 공부와 서클 활동을 병행하다 보니, 살이 빠지지 않을 수가 없었다. 식구들에게는 말하지 않았지만, 오늘도 서울에서 바로 내려온 것이 아니었다. 방학이 시작되자마자 선영은 서클 동료들과 함께 농촌[90]으로 봉사 활동을 떠났다. 열흘간의 봉사 활동은 정말 힘들었다. 뜨거운 뙤약볕을 고스란히 받으며 일을 하노라면 허리가 끊어질 것처럼 아파 제대로 일어설 수가 없었다. 선영은 그런 대로 버텨냈지만, 도시에서 별 고생 없이 자란 여학생들은 픽픽 쓰러지기 일쑤였다. 땡볕에서 몇날 며칠을 일하다 보니, 얼굴은 새까맣게 타고 흰 눈자위만 번들번들 윤이 났다.

농촌 봉사 활동 중인 선영

일과가 끝난 저녁에도 쉴 틈이 없었다. 아동반을 맡은 선영은 저녁이면 동네 아이들을 모아놓고 방학 숙제를 지도하거나 노래며 율동을 가르쳤다. 때 묻지 않은 시골 아이들을 지도하는 과정에서 선영은 처음으로 교육의 참의미와 가치를 깨닫게 되었다. 진정한 교육이란 지식의 전달만이 아니었다. 삶의 의미와 인간에 대한 사랑을 스스로 깨닫게 하는 것이었다. 그런 점에서 교육이란 '쌍방향'이었다. 사심 없이 타인을 대하는 아이들의 맑은 마음으로부터 다시금 어른의 삶이 정화되기도 하는 것이므로.

문득 만년 평교사인 아버지의 삶이 떠올랐다. 아버지의 사범학교 동기들은 이제 교감이 되었거나, 교육청에 자리 잡아 도 장학사니 군 장학사니 하는 번듯한 명함을 갖고 다녔다. 어린시절 선영은 세월이 가면 아버지도 저절로 교감이 되는 줄 알았다. 하지만 아니었다. 세월이 가고 흰 머리가 늘어도, 아버진 여전히 평교사였다. 사람이 감투를 쓰면 욕심이 생기는 법이야. 아버진 늘 그렇게 말했다. 철없던 시절, 그 말은 때로 자신의 무능에 대한 변명처럼 구차하게 느껴졌다. 아, 그땐 몰랐다. 철이 든다는 것은 아버지에 대한 이해로부터 시작되는 것임을. 『상록수』[9]의 박동혁처럼 고시리 분교에 자원하여 지역 계몽과 전인 교육에 삼십 대의 불같은 열정을 바쳤던 아버지, 자신의 도덕과 원칙을 위배하는 것과 단 한 순간도 타협할 수 없었던 아버지, 쫓겨나고 쫓겨 가길 거듭하면서도 언제나 자식 앞에 당당했던 아버지, 그러나 그 아버지의 삶도 조금씩 저물어가고 있었다. 아들딸에게 그토록 교사의 자리를 물려주려 한 것은 무엇 때문이었을까. 단지 가난 때문이었을까. 혹시 아버진, 평생을 다 바치고도 못 다 피운 꽃씨를 자식들에게 넘겨주고 싶었던 건 아닐까. 냉혹한 교육 현실은 언제나 당신을 배반해 왔음에도, 아버진 아직 애정이 남아 있다는 것일까.

선영은 밥을 푸면서 어머니에게 은근슬쩍 속엣말을 건넸다.

"엄마. 나 오늘 망월동 오일팔 묘역에 갔다 왔다?"

"거그는 왜?"

"그냥. 광주서 살면서도 그렇게 많은 사람들이 무고하게 죽어간 것도 모르고 산 게 죄스러워서. 권력을 쥔 살인자들은 저렇게 버젓이 살아가는데, 변변히 싸워 보지도 않고 이렇게 편안히 살아도 되는 것인지, 너무너무 마음이 아팠어, 엄마."

"아이, 공부나 해. 공부가 힘이여. 공부 열심히 해서 사회에 나가면 하고 싶은 거 얼마든지 할 수 있어. 글고 인자 장학금 받고 그래야제, 그런 데 휩쓸려 다니면 못 써."

장학금. 그래, 장학금을 받아야 했다. 교대 등록금이 싸다지만 사립대보다 싸다는 것이고, 집안 형편을 봐서는 2학기 등록도 천생 융자를 받아 해결해야 할 것이다. 성적은 아직 나오지 않았지만, 시원찮을 게 뻔했다. 선영은 차선책으로 아르바이트를 신청했다.

"엄마, 나 내일 모레 다시 서울 올라가야 돼."

"잉? 방학인디 더 있다 가지 왜 벌써 올라가?"

"동사무소 아르바이트 하게 됐어요."

"동사무소서 니가 뭔 일을 헐 게 있냐?"

"그냥 이 것 저 것 거들어주는 거지 뭐. 얼마 되지는 않지만 등록금도 좀 보탤 겸."

"아이고, 엄마는 너 오면 맛있는 것도 해 먹이고, 시장에 가서 이쁜 옷도 좀 사 입히고 할라고 했는디. 방학이라고 다리 뻗고 집에서 편히 쉬어 보도 못 허고……."

어머니는 못내 안쓰러운 얼굴이었다. 그러나 아르바이트도 아르바이트였지만, 사실은 서클 일이 바빴다. 2주 후에는 합숙[92]이 예정돼 있어 공부를 해둬야 했고, 주말이면 교회도 가야 했다. 광주에 머무는 동안 선영은 고등학교 친구들과 주로 어울렸으며, 전남대에 재학 중인 중학교 동창 신율건과 재회하기도 했다.[93] 입시에 재도전하는 율건을 격려하기 위해 선영은 서울에서 수차례의 편지를 보내기도 했다.

이 사회에서 자신의 환경을 변화시켜 자신에 맞게 생활해 가는 사람도 있고 주어진 환경에서 기회가 생기는 사람도 있다. 그 기회마저 이용 못하는 인간도 있다. 네게 있어서는 어디에 속하겠니? 어쩜 당연하기도, 당돌하기도 한 물음이 겠지만 이 시간 네게 주어진 모든 것을 최대의 효과를 올릴 수 있도록 활용해 달라는 친구의 간곡한 부탁이다……

— 1985년 7월 20일 율건에게 보낸 편지에서

선영은 대학에 들어간 친구뿐 아니라 객지에서 공장 생활을 하는 친구들, 대학 입시에 실패한 친구들, 실연당한 친구들, 운동의 험난한 길에서 고민하는 친구들을 격려하고 힘이 되고자 하였다. 모든 유품이 소각되는 와중에서 누군가의 손에 의해 살아남은 몇 점의 편지와 일기를 펼쳐 보면 선영의 그런 성품을 짐작할 수 있는 구절 들이 곳곳에서 발견된다.

선영. 바쁜 시간 속에 정말 고마워. 난 나를 잊어먹어 버린 줄 알았는데. 영아, 정말 고마워. … 난 너 덕분에 잘 있다. 모든 것이 그저 그 상태이다. 그러나 선 영의 편지는 근주에게 많은 용기를 준 것 같아. … 선영, 그러나 너무 걱정하지 마. 결코 동정이나 받는 근주는 되지 않을 테니깐. 친구야, 너무 큰 기대는 걸지 마렴. 그저 조그맣게 목표를 정한 나를 위해서 말이야. 영아, 이 친구가 믿지. 그 러나 어쩌겠니……

— 대입에 실패한 친구 근주의 편지

… 선영아, 나에 대해 힘들게 생각하지 마. 지금 현재 내가 고민하고 슬퍼하는 모든 것들은 나에게 필요한 것들일 거야. 시간이 흐르면, 자연스럽게 될 거야. … 영아, 왜인지 모르겠구나. 자꾸 심난해진다……

— 공장에 다니는 고향 친구 경옥의 편지

선영은 자신의 이해관계를 중심으로 친구를 사귀지 않았다. 그는 상대의 입장과 이해관계를 사고의 중심에 놓고, 상대의 관심과 수준에 철저히 자신을 맞춰 나가는 스타일이었다. 중고등학교 시절부터 그가 많은 친구들의 상담자, 조력자 역할을 할 수 있었던 것도 그런 그의 특성이 크게 작용한 것으로 보인다.

선영인 항상 밝았고 친구들의 고민을 해결해주는 해결사 노릇뿐만 아니라 어려운 친구를 도와주는 마음이 아름다운 친구였습니다. 항상 예수님처럼 살아가겠다고 했던 친구였습니다.

— 수학과 동기 이현숙의 인우보증서에서

인간은 만남의 수만큼이나 헤어짐이 존재한다. 이러하기 때문에 우린 더 만남을 소중히, 신중하게, 최선을 다해야 되지 않을까 생각한다. 그 인간을 만남에 있어서 수단이 아닌 목적으로 그 과정이 엮어져야 하며, 외면이 아닌 진실로 대해야 한다. … 이런 훈련은 부단한 자신의 성찰과 숙고와 경험 등에 의해서 이루어질 수 있다.

— 1986년 1월의 일기에서

서문에서도 밝힌 바 있지만 그의 그러한 성품은 인간에 대한 지극한 사랑에 연유한 것이었다. 그는 초등학교 친구에서 대학 친구에 이르기까지 상대와 소통할 수 있는 '코드'를 무한히 확장하여 인연

의 프리즘을 형성해 왔다. 그 모든 것을 관통하는 것은 바로 '인간
에 대한 사랑'이었다. 사랑, 사랑은 그에게 곧 삶이었다.

삶이란
어쩌면 수없이 거듭되는 사랑의 시도며
사랑의
경험을 통하여,
실천적인 사랑의 의미를 알고 거듭 시도하는 과정이 아닐까.
— 날짜 미상의 일기에서

선영은 그 말, 그대로 살았다. 그는 자신과 인연을 맺은 모든 사람
을 진심으로 사랑하려 노력했다. 때로 불발에 그치게 되는 그 '사랑
의 시도'는 무서운 고독감을 초래하거나 무력한 자신에 대한 뼈아
픈 자각과 상처로 되돌아오기도 한다.

오늘도 나는 새로운 기대와 꿈을 안고 하루를 맞이했다. 그리고 확인했다. 거
의 확실하게. 인간은 홀로 설 수밖에 없다는 것. 서로에게 힘이 돼 줄 수는 있겠
지만 정작 서야 할 곳에선 그 아무도 도와줄 수 없는 것이다. 진실은 말할 수
있으나 마음은 못 전한다. 진정한 마음은 알 수 없다. 각각의 인간이 진실이라
고 믿었을 때 그건 보편화된 진실이며, 그 진실 속의 또 다른 감정을 우린 짐작
하기가 어렵다.
— 86년 2월의 일기에서

선영은 많은 친구들의 고민을 들어주고 위안을 주려 노력했지만,
정작 자신의 마음을 허심탄회하게 털어놓을 만한 친구는 없었던 것
같다. 김병림, 박순자와 같은 절친한 친구가 있었으나 객지 생활을

하는 선영에게 그들은 너무 멀리 - 거리적, 심리적으로 - 있었다.

벗의 창이 밝은 것을 보고 마음이 흐뭇함은 무엇일까. 내 가까이서 나의 심금을 울리고 서로를 털어놓고 확인할 수 있는 벗이 있다면 얼마나 좋을까. 서로의 별을 찾아 헤메이면서 아름답고 가끔은 추한 얘기도 거리낌 없이 뱉을 수 있는 벗.
— 1986년 2월의 일기

선영은 끈질긴 '실천적인 사랑'의 시도를 통해 사랑의 공복감을 메우고자 했고, 사랑의 이기심마저 벗어버리려 했다. 실천적인 사랑, 선영에게 그것은 운동이었다.

흔들리는 나무들

혼자서 잘난 체 하기 없기. 혼자서 미치기 없기. 내가 무너지는데 동료가 무너져 내린다고 그를 욕하기 없기. 그리고 모든 것을 사랑하기. 쓴 것도, 단 것도, 투명한 것도, 자신의 모든 것도.

— 1986년 날짜 미상의 일기에서

가두시위와 농활 참가를 계기로 선영의 서클 활동에는 가속도가 붙었다. 서클 동료들과도 끈끈한 애정으로 결속되었다. 우정이란 무엇인가. 인간의 만남이란 무엇인가. 만남의 세월이 길다 하여 그만큼 더 서로를 잘 알게 되는 것은 아니었다. 눈빛만으로도 고감도로 통할 수 있는, 전면적이며 질적인 전화를 야기하는 만남, 그것은 신념의 일치를 통해서만 가능한 것이었다. 모든 인간애의 정점에 동지애가 있었다. 집에 돌아갈 토큰 하나와 라면 사 먹을 돈만 있어도 얼마든지 풍족하고 마음 푸근한 시간을 공유할 수 있는 상대, 가투가 끝난 후 서로의 생사를 확인하며 부끄러움 없이 뜨거운 눈물을 흘릴 수 있는 상대, 선영에게 동지는 그런 존재였다. 적어도 선영에겐 그랬다.

그렇게 만난 동지들이 거대한 현실의 장벽 앞에서 뿌리째 흔들리기 시작했다. 선영 역시 마찬가지였다. 운동이 깊어갈수록 선영의 고민과 갈등도 깊어갔다. 그는 더욱 치열하게 활동에 매진함으로써 현실의 압박과 두려움을 이겨내려 했다. 서클의 선배나 동료들과 함께 할 때는 잠시나마 현실을 잊을 수 있었다. 그러나 그들과 헤어져 혼자가 되면 무서운 고립감과 두려움이 파도처럼 덮쳐오는 것이었다. 그 느낌은 학교생활이 주는 압박으로 더욱 증폭되었다.

학내 상황은 나아지기는커녕 점점 악화일로를 치달았다. 서울교대는 정태수 공화국이었다. 정태수 학장은 4·19 시위를 빌미로 많은 수의 학생들을 무더기 징계시키고도 모자라, 6월 24일에는 83학번 여학생들을 백 명 단위로 여군 훈련소에 강제 입소시키는 폭압을 저질렀다. 반발하는 학생들에게는 '거부하면 졸업이 불가능하다'고 협박하여 2학기 수업 1주일을 빼면서까지 분산 입소시켰다. 여군 부대 입소라는 이 희대의 코미디가 국회에까지 보고되는 등 말썽을 빚자 86년부터는 아예 학점화 시켜 졸업 필수과목으로 만들어, 이수 성적이 70점 이상 되어야만 졸업할 수 있도록 규정하였다. 이 제도의 투철한 국가관 확립, 안보의식 고취, 지휘력 향상이라는 표면상의 목적 뒤에는, 학내 자율화 흐름을 억압하고 체제 유지 및 안보 이데올로기를 주입하려는 검은 의도가 깔려 있었다. 제식 훈련, 사격, 유격, 기초 공수 훈련인 '막타워'와 안보 영화 감상, 내무반 생활 등, 자신의 모든 사고와 행동의 원칙을 명령하는 자에게 맡기고 무조건 복종하는 군대식 규율 속에서 개개인의 올바른 비판 능력이나 주체적 능동적 행위들은 철저히 배제될 수밖에 없었다.

반발도 컸고 후유증도 컸다. 훈련소에서 군복 차림으로 기념촬영을 하는데 고개를 숙이거나 모자를 눌러 써 얼굴이 잘 안 보이는 사람은 호출하여 조사했으며, 이 때문에 발령 보류자가 된 사람도 있었다. 입소 도중 김여은(과학 83)과 이경미(과학 83)는 '정의가'를 부르고 토론 시간에 발언한 내용이 문제가 되어 학생과에 불려 다니면서 진술서를 쓰고 자퇴서를 강요받았으며, 결국 경고 조치되었다. 이옥신 역시 훗날 이 여군 입소에 관한 유인물을 배포하여 제적처리 당하게 된다.

또, 85년 1학기가 끝나자 서울교대 교무과에서는 징계처분이 내려진 총준위 위원에게 전과목 F, 평점 0.00으로 학사 경고를 내렸다. 학생과에서 징계를 받으면 해당 학기 수강이 무효가 되는 것은 당연한 일이었으나, 또 한번 학사경고를 내림으로써 이중으로 징계를 때린 셈이었다. 이중처벌이 말썽을 빚을 기미를 보이자 학교 측은 85년 9월, 학칙까지 개정하여 이중징계를 정당화하였다. 또 85년 11월 15일에는 '교사 임용 후보자 추천순위 규정'이라는 얼토당토않은 학생 활동 가감산제를 도입하였다. 이것은 학교 행사 참여, 학생 활동, 징계, 품행 불량 등의 항목에 따라 가점 내지 감점을 주어 임용 순위에 반영하는 제도로서 궁극적으로 학생들의 자치 활동을 탄압하려는 목적으로 도입된 것이었다. 이 규정에 따라 83학번 7명이 감점을 받았는데, 이중에는 이중 징계를 받은 사람도 포함돼 있었다. 결과적으로 이들은 삼중 징계를 받은 셈이었다.

기숙사 학생들은 교도소와 다를 것이 없는 철저한 통제에 숨이 막힐 지경이었다. 아침 8시 점호 시간에 빠지면 지각으로 간주되었고, 12시에 일괄 소등하여 시험 기간에도 불을 켤 수가 없었다. 1986년부터는 선후배 관계를 단절시키기 위해 학년끼리 반을 배정하였고, 밤 11시, 12시에 최성락, 한운봉, 정태수가 교대로 순시하여 학생들의 동태를 파악하였다.

정태수 학장 부임 후 명목만 남아 있던 학회와 서클마저 재편성 - 사실상 폐지 - 하였다. 학회 대신 각 교과 '초등교육연구회'를 구성하였고, 서클 대신 중고등학교 CA시간과도 같은 '전인교육반(초기 명칭은 특별교육반)'을 만들었다. 1986년 4월 10일자 '사향 소식'에서 최성락 학생처장은 "써클 활성화에 대하여…"란 제목으로 신입생 서클 가입을 금지했다. 최 처장은 "교육대학을 이해하고 학생의 본분인 학업이 우선되어야 하며, 여러 서클의 특성을 알고 난 뒤에 학생 스스로가 교대생으로서의 자신의 위치 등을 자주적으로 정확히 파악한 후에 선택하여야 하기 때문"이라고 그 이유를 밝혔다.[94]

정태수 부임 이후 학교에서 제작한 것 이외에는 어떤 대자보나 성명서, 선언문, 자료집도 불법 불온 유인물로 간주되었다. 학내 언론 기구는 학교 홍보용으로 전락한 지 오래였고, 심지어 학보는 학생들 사이에서 '정태수 일기장'이란 별칭으로 불리기도 했다.

> 졸업한다니까 너무 시원하다고 하면서 활짝 웃는 선배의 모습에서 이 시대의 비극을 읽는다. 어쩌다가 학교가 이 지경까지 되었을까.
>
> — 1986년 2월 병림에게 보낸 편지에서

선영은 학교에 갈 때마다 살얼음판을 걷는 기분이었다. 징계를 받은 선배들의 이야기를 들을 때마다 도무지 남의 일 같지가 않았다. 비록 외부에서 활동하고는 있었지만, 언제 어느 때 무슨 일로 꼬투리를 잡힐지 알 수 없는 노릇이었다. 성적도 형편 없었고, 출결 상황도 좋을 리 없었다. 갈수록 고민이 깊어졌다. 그렇다고 서울교대 사정을 잘 모르는 서클 동료들에게 일일이 하소연할 수도 없는 노릇이었다. 동료들 역시 힘든 시기를 가까스로 버텨내고 있었다. 당시의 삼엄한 공안정국에서 운동이란 누구에게나 가혹한 결단을 요구하는 것이었다. 언제 경찰에게 덜미를 잡힐지 몰랐고, 언제 팀방이 '털릴지' 몰랐으며, 전선(戰線)이 요구한다면 언제든 기꺼이 모든 '기득권'을 버리고 시위를 주동하거나 노동 현장으로 '투신'해야 했다. 이들에게 '목숨 걸고' 싸운다는 말은 결코 혁명적 낭만주의로 포장된 화려한 상투어만은 아니었다. 실제로 당시 얼마나 많은 사람들이 죽거나 죽임을 당했던가. 다음은 선영의 운동적 고민의 일단을 엿볼 수 있는 편지들이다.

To. 혜원[95]

너와의 대화에서 내 자신의 모습을 보는 듯했다. 말할 수 없는 아픔이 가슴 저 밑에서 솟아오르고 있었다. 너와의 애기는 내 자신을 더욱 더 비애에 가득한 인간으로 만들어 버렸다. 아직도 내 자신을 조절할 능력을 기르지 못한 나는 마냥 방황만 해야 했다.

선배와 만났을 땐 그럭저럭 의지와 저력이라는 것들을 느낄 수 있었는데 같은 학번의 어쩜 나약한 모습을 보면서 내 자신이 그 소용돌이 속에 휘감기는 듯했다. 인간의 감정은 정말 얼마나 간사한가.

간신히 정리됐다고 생각하면 또 다시 새로운 감상적, 낭만적인 센티멘탈이 머리를 쳐들고 나온다. 1학기를 정리하고 학교 內의 여러 활동에 대한 자기반성과 다짐을 했었건만, 교사관이 뭐니 내가 그들에게 심어줄 꿈과 사랑이 뭐니 하면서 가식을 부린 것은 헛것이다.

어쩜 그렇게 위선에 쌓여 있을 수 있는지 내 자신이 놀랍다. 끊임없는 방황과 고민으로 좀더 성장된 나를 만들어가고 싶다……

— 1985년 2학기 초에 쓴 편지로 추정됨

To. 영익[96]

… 넌 먼저 세상에 눈을 떴지. 그리고 어른스런 모습으로 내게 충고했지. 아주 어른스럽게. 넌 내 마음속에서 자라고 있어. 넌 내 곁에서 떠날 수 없는 벗. 내가 가장 아끼는 벗. 나의 기대에 어긋나지 않길 바란다. 한 그릇의 밥을 위해 타협하지 않길 바란다. 전략을 위하여 한 보 물러나서 아부한다는 전술. 그래, 나쁘다고 말할 수가 없구나. 하지만, 그래. 너의 가치관이란 나무가 굳굳이 자라길 바란다. 때론 무너지기도 하겠지만 그것은 줄기에 지나지 않겠지……

— 1985년 11월에 쓴 편지

이 편지들이 상대에게 전해졌는지 여부는 알 수 없지만, 선영의 운동적 갈등과 극복 양상을 비교적 잘 알 수 있는 글이다. 선영은 흔들리는 동지들의 마음을 추스르고 위로하면서 동시에 자기 마음 속의 두려움과 갈등을 잠재우기 위해 몸부림쳤는지도 모른다. 영익에게 보내는 편지 내용을 연상시키는 선영의 일기 구절과 박순자, 신율건에게 보내는 편지를 잠시 살펴보자.

Today, 친구의 편지를 받았다. 속물의 과정, 속물의 준비를 하고 있다는 얘기다. 내가 어떻게 얘기해야 하나. 속물이란 과연 무엇인가? 우린 일상적 용어로 사용하지만 구체적인 뜻은 파악하지 못한다.

속물!

친구를 생각하면 가슴이 아프다. 단지 아프다는 이유로 끝나서는 안 되는 문제이기도 하다. 우리 모두의 현상이기도 하다. 한 해 한 해가 지날수록 우리의 어깨가 넓어져 가기만 한다. 왜일까? 그만큼 짊어져야 할 것들이 많아서일까. 모든 것에서 감정의 표출밖에 되지 못하는 상태. 여기서 조금씩 자신의 외피를 벗어나가야 되겠지. 외피. 조급해진다. 하지만 급할수록 서두르지 마란 속담이 있다. 하나씩 차곡차곡 쌓아나가야 되겠지.

— 1986년 1월의 일기

우리들의 마음은 너무도 복잡하고 간사하다는 생각이 든다. 마음의 정리가 됐는가 싶으면 새로운 감정이 솟아나서 내 자신을 걷잡을 수 없도록 만든다. 곁에 있는 친구가 나약해지면 좀더 자신은 강해져야 하는데 그렇게 되지가 못한다.

— 1985년 7월 순자에게 보내는 편지에서

To. 건

바람이 몹시 불었다. 이 세상의 모든 것을 날려 버릴 듯이. 그리고 또 새로운 바람소리를 들었다. 회오리 바람소리를. 우리 각자에게서 들리는 한 인간이 성장하고 발전 사멸해 가는 과정, 그 순간순간이 인생이란 노정의 한 부분들이겠지. 또한 이런 것들로 인해 인간이 이뤄질 것이고.

이것이 나의 길이요, 이게 나의 가치관이다, 하고 내놓으려는 순간 내부에서는 새로운 반대세력이 나타난다. 그리고 난 또 나의 뭐랄까. 개인적인 낭만적 고민에 매몰되고 헤어나오려고 발버둥치면서도 서서히 음미한다. 이게 나의 한계성인가 하고 되물어 보면서 너무나도 강한 개인주의적인 성향 때문에 보편에 융화되기가 힘들다. 지금은 깨부셔야 할 때가 왔다고 생각하면서 남이 부셔주기를 바라는 의타적인 나의 나약함이 슬프다. 하루하루를 인생의 마지막 순간처럼 살아 나가면서 내가 너를 모르고 네가 나를 모르는 중에도 통할 것 같다는 것이 아닌 서로를 도와줄 수 있는 그리고 발전적인 모습들을 보일 수 있고 얘기할 수 있으리라 믿는다.

건.

한 잔의 소주와 친구들과의 만남. 이런 게 나만이 누리는 어떤 B.P[97]의 속성일까. 대학생이 미팅하고 술 마시며 희희낙락할 때, 한편에서 피 토하는 듯한 신음소리가 들린다. 우리에게도 예외적인 문화는 아니란 생각을 하면 나의 모습들을 뒤돌아봤을 때 너무나 부끄러움을 느끼게 되고, 자기 강제를 다짐하지만 매번 관념에 머물고 구체적인 성장을 못함이 안타깝다······.

— 1986년 4월 율건에게 보낸 편지에서

위에 소개한 글들을 세심히 살펴본 사람이라면 이미 선영의 중요한 특성 한 가지를 파악했을 것이다. 선영을 괴로움과 고통에 빠뜨렸던 건 물론 1차적으로는 현실적인 문제들 - 군사독재 정권의 탄압과 정태수가 장악한 서울교대 상황 등 - 이었다. 그러나 선영을 직접적으로 괴롭히고, 시종일관 고민에 빠뜨렸던 것은 바로 자신의 문제였다. '현실'의 문제는 더 이상 선영에게 고민거리가 아니었다.

선영에게 그것은 당연히 투쟁으로 극복하고 무너뜨려야 할 '적'이 있다. '당위'는 고민을 필요로 하지 않는다. 선영의 고민은 오히려 그 '당위'를 실현하는 도구로서의 자기 자신의 문제와 관련된 것이었다.

진정한 실천가가 되고자 한다. 모든 절망을 뚫고 진공의 상태에서 내 의지에 의해 움직이고자 한다. 펜으로 글을 쓸 때도 내 의지에 의해, 언어도 의지요, 발걸음도 의지에 의해. 슬픔이랑 다 버리고, 알몸뚱이로 헤매면서, 상채기가 생겨도 내 행복의 추구요, 내 인생의 아름다움이요 하며 외쳐댈 수 있도록…….

— 1986년 6월 병림에게 보낸 편지에서

그러나 '진정한 실천가'의 길은 너무도 험난하였고, 상대적으로 자신은 너무나 작고, 나약했으며, 초라했다. 선영은 자신의 바람만큼 따라주지 못하는 자기 자신을 모질게 채찍질한다. '슬픔이랑 다 버리고', '알몸뚱이로' 포복하며, '상채기'조차도 투사의 자랑스런 훈장인 양 여기며 의연하게 살고 싶었던 것이다. 자신에게서 나약성과 낭만성, 개인주의적 성향을 발견할 때마다 견딜 수가 없었다. 사실 그런 성향들은 모든 인간이 가진 속성임에도 불구하고, 선영은 그런 자신에 대한 부끄러움으로 몸부림쳤다.

쫓아오던 햇빛인데
지금 교회당 꼭대기
십자가에 걸리었습니다

철탑이 저렇게도 높은데
어떻게 올라갈 수 있을까요

198

종소리도 들려오지 않는데
휘파람이나 불며 서성거리다가,

괴로웠던 사나이
행복한 예수 그리스도에게처럼
십자가가 허락된다면

모가지를 드리우고
꽃처럼 빛나는 피를

어두워가는 하늘 밑에
조용히 흘리겠습니다

— 윤동주의 시 「十字架」 중에서, 날짜 미상의 일기에서 재인용.

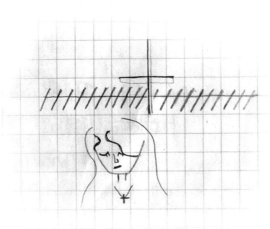

선영이 일기장에 그린 그림.
십자가와 철탑, 그리고 자기 자신

부끄러움과 참회의 시인 윤동주는 일제 시기 대표적인 저항시인 중의 하나이다. 똑같이 현실의 참혹함을 노래하면서도 그의 저항은 한용운이나 이육사와는 그 빛깔이 다르다. 한용운이나 이육사가 쥔 칼끝이 적들을 노리고 있다면, 윤동주가 쥔 칼은 자기 자신을 겨누고 있다. 그것은 외적의 침략에 항거하여 분연히 목숨을 버렸던 옛 선비들의 의기(義氣)와 맥을 같이하는 것이기도 하다. 인용된 시는 세속화되고 타락한 교회의 현실을 깨닫게 하는 것이기도 하지만, 기독교 운동이라는 울타리에서 예수 그리스도처럼 고난의 십자가를 짊어지고 나아가겠노라는 의지가 담겨 있기도 하다. 끊임없이 자기 자신을 되돌아보고, 한 올의 위선, 한 점의 가식도 허락하지 않으려 했던 선영의 모습은 슬프도록 투명한 자기 응시라는 점에서 어쩐지 윤동주의 시 구절들을 떠올리게 한다. 삶과 운동에 대한 이런 선영의 태도는 죽는 날까지 일관된 흐름을 이루고 있으니, 가혹한 말이지만, 어찌 보면 그의 죽음은 이미 예정된 것이나 아니었는지.

많은 학생 운동가들처럼 선영도 역시 서클의 정규 커리큘럼 외에 각국 혁명가의 삶을 다룬 논픽션이나 소설류를 탐독함으로써 투쟁 의식을 충전시켜 왔던 것으로 보인다. 당시 운동권 학생들의 애독서였던 김혜린의 만화 『북해의 별』이나, 프랑스 작가 끌로드 모르강의 『꽃도 십자가도 없는 무덤』, 잉게 숄의 『아무도 미워하지 않는 자의 죽음』, 구에 반봉의 『사이공의 흰옷』, 황석영의 역사소설 『장길산』, 『전태일 평전』, 막심 고리끼의 『어머니』, 혁명 시인 김남주의 시편 등의 책들이 바로 그것이다.[98] 대개 죽음도 불사하는 투쟁의 비장함과 혁명적 낙관주의를 고취시키는 내용으로, 선영이 자신의 '나약성'과 '센티멘탈'을 극복하기 위해 의식적으로 반복해서 읽은 책들이다. 실제로 남겨진 일기[99]의 곳곳에 위 책들의 구절들이 발췌돼 있었다.

시대의 소란으로부터 잠시,
그대의 눈과 귀를 돌리라
그대의 마음이 스스로 정화되기 전엔,
그대의 힘으로도 이 시대의 소란은
치유될 수 없는 것,

그대의 소명은 이 세상에서
영원을 지키며 고대하고 응시하는 것,
그대는 이미 이 세상사에
묶여 있고 또 풀려나 있으리

그대를 부르는 때가 오리니
그대, 마음을 준비하고,
꺼져가는 불길 속으로
마지막 불꽃을 위하여
그대를 던지리[100]

짧은 사랑

작년 11月 11日 月요일은 첫눈 오던 날. 그는 교문에서 날 찾았다. 비록 서로 추구하는 心은 달랐지만 만났다는 것, 그 자체에 의미를 둔다. 나의 행운에 감사드리며, 그에게 최소의 행운을 잡도록, 너무 많으면 잡을 능력을 상실할 수 있으니까. 그리고 내 길을 가야겠다.

— 1986년 7월의 일기에서

솜털 같은 첫눈이 내려서일까. 축제[101]를 며칠 앞둔 학교의 분위기는 자못 설레었다. 축제라 해서 특별히 기대하는 것도 없었지만 늦가을의 고즈넉한 분위기와 축제란 말이 주는 어감에는 뭔가 사람을 감미롭게 만드는 것이 있었다. 당신에게도 축제, 나에게도 축제! 짧은 생애를 열광적인 지적 탐험에 바쳤던 전혜린의 한 마디가 문득 떠올랐다. 전혜린의 삶은 어쩌면, 하늘에서 지상으로 낙하하는 과정이 생의 전부인 저 작은 눈송이들처럼 덧없는 것인지도 몰랐다. 나풀거리는 첫눈의 군무(群舞)에 매혹된 듯 선영은 작정도 없이 교정을 쏘다녔다.

구경삼아 새로 문을 연 도서관에 갔다가 책을 빌려 나오는데, 강의동 쪽에서 이옥신이 손을 흔들었다. 이옥신은 두 손을 나팔모양으로 모으고 선영을 향해 무어라 소리치고 있었다. 그 꼴이 우스워 선영은 해득해득 웃으며 옥신에게 다가갔다.

"아니, 아니, 여기 말고, 저기 정문에 누가 너 찾아 왔다니까!"

202

선영이 강의동 쪽으로 걸어오자 옥신은 손사래를 치며 정문 쪽을 가리켰다.

"나를요? 누가요?"

"글쎄, 니가 전에 말한 교회 형 같던데?"[102]

"교회 형?"

교회 형이라면, H……, H가? 선영의 눈이 크게 열렸다. 선영은 정문 쪽으로 빠르게 고개를 돌렸다. 얼핏 H의 옆모습이 시야에 잡히는가도 싶었다. 가슴이 두 방망이질 쳤다. 당장이라도 그쪽으로 달려가고 싶은 마음과는 다르게, 선영은 이옥신을 상대로 계속해서 대화를 이어나가고 있었다.

"언니가 그 형 어떻게 만났어요?"

"정문에서 얼쩡거리다가 나를 보더니 묻더라. 혹시 수학과 85학번 박선영 아느냐고. 당연히 안다고 했지!"

"야아, 정말 기막힌 우연이다! 언니, 그 선배 어때요? 소개해 줄까요?"

"됐네요, 이 사람아! 내 타입이 아니네요."[103]

이옥신이 건물 안으로 사라지자 선영은 천천히 정문 쪽으로 걸어나왔다. H, H가 어떻게 우리 학교로 나를 찾아올 생각을 다 했을까. 무슨 일이 있는 것일까?

H는 정문 옆 담벼락에 등을 기대고 서서 신문을 보고 있었다. 선영은 잠시 멈춰선 채로 그의 옆모습을 훔쳐보았다. 선영이 아는 한, 그의 시선은 언제나 정면을 똑바로 향해 있다. 지금처럼 그의 옆과 뒤를 엿볼 기회란 흔하지 않은 것이다. 강해 보이기만 하는 그의 옆과 뒤엔 무엇이 있을까. 가난, 홀어머니, 형, 동생들……. 사실 그 외엔 더 아는 것도 없었다. 더? 나는 그의 무엇을 '더' 알고 싶은 것일까. 그의 여윈 어깨 위로 작은 눈송이들이 내려앉나 싶더니 눈 깜짝

할 새 사라져 버렸다.

"형!"

"왔구나!"

그는 싱긋 웃으며 선영에게 다가왔다. 그는 신문을 접어 옆구리에 찔러 넣으며 말했다.

"가자!"

"어디를요?"

"어디든, 선영이가 가고 싶은 곳으로!"

말은 그렇게 하면서도 그는 바쁜 사람처럼 앞장 서 성큼성큼 걸어갔다. 이 사람은 왜 나를 찾아왔을까. 분명, 요즘 나를 포함한 85학번 전체가 흔들리고 있다는 사실과도 관련이 있을 것이다. 그저 후배를 위로하고 격려해 주기 위한 차원에서 찾아온 거겠지. 목적의식적으로. 그러나 기뻤다. H와 단 둘이 있다는 것, 그 사실 하나만으로도.

전철역으로 가나 했더니 그것이 아니었다. 그는 전철역을 무심히 스쳐 지나갔다. 두 사람은 계속해서 걸었다. 차와 사람들의 소음에서 조금 떨어진 길에 이르렀을 때, 그는 갑자기 이런 말을 했다.

"내가 많이 따랐던 선배가 있었어. 여자 선밴데, 운동하다 너무 힘들어서 비구니가 되겠다고 절에 들어갔어. 오르그(조직)에서 찾고, 한바탕 난리가 났지. 난 그래도 그 선배가 밉지는 않았어. 어디건 자기 길을 끝까지 가기를 바랄 뿐이었지. 근데 끝내 다시 나오더라고. 새롭게 활동할 수 있는 장을 찾겠다면서. 하지만 그게 쉬운 일인가. 결국 다시 주저앉았지. 실망이 컸어. 선배로서 강인한 모습을 보여주지도 못하고, 자신의 선택에 책임지지도 못하고, 이도저도 아닌 그 모습, 뭐랄까, 너무 비참해 보이더라고. 참 밉드라."[104]

"……."

"그런데 막상 내가 선배가 되어 보니 그 선배를 조금은 이해할 수 있을 것 같다. 왜 그렇게 모질게 대했던가 후회도 되고. 그때 난 선배에게서 인간을 느끼려 하기보다 강철을 기대했던 것 같아. 왜 언젠가 얘기했었잖아. 체르니셰프스끼의 『무엇을 할 것인가』에 나오는 '특별한 인간'. 강철은 없어. 다만 끊임없이 자신을 단련하는 반성적 인간들이 있을 뿐이지."

그는 오늘, 달랐다. 다른 때처럼 뭔가 설득하거나 섣불리 위로하려 들지 않았다. 그저 자신의 마음을 달리는 말들을 그대로 여과 없이 토해 내었다. 홀어머니에 대한 책임감과 죄책감, 자신의 진로, 뿔뿔이 나뉜 노동운동 조직들의 현실……. 이상한 것은 그쪽이 오히려 선영의 마음에 더욱 위로가 되었다는 사실이었다.

H는 선영에게 매우 특별한 존재였다. H는 강력한 카리스마로 서클의 분위기를 휘어잡는 선배이자, 냉정한 활동가였고, 자상하고 정감 있는 태도로 선영을 지도해 왔다.[105] 그런 H의 강인하면서도 유연한 면모는 선영을 압도하고도 남음이 있었다.

80년대 학생 운동 조직에서 한 두 학번 선배가 차지하는 비중은 거의 절대적인 것이었다. '선배는 예수님과 동기동창이요, 신이요……' 하는 우스갯말이 있을 정도로 선배의 권위는 실로 막강했으며, 책임 또한 막중했다. 학번이 높다고 다 선배로 인정받는 것은 아니었다. 그 무수한 고민과 갈등을 이겨내고, 무수한 집회와 가두시위의 경험 속에서 단련되고, 이론적 능력을 겸비한 자만이 선배의 자리를 꿋꿋하게 지킬 수 있는 것이었으니, 당시 선후배지간의 철저한 위계는 그저 군사 문화의 유물만은 아니었다. 한편, 후배들의 고민과 갈등을 풀어줄 수 있는 유일한 창구가 선배였기 때문에, 선배들은 스스로를 끊임없이 강하게 단련시켜야 했다. 단순한 RP 선배가 아니라 후배들을 전면적으로 지도하기 위하여 '후배네 집에 숟가락이 몇 갠지 알 수 있을 정도'로 후배의 모든 것을 파악하고 챙기려 노력했다.

추측컨대 H는 순수한 열정과 왕성한 지적 욕구를 지닌 선영을 서클에서 중추적 역할을 담당할 만한 활동가로 키우려 했던 것 같다. 그러는 과정에서 선영이 서울교대의 특수한 상황 속에서 번민하고 있음을 알게 되고, H는 더욱 세심하게 선영을 배려했으리라. 선영은 무의식중에 여러 면에서 H를 의지하게 되었을 것이다. 이론적 문제는 물론이요, 학교 문제, 집안 문제에 이르기까지. 그러나 그때까지만 해도 선영에게 H는 이성(異性) 이전의 존재였다.

그러나 이 날, 첫눈 내리던 날, 모든 것이 달라졌다. 선영은 H에게서 이전에 느껴보지 못한 새로운 감정을 느꼈고, 직감적으로 그것이 사랑의 느낌임을 알아차렸다. 당시 H도 선영에게 동일한 감정을 느꼈는지에 대해서는 알 도리가 없는 것이지만, 선영은 1986년 3월을 정점으로 자신의 감정이 일방적인 것이 아니라는 확신을 얻었던 것 같다.[106] 선영은 어느 날의 일기에 '3月 그 행복했던 나날들'이라고 적고 있다. 그 3월의 행복은 어떤 종류의 것이었을까. 단언컨대 그 행복은 소시민적인 달콤한 감상이 아니라 투쟁 속에 피어난 연대감과 일치감에서 온 것이었다.

나의 슬픔의 씨앗이 되었던 봄비는 또 다시 나의 눈을 뜨게 하고, 새로운 세계, 참다운 삶의 세계를 찾아서 아니, 너무도 자신과 환경과 관계 속에 연연하지 말고, 나의 삶을 그대로 맞이하라는구나.
— 1986년 3월 율건에게 보내는 편지에서

1986년 3월은 불타는 봄을 예고하는 시기였다. 1984년부터 시작된 청계피복노조의 합법화 투쟁이 기세를 더하고 있었고, 신흥정밀 노동자 박영진이 임금인상 투쟁 과정에서 분신자살했다. 김대중, 김영삼 등 야당 지도자들은 장외 개헌투쟁을 선언했고, 고려대 교수들의 시국선언문 발표 이후 각 대학교수들의 시국선언이 잇달았다.

선영의 '행복한 3월'은 그 용트림 위에 놓여 있었다. 사랑을 포함한 모든 것의 우위에 '운동'이 놓여 있었다. 선영의 사랑은 시작부터 '자기 강제'의 대상이 되어야 했지만, 그러나 '행복'했다. 자신의 신념이 가고자 하는 곳에 사랑이 있어 행복했다. 최루탄, 지랄탄에 매운 눈물을 뿌리며 돌아보면 저 멀리 희뿌연 연기 사이로 젖은 눈을 마주쳐오는 사람이 있었다. 참으로 행복한 봄이었다. 선영은 자신의 사랑이 소유애의 늪에서 벗어나 동지애와 '실천적 사랑'이라는 대하에 합류될 수 있도록 끊임없이 자신을 벼리고 또 벼렸다.

소유애는 사랑이 아니다. 아들에게 나를 닮으라고 요구하지 말 것. 아들의 생활이 자신의 생활의 연장이기를 요구하지 말 것. 타에 방해되지 말 것. 사랑한다는 것은 어떤 사람을 그 사람의 본성에 따라서 자유로이 발달할 수 있도록 돕는 일이다.
— 날짜 미상의 일기에서[107]

사랑하는 님.

조금씩 뭔가를 알 듯합니다.

안개 속에 휩싸여 내게 다가오는 형체!

이제 조금씩 철들 나이가 되었습니다. 아직은 사랑을 모르지만 알 것도 같습니다. 내게 주어진 사랑이 이기적인 사랑이 되지 않게 인도해 주소서. 좀더 넓은 안목의 포용력을 가진…….

자신의 가치관이 타, 환경에 의해서 흔들리지 않게 인도해 주소서. 내 사랑이 개인에 의해서 좌절되게 하지 마소서. 사랑은 괴로움의 길이요, 슬픔의 길이라고들 합니다. 하지만 예수는 그 길을 자신의 일생으로 받아들이고 긍정하면서 때로는 좌절도 하지만 끝내 자신으로부터 이겨냈습니다.

진정한 사랑을 가지고 있고 자신의 삶화(化) 한다면 사랑의 길은 행복의 연속이요, 진리의 길이라고 생각합니다. 나의 이러한 생각이 단순한 관념에 그치지 않게 하소서.

— 날짜 미상의 일기에서

선영은 또, 가부장적 사회에서 여성이 당당한 사회의 일원으로 자리매김하고, 올바른 여성관, 애정관을 정립하는 데 상당한 관심을 보인다.

어째서 이렇게까지 임금 수준이 낮은 것인가를 절실히 느껴 연구하고 행동하는 사람이야말로 긍지를 가진 노동자라고 할 수 있다. 남자가 여자를 요구할 때에 어린애가 장난감을 갖고 싶어 하는 것과 같을 때는 정열이라고 착각해선 안 된다. 인생의 두 갈림길에 서서 스스로 자신이 살아갈 길을 결정하기 위해 괴로워하고 있는 것이 현대 젊은이들의 모습이라고 생각된다. 아이는 여자, 남자로 양육되어져선 안된다. 인간성이 풍부한 인간으로 양육되어져야 한다. 애정의 나무를 보다 크게 키워나가는 것이다.

— 날짜 미상의 일기에서[108]

또 H에 대한 사랑을 키우던 위의 행복한 시기와는 조금 시차가 있지만, 『사이공의 흰옷』에 대한 선영의 독후감에는 주체적으로 사고하고 판단하며 실천해야 한다는 독립된 여성 활동가로서의 강한 의지가 엿보인다.

순자야. '사이공의 흰옷'을 읽어 보렴. 그 여주인공이 점차 점차 새롭게 변신하는 모습은 너무나 감동적이었단다. 그런데 그 중 여주인공이 고3때 당에서의 요구로 계속 고에 머물면서 활동한다. 분명 그녀가 그 역에 적합했기에 그러했겠지. 그녀의 생활을 봐서는 졸업하고 가사를 도울 방향을 모색해야 했었다. 그런데도 끝내 결단내릴 땐 정말 내 자신을 돌아보게 했어. 허나 당과 그녀의 연결은 남자 친구로 인해서 이뤄지지. 고등학생들의 논리가 정연하고 몸소 모든 모순들을 체험한 건 아니었지. 비록 어렸을 때부터 시장에서 힘들게 생활했지만 그녀를, 그렇게 결단하게 한 건 친구의 삶, 잘 모르지만 그의 사상을 믿고 어쩌면 따른 것 아닐까. 한 측면에서의 해석이나, 여성의 사고가 전체가 아닌 한 남성에 의해서 귀속되어진다는 느낌이 들긴 하지만, 나의 해석이다. 넌 어떻게 생각하는지 듣고 싶어. 좀더 좀더 인간다운 변신을 하도록 해야겠지.

    — 순자에게 보내는 편지에서

타오르는 봄

역사가 이 시대를 증명해 주겠지. 바람이 일기 시작한다. 예전에도 이는 바람이었으나 허리케인을 몰고 올 예정인가 보다. 어디까지가 끝이고 어디에서 우린 기다려야 할지, 그 아무 것도 모른 채 오늘도 묵묵히 길을 가고 있다.

— 1986년 10월 순자에게 보내는 편지에서

3월 23일 일요일 아침. 꽃샘추위도 저만큼 물러간 화창한 봄날이었다. 창을 활짝 열고 밖을 내다보던 언니가 이상하다는 듯 선영을 불렀다.

"선영아, 이리 좀 와 봐. 저기 저 한옥집에 뭔 일이 났나 보다. 경찰들이 새까맣게 모였네? 지붕 위에 모여 있는 저 사람들은 또 뭐야."

선영은 언니 옆에 나란히 서서 물끄러미 그 광경을 바라보았다.

"저 사람들, 각목까지 들고 있네. 무섭다, 야."

"언니야, 무서운 사람들이 아냐. 임금 인상 투쟁을 하다 죽은 불쌍한 노동자의 장례식을 하려고 그러는 거야."

"그래? 아니 죽은 사람 장례식 하겠다는데 왜 경찰들이 진을 치고 있는 거지?"

"그러게 말이야. 임금 인상 투쟁 하다 죽었으니 불순분자라 이거겠지. 나쁜 자식들. 언니야, 혹시라도 저 놈들에게 무슨 봉변을 당할지 모르니까, 저 샛길로 다니지 마. 큰길로만 다녀."[109]

언니가 목욕을 간다고 집을 나선 뒤에도 선영은 한참 동안 그 자리에 서 있었다. 경찰이 물샐 틈 없이 포위하고 있는 저 한옥은 바로 노동열사 전태일의 기념관 평화의 집이었다. 선영은 어젯밤에도 늦게까지 전태일 기념관에 남아 박영진 열사의 장례식이 시작되길 기다리다가 담을 몇 개나 넘어 집으로 돌아왔다.[110] 박영진 열사의 부모님들은 경찰의 회유와 협박을 받아 불참했던 것이다. 노동자들의 농성은 벌써 5일째에 접어들고 있었다. 오늘은 기필코 장례식을 강행하겠다고 결의들이 대단했지만, 선영은 장례 투쟁에 동참할 수 없었다. 오늘은 일요일, 교회에 나가봐야 했다. 전태일 기념관과 가까운 이 집으로 이사 온 것은 바로 어제였다. 실로 기막힌 우연이었다. 이 창신동 이층방을 얻은 사람은 언니였다. 당시 언니는 광화문 지점에 근무하고 있었는데, 광화문을 경유하여 서울교대 앞을 지나가는 28번 버스[111]를 이용할 수 있다는 점 때문에 이 집을 택했던 것이다.[112]

동생에게 조용하고 편안하게 공부할 수 있는 환경을 갖춰 주기 위해 노심초사하던 언니는 부지런히 돈을 모아, 드디어 부엌이 따로 달린 2백만 원짜리 전세방 - 창신동 이층집 - 으로 방을 옮기게 되었다. 부엌 없는 숭인동 월세방에서 동생과 자취를 시작한 지 불과 1년 만의 일이었다. 화장실과 마루를 옆방 사람들과 함께 써야 하는 불편함은 있었지만, 선영과 언니에겐 천국이 따로 없었다. 이 창신동 집으로 이사하던 날, 두 자매는 너무 좋아 둘이 손을 맞잡고 춤을 추었다.[113] 언니 화진과 중학 동창 신율건의 친구 정학용[114]의 증언에 따르면 이 집으로 이사하던 날, 서클의 남녀 동료 몇 명이 와서 이삿짐을 날라주었다고 한다. 선영은 이삿짐이 어지간히 정리되자 뒷일을 언니에게 맡기고, 6천원의 용돈을 얻어 서클 동료들과 함께 집을 나섰다. 추측컨대 이들이 향한 곳은 전태일 기념관이 아니었을까.

이 집으로 이사하기 전부터 선영은 전태일 기념관을 알고 있었던 것으로 보인다. 언니의 회상에 따르면, 선영은 전태일 기념관을 중심으로 벌어지는 투쟁의 양상을 손에 잡힐 듯 구체적으로 알고 있었고, 언니에게 항상 큰길로 다니라고 주의를 주었다고 한다.

H에 대한 사랑이 무르익어 가던 이 시기는 선영이 2학년으로서 1학년 후배를 맞아들여 지도해야 할 시기이기도 했다. 선영은 새로운 차원의 활동 방식에 적응해야 했다. 경제와 철학 학습도 한층 심화되었고, 틈틈이 해방신학 류의 서적[115]이나 민중교육 관련 서적, 노동운동 관련 서적을 들여다보면서, 졸업 후의 진로를 구체적으로 모색하기 시작했다.

1986년 4월 교생 실습을 계기로 교육 운동에 대한 선영의 관심은 더욱 깊어졌다. 그것은 교사관을 재정립할 수 있었던 아주 소중한 경험이었다. 학교는 그간 선영이 책을 통해서만 상상해 왔던 사물화된 교육 공간이 아니었다. 아이들의 가식 없는 웃음소리와 초롱초롱한 눈망울이 살아 있는 생생한 현장이었다. 순수한 아이들의 눈빛에서 선영은 자신과 교육이 행복하게 만나는 미래를 발견하는 듯하였다.

선생님. 선생님의 그 목소리 잊지 못해요. 선생님, 선생님께서 우리 교실을 떠나신지 벌써 3주가 지났어요. 그런데, 3주가 꼭 3년마냥 된 것 같아요. 선생님, 지금 몸은 어떠세요. 걱정이 되는군요. 선생님, 담임선생님과 우리 반 아이들 모두 잘 있어요. 27일 시험을 본다고서 그런지 아이들은 그 전과 똑같아요. 선생님, 벌써 저를 잊지는 않으셨죠? 선생님, 다시 뵐 때까지 몸 건강히 계세요. 그럼 안녕히 계세요. 참! 답장 꼭 해주셔요.

— 1986년 5월 제자 임은정의 편지에서

지금은 남아 있지 않지만, 언니
화진의 술회에 의하면 선영이 실습
나간 학교의 제자들로부터 온 편지
는 상당히 많았다고 한다. 어린 제자
들의 편지를 받을 때마다 선영은 하
나하나 언니에게 읽어주며 기뻐하곤
하였다. 언니가 기억하는 편지 중에는
'선생님은 우리를 차별하지 않아서 좋
았어요' 하는 구절도 있었다.[116] 선영은
또 이런 말을 하기도 했다.

"언니야, 부끄러워서 혼났어. 글쎄 오늘
우리 반 애들이 시국에 대해 질문을 하잖
아. 그 맑은 눈으로 쳐다보고 있는데 차마 거짓
말을 할 수가 없었어."

제자 임은정의 편지

교생 실습을 계기로 선영은 초등학교 교사라는 자신의 진로에 대
해 애정과 사명감을 동시에 느끼게 되었다. 선영은 종종 언니에게
'아이들은 우리의 희망이야. 불쌍한 아이들을 돌보며 살고 싶어' 라
는 말을 하곤 했다.[117]

당시 학생운동을 정리하면 노동 현장으로 간다는 것이 활동가들
사이에 거의 공식처럼 되어 있었다. 하지만, 선영이 몸담은 서클은
CM 쪽이었으므로, 진로에 대한 고민도 상당히 다양한 양상을 보였
을 것이라 짐작된다. 사랑하는 선배 H가 노동운동 쪽으로 거의 진
로를 확정[118]할 무렵, 선영은 내심 교육 운동과 교회 운동 그리고 노
동운동이라는 세 가지 진로 사이에서 고민하기 시작했을 것이다.

그 과정에서 선영의 시야도 노동운동을 포함한 이 사회의 전반적
인 영역으로 확장돼 나갔다. 선배의 지시와 판단에 거의 전적으로

의존하던 1학년 때와는 많은 것이 달라졌다. 동기들도 소수 정예만이 '살아남았다'. 대부분의 동기들이 팀에서 탈락했으며, 선영을 비롯한 소수의 인원만이 잔류했다. 선영은 눈코 뜰 새 없이 바빠졌다. 후배 팀을 맡아 RP를 해야 했고, 집회나 가두시위 때도 후배들을 우선적으로 챙겨야 했다. 학습에도 두 배 이상의 시간과 노력을 투자해야 했다. 흔들리고 우왕좌왕하는 후배들을 건사하다 보면 금방 일주일이 흘렀고 한달이 지났다.

정세는 고양되고 있었다. 바야흐로 개헌 국면이었다. 86년 1월, 노태우 민정당 대표를 내세워 개헌 논의를 잠재우려던 전두환 정권의 기도는 극심한 반발을 부채질했다. 2월 4일 전학련은 개헌서명운동 추진본부 결성대회를 통해 개헌을 중심으로 한 반정부 투쟁을 선포하고 나섰다. 2월 12일 김영삼이 가세한 신민당과 민추협은 1천만 개헌 서명운동을 시작했다. 박영진 열사의 죽음으로 노동운동 진영도 후끈 달아올랐다. 4·19를 맞이한 전국의 대학이 반정부 투쟁의 깃발을 높이 올렸다. 전두환 정권은 2월 14일 114개 대학 압수 수색, 2월 19일 신민당 중앙당사 봉쇄 등 강경조치 일변도로 맞섰다. 극한은 극한을 불러왔다. 1986년 4월 28일 신림 사거리 가야쇼핑센터 앞에서 서울대 학생 김세진, 이재호가 '전방입소 결사반대', '반전반핵 양키고홈'을 외치며 분신자살하는 사건이 벌어졌다.

분신한 선배의 울부짖음이, 핏빛의 역사가 머릿속에서 또 헝클어진다. 아지 못할 은어로, 흐르는 물과 같이 끊임없이 역사와 함께 한 부분을 장식하고 싶다.
— 1987년 2월 13일의 일기에서

이옥신은 한때 '김세진, 이재호 두 열사의 분신 현장에 선영이 있었다는 말을. 본인에게 들은 적이 있다'는 증언을 하기도 하였으나, 훗날 정확치 못한 기억이라며 증언을 철회한 바 있다. 사실 두 열사의 분신은 서울대생의 전방입소 거부 투쟁 과정 중에 일어난 일이어서, 선영과 같은 타 대학생이 현장에 동참했을 가능성은 거의 없다. 다만, 선영이 몸담은 서클이 대학연합 서클이기 때문에, 서울대에 재학중인 동료들로부터 현장의 참상에 대한 훨씬 더 직접적이고 구체적인 정보를 얻고, 충격에 휩싸였을 수는 있었을 것이다. 어떤 방식으로든 김세진, 이재호의 분신 투쟁이 선영의 여린 마음에 적지 않은 상처를 남긴 것만은 분명한 사실이다.

김세진 이재호 열사

　그러나 그 뒤를 이어 선영에게 벅찬 감격과 동시에 깊은 고뇌를 안겨준 사건이 터졌으니 바로 5·3 인천투쟁이었다.

　속된 위선 속에서 세 끼 밥과 푹신한 침대와 같이 놀 남자와 그리고 새끼를 위한 삶 그게 철학인 한 인간. 살아오는 저 푸르른 자유의 추억, 되살아나는 벗들의 그 끌려가는 피 묻은 얼굴, 그 속에서 새로운 용기와 힘을 얻는 인간. 흩어지면 죽고 뭉치면 산다. 죽더라도 같이 죽자. 인천에서 전경을 돌로 치는 학생·노동자. 그들을 잔인하단 말로 일축시킬 것인가. 그들도 아니 우리도 더운 피가 흐르는 인간이다. 너도, 나도, 이 더운 피를 식혀선 안 되겠지…….

　— 1986년 8월 순자에게 보내는 편지에서

1986년 5월 3일 오전, 선영은 서클 동료들과 함께 주안역에 내렸다. 무덥게 느껴질 만큼 화창한 날씨였다. 구로동맹파업의 경험을 바탕으로 정치투쟁의 필요성을 절감한 노동운동 진영과 전열을 가다듬은 학생운동 진영은 이 날 12시 신민당 개헌추진위원회 인천 경기지부 결성대회가 열리는 시민회관 앞 사거리에서 대대적인 가두시위를 계획하고 있었다. 재야와 학생들의 전유물이던 가두 정치투쟁의 선봉에 노동자의 부대가 참전하는 역사적인 날이었다. 당시는 인천이 페테르부르크로 불리던 시절이었다. 학생운동 후배들에게 존경받는 선배들은 대부분 인천에 내려와 있었다. 노동운동이 학생운동을 완전히 지도한 것은 아마 그 날이 처음이자 마지막일 것이다. 5·3 투쟁 지도부의 두 축은 인노련(인천지역노동자연맹)과 서노련(서울노동운동연합)이었다. 이 날의 싸움을 위해 지도부는 이미 한 달여 전부터 만반의 준비를 갖추고 있었다. 미리 제작한 수만 장의 성명서와 화염병을 박스에 포장하여 시민회관과 가까운 곳에 보관해 두었다. 또 수배자를 포함한 전 조직원 총동원령을 내리는 한편, 두 가지 전술 방침을 재확인했다. 경찰이 힘으로 집회를 파괴하려 할 경우에는 무력으로 방어하고, 구속을 불사하는 전면적 투쟁을 전개한다는 것과, 공단 노동자들이 퇴근해서 시위에 합류할 수 있는 저녁 시간까지 집회와 시위를 최대한 지속시킨다는 것이 그것이었다. 현장에 도착한 선영은 선배들과 잠시 시위 지침을 재확인한 뒤, 팀 여자 후배들을 이끌고 시민회관 주변을 답사했다.

　인천 시민회관 주변은 이른 아침부터 경찰들이 삼엄한 경비 태세를 갖추고 있었다. 12시 정각, 7인의 야사가 시민회관 앞 도로 한 가운데 나섰다. '군부독재 타도', '노동해방', '생활임금 확보', '삼민헌법 쟁취' 등의 글씨가 새겨진 현수막이 높이 떠올랐다. 1천여 명의 학생, 노동자들이 야사들을 중심으로 순식간에 대오를 형성했다. 유인물 뭉치가 가득 쌓인 리어카가 신속하게 현장에 도착했고 '꽃

병' 운반책들은 전투조 앞에 정확하게 화염병을 배달했다. 일부 투쟁 지도부가 방송 시설이 된 리어카를 타고 마이크를 잡았다. 합판을 간 리어카 위에 올라서서 마이크를 잡은 연사는 군사독재 정권이 그간 저지른 범죄 행위를 폭로하고 '여야 대타협' 쪽으로 기울어 가는 신민당의 기회주의성을 비판하며 노동자가 주인 되는 사회의 건설과 삼민(민족·민주·민중) 헌법의 쟁취를 주장했다. 그 사이 시위대는 시민회관 주변 도로를 꽉 메웠다. 자민투와 민민투가 중심이 된 6천여 명의 학생들은 주안역 방향과 석바위 쪽 방향의 도로를 점거한 채 스크럼을 짜고 거대한 물결이 되어 시민회관을 향해 파도쳐 왔다.

5·3 항쟁으로 인해 부천서에서 성고문을 받았던 권인숙 씨.

오후 1시 경, 시민회관 앞 네 방향 도로를 완전히 메운 5만여 명의 노동자, 학생, 시민들의 군부독재 타도 함성이 하늘을 찔렀다. 분노에 찬 5월의 시위대가 뿜어내는 기세는 실로 삼엄했다. 시위대는 눈덩이처럼 불어났다. 경찰은 오후 1시 30분부터 최루탄을 발사하기 시작했다. 밀고 밀리는 최루탄과 화염병의 공방전은 노동자들이 퇴근하기 시작하는 오후 6시가 가까워 오자 절정에 달했다. 페퍼퍼그 차량과 최루탄 운반 트럭이 시위대에 갇혀 무장해제를 당했다. 시민회관 옆 대한생명 빌딩 10층에 비밀리에 진압본부를 설치한 경찰은 전국 각지에서 지원받은 73개 중대 1만여 명의 병력을 총동원해서 전쟁을 방불케 하는 살인적인 진압에 나섰다.

석바위, 신기촌, 중앙극장 세 방향에서 다연발 최루탄을 소나기처럼
퍼부으며 '후리가리'를 시작한 경찰들의 최 일선에 백골단이 서 있
었다.

　이 날 선영은 늦은 밤까지 여한 없이 싸웠다. 백골단에 쫓기기 시
작하면서 함께 있던 후배들도 모두 뿔뿔이 흩어지고 말았다. 후배들
의 안위가 걱정되었지만, 선영은 밤 10시가 넘도록 동인천역과 제물
포역, 도화동 등에 흩어져 산발적인 시위를 계속하는 시위대에 합류
했다. 일부 노동자들은 50m 가량 되는 주안역 뒤쪽 담장을 맨손으
로 넘어뜨리고 5공단 쪽으로 넘어가기도 했다. 그 날 밤, 서클 점검
장소를 향하던 선영은 그제야 자신이 하루 종일 아무 것도 먹지 못
했음을 깨달았다. 공복감은 느껴지지 않았으나 자꾸 구역질이 났다.
화상 입은 것처럼 얼굴이 화끈거렸다. 유독 가스를 들이마시며 이슈
파이팅을 하느라 목이 잠겨 말이 나오지 않았다. 오늘 선영은 종일
눈물을 흘렸다. 단지 최루탄 가스 때문만은 아니었다. 「노동해방가」

5·3인천투쟁 이후 와해된 서노련

의 비장한 가락과 '왜 쏘았지(총!) 왜 찔렀지(칼!) 트럭에 실고 어딜 갔지.' 하는 비분(悲憤)의 「5월가」가 메아리칠 때마다 그냥 눈물이 치솟았다. 거리를 가득 메운 시위대의 물결은 보는 것만으로도 가슴이 벅찼다. 그러나 이 날 선영이 처음 맛본 대규모 시위의 감격은 날이 밝자마자 곧 통한과 울분으로 바뀌었다.

점검 장소에서 만난 선배와 동료들은 침통한 얼굴이었다. 서클 인원을 얼른 눈으로 헤아려 보니, 보이지 않는 얼굴들이 있었다. 그 중 하나가 수배자 신분으로 서노련[119]과 관련을 맺고 있는 5학년[120] 선배였다. 그 선배가 연행되었다면, 팀방은 물론이요 임시회의 장소로 쓰고 있는 이 곳도 위험할 것이었다. 모두가 입을 다물고 골똘히 텔레비전 화면을 바라보고 있었다. 마감뉴스에서는 불타는 경찰 차량과 거친 시위대의 모습을 되풀이해서 보여주며, 이 날의 싸움이 노동계의 과격 운동권에 의해 주도된 극렬 용공 행위라 매도하기에 여념이 없었다. 투쟁 현장에서 연행된 400여 명 가운데 133명이 소요죄와 집시법 위반으로 구속되었고, 50여 명이 수배를 당했다. 광주항쟁 이후 최대 규모의 구속과 수배였다.

시종 굳은 표정으로 앉아 있던 H가 결심한 듯 벌떡 일어서며 말했다.

"자, 일단 철수하자!"

주

1 1987년 2월 13일 박선영이 마지막으로 남긴 일기. 3장 제목 '코뿔소'는 역시 같은 날의 일기 "미쳐 가는 세상 코뿔소가 되자. 人間 … 코뿔소"라는 구절에서 따온 것이다. 여기서 '코뿔소'는 '미쳐 가는 세상'을 무한 질주하는 투사의 상징으로 보인다.

2 어머니의 술회와 옥중편지를 참조한 날짜임. 그러나 1985년 3월 5일은 화요일로 정확한 기억은 아닌 듯하다. 글쓴이.

3 박선영은 서울교대 수학교육과 85학번으로 입학했다. 학번 850622.

4 "… 조국에 딸 내 선영, 1985년 3월 5일 너 대이고 엄마하고 서울교육대학 입학식했지. 엄마는 기분 조앗지. 너도 기분조앗지. 천하것시 내것 되는듯 날게 있쓰며는 날라불듯 조아햇지……."1989년 2월 18일 어머니의 옥중 편지에서. 본문 사진 참조.

5 언니 화진의 당시 가계부를 참고한 내용임.

6 선영은 고등학교 시절부터 오빠에게 이른바 '언더 서클'에 대한 이야기를 많이 들었다. 교대 입학을 앞둔 선영의 주 관심사 중의 하나는 바로 학내 학생 운동의 흐름이었던 것으로 보인다.

7 1986년 2월 18일 친구 병림에게 보낸 편지 내용 재구성.

8 서울교대 84학번 이옥신의 술회에서.

9 1985년 4월 18일자 서울교대 학보 4면에 실린「교대 志願動機・敎職觀 분석」을 보면, "본 대학을 지원하는 데 가장 큰 영향을 미친 사람을 묻는 설문에는 지원자의 40.9%가 「부모의 권유」로, 31.5%가 「자기 자신만의 의지」로, 13.3%가 「교사」의 영향으로, 그 외는 선배나 친구, 친척 등의 영향을 받아 본 대학에 지원한 것으로 나타났다……."고 나와 있다. 이 설문 조사는 1985년 서울교대 지원자를 대상으로 실시되었다.

10 "… 교육대학이 마치 '문교부 관료들의 이직처'로 전용되어 온 것도 간과할 수 없는 부분이다……."「서울敎大 폭력사건의 眞想」, 『신동아』, 1987년 9월호.

11 인용구는 『신동아』 87년 9월호 「서울敎大 폭력사건의 眞相」에서 따온 것임.

12 1985년 5월 친구에게 보낸 편지의 한 구절.

13 신동엽 시인의 시 「껍데기는 가라」에서 인용.

14 1984년 5월. 서울교대 6・9 의거 자료집 「80년대 전반적인 교대 약사」에서.

15 서울교대 6・9 의거 자료집에서.

16 서클 대표 3인, 학회 대표 3인, 학도호국단 3인으로 구성. 이하 총준위로 표기함.

17 6・9 농성 평가 자료집 『복종의 침묵에서 깨어 일어나』 8쪽.

18 서울교대 수학교육과 학회지 『청송』창간호 7쪽에서.

19 1988년 창간된 수학교육과 학회지 『청송』7쪽.

20 『신동아』1987년 9월호 「서울敎大 폭력사건의 眞想」 595쪽.

21 부모님과 이옥신의 술회에서. 이 집에서 선영의 오빠 종욱이 태어났다고 한다.

22 아버지의 술회에서.

23 이옥신의 술회에서.

24 아버지가 선영의 진로를 놓고 고민에 빠져 있을 때 길에서 우연히 만난 사람이 바로 이옥신의 오빠였다. 그때 이옥신의 오빠는 학비가 싸다며, 서울교대를 적극 권했다고 한다.

25 대학 시절 선영의 인상에 대한 이옥신의 술회에서.

26 Reproduction ; 재생산. 조직 확장을 위해 후배들을 끌어들여 학습 구조를 갖추는 것. 흔히 후배에게 의식화 학습 시키는 것을 '알피'로 통칭하기도 한다.

27 80년대 운동 조직은 그 발전 단계에 따라 대략 ① 서클 ② 패밀리(가문) ③ 정파 조직으로 나뉜다. 중간 단계인 패밀리는 하나의 서클이 양적 팽창을 거치면서 조직의 골격을 갖추게 되고, 조직 내의 각 부문이 전문성을 가지고 분화되기 시작하는 단계라 볼 수 있다. 그러나 이념적으로는 아직 정파 조직과 같은 통일성을 갖추지 못한 과도기적 조직 형태이다. 80년대 중반까지만 해도 대부분의 학생 운동 조직은 이 패밀리 단계를 넘지 못했다. 박선영의 학생 운동은 패밀리 단계에서 정파 조직으로 넘어가는 과도기에 위치해 있었던 것으로 보인다. 글쓴이.

28 이옥신의 술회에서.

29 홍보용 전단.

30 1970년대 산업화에서 밀려난 도시빈민의 참상을 우화적으로 그린 조세희의 연작소설. 과거와 현재가 뒤섞이고 상황이나 말들이 연상 고리가 되어 자유롭게 넘나드는 난해한 소설임에도 독자들의 폭발적인 지지를 받아왔다. 이러한 현상은 1970년대 산업화 과정에서 황폐해진 민중의 삶을 이해하고자 한 노동운동과 학생운동 세력의 성장과 깊은 관련이 있는 것으로 보인다.

31 서울교대 근처에는 학생들이 갈 만한 공간이 없어, 특별한 모임이 있는 날이면 서울대나 고대, 신림동, 신촌 등지로 원정(?)을 가곤 했다. 84학번 이옥신의 술회에서.

32 시위를 주도하는 것. 주동. 일반적으로 시위 주동자는 잡히는 즉시 구속되어 학생운동을 정리하는 게 관례였다.

33 80년대 초반 학번 중에는 향린·초동 교회에서 활동하는 사람이 많았다고 한다. 이옥신의 술회에서.

34 박선영의 동기와 선배의 술회를 토대로 재구성된 내용으로, 써클 활동의 세부 내용은 사실과 차이가 있을 수도 있음. 글쓴이.

35 예이츠의 시 「이니스프리 섬」이 희구하는 것은 자연 속에서 안빈낙도하는 삶으로, 박선영의 일기에서는 현실 도피의 의미보다는 '희망과 평화의 나라'라는 상징어로 쓰였다. 고교 시절 서울의 언니에게 보낸 편지를 보면, 선영은 사춘기 소녀답게 '구르몽'과 '예이츠' 류의 시를 탐독하기도 한 것으로 보인다.

36 이하 국보위로 표기

37 인용구는 1985년 4월 18일 자 서울교대 학보에서 따온 것임.

38 이때 배포되는 자료는 대통령 국정 연설, 김만철 일가 북한 탈출, 금강산뱀·건대 사건에 대한 정부의 입장, 신상옥 최은희 사건 등에 대한 신문 스크랩이 주를 이루었다. 1987년 6·9 의거 자료집에서.

39 1987년 6·9 의거 자료집에서.

40 교육학과 교수. 정태수가 부임한 4월 1일자로 조교수에서 부교수로 승진하였고, 4월 10일 다시 학생어장이 됨. 1987년 4월 18일자 서울교대 학보에서.

41 학보부장에 정길남 국어교육과 전임강사, 방송부장에 박문갑 윤리교육과 전임강사가 각각 부임하였다.

42 언니 화진의 술회에 따르면 선영은 집 앞에서 28번 버스를 타고 통학했다고 한다.

43 시위 주동 책임으로 무기정학 처분 후 미등록 제적됨. 6·9 농성 평가자료집에서.

44 시위 주동 책임으로 유기 정학 처분 후 복학하였으나 2회 연속 학사경고로 제적됨.

45 4월 말, 교무과에서 게시한 공고 내용. 학교 측은 총준위 위원 9명 전원을 중징계 처리했다. 6·9 농성 평가 자료집에서.

46 서울교대 수학교육과 85학번. 선영이 죽기 일주일 전 인천 송도로 함께 여행을 떠났던 친구이다.

47 박선영은 같은 과의 이현숙, 김정선, 채희수, 김숙자, 윤순구 등과 잘 어울렸다. 친구 이현숙의 술회에서.

48 이현숙은 학내 언더 서클에서 활동했다. 이현숙, 이옥신의 술회에서.

49 서울교대 85학번 김부중의 술회에서. "당시 학교 내에 짭새가 4명 중에 1명꼴이라는 이야기가 있었다. 우리가 이야기 나눈 내용을 다음날 한운봉이나 학교측이 다 알고 있었다……."

50 중앙일보 전영기 기자의 「어떤 죽음」에서.

51 6·9 농성 평가자료집에서.

52 양묘생, 조인옥은 85년 1학기 기말고사 거부로 학사 경고 처리되어, 시위 전의 학사경고와 함께 통산 2회 학사 경고로 제적 처리되었고, 김주호 역시 제적 처리되었다. 6·9 농성 평가자료집에서.

53 6·9 농성 평가 자료집 『복종의 침묵에서 깨어 일어나』에서.

54 중앙일보 전영기 기자의 「어떤 죽음」에서.

55 『명예회복 관련자료』 중 서울교대 89학번 정대일 씨가 작성한 「활동 내역서」에서 재인용. 정대일 씨는 현재 예일 초등학교에서 근무하고 있다.

56 캠퍼스의 약어.

57 백기완 씨가 지은 『자주고름 입에 물고 옥색치마 휘날리며』. 학기 초에 함께 학회에 참여했던 수학과 85학번 윤순구의 술회에서. "… 85학번을 지도해 줄 84 선배도 거의 없었고, 정태수가 부임하고 난 뒤로는 학회가 제대로 굴러가지 못했어요……."

58 선영의 동기와 선배들의 술회에서.

59 헝가리의 진보적 지식인 루카치 『소설의 이론』. "별이 빛나는 창공을 보고, 갈 수가 있고 또 가야만 하는 길의 지도를 읽을 수 있던 시대는 얼마나 행복했던가? 그리고 별빛이 그 길을 훤히 밝혀 주던 시대는 얼마나 행복했던가? 이런 시대에 있어서 모든 것은 새로우면서도 친숙하며, 또 모험으로 가득 차 있으면서도 결국은 자신의 소유로 되는 것이다……."

60 서울교대 동기들과 선배들의 증언에 의하면 서클 UNSA에서 만난 한 여자 선배가 선영에게 모 교회의 대학생부(대학연합서클)를 소개해 주었다고 한다. 이 글은 그러한 증언들을 토대로 재구성된 것이다. 글쓴이.

61 87년 2월 선영이 죽기 전까지 활동한 서클. 선영이 죽은 뒤 가족들은 경황중에 서클 동지들과 몇 차례 조우(遭遇)한 바 있었으나, 동지들 대부분이 비합법 신분으로 활동했던 까닭에 불행히도 연락이 끊어지고 말았다. 그 때문에 안타깝게도 선영의 활동 무대가 된 교회와 동지들의 신원조차 파악하지 못하고 있다. 이와 관련한 자세한 내용은 5부에서 이야기하도록 하자.

62 선영의 일기와 편지글에서 일관되게 등장하는 이니셜로, 이 인물과 관련하여 분명한 사실은 ① 교회 연합서클에서 선영을 지도한 선배 중의 하나라는 것, ② 운동가의 모범으로서 선영의 활동에 상당한 영향을 준 인물이었다는 것, ③ 선영이 동지애와 함께 이성애를 느낀 최초의 대상이었다는 것, ④ 홀어머니를 모시고 인천 지역에서 생활했다는 것, ⑤ 86년 2학기까지는 아직 노동 운동에 투신하지 않고 학교생활을 하고 있었다는 것 등이다. 이 인물에 대해서는 뒤에서 더욱 상세히 이야기하기로 하자.

63 선영의 일기 속에 등장하는 서클 친구 중 하나로 추정되는 인물.

64 당시 언더 팀에서 활동하던 학생들은 공간 확보를 위해 월세방을 두세 개쯤 얻어놓고 돌아가며 학습을 하곤 했다. 팀방 사용 규칙은 엄격한 편이었고, 선후배 간의 위계도 분명했다.

65 Enemy. 적. 여기서는 경찰을 말함.

66 알리바이. Alibi. 현장 부재 증명.

67 소설가 황석영의 광주항쟁 기록 『죽음을 넘어 시대의 어둠을 넘어』. 선영이 이 책을 읽었다는 것은 거의 분명한 사실이다. 일기에 옮겨 적은 문병란의 시 「부활의 노래」는 『넘어넘어』 첫장에 인용된 같은 시의 행갈이와 생략 구절과 부호까지 정확하게 일치한다. 참고로 「부활의 노래」는 광주 항쟁 당시 장렬하게 산화한 윤상원 열사와 들불 야학 창립멤버 박기순 씨와의 영혼결혼식장에서 문병란 시인이 직접 낭독한 시이다. 글쓴이.

68 프랑스 작가 끌로드 모르강의 『꽃도 십자가도 없는 무덤』에서 발췌된 글.

69 84년 12월, 언니에게 보낸 편지에서. "언니!! 언제부턴가 난 구르몽의 '낙엽'을 좋아하는 소녀가 됐어. 왠지 구슬픈 이미지를 자아내는 게 좋아……."

70 1985년 8월의 일기에서. "… 전혜린. 그녀는 내게 있어서 신비의 존재이다. 그녀의 학문의 열의와 아직도 파악하지 못한 사상. 하지만 조금 염세적인…."

71 조선대학교 학생.

72 아버지의 술회에서.

73 1985년 11월 10일의 일기에서.

74 Movement. 운동.

75 Labor. 노동자.

76 단위 사업장.

77 Student movement. 학생 운동.

78 이옥신은 선영이 이미 교회 활동을 하기 시작한 5월 경 선영을 만난 자리에서 '너무 편한 길을 찾는 게 아니냐'는 비판을 가하고, '언더 서클' 활동을 제의했다고 술회하였다.

79 서울교대 국어교육과 84학번.

80 서울교대 과학교육과 83학번. 84학번 이옥신의 술회에서.

81 1987년 6월 5일, 학내 취조 과정에서 수학교육과 85학번 이현숙이 작성한 자술서 내용을 참조한 것임.

82 프랑스 작가 끌로드 모르강의 『꽃도 십자가도 없는 무덤』에서 발췌된 글.

83 날짜 미상의 일기에서. 프랑스 작가 클로드 모르강의 소설 『꽃도 십자가도 없는 무덤』 148쪽에서 인용한 구절. 원문은 "나는 투쟁하지 않으면 안 된다. 허세 때문이 아니라 그것이 내가 나아가야 할 길이기 때문에 투쟁하는 것이다. 투쟁과 자살 중에 어느 한쪽을 택하지 않으면 안 되기 때문이다."로 돼 있다.

84 임금 인상 투쟁.

85 가두시위시 퇴각 장소

86 야전군 사령관. 시위 주동자.

87 날짜 미상의 일기에서.

88 84년 겨울 언니 화진에게 보낸 편지에서. "… 오랫만에 본 따스한 보금자리. 욕조 수도물이 내 귀엔 앵무새 노래 소리 보다 더 아름답게 들려. … 아버지 말씀. '학교에서 집에 갈 시간이 기다려진다.' 좀체 듣기 힘든 말씀이지. 엄마 수고가 좀 덜어지게 돼서 기뻐. … 추신 : 까스렌지 샀어."

89 어머니의 술회에서.

90 선영은 언니 화진에게 농촌 활동을 간다는 사실을 숨기지 않았으나, 어느 지역으로 가는지에 대해서는 말하지 않았다.

91 1935년에 발표된 심훈의 농촌 계몽 소설.

92 2박 3일 이상의 합숙 스터디를 지칭함. 80년대 대다수 운동 서클은 주 1회 이상의 스터디를 원칙으로 하고 있었지만, 잦은 가두시위나 연합집회 등으로 인해 평상시에는 학습을 진행하기 어려운 경우가 많았다. 그래서 대개는 연휴나 방학을 이용하여 며칠간 집중 학습을 하게 마련이었다. 이런 사실들을 두고 '혼성 운동권'이니, '혼숙'이니 하는 말로 운동권 학생 전체가 성적으로 문란한 부류인 것처럼 매도하는 경우가 많은데, 그러나, 일부 그러한 현상들은 1987년 6월 항쟁 이후 운동이 거대화,

대중화되면서 싹튼 부분이고, 그 이전까지 정통 이념 서클의 규율은 매우 엄격했으며, 남녀간의 순수한 교제조차도 규제가 심했다. 서클의 기강을 흐트러뜨린다는 이유에서였다. 이런 사실로 미루어, 박선영 사후 '혼성 운동권' 운운하며 고인의 명예에 테러를 가한 정태수 일당의 망언은 일고의 가치조차 없는 것이다.

93 신율건과 김병림의 술회에서.

94 6·9 농성 평가 자료집 『복종의 침묵에서 깨어 일어나』에서.

95 일기장에서 발견된 편지 초록. 혜원은 선영의 서클 동기 중의 한 사람일 것으로 추정된다.

96 일기장에서 발견된 편지 초록. 역시 혜원과 함께 서클 동기 중의 한 사람으로 추정된다. 서클 MT 및 가두시위 상황에 등장하는 영익은 이 편지 내용에서 발전시킨 인물이다.

97 쁘띠 부르조아.

98 선영이 남긴 일기와 오빠 종욱의 편지에서.

99 선영의 죽기 직전의 의식 수준과 흐름을 알 수 있는 일기는 사실상 거의 없다고 봐도 과언이 아니다. 죽음을 결단한 후 선영은 당시의 조직 활동과 관계된 일기를 자신의 손으로 직접 소각했다. 현재 유족들에게 남겨진 일기는 거의 대부분 2학년 2학기가 시작되기 이전에 쓰여진 것이다.

100 날짜 미상의 일기에서. 『아무도 미워하지 않는 자의 죽음』에서 발췌된 글임.

101 사향 축제는 1985년 11월 14일부터 시작되었다. 서울교대 학보 11월 1일자에서.

102 선영은 가끔 이옥신에게 교회 서클 이야기를 했다고 한다.

103 이옥신의 술회에서. 이옥신이 기억하는 H는 마르고 왜소한 편이었으며, 샤프한 인상이었다고 한다.

104 1986년 8월의 일기에서.

105 선영은 일기에 H가 '냉정하고 정감 있는' 사람이라고 표현한 바 있다.

106 수학과 친구 김정선의 술회에서.

107 프랑스 작가 끌로드 모르강의 『꽃도 십자가도 없는 무덤』 118쪽에서 발췌된 글.

108 다나까 미찌꼬의 『미혼의 당신에게』에서 발췌된 글.

109 언니 화진의 술회에서.

110 전태일 열사 어머니 이소선 씨의 술회에서. 선영이 죽은 뒤 이소선 어머니는 선영의 어머니에게 86년 봄, 전태일 기념관이 경찰에 의해 봉쇄되었을 때, 선영을 담 밖으로 보내준 적이 있다고 증언했다.

111 28번 버스는 바로 서울교대 정문 앞에 하차했다.

112 언니 화진의 술회에서.

113 언니 화진의 술회에서.

114 한양대 사회학과 85학번. 신율건의 소개로 선영과 몇 차례 만난 적이 있다. 정학용 역시 이날 선영의 이삿짐을 옮겨주러 왔었다고 한다.

115 오빠 종욱의 술회에서.

116 언니 화진의 회고문에서.

117 언니 화진의 술회에서.

118 선영이 죽은 후 H를 만나본 중앙일보 전영기 씨는 H가 인천 지역에서 노동운동을 준비한다는 것을 확인했다. 또 친구들의 술회나 본인의 일기에서도 그런 사실을 짐작할 만한 내용이 나온다.

119 선영의 일기와 편지글에서 엿보이는 경향성, 선영이 참가한 가두시위와 활동 무대, 주 이슈에 대한 평가 등을 놓고 볼 때, 대체로 선영은 서노련의 학생 지지자 그룹에 속해 있었던 것이 아닌가 하는 추측을 하게 된다. 이 글 역시 전반적으로 그러한 추정 위에 놓인 것이다.

120 졸업할 시기는 지났지만, 업무상 계속 학생운동에 관여하게 된 선배를 지칭하는 말.

4부 · 힘을 길러 나오라

마음이 약한 자여
현학적인 허위의 기회로 가득 찬 자여
죽어 다시 깨어나라
진정 역사가 원하는 인간이 되기 위하여
힘을 길러 나오라

— 박선영의 마지막 일기에서

'빨간 점' 한운봉

보안사에서 피 터져 가며 죽어가는 나의 누이 형제들을 잊지 않게 아니 그 길을 동행하게 해 주렴. 아니다. 하고 싶을 뿐. 내 의식의 흐름의 미약과 나태를 위하여 건배!

— 1986년 8월 순자에게 보내는 편지에서

5·3 투쟁을 계기로 지도부가 대량 구속된 서노련은 조직 와해의 위기에 놓이게 되었다. 구체적이고 분명한 상황은 알 길이 없지만, 선영이 활동하던 서클도 직간접적으로 일정한 타격을 받았던 것으로 추정된다. 서노련과의 직접적인 관련설을 부인한다 하더라도, 보안사에 끌려간 서노련의 김문수 씨를 비롯한 핵심 멤버들에게 가해진 살인적인 고문 만행은 선영을 엄청난 충격의 회오리에 몰아넣었다. 선영은 분노를 딛고 선배들의 치열한 투쟁의 궤적에 자신의 삶을 올려놓고자 안간힘을 썼다.

그러나 현실은 냉혹했다. 선영은 이미 학교 당국의 주목을 받는 요주의 인물이었다. 1학년 때부터 한운봉에게 덜미를 잡힌 선배들의 말로가 어떤 것인지 똑똑히 봐 왔던 선영은 꼬투리를 잡히지 않기 위해 매사에 각별한 주의를 기울여 왔다. 그것은 서울교대 상황을 자세히 알게 된 H의 요청이기도 했다. 사회과학 서적은 절대 남들 눈에 노출시키지 않았고, 비밀스러운 자료는 아예 몸에 지니고 다니질 않았다. 그러나 일은 아주 우연하게 시작되었다. 1986년 4월 초,

등하교 길에 늘 버스를 이용해온 선영은 그날따라 2호선 전철을 탔다. 연휴인 4월 5일, 6일 양일 간 86학번 MT가 예정돼 있었는데, 그때 쓸 세미나 자료를 H에게 받아 오는 길이었다. 덕분에 1, 2교시 수업은 빼먹을 수밖에 없었다. 화장실에 들어가 세미나 자료를 몸에 두른 선영은 전철에서 자리를 잡자마자 습관처럼 책을 펼쳤다. 교대역이 가까워오자 책을 가방에 넣고 일어서는데, 뒤통수에 따가운 시선이 느껴졌다. 아뿔싸! 빨간 점 한운봉이었다.

하얗게 질린 선영의 인사를 받는 둥 마는 둥, 아까부터 한운봉의 시선은 선영의 가방에 꽂혀 있었다. 한운봉은 몇 발자국 뒤에서 천천히 선영을 따라왔다. 등 뒤에 거머리가 달라붙은 듯한 느낌이었다. 도대체 언제부터 나를 지켜본 것일까. 그대로 도망쳐 버리고 싶은 마음뿐이었다. 아니야, 죄도 없이 왜 도망쳐? 박선영, 좀더 뻔뻔스러워져야 해. 저 자는 아무 것도 몰라. 그저 전철에서 우연히 만난 것뿐이야.

"야, 너 몇 학년이냐?"

교대 후문을 들어서자마자 한운봉이 물었다.

"2학년이요."

"이름이 뭐야?"

"박선영입니다."

"박선영……. 음, 아까 그 책 줘 봐."

"네?"

"순진한 척하지 말고, 가방 뒤지기 전에 순순히 내 놔. 전철에서 읽은 빨간 거 있잖아."

그것은 사르트르의 『지식인을 위한 변명』이었다. 교관은 선영이 내민 책을 재빨리 훑어보았다.

"지식인을 위한 변명……? 그럼 그렇지. 어째 전철에서 몰래 책을 읽는 게 수상쩍더라니!"

"몰래 읽은 게 아닌데요. 이 책은 프랑스 철학자의……."

"야야, 차라리 귀신을 속여라. 내가 임마, 운동권 기본 커리 다 꿰고 있는 사람이라는 거 몰라? 의식화 학생들이 첫 번째로 읽는 책이 이 책이야. 그리고 이 책 나온 데가 어디야? 빨갱이 책 전문으로 만드는 한마당 출판사 아냐."

"… 한마당 출판사에 대해서도 처음 듣는 얘긴데요."

"허어, 얘가 누굴 물로 보나. 너 같이 순진한 척 하는 애들이 알고 보면 속이 더 빨간 법이야. 너 무슨 과야?"

"수학과요."

"수학과라……."

그는 수첩을 꺼내 뭔가를 확인하더니, 갑자기 교활한 시선을 굴리며 선영을 바라봤다.

"1, 2교시 수업을 빼먹으셨구만. 학생이 수업 안 듣고, 무슨 용무가 그리 바쁘신가?"

"몸이 좀 아파서……."

당황한 선영은 생각나는 대로 아무렇게나 둘러댔다. 입꼬리를 비틀며 징그럽게 웃던 한운봉이 선영의 어깨에 걸린 가방을 확 잡아챘다.

"따라와!"

한운봉이 선영을 끌고 간 곳은 일명 취조실로 불리는 곳이었다. 쇠창살이 있는 조그만 창마저 베니어판으로 막아 놓은 취조실에 들어서자 선영은 더럭 겁이 났다. 사방이 막혀 있어 누구도 안을 들여다볼 수 없었고, 바깥과는 완전히 단절된 기분이었다. 책상이 놓인 벽면에는 금서 목록이 붙어 있었다. 선영은 의자에 앉았다. 몸에 두르고 있던 자료가 배를 꾹꾹 찔렀다. 안돼, 이것만은! 엄습해 오는 공포감! 그저 아무 일 없기를, 기도하는 수밖엔 도리가 없었다. 한운봉은 선영의 가방을 뒤집어 내용물을 책상 위에 쏟아 놓았다. 필통, 도시락, 교재와 노트, 그리고……

"이건 뭐야……?"

한운봉은 선영의 강의 노트 속에서 엽서 한 장을 발견했다. 순자에게 보내려고 써둔 편지였다. 맙소사! 선영은 눈을 질끈 감았다.

"… 더 많은 용기와 지적 호기심과 그것을 채울 수 있는 연구와 또 실천 그 속에서 자아를 찾도록 노력하겠지만 과정상 어떠한 오류를 범할지 나도 모르겠다'……?"

'빨간 점'은 포획물을 선영의 눈앞에 흔들며 의기양양하게 소리쳤다.

"이거 완전히 골수로구만!"

그날부터 한운봉과의 전쟁이 시작됐다. 한운봉은 툭하면 선영을 불러내어 밤 10시, 11시까지 취조를 했다. 강의 시간이고 뭐고 전혀 개의치 않았다. 강의를 끝내고 가겠다고 버티면, 교수들이 앞장서서 나가보라고 하는 판이었다. 이건 대학이 아니었다. 거대한 감옥이었다. 한운봉은 선영이 운동권 학생이라는 결정적인 증거를 잡기 위해 혈안이 돼 있었다. 하루는 엽서 내용을 끈질기게 파고 들었고, 또 하루는 집이 광주라는 것을 꼬투리 삼아 유도심문을 했다. 어느 날은 입학 초기 학회에 가담한 사실을 캐물었고, 또 어느 날은 학내 언더 서클 계보도를 가져와 아는 이름을 대라고 윽박질렀다. 퇴학 운운하며 욕설을 내뱉었고, 당장 아버지에게 연락하겠노라 고함을 질렀으며, 책상을 쾅쾅 내리쳤고, 머리를 쥐어 박았다.

이런 잔혹한 취조 행위는 비단 선영의 경우에만 국한된 게 아니었다. 타 대학에선 상상할 수도 없는 일이 서울교대에서는 다반사로 일어났다.

선영이와 제가 겪었던 일, 친구들과 선배들이 겪었던 이러한 일 등은 교대생이 아니고는 아니 당해보지 않은 사람들은 이해하기 힘들 것입니다. 당시의 서울교대는 소위 사회과학 공부를 한다는 운동권(?) 학생들의 일거수일투족을 감시하여 학생처에 보고하게 하는 믿지 못할 상황이 계속되고 있었습니다. 이러하기에 우리들은 친한 친구에게조차 자신이 어디에서 무슨 활동을 하는지 자세히 알려주지 않았으며, 알고 있어도 모르는 채 비밀을 지켜야했습니다. 선영이와 친하게 지냈던 본인과 같은 과 친구인 순구, 정선이 등 몇몇 친구들은 선영이가 교회에 다니면서 타 대학생들과 함께 사회과학 써클에 가입해서 운동을 하고 있다는 사실은 알고 있었으나 자세한 내용을 알 수 없었습니다.

— 수학과 85학번 이현숙의 인우보증서에서

선영은 한운봉에게 말려들지 않기 위해 머리를 굴리면서도, 겉으로는 최대한 겸손하고 순진하게 굴었다. 운동권 용어나 약자가 나오면 못 알아듣는 척했고, 반성문을 쓰라면 반성문을 썼고, 고분고분 상냥하게 대답했다. 반성문 문구도 시키는 대로 수없이 고쳐 썼다.

저는 싸르트르 저서의 「지식인을 위한 변명」을 3月 말 집에서 보게 되었습니다. 오빠의 책꽂이를 보다가, 후에 선생이 된다면 지식인에 속할 것 같아서 가져왔습니다. 학교 등하교 길에 두세 장씩 보았는데 23페이지까지 읽었습니다. 제게는 생소한 단어들과 문구들의 난해함을 이해는 못하면서도 막연한 생각으로 계속 보았습니다. 오늘 전철 내에서 보다가 교관님을 뵙게 되었는데, 오늘의 (일을) 계기로 다시 한번 책의 선택에 있어서 심사숙고해야 함을 인지했습니다. 이 책을 23페이지 읽으면서도 머리에 남은 것이 없어서 감히 책 내용을 모르겠다고 하겠습니다. 이 책이 의식화 학생의 첫 번째 대하는 서적임을 오늘 알게 되었습니다. 조기에 지적받았음을 감사히 생각합니다.

1986. 4. 4. 박선영

"이 책의 내용은 지식인이 처해 있는 특수한 상황과 모순을 분석하고, 그 모순의 극복을 통해 지식인의 참다운 기능이 무엇인가를 밝히고 있다." 책의 서두에 간략한 소개서입니다. 한마당이란 출판사가 붙은 출판사임을 알게 되었습니다.

교회 서클과 동료 이름, 학내 활동을 하는 선배들과 친구 이름만 빼고는 뭐든지 말했다. 한운봉한테 걸린 첫날 만약의 경우를 생각해서 자취방의 책은 다 치워놓은 상태였다.[2] 지도교수는 이제 선영의 일로 불려 다니는 데 진력이 난 얼굴이었다. 한운봉은 선영을 지그시 노려보며 나직하게 말했다.

"좋아, 박선영이 너, 끝까지 지켜보겠어. 어떤 놈들을 만나는지, 어떤 책을 보는지, 어떤 짓을 하고 다니는지 니 일거수일투족을 이 한운봉이 두 눈 똑바로 뜨고 지켜보고 있다는 사실을 명심해라. 또 한번 내 눈에 띄는 날에는, 그땐 우리 자퇴서부터 쓰고 형사 입회 하에 얘기 시작하자, 알겠나."

"……."

"알겠나!"

"네, 교관님."

"니 아버지는 공무원 신분이라는 걸 명심해. 니 오빠도 곧 사범대 졸업하지? 내 전화 한 통이면 니 아버진 끝장이야. 당장 모가지라구. 너 하나 때문에 온 집안이 박살나는 건 한순간이야."

"……."

"지금부터 너는 눈알 네 개로 살아간다. 니 눈 두 개, 그리고 니 뒤꼭지에서 니 일거수일투족을 지켜보는 눈 두 개. 박선영이 똑똑하니까, 길게 설명하지 않아도 잘 알 거다. 집안 말아먹지 않으려면 잘 생각해서 행동해. 너는 지금 나가도 나가는 게 아니야. 내 손아귀에 걸려들어 곱게 빠져나간 학생은 단 한 명도 없다. 글쎄, 박선영이 과연 예외가 될까?"

한운봉에게 취조를 당하던 무렵, 언니와 화양리 어린이 대공원에서

한운봉은 비열한 웃음을 흘리며, 수첩을 펼쳐 선영의 눈앞에 쓱 디밀었다. 무심코 수첩에 눈을 준 선영은 맥이 쏙 빠졌다. 수첩 맨 앞 장에 빨간 펜으로 커다랗게 씌어진 숫자, 365-1668. 그것은 광주 광천동³ 집의 전화번호였다. 언제 어느 때고 다시 한번 걸리는 날엔, 교사인 아버지를 걸고 넘어지겠다는 최후통첩이었다. 세상에, 어떻게 이렇게 파렴치한 작자가 다 있을까. 혐오감을 참아내느라 선영은 이를 악물었다. 온몸이 후들후들 떨렸다. 아, 하나님! 진정 당신은 위대하십니다. 이처럼 다양한 인간세계를 유도하여 주셨으니!⁴

푹푹 찌는 열기 속에 모든 物들은 썩어 없어져 버려라. 아니 싱싱하지 못한

235

이 세상 모든 것들만……. 포즈를 취하며 음악과 함께 campus를 누비고 다녔더니 기분이 좀 나은 듯하면서도 매한가지다. 교관이 스쳐 지나가면서 학생들이 보는 책을 유심히 관찰하는 그 눈초리, 아! 정말 싫다, 싫어. 그는 어떤 인간이기에 그럴 수밖에 없나. 자식도 있고 자기 자신도 공부하는 大學生이라는데. 그래서 하나님은 위대하신가 보다. 이처럼 다양한 인간세계를 유도하여 주셨으니.

— 1986년 6월의 일기에서

자식 키우는 부모라면 한 번쯤 염두에 둘 법한 '안정되고', '장래성 있는' 대학에서, 학생들이 이런 인간 이하의 대접을 받고 있으리라고 그 누가 상상할 수 있을 것인가. 굴욕감에 몸서리치던 선영은 이 무렵, 같은 처지에 놓인 수학과 동기들[5]과 더욱 가까워졌다. 분노의 쓴잔을 들이키며 부둥켜 안았고, 서로의 처지를 가슴 아파하며 목 놓아 울었다. 그것은 가슴 뻐근한 동지애였다.

"… 상처 싸매고 외로이 걸어갈 동료가, 아니 우리 자신의 모습이 보기 싫었고, 위로하고 받고 싶었겠지. 학내 친구와, 별로 어울리지 않던 애들과 서로를 확인했어. 친구들 입에서 영원히란 말이 오간다. 영원한 동료요, 동지요, 애인이며, 동반자라는 운동, 함께 하진 않지만 격려하겠노라……."

— 1986년 6월 병림에게 보낸 편지에서

선영은 병림에게 보낸 편지에서 학교 친구의 경우를 예로 들어 간접적으로 자신의 심정을 토로한다.

친구가 별것 아닌 정말 타 대학에선 별것 아닌 것이 우리 내에선 너무나 큰 것이었기에 전 교수회의 석상에서 자살[6]시키려고 했어. 자살 당하기 싫었고, 약했기에 끝내 서성거리다가 뛰쳐 (나)왔단다. 중요한 것이 무엇인지, 도피가 어떤 결과를 가져오는지 우린 너무나 잘 알고 있어. 하지만 그 어떤 것도, 우린 현 상태를 지속시켜 주는 물건들에 불과했단다. … 누리기 위한 고민이 아닌 참다운 인생의 길을 찾고자, 발전하고자 하는 고민이 되도록 노력하며, 후퇴할 경우 그 비참함을 네게 보여주고 싶지 않다.

— 1986년 6월 병림에게 보낸 편지에서

누구에게도 후퇴의 비참함을 보여주지 않고, 살얼음판 위에 제 발로 서고 싶었던 선영은 가혹하게 자신을 강제하고 채근했다. 그는 자신이 완벽한 투사의 모습으로 전선에 서길 바랐다.

대부분의 사람들은 현실과 타협하면서 적당히 편한 삶을 선택하여 살아갑니다. 그러나 제가 아는 선영이는 달랐습니다. "광주의 딸로 태어나 이렇게 안이하게 살아갈 수는 없다. 80년의 광주항쟁을 어찌 잊을 수 있느냐?", "민중들의 삶에 비하면 우리들의 삶은 귀족의 삶이다."하면서 나태해진 우리들에게 항상 경각심을 불러일으켜 주면서 결코 편안한 삶에 안주해선 안 된다고 일깨워 주곤 했습니다. 이는 자꾸만 나태해져 가는 자신에 대한 질책이었을 것입니다.

— 수학과 85학번 이현숙의 인우보증서에서

괴로워하는 일, 죽는 일도 다 인생에 의해서 자비롭게 특대를 받고 있는 우선권자들만이 누릴 수 있는 사치스러운 무엇일 것 같다. 괴로워 할 시간도 자살할 자유도 없는 사람은 햇빛과 한 송이 꽃에 충족한 환희를 맛보고 살아간다.

— 날짜 미상의 일기에서

하루를 보내도 철저하게 처절하게, 인간을 만나도 이성과 감성의 조화 아래서. 어쩌면 완전한 인간형을 추구하고 있는 것이 아닌가 하는 생각이 든다. 꿈꿀 계절은 지나가고 아픔과 회한의 밤이 계속되겠지. 겨울은 싫어지니까. 더욱 나태해져 가는 나를 발견하게 되니까.

— 1986년 12월의 일기에서

'하루를 보내도 철저하게 처절하게', '인간을 만나도 이성과 감성의 조화 아래' 살고자 할수록 현실의 자신은 너무 안일하고 나태해 보였다. 어쩌면 그는 혁명 소설 속에나 등장할 법한 '완전한 인간형'을 추구한 것은 아닐까. 심지어 그는 나태해지는 자신을 용인할 수 없어 다가오는 겨울이 두렵다고까지 했다. 그러나 겨울보다 춥고 두려운 계절이 그를 덮쳐오고 있었으니, 그것은 죽음의 계절, 파국의 계절이었다.

내가 살아가는 이유[7]

몽롱한 정신을 붙잡고 태양을 향해 외친다. "존재하는 것 모두 사라져라."고,
의롭게 의롭게 외치다 죽어간 넋들을 기리며 그들을 그렇게 지탱하게 해준
참 진리와 그 의지를 다시 한 번 되새기게 한다.

— 1986년 12월의 일기에서

파국은 예기치 않은 곳에서부터 시작되었다. 바닥을 가리키는 성
적, 한운봉과의 실랑이로 선영의 학교 생활은 극도로 위축돼 갔다.
학교만 들어서면 숨이 막혔고, 점심을 먹어도 소화가 잘 안 됐다. 선
영은 점점 꺼칠하게 여위어 갔다. 학교에서 힘든 일이 있을 때마다,
고향처럼 찾아갔던 이옥신마저 학교에서 종적을 감췄다.[8] 알고 보니
이옥신은 여군 입소에 관한 유인물을 배포하다 걸려 도피중이었다.[9]
이번 학기를 끝으로 제적될 가능성이 농후하다고 다들 말했다.

그 무렵, 선영에게 유일한 위안이 되었던 것은 서클이었다. H였다.
서클 사람을 만나면 숨통이 트였고, 비로소 웃을 수 있었다. 서클과
H를 분리해서 생각해 본 일이 있던가. 선영이 H에 대한 사랑을 자
각하기 이전부터 H는 이미 서클과 하나였다. 투쟁 속에서 만났고,
투쟁 속에 사랑을 키웠다. 그것은 전선(戰線)의 사랑이었다. H를 무
오류의 인간으로 생각하는 것은 아니었다. 다만 그는 '내가 다 주고,
내가 다 받고 싶어 했던 유일한 사람'이었고, '냉정하면서 정감 있
는 그'였고, '따스한 모습'을 가진 '형'이었으며, 내게 첫사랑이요,

239

이 이상의 사랑을 허락하지 않을 상대'였고, '나의 모든 것을 아무 말 없이 들어준' 사람이었다.[10]

서클 동기들과 모임 자리에서였다. 누군가 H가 서클을 정리할 거라는 말을 꺼냈다. 학교를 휴학하고, 현장으로 갈 거라는 것이었다. 선영은 움찔했다. 금시초문이었다. H가 노동운동 쪽으로 갈 것이라는 생각은 하고 있었으나, 그 시기가 이렇게 빨리 다가올 줄은 미처 예상하지 못 했다.

"그나저나 H 선배 현장 가면, A 언니는 어떡해?"

"언니도 같이 간다던데?"

"정말? 난 모르고 있었는데……?"

"다음 학기 휴학할 거래. 둘이 같이 현장 준비할려고."

선영은 심장이 멎어 버리는 듯한 충격을 받았다. 이게, 도대체 이게 무슨 말인가. H와 A? 내가 H 만큼이나 좋아했던 A 언니? 선영은 떨리는 손으로 술잔을 움켜 잡았다. 아니야, 아닐 거야. H는 한번도 나한테 그런 기색을 보인 적이 없었어. 이 바보! H가 왜 너에게 그런 내색을 해야 하지? 그저 널 잘 챙겨 주었던 선배일 뿐인데? 빈속에 소주를 연거푸 들이킨 탓에 머리가 어찔어찔했다. 선영은 화장실로 달려가 한참을 토했다. 하루 종일 먹은 게 없어 쓴 물밖에는 나오는 게 없었다. 그러나 자학이라도 하듯, 목구멍에 손을 넣어 노란 위액까지 모조리 토해 냈다. 그래 넌 선배고 난 후배다. 너는 현장으로 간다. 언니도 따라간다. 난 아직 2학년, 후배들 RP도 해야 하고, 아직 서클에 남아 해야 할 일이 많다. 그래서 뭐가 어쨌다는 거야! 따라가기라도 하겠다는 거야? 부모 형제 다 버리고,[11] 서클 동기 후배들 내팽개치고? 박선영, 너 고작 그것밖에 안 되는 애니? 니 운동이라는 것, 결국 이런 앙상한 거였어? 뭐야, 이 눈물! 어쩌자고 바보처럼 울음이 터지는 걸까…….

지금 와서 생각해 보니, 난 제 정신을 가지고 있진 않았나 보다. 벽에다 스폰지 때리는 식의 사랑. 이성의 사랑과 후배(에) 對한 사랑이 부딪쳤을 때 낼 수 있는 소리는 어떠한 소리일까.

— 1986년 여름의 일기에서

그러나 당시 선영이 비교적 솔직히 마음을 털어놓은 친구 김정선은 H와의 관계가 선영의 일방적인 감정으로 이루어진 것만은 아니었다고 말한다. 단지 시간이 지날수록 서클의 다른 여자 선배에게 점점 마음이 이끌리게 되었을 뿐이라는 것이다. 선영은 마음으로 사랑하고 존경했던 남녀 선배 사이에서 몹시 괴로워했다고 한다. 선영의 유품 중에는 H가 보낸 것으로 추정되는 익명의 편지 한 통이 있다.

사랑이었습니다. 아! 아닙니다. 그것은 사랑이 아니었습니다. 그렇습니다. 그건 사랑인지 아닌지 의미를 부여할 수조차 없었습니다. 그렇습니다. 그건 사랑인 것인지 사랑이 아닌지 가부조차 가릴 수 없는 그 이상의 무엇이었습니다. 그러나 그것도 아니었습니다. 그것은 홀로 피어나서 홀로 자랄 수밖에 없는 그건…….

'사랑인지 아닌지 의미를 부여할 수' 없는 '그 이상의 무엇' 때문에 선영은 몹시 고통스러웠다. 서클에서 두 선배를 마주하는 것 자체가 견딜 수 없는 괴로움이었다. 사랑의 번민에서 헤어나지 못하는 자기 자신이 혐오스러웠다. 지금과 같은 혼란된 상태로 활동을 계속할 수는 없었다. 자괴감에 빠진 선영은 자기 운동의 순수한 동기마저 부인하며, 마침내 이렇게 독백한다.

(서클 활동을) 계속 지속할 수 있었던 것은 선배에 대한 사랑이며 이곳을 떠나면 볼 수 없다는 강박 관념이었으며, 따분한 학교생활에서 모색하고 내가 숨쉴 곳을 찾다 보니 여길 떠나선 안 되겠다는 것이 깔려 있었다. M을 하는 人間들에게서 가장 조심할 감정적인 부분이다. 그러나 내게서는 쉽게 고쳐지지 않는다. 지금 선배와 거의 만나지 않는 상태에서조차. 계속 이 길을 어떻게 가야할 것인가, 아니면 그만둘 것인가.

    — 1986년 6월 말의 일기에서

  1986년 7월 중순, 보슬비 내리는 날이었다.[12] 선영은 선배들과 만난 자리에서 무겁게 입을 열었다.

"정리하겠어요."

  고통스런 침묵이 흘렀다. 심각한 공기가 어깨를 짓눌렀다. 언제부터인가 그럴 것 같은 예감이 들었다고, H가 말했다. 그래서 늘 걱정스러웠다고. H는 착잡한 표정이었다. 선배들과 마지막 인사를 나누고, H와 단 둘이 걸었다. 1년 반 동안 마음에 쌓인 모든 말을 털어놓았다. H는 선영을 자기와 같은 M가[13]로서, 친구로, 동료로, 사상가로 서로 주고받을 수 있는 때까지 키우려 했다고 말했다.[14]

  H와 서클을 동시에 잃어버린 선영은 이젠 돌아가고 싶어도 돌아갈 자리가 없었다. 가슴을 치고 후회해 본들 아무 소용이 없었다. 둔해 가는 머리를 부여잡고 살쪄 가는 뼈마디를 갈아 봐도 나오는 건 한 숨 한 주먹, 뭘 찾아야 하고, 뭘 해야 하고, 뭘 위해 살아야 하나.[15] 살아 있음의 그 희열, 그 가슴 뻐근한 동지애를 이제 어디에서 찾을 것인가.

  아예 정리하지 않았던 것이 여운을 주고, 언제든지의 가능성을 지니고 있었을 것. 어리석은 영이는 정말 칼같이 확실한 것을 좋아하는구나.

― 1986년 날짜 미상의 일기에서

수화기를 들었다 내려놓는 비참한 행동을 거듭하다가 끝내 뒤돌아서 나오는 발걸음은 무겁기만 해요. 얼마만큼 내가 성숙해져야 내 삶을 확실하게 잡을 수 있을까요. 지금 얼마만큼의 오류를 범하고 있는 건가요. 아니면 너무나 현명한 길을 가고 있나요.

― 1986년 8월의 일기에서

서클 그만둔다고 누구 하나 말리는 사람이 없었다. 오히려 잘했다 고, 현명한 결정이라고들 추켜세우는 것 같았다. 눈을 보면 알았다. 돌아온 탕아를 대하듯 자신을 바라보는 눈빛! 선영은 자기 등에 아로새겨진 '배반자라는 낙인'을 강하게 의식했다. 자신이 '패배의 길'을 걷고 있다는 건 분명했다. 초라했다. 어디서부터 잘못된 것일까. 인간의 길, 예수의 길을 알고, 그를 좇고 싶었을 따름인데.

형. 이대로 나의 변화에 눈 감아 주실 건가요. 제발 부탁이오니 절 잡아주셔요. 어느 누구도 돌리지 못해요. 형이 아니니까. 선배로서 같은 동지로서, 그 이상은 원하지 않아요.

― 1986년 여름의 일기에서

그러나 그건 또 다른 '어리광'에 불과하다는 걸 선영은 잘 알고 있었다. 지금이야말로 누구의 도움도 없이 홀로 서야 할 때였다.

나 홀로, 나 혼자 일어서야 한다는 것은 중요하다. 어떤 길로 나아가더라도, 개체이기에.

― 1986년 날짜 미상의 일기에서

이젠 영영 떠난다. 아니 떠나보낸다. 기쁜 마음으로, 언제나 내 머릿속에서 숨 쉴 그. 난 너무나 길들임만 당해 왔기 때문에 사랑에서조차 기대임을 하고, 생의 설계조차 이처럼 터무니없이 한다. H에게 철없이 부리던 어리광을 이젠 그 어느 곳에서도 할 수 없다. 비록 한 여성 아닌 후배로 사랑해 줬어도 나의 사랑을 슬퍼하거나 후회하진 않는다. 너무나 엄청나게 순수했던 것이기에.

　— 1986년 날짜 미상의 일기에서

자신과의 지리한 투쟁을 거쳐, 마음으로부터 H를 떠나보내며 선영은 친구에게 뼈아픈 속내를 내비친다.

'너무 감상적으로 얘기하지만. 이빨 하나가 빠지다 다른 이빨들도 힘이 부쳐서 다 빠지는 것을 경험했다. 여며지는 듯한 나의 적은 좁은 가슴. 지금도 ………

　— 순자에게 쓴 것으로 보이는 1986년 9월의 편지에서

그와 동시에 자신을 가둔 마음의 감옥에서 스스로 빠져나왔다.

감옥에서

긴 밤 동안 지옥 밑바닥까지 추락하는 몸을, 공기를 쥐어 긁으면서, 그래도 살고 싶어 바둥거렸다. 두고 온 것들에 대한 미련, 피를 토하는 심정으로 삼켜야 했던 분노, 외로운 나의 폐하, 지반부터 흔들리는 조국, 득실거리는 저 무리들, 참살 당하신 나의 아버지, 내 소중한 사랑. 지칠 대로 지친 내 영혼을 덮친, 그들의 그 가슴 아픈 증오는 최후로 나를 부러뜨려, 뜨거운 체온을 아직도 느낄 수 있는 젊은 주검 앞에서, 나는 걷잡을 수 없이 통곡하고 싶었다. 그리고 지금 뚜렷하게 입을 벌린 영혼의 상처가 나의 머리를 오히려 맑고 정확하게 움직이도록 해 준다.

삶. 어떤 극악의 상태에서도 그것만을 응시해 왔듯이, 백야의 극지, 반역의 낙인이 내 심장을 찢어도, 여기서 끝나지는 않아.

나는 다시 시작한다.

— 1986년 날짜 미상의 일기에서[16]

이현숙, 김정선, 채희수 등 수학과 동기들과의 원주 여행 이후 선영은 끊어진 여름의 철로를 다시 잇고,[17] 활동을 재개했다. 선영은 독립적인 운동가로서 올바로 서고자 애썼다. 간간히 H에 관한 실망스러운 소문이 들려왔다. 정확한 진상을 알 수는 없지만, 선영의 일기를 토대로 추측해 보건대 H 역시 이 시기 상당한 슬럼프 기간을 거쳤던 것 같다. 그러나 선영은 쉽게 흔들리지 않았다. 그는 이미 예전의 '어리광'에서 벗어나 한결 냉정하고 성숙한 시각으로 H의 활동을 바라보고 충고할 수 있을 만큼 성장했던 것이다.

형. 내 마음 속의 벗. 영원할 벗. 그 사랑도 영원하리라. 妻이 아닌 情이기에. 그대 있기에 현재 내가 있고. 그대 존재하기에 미래의 내가 있을 것이오. 그대 운동 버린다 해도 미워하지 않으리오. 다만 그 자리 물려받도록 나 노력하리오. 나의 사고가 그 수준에 머문다는 것 아니라 더 나은 발달 · 오르그와 활동력을 기르리다.

형. 내게 떳떳하게 크시오. 작은 오류가 크나큰 오류를 빚지 않도록. 언제나 뒤돌아보리라 믿고 싶소. 형. 우리의 재회가 그 길 같은 장소이길 바라오.

그러나 고통은 고통을 부르는 것인가. 동생이 언더 서클에서 활동한다는 사실을 알게 된 언니는 서클을 그만두라고 선영을 채근했다. 물론 이전에도 선영이 교회 대학생부 활동을 한다는 사실을 알고는 있었다. 그러나 뒤늦게 대학 입시를 준비하게 된 언니는 낮에는 직

원주에서 수학과 동기들과 함께

장 나가랴 밤에는 학원에 가랴, 선영과 눈을 마주칠 시간조차 없었다. 고작해야 주말에 잠깐씩 보는 게 전부였다. 또, 1학년 때는 활동의 수위도 그만큼 낮아서 농활을 간다 MT를 간다 해도 그리 크게 걱정하지 않았다.

1985년 12월, 학력고사 점수가 기대에 못 미치자 언니는 대입을 포기하고 말았다. 그때부터 언니는 선영의 활동을 새로운 시각으로 보게 되었다. 선영은 2학년 들어 부쩍 바빠졌다. 학사경고를 면한 성적이 신통할 정도였다. 밤 늦게 들어오는 날이 많았고, 집에 와도 스탠드를 켜놓고 새벽까지 밑줄을 그어가며 책을 들여다보거나 깨알 같은 글씨로 노트에 무언가를 열심히 적었다. 점점 이상한 책자들이 눈에 띄기 시작했다. 대개는 시중에 판매되는 책이 아니라 약어 투성이의 복사된 자료에 가까웠다. 때로, 필사본이 눈에 띄기도 했다. 선영은 그런 책자들을 책꽂이에 꽂아놓지 않고, 책상 밑 발판에 따로 보관했다. 책상 밑의 자료들의 목록은 1~2주 단위로 바뀌었다. 아마 학습이 끝나면 돌려주고, 다시 다른 것을 받고 하는 모양이었다.

2학년 1학기가 거의 끝날 무렵, 선영은 꽤 심각한 고민에 빠진 듯했다. 그렇게 잘 웃던 애가 무슨 말을 해도 통 웃지를 않았다. 방학이 되어도 집에 내려갈 생각도 하지 않았다. 통통하고 귀염성 있던 얼굴이 반쪽이 돼 있었다. 심상치 않은 일이었다.

"선영아, 너 어디 아프니?"

"아프긴……"

"근데 왜 통 먹지를 않니. 기운도 없어 보이고."

"그냥, 여름 타나 봐."

"집에 안 내려갈래?"

"바빠서 못 내려갈 거 같아. 추석 때 가지 뭐."

안쓰럽기도 했고, 화가 나기도 났다.

"도대체 너 어떻게 할려고 이러니. 이러다가 학교 졸업이나 하겠냐. 해도 적당히 해야지. 아버지하고 종욱이 생각해서라도 니가 이러면 안 되는 거 아냐?"

선영은 언니의 통제와 채근에도 불구하고 꿋꿋하게 교회에 나갔고, 서클 활동을 지속했다. 아무리 잔소리를 해도 그저 듣고 있다가, 씩 한 번 웃고는 그만이었다. 야단도 쳐보고 달래도 보았지만 속수무책이었다. 다 큰 동생을 어떻게 하겠는가. 언니는 동생의 마음을 돌리려 어린이 대공원[18]이며, 행주산성[19], 용인 민속촌[20]에 데려가 바람을 쐬어 주기도 했다. 성년의 날에는 샴페인과 고기를 사다가 파티를 열어주었다.[21]

그러나 아무 소용이 없었다. 더 이상 방법이 없었다. 언니는 최후의 수단을 쓰기로 마음먹었다. 언니는 광주에 내려가 아버지를 만났다.

행주산성에서 언니와 언니 친구 은옥과 함께한 선영

"아버지, 선영이
가 성적도 형편없
고, 이대로 가다간
졸업도 못하게 생
겼어요. 아버지가
선영일 불러서 따
끔하게 야단 좀 쳐
주세요. 내 말은 도
무지 듣질 않아요."
　선영이의 성적에
대해서는 아버지도

상당히 우려하고 있었다. 그러나 그때까지만 해도 어릴 때부터 반듯
하고 성실한 모습을 보여 온 딸에 대한 믿음이 컸다. 또 그런 아버
지의 마음을 짐작하기라도 하듯 선영은 아버지에게 이런 편지를 보
내 왔다.

　아버님. 이번 성적표가 나왔습니다. 성적은 여전히 저 밑바닥을 헤매고 있습
니다. 어디서부터 잘못되었는지 제 자신을 뒤돌아 봐야겠습니다. 서울까지 유학
와서 이런 형편없는 성적만 보내게 되니 죄송하기 그지없습니다. 이번 학기도
다시 새로운 마음가짐으로 대하려고 노력하겠습니다. 대학 생활을 남들 다 노
는 것처럼 즐기려고 생각하진 않습니다. 한 불완전한 인간이 모든 자유와 자율
이 주어진 환경 속에서 새로운 사회의 일원으로서 알을 깨려고 노력합니다. 아
버지께서 염려하시는 자식이 되지 않도록 노력합니다.
　— 1986년 8월 아버지에게 보낸 편지에서

　추석에 동생을 광주집에 내려 보내기 위해 언니는 고속버스표를 예매했다. 그런데 선영은 추석에도 내려가지 않겠다고 버티는 것이었다. 안 되겠다 싶어, 언니는 추석을 며칠 앞두고 광주에 내려갔다.

"아버지, 이번에는 도저히 그냥 넘어갈 수가 없어요. 표까지 예매해 뒀는데, 내려가지 않겠다고 고집을 피워요."

아버지의 추상같은 불호령이 떨어졌다.

"아니, 지가 추석에 뭔 대단한 용무가 있다고 안 내려와? 화진이 너는 도대체 언니가 되야서 동생 하나 똑똑이 갈치지 못 허고 뭣허고 돌아댕기는 거냐! 책 사주고 용돈 준다고 언니 노릇 끝나는 중 아냐? 동생이 삐뚜른 길로 나가면 어쩌든지 바른 길로 나가게 잡아주고 다독거리고 혼도 낼 줄 알아야제. 언니가 되갖고 어째 고로고 생각이 모잘르고 통솔력이 없어!"

"… 죄송해요, 아버지."

담배 한 대가 다 타도록 아무 말이 없던 아버지가 와락 전화통을 끌어당기며 소리쳤다.

"옆방 전화 번호 대!"

귀향

파국은 나의 세계가 다만 내 자신과 직접 나의 신변에 관계되는 것에만 국한
되도록 가르치고 있었다. 평범하게 살아가는 것이 유일한 나의 야심으로 되어
있었다.[22]

　— 1986년 날짜 미상의 일기에서

올 것이 왔구나. 선영은 가방 하나 걸친 채 입던 옷 그대로 집을
나섰다. 전화선 저 멀리, 아버지의 벼락같은 음성에 끌리다시피 나선
새벽길이었다. 도살장에 끌려가는 소처럼, 터미널로 향하는 발걸음
이 천근만근 무거웠다. 한숨을 토해도 막힌 가슴은 시원하게 뚫리지
않았다. 지난 2년간, 성실하게 생활했다. 언행일치(言行一致)가 생활
화 된 지혜롭고 강한 여성이 되고자 노력했다. 도대체 내 삶의 어디
서부터 잘못된 것일까. 이 사회, 학교, 가족, H 모두가 내게서 등을
돌리고, 비난의 눈길을 던지고, 나를 밀어내는 것만 같구나. 다른 이
들도 이렇게 살까. 그래, 환경이 여유 있는 사람들도 나름대로 고민
이 있겠지. 그러나 하나님은 장난감 삼아 인간이란 인형을 만드셔서
- 노는 것을 구경하기 위해 - 꼭 이렇게 힘들게 살게 해야만 하는
것일까.[23] 영아, 영아, 어리석은 영아! 또 그 못난 모습, 나약한 근성,
패배자의 근성을 보이는구나. 예수처럼 살겠노라 하지 않았더냐. 예
수가 누구이더냐. 진정 살아 숨쉬는 예수님, 예수님, 작은 예수님, 큰
힘 되게 하실 분. 추위에 떠는 예수님, 가시관의 예수님, 사랑의 예수

250

님…….[25]

잠시 잠에 빠졌던 선영은 웅성거리는 소리에 퍼뜩 눈을 떴다. 버스는 벌써 광주에 도착해 있었다. 광주, 언제나 내게 아픈 꿈이자 뼈아픈 현실인 광주! 나를 꿈으로 이끌었으되 꿈에 이르는 내 발목을 잡아채는 광주, 광주에는 가는 비가 내리고 있었다. 몇 개월 전만 해도 이 비는 달콤하게 마음을 적시는 '봄의 홍수'[25]였다. 그러나 오늘 광주를 적시는 이 가을비는 을씨년스러웠고 춥고 쓸쓸했다. 추석 대목을 맞아 상점마다 산처럼 쌓인 햇과일, 선물상자들도 모조품처럼 느껴진다. 가라앉은 내 마음 때문일까.

터미널 앞 정류장에서 버스를 기다리는데, 꾀죄죄한 점퍼를 입은 중늙은이가 돈을 잃었다며 서울 갈 차비를 구걸했다. 아이를 안거나, 연인끼리 팔짱을 끼고 길게 늘어서 있던 사람들은 못 들은 척 딴청을 부리고, 한 사람 두 사람을 건너 점점 선영에게 가까이 다가온다. 선영은 저도 모르게 주머니에 손을 넣었다. 언니한테 얻은 만 원짜리 지폐 한 장이 손끝에 잡혔다. 이 돈을 다 드리면, 서울 올라갈 차비가 없다. 그렇다고 거슬러 받을 수도 없지 않은가. 선영의 이런 모습에 대해 서클 동료들은 곧잘 비웃곤 했다.

'하여간 천사라니깐! 야, 거지 하나 적선한다고 4천만 민중이 해방되냐? 이 땅에서 그깟 동정심으로 해결되는 건 아무 것도 없어. 보다 근원적이고, 구조적인 모순에 눈을 떠야지. 안 그래?'

그들은 강해 보였다. 강한 사람은 살아남는다.[26] 하지만 내겐, 살아남는 것보다 더욱 중요한 일이 있다. 생의 맥을 놓는 마지막 순간까지 삶과 사람을 사랑하는 일. 인생에서 그보다 더 지극한 일이 있을까. 목숨을 놓고 내기를 해야만 한다면, 난 사랑에 걸겠다. 사랑의 실천에.[27]

"저, 할아버지, 이쪽으로 오세요. 제가 표를 사드릴게요."

할아버지를 배웅한 선영은 홀가분한 마음으로 버스를 탔다. 돈을 다 드렸으면 좋았겠지만, 그렇게 되면 서울에 올라갈 때 부모님 신세를 져야 했다. 대학생이 되어서까지 부모님 신세를 지고 싶지는 않았다. 이왕 언니 신세를 지는 김에, 졸업해서 자리 잡을 때까지 확실하게 신세지고 확실하게 갚는 쪽이 마음 편했다.[28] 광천동이 가까워오자 잠시 풀어졌던 마음이 다시 오그라드는 듯했다. 완고한 아버지의 얼굴, 수심에 찬 엄마의 얼굴이 차례로 떠올랐다. 한숨.

… '진정한 사랑은 그 사람의 의지와 개성을 키워주고 북돋아 주는 것이지 터치하는 것이 아니다.'라는 말이 있다. 정말 좋은 얘기이지만 과연 얼마만큼 현실성이 있는 말일까?
　— 1986년 6월의 일기에서

새로 이사한 광천동 아파트는 광천 시장 위층이었다. 현관문을 여니 온 집안에 기름진 냄새가 진동했다. 쏴아, 물 내려가는 소리……. 어머니는 역시 주방에 있었다. 추석 음식 준비에 여념이 없는 것이다. 오남매를 키우면서 그 많은 제사며 명절 음식 준비에 한 번도 다른 사람 손을 빌린 적이 없는 어머니였다. 태산 같은 김장도 밤을 새워 혼자 해치웠다. 공사장 인부 같이 거칠고 마디가 굵은 어머니의 손! 요즘 들어 엄마는 부쩍 다리가 아프다고 했다. 어린 시절, 학교 행사를 보러온 학부형 중에 우리 엄마만큼 예쁜 사람은 없었다.[29] 가난한 집안 살림에 찌든 태가 나지 않았고, 어디에서든 당당했다. 화사한 봄날, 한복을 걸친 엄마가 운동장을 가로질러 걸어오면 한 떨기 목련 같았지. 얼마나 자랑스러웠던가! 그런데 오늘, 싱크대 앞에 서서 부지런히 손을 놀리는 어머니의 뒷모습이 어쩐지 슬퍼 보인다. 꽉 부둥켜안고 한없이 느껴 울고 싶다.

"엄마……."

"이잉?"

얼굴 한 가득 잔주름을 지으며, 어머니가 활짝 웃었다. 선영은 엉덩이를 살랑살랑 흔들며, 게걸음으로 다가갔다. 이주일 흉내를 내는 딸을 보며 박장대소를 하는 어머니. 그래요, 그렇게 웃으세요, 어머니! 함박꽃처럼 활짝 피세요!

"아이고! 재롱둥이 우리 딸 얼굴 잊어먹겠다잉! 어째서 그렇게 안 왔냐? 방학에 집에 오란디도 안 오고."

"좀 바빴어요, 엄마."

"언니는 좀 어쩌냐. 많이 아프냐?"

"으응, 좀……."

선영은 대충 얼버무렸다. 언니와 아버지는 어머니에게 그렇게 이야기하기로 미리 입을 맞췄다. 어머니가 있으면 선영이 역성을 들게 뻔하기 때문에, 언니가 아프단 핑계로 서울에서 어머니를 부른 것이었다. 이제 어머니가 서울로 올라가면, 아버지와 정면으로 부딪치게 될 것이다. 지금 아버진 큰방에서 주무신다고 했다. 그러나 주무시는 게 아닐 것이다. 기다리고 있는 것이다.

"선영아. 엄마가 이틀 밤만 자고 금방 내려올 것잉게, 아버지허고 의석이 영석이 밥 좀 잘 챙게 잉? 너도 많이 먹고. 아니, 니 얼굴이 어째 고로고 축이 갔냐. 엄마가 옆에서 이것저것 건어멕여야 헐 거인디, 참말로 속 아퍼 죽겄네."

"아이, 엄마 내 걱정은 말고 빨리 언니한테나 가보세요."

선영은 등을 떠밀다시피 어머니를 서울로 올려 보냈다. 매는 먼저 맞는 게 나았다. 선영은 심호흡을 하고 큰방으로 들어갔다. 어머니가 나가는 기척을 들었는지, 아버진 꼿꼿이 허리를 세우고 앉아 딸을 기다리고 있었다.

"아버지……."

"거그 앉아."

선영은 단정히 무릎을 꿇고, 아버지 앞에 앉았다. 노기를 품은, 착 가라앉은 아버지의 음성이 흘러나왔다.

"니 언니 얘기를 들어봉게, 니가 공부는 안중에도 없고 맨 데모만 하러 댕긴다는디 그게 사실이냐?"

"……."

"언능 대답해."

"공부도 소홀히 하지 않으려 노력하고 있습니다, 아버지."

"노력한다는 것이 맨 꼬래비에서 첫째 둘째여?"

"……."

"니까짓 게 알면 얼마나 안다고 설쳐. 딴 사람들은 뭣을 너만치 몰라서 입 닫고 사는 중 아냐. 너보다 더 똑똑허고 날고 긴 사람들도 수신제가 후에 치국평천하라고 했어. 자기 앞가림도 못 허는 주제가 무슨 정치가 어떠고 독재가 어떠고 설치고 댕개. 당장 서클 관둬!"

"그럴 순 없어요, 아버지."

"뭐야!"

"아버진 늘 저희에게 공부보다 인간이 먼저라고 말씀하셨잖아요?"

아버진 잠시 말문이 막혔다. 차분한 딸의 반문에서 날카로운 비수가 느껴졌다. 아아, 이 애가 칼을 품고 있구나. 이 아버지도 소위 기성세대라 이거구나. 당혹스러웠다. 애교스럽고 천진난만하기 이를 데 없었던 선영이 운동에 대해서만큼은 한 치의 양보도 없이 오히려 아버지의 권위에 도전해 오는 것이다![30] 하지만 이쯤에서 그만둘 순 없었다. 선영의 서클 활동에 제동을 걸기 위해 오늘 아버지는 단단히 벼르고 있었다.

"아버지 말씀에 따라 서울교대에 들어갔지만, 학점을 따는 것만이 훌륭한 선생님이 되는 길은 아니라고 생각합니다. 세상을 올바로 느끼고, 사람을 사랑할 줄 알고, 주체적인 인간으로 섰을 때……"

"아, 시끄러워! 대학까지 갈차줬더니 쪼금 컸다고 건방지게 아버지한테 훈계를 해? 지금 시국이 어떤 시국이야? 너 하나로 끝나는 게 아니야. 아부지가 교육 공무원이고, 느그 오빠는 내년이면 인자 사범대 졸업반이여. 딸자식이 평지풍파를 일으켜서 집안 말아먹게 생겼는디, 어느 부모가 말을 안 해. 하고 싶은 거이 있으면 졸업허고 허란 말이다. 지금 우리 가정이 이렇게 어려운데, 가정을 생각해서라도 자중헐 줄을 알아야제. 졸업허고 니 앞가림이나 허고 그럴 때게 허면 누가 말을 해. 너, 이 자리에서 분명히 말하는데, 서클 관두지 않으면 다음 학기부터 등록금은 없는 중 알어! 너 겉은 거 학교 보낼려고 융자 얻어 가며 느그 어매 아부지가 뼈 빠지게 고생헌 중 아냐!"

선영의 두 눈 가득 눈물이 고였다. 그는 입술을 부르르 떨며, 원망스런 얼굴로 아버지를 향해 소리쳤다.

"아버진 나빠요! 자식의 인생이 걸린 문제를 어쩜 그런 식으로 말씀하실 수가 있으세요? 사람이라고 다 사람이 아니다, 양심적으로 살아야 한다고, 어린 저희들에게 늘 말씀하시지 않았나요? 그건 위선이었나요? 수많은 사람들이 무고하게 끌려가서 돌아오지 않는데, 그저 눈감고 귀 막고 졸업장만 따면 된다는 건가요? 그런 졸업은 저한텐 아무 의미가 없어요!"

"부모형제 내팽개쳐불고 니 멋대로 살고 싶으면 차라리 휴학해 버려!"

"좋아요, 휴학하겠어요! 더 이상 학교 다니고 싶은 맘도 없어요!"

"오냐, 자알 생각했다. 긴말 할 것도 없어. 당장 휴학해."[31]

아버지는 돌아앉아 담배를 피워 물었다. 애기 끝났으니 나가보라는 신호였다. 야속했다. 원망스러웠다. 부모자식지간이라는 게 뭔가. 혈연의 정이란 무엇인가. 사랑이라는 이름으로 끊임없이 서로를 구속하고, 강제하고, 억누르는 이기심의 공동체에 불과한 것인가. 그래, 차라리 잘된 일이야. 학교가 지금 내게 무슨 의미가 있단 말인가. 그 또한 내 발목을 옭아매는 족쇄일 뿐인데. 일단 한 학기 휴학하고, 아르바이트를 해서 등록금을 마련하자. 더 이상 아버지 신세를 지고 싶지 않아.

인간은 개체이기에, 남의 고민과 상황보다는 자신의 일을 더 생각하게끔 되어 있지요. 부모형제 관계도 마찬가지가 아닐까요. 자신의 生活에 제약을 가할 사건 같으면, 극구 말릴 거예요. 아니, 그러고 있어요. 사랑이란 허울로. 그러나 내면은 사랑이 아니겠죠. 자신 근처의 사람이 잘 된 경우 외부인에 대한 자랑이나, 더 나아가 어려움에 처할 경우의 힘듦을 생각하게 되겠지요.

　　—1986년 날짜 미상의 일기에서

선영은 흐르는 눈물을 닦고, 조용히 방을 나왔다. 조심스럽게 문을 닫고 돌아서는데, 언제 들어왔는지 의석이 거실에 앉아 있었다. 아버지와의 대화를 들었는지 약간은 어색한 얼굴이었다. 선영은 순간적으로 표정을 바꾸며, 환하게 웃음 지었다.[32]

"작은 누나 왔는가!"

"의석이 독서실 갔다 오냐?"

"동생 온 줄도 모르고 방에서 뭐하고 있었어?"

"으응, 아버지랑 상의할 게 좀 있어서. 그래 공부는 잘 되고?"

"그럭저럭. 근디 담임이 자꾸 육사 가라고 해서 미쳐 불겄어."

"육사는 무슨!"

선영은 돌연 강한 어조로 반박하며, 의석의 옆에 바짝 다가앉았다.

"의석아, 누나랑 전여고 같이 다닌 친구가 있는데, 걔도 1학년 때는 성적이 그저 그랬거든? 근데 3학년 때 죽어라 공부해서 결국 서울대 갔어. 너도 충분히 할 수 있어."

"서울대……. 에이, 내가 될까?"

"무슨 소리! 누난 비록 실패했지만, 너라면 충분히 할 수 있어. 용기를 갖고 도전해 봐. 참, 너 영어 교재 뭐 보니? 누나 다니던 학원 교재가 아주 괜찮은 게 있거든? 올라가면 누나가 보내줄 테니까, 그거 꼭 한 번 봐라."

"알았어."

"언제 한번 시간 내서 서울 올라와라. 누나가 서울대 캠퍼스 구경시켜 줄게."[33]

그 날 저녁. 저녁상을 본 선영이 아버지가 계신 방문을 노크했다.

"아버지, 진지 잡수세요."

"으음……."

아버지는 굳은 표정으로 일어섰다. 선영은 아버지 뒤에서 잠시 망설이다 입을 열었다.

"아버지, 아까는 죄송했어요. 아버지 말씀 깊이 생각해 볼게요."

아버지의 얼굴이 봄날처럼 부드럽게 풀렸다.

"그래, 잘 생각했다. 가서 밥 먹자."

그날 밤 아버지는 전화통 옆에 작은 쪽지가 붙어 있는 걸 발견했다. 선영이 쓴 쪽지였다.

'누구한테든 나 찾는 전화가 오면 시골 할머니댁에 갔다고 전할 것. 선영.'

"휴우……."

아버지는 안도의 한숨과 함께 마음 깊이 딸에 대한 고마움을 느꼈다.[34] 당시 사회 분위기는 무척이나 폭압적이고 경색돼 있었다. 특히, 대학생 자녀를 둔 공무원들은 자식이 무사히 졸업할 때까지 4년 내내 마음을 졸여야 했다. 대학생 자녀가 의식화에 물들지 않게 잘 단속하라는 유인물이 수시로 돌려졌다. 도나 군 단위 교육청에서는 해마다 대학생 자녀를 둔 교사들을 자녀와 함께 초청해서 다과회를 가졌다. 말이 다과회지, 사실은 교사 신분에 위협을 가하며 협박하는 자리였다. 시절이 그렇다 보니, 도시락 싸들고 자식의 학교에 찾아가, 강의실 앞에서 죽치고 기다리는 공무원들도 많았다.

선영과 같은 운동권 학생은 물론이요, 어쩌다 시위에 동참한 학생이 재수 없게 붙잡혀도 당장 그 부모가 직접적인 피해를 입는 살벌한 상황이었다. 그러니 선영이 지하 조직 활동을 한다는 사실을 알게 된 아버지의 심정이 얼마나 조마조마했을 것인지는 능히 짐작할수 있을 것이다.

지금 내게서 가장 두려운 것은 아버님의 희망이다. 퇴직금을 가지고 노후를 자식들에게 의지하지 않고 지내시려는 희망. 아무리 진리길이요 삶의 삶다운 길이라면서 모든 것들을 하나씩 버리며 생활하더라도 자신의 존재를 존재하게 한 부모는 머릿속에 사라지지 않는다. 만약 내가 극복한다 하자. 그럼 그만큼의 강한 인내와 학습과 실천이 필요하겠지. 그 바탕 위에 존재이전을 했을 때, 아직은 아득하다. 어떻게 무얼 해야 할지. 모르기 때문이기도 하겠지. 과연 나 세대에 올지 안 올지 모르는 일.

— 1986년 6월의 일기에서

사범대 졸업을 앞둔 오빠 종욱도 동생의 활동에 우려의 눈길을 보냈다. 비단 자신의 진로 때문만은 아니었다. 장남으로서 온 가족의 생계가 아버지 한 사람에게 달려 있는 현실을 완전히 무시할 수 없었던 것이다. 1986년 여름, 선영이 잠깐 집에 들렀을 때, 종욱은 동생을 충장로 생맥주집에 데리고 갔다. 동생과 진지한 대화를 나누고 싶었다. 그러나 선영은 오빠의 말에 귀 기울이며 간간히 고개를 끄덕일 뿐, 말을 아끼는 편이었다. 사실 집안 형편을 빤히 알고 있는 선영이 드러내놓고 반론을 제기할 수는 없을 것이었다.[35]

이런 상황에서 내가 계속할 때 만일 어떤 일이 벌어진다는 가정 아래서 부모님과 형제에게 미칠 여파를 생각 안 할 수 없다. 자식들만 바라보며 한 평생 보내신 분들께 나의 이런 결과는 배반이 될 것이다.

— 1986년 6월의 일기에서

아버지에게 사과하고, 전화통에 쪽지를 붙여놓는 것으로 일단 급한 불은 껐지만, 정작 숨 막히는 선영의 고민은 그때부터 시작되었다. 이제 막 새로운 결의로 서클에 복귀하였는데 서클을 그만둘 수는 없었다. 하지만, 활동을 지속해 나가면 들통 나는 건 시간문제일 것이다. 정말 휴학을 해 버릴까. 안돼! 조직에서는 서울교내 내에 RP 구조를 만들어야 하지 않겠느냐고 정식으로 요구해 왔다. 서울교대 내에서 나 혼자 RP 구조를 만든다? 한운봉이 웃을 일이었다. 자신이 없었다. 잔디밭에 두세 명만 앉아 있어도, 어슬렁어슬렁 다가와 대화 내용을 엿듣고, 후배들을 만나는 기미만 보여도 뒤집어지는 학교에서 어찌! 게다가 서클 UNSA를 그만둔 후로 1년 동안 학교 활동과는 담을 쌓고 살아온 탓에 학내 기반이 전무한 상태다. 어찌 할 것인가. 어찌, 어찌 할 것인가. 아, 하나님, 가엾은 이 어린 양에게 용기를! 기회를!

우리들에게 응답하소서, 혀 잘린 하나님
우리 기도 들으소서, 귀먹은 하나님
얼굴을 돌리시는 화상 당한 하나님
그래도 내게는 하나뿐인 민중의 아버지
하나님 당신은 죽어 버렸나 어두운 골목에서 울고 계실까
쓰레기 더미에 묻혀 버렸나 가엾은 하나님[36]

어둔 방안에 홀로 누워 조용히 노래 부르는 선영의 귀 뒤로 눈물
이 굴러 떨어졌다.

부끄럼 없이 당당하게

나는 그렇게 살려고 노력했고 지금도 내 의지의 옳음을 믿는다. 미련이 없다면 거짓이겠지. 분노도 고통도 가슴 속에선 일렁인다. 그러나 그 어느 순간 종말의 한 숨까지 나는 부끄럼 없이 당당하게 내쉴 것이다. 내가 사랑하는 삶의 최후의 막이므로. 이것은 그 누구도 깰 수 없는 나의 자유의지요 - 삶의 한 방법이다.

— 날짜 미상의 일기에서[37]

가을 학기가 시작되기 전에 이미 서클로 복귀했던 선영은 예전과는 다른 서클 분위기에 조금 당혹스러웠다. 학생 운동의 휴지기라고 부르는 방학 기간 중에 서클[38]은 새로이 조직을 정비하고 있었다. 최고 선배가 수배자의 신분으로 5·3 투쟁에 참가했다 구속되자 닻 없는 배처럼 중심을 잃고 이리저리 부유하던 선영의 서클은 서노련 활동 평가[39]와 개헌 투쟁 논의로 다시 활기를 띠기 시작했다. 불과 한 달 정도의 공백이 있었을 뿐인데도, 의젓한 활동가의 모습으로 변모해 있는 동기들의 모습이 조금은 낯설었다.

이전의 동료들을 만나보면 다들 열심히 살려고 하고, 어린 날 북돋우고자 노력하는 것을 보면, 동료들에게 미안해서도 열심히 해야겠다는 생각이 드는구나. 그들에게 보이기 위하여 하는 일은 결코 아니지만. 언제 어떻게 터질지 모르는 보안을 위해, 불필요한 입놀림은 하지 않아야 하니까.

위 인용한 편지글을 유심히 보면, 2학년 2학기 중에 대대적인 조직 개편이 있었거나, 사상투쟁의 회오리 속에서 선영이 새로운 정파조직에 편입된 것이 분명한 것 같다. 당시 운동 진영은 서노련 활동에 대한 평가와 개헌투쟁의 방향성을 둘러싸고 다양한 노선투쟁을 전개하고 있었다. 크게 NL 진영과 CA 진영으로 양분돼 있던 학생 운동권도 그 영향을 받지 않을 수 없었다. 선영이 속한 조직이 어떤 입장을 채택했는지 단언할 수는 없지만, 다음의 편지 내용을 통해 실마리는 잡을 수 있을 듯하다.

신민 대회 때 그 물리력 앞에 우리의 비폭력 투쟁은 효과가 얼마만큼 mass 에게 있었을까. 긍정적인 평가가 내려질 가능성이 60%. 왜냐면 처음부터 그렇게 규정했기에, 신민당과 함께하는 싸움에서 그들과 동참하기 위해서 장집 저지(장기집권 저지)를 위한 직선제 개헌과, 독재 타도의 슬로건과, 대중과의 거리감을 극복하기 위한 과격시위, 과격구호가 아닌 노래조차 선구자, 우리 소원, 애국가 등등을 부르기로 했으니까.

위 글에는 장기집권 저지를 위한 '직선제 개헌론'에 대한 비판적 시각이 매우 농후하게 깔려 있다. 그렇다고 '파쇼하의 개헌반대 혁명으로 제헌의회'를 외쳤던 CA 특유의 완고한 혁명주의적 색채는 더더욱 아니다. 특히 '긍정적인 평가가 내려질 가능성이 60%'라는 구절이 그러한 심증을 굳히게 한다. 따라서 선영이 활동한(또는 지지한) 정파조직은, NL 진영의 개량주의적 개헌 투쟁을 비판하고 나선 비주사 NL 그룹이나, 반 NL 진영 중의 한 갈래가 아닐까 추정해

볼 수 있겠다.

새로운 조직에 편입된 선영의 활동은 이전과는 판이한 양상을 띠게 되었다. 활동 수준, 활동 방식, 활동 공간, 또 그에 임하는 선영의 태도에 변화가 왔다. 일반적으로 언더 서클의 세미나는 팀방이나 불가피한 경우 지하 레스토랑에서 하는 게 상례였지만, 선영의 학습팀은 종종 전태일 기념관 '평화의 집'을 이용했던 것 같다. 이 사실은 전태일 기념관에서 몇 차례 선영과 만난 바 있는 전태일 열사 어머니 이소선 씨의 증언과도 일치하는 대목이다. 다음은 『명예회복 관련자료』중 이소선 어머니의 진술서에서 발췌한 내용이다.

… 처음 선영이를 만났을 때는 누구인지 몰랐으나 나중에 수배에서 풀리고 유가협에 나가면서 영정사진을 보고 깜짝 놀랐습니다. 그 사진은 다름 아닌 선영이가 죽기 전에 선명하게 남아 있던 그 얼굴이었기 때문이었습니다. 선영이 어머니를 처음 보면서 선영이를 보고 느꼈던 생각을 예전에도 말한 적이 있습니다.

그 당시 1986년 경 전태일기념사업회(평화의 집)는 모든 활동가들이 쉼터로도 사용하고, 회의장소로도 많이 이용했습니다. 선영이는 기념사업회에서 50여 M 떨어진 곳에 자취방을 마련하고 생활하고 있었습니다.

가끔씩 선영이는 기념관 다락방에서 같은 뜻을 가진 동료들과 모임을 하는 것을 3차례 정도 보았습니다. 그들이 이름을 밝히지 않아 누구인지는 몰랐으나 기념관에서 일하던 관계자들은 그들이 누구인지는 알고 있었습니다.

한번은 나 혼자 있을 때, 이만한 종이에다 엽전 동그라미를 그려놓고, 동그래미를 4개를 그려놓고 제일 작은 거 있는 데로 친구가 오면 이리로 오라고, 말을 하면 그 친구가 안다고 하더군요. 내가 그렇게만 이야기하면 아냐고 했더니 알아 듣는다고 하였습니다.

하루는 밤 11시가 넘었는데 누군가가 급하게 대문을 두드리는 소리가 들렸습니다. 이상하다 싶어 대문을 열어 보니 선영이가 숨 가쁘게 집으로 뛰어 들며 소리를 쳤습니다. 이상한 사람들이 쫓아 오니 보호해 달라는 요지였습니다. 나는 왜 아가씨를 따라 오냐며 호통을 쳐 쫓았습니다. 그는 차림새나 언동, 표정으로 보아 분명히 경찰이었습니다. 그날은 무사히 선영이가 자취방에 갔습니다.

그로부터 열흘 정도 되어 또다시 같은 상황이 발생했습니다. 그 날은 대문을 열어 놓았는데 내가 있던 쪽 방으로 선영이가 급하게 들어왔습니다. 평소 인사를 잘하던 선영이가 인사치레도 없이 뛰어들자 집히는 느낌이 있어 밖으로 나가보았습니다. 예상했던 대로 2명의 건장한 남자가 보였습니다. 그들에게 다가가 다시 항의를 해보았지만 그들은 떠나지 않고 계속 기념관을 주시했습니다. 선영이는 그때 비닐에 있던 순대를 나에게 주며 먹으라고 하였습니다. 같이 먹기를 권유했지만 지금 상황에서는 생각이 없다고 하면서 계속 겁에 질려 있는 표정이었습니다. 한참 동안 시간이 흐른 뒤 대문을 통하지 않고 부엌 창문을 통하여 뒷집 담으로 두 명의 기념관 관계자가 도와주어 집으로 보냈습니다. 이후에도 미행은 계속되어 하룻밤을 같이 자기도 했습니다……

당시 선영의 서클이 평화의 집을 이용하게 된 데는 선영의 집과 가깝다는 사실과도 적잖은 관련이 있을 것이다. 시기적으로 어느 정도의 오차는 있겠지만, 일단 이소선 어머니의 진술 내용을 토대로 선영의 활동을 추측해 보도록 하자. 이 무렵, 선영의 활동은 그저 사회과학 서적을 학습하고 가두시위에 참가하는 수준에 불과했던 이전의 활동과는 질적으로 다른 양상을 보인다. 만날 때 암호 처리를 하는 것은 언더 서클 활동가들에게는 '기본'에 속하는 일상적인 일이다. 하지만, 미행을 당한 흔적이라든가 잔뜩 긴장한 선영의 태도로 미루어볼 때, 이 시기에 일정하게 활동의 수위가 높아진 것은 분명한 사실인 듯하다.

여러 가지 방향에서 추측이 가능한데, 우선은 선영이 몸담은 조직의 보위에 이상이 생겼을 가능성이다. 서클 지도부의 일원이 체포되었다거나, 팀방이 털렸다거나, 선영과 관련된 누군가가 조직 사건에 연루되었거나 하는 등의 이유로 경찰의 포위망에 포착될 가능성은 얼마든지 있다. 이런 긴장된 활동 방식은 2학년 후반부로 갈수록 더욱 심해진다.

하루하루 막혀가는 생활 속에 내 자신의 원동력이 될 수 있는 것을 찾아 끊임없이 여행한다. 어떨 땐 비록 없는 자료지만 기관지라도 사서 보내주고프지만 쉽게 행동에 옮겨지지는 않는다. 너가 내가 열심히 최선을 다한다면 비록 그 어떤 것을 움직일 수는 없을지라도 거름이 된다면 그 의의가 있지 않을까 싶다.

영인 아직까진 열심히 하고 있단다.(조금 열심히) - 아직은 생활의 나태와 낭만성이 만연해 있지만 - 학교에서 생활은 어떻게 잘 해나가는지 궁금하구나. circle이나 기타 부분은 어떠니? 난 모든 것이 비밀 속에서 이중 첩보원처럼 생활하고 있어. 언젠가는 이해하는 인간들 속에서 삶 그 자체가 일치할 수 있는 생활을 할 수 있으리라는 희망을 가지고……

— 1986년 11월 순자에게 보낸 편지에서

또 한 가지 가능성을 예상할 수 있는데, 선영이 이중적인 조직 활동을 하게 된 경우이다. 그것은 선영이 정파 조직에 몸담고 있으면서, 그 조직의 프랙션[40] 활동을 위해 여전히 교회 대학생부에 나가는 것을 의미한다. 후자의 경우 극도로 긴장할 수밖에 없는 것이, 어느 누구에게도, 심지어 '이전의 동료들'에게도 '불필요한 입놀림'을 삼가야 하는 이중 삼중의 비밀 활동이기 때문이다. 특히 선영과 같은 여리고 예민한 성격의 소유자가 사랑하는 동료들에게조차 소위 '목적의식'을 가지고 다가가야 했을 때, 겪어야 했을 심리적 부담감은 적지 않았으리라 생각된다.

림. 어디선가 들리는 저음. 하루하루가 나의 생활이 아닌 타인의 생활이라는 사고방식 속에서 지친 몸을 끌고 다닌다. 그렇다고 해서 얼마만큼 일들을 열심히 할려고 하는지 그것도 의심스러울 따름이다. 림. 하루하루 스케줄이 타에 의해 엮여지고 - 비록 나의 자유의지에 따라 그것들을 허용한 것이지만 - 보편적 사고인가? 좀더 확실한 인간이 되기 위해선 그만큼 내면의 사색을 통한 성숙이 이뤄져야 하지 않을까? 지금의 심정은 도망치고픈 생각밖엔 없어. 나의 복잡한 상황을 이해하고 알아주는, 단지 그것만을 들을 수 있는 인간도 없다. 아무리 뭘를 하고 있는지 알고 있는 친구일지라도.

    — 1986년 11월 병림에게 보낸 편지에서

중앙일보 전영기 기자가 87년 7월 초에 작성한 『어떤 죽음』을 보면, 선영이 '여전히 가두시위의 단순 참가조차 두려'워 했다는 구절이 있다. 그것은 아마도 다음의 편지 내용을 염두에 둔 판단이 아니었을까.

림. 하루, 어제 하룬 불안한 날이었어. 오늘, 내일은 더욱 그러하겠지. 그러나 때는 오리라. 언젠가 이 독재도 무너지리라. 이건 객관식 문제의 답이지 주관식 문제의 답이 아니다. 뭘 위한 것이며 진정코 당위가 아닌 삶 자첼 받아들이기 위한 과도기인가. 언제까지의 시한부인가. 아니면 최대의 노력을 하고 있는 것일까.

    — 1986년 11월 병림에게 보낸 편지에서

그러나 위 편지에서 선영이 말하는 불안감이란 '가두시위' 참가 정도의 단순한 실천을 지칭하는 것이 아니었다. 앞서도 말했듯, 그것은 한층 수위가 높아진 조직 활동이 주는 긴장이자, '객관식 문제의 답'과 '주관식 문제의 답'의 불일치에서 오는 고뇌와 갈등이었으며,

'당위'가 아닌 '자유 의지'로서 운동을 '삶'으로 받아들이기 위한 통과의례였다. 그러나 그 모든 것을 의연하게 받아들이고, '부끄럼 없이 당당하게' 서기에는, 현실은 너무 냉혹했고 자신은 너무 '나약'하고 '나태'했다. 진퇴양난이었다.

9월 중순[4] 경, 집에 다녀온 뒤로 선영의 갈등과 번민은 더욱 커져만 갔다. 그때 아버지와 어떤 식으로든 결론을 냈다면 결과는 달라졌을지도 모른다. 그러나 당시 선영에게는 결론을 요구한다는 자체가 지나치게 가혹한 일이었다. 가족을 둘러싼 현실을 너무나도 잘 알고 있었기에, 아버지를 설득시킬 수도 없었다. 그렇다고 신념을 포기할 수도 없었다. 선영에게 그것은 목숨과도 같은 것이었다. 아, 더이상 그것에 대해 생각한다는 자체가 힘겨웠다. 광주에서는 아버지의 꾸중에 설복당한 것처럼 행동했으나, 기실 그것은 아버지의 진노를 가라앉히고 위기를 모면하기 위한 거짓 화해에 불과했다. 선영은 일단 모든 결론을 유보한 채 2학기를 지속할 수밖에 없었다. 어쨌든 다음 학기 등록 전까지 생각할 시간을 벌어보자는 게 선영의 생각인지도 몰랐다. 그러나 시간을 번다고 해서 어떤 생각, 어떤 결정이 가능할 것인가.

친구 정선이의 증언에 따르면 선영이가 이런 말을 했다고 합니다. "민중운동을 하면서도 나는 민중들과 함께 하지 못하고 있다. 나는 공무원인 아버지와 오빠(사대를 졸업하고 군대에 감)를 외면한 채 민중해방을 위해 자신 있게 나아갈 수도 없다"며 자신의 부족한 활동 때문에 고민하였다고 합니다.
— 수학과 동기 이현숙의 인우보증서에서

그것은 심각한 내상(內傷)이었다. 새로운 전의(戰意)로 무장하고, 앞으로 나아가고자 하면 할수록 그것은 더욱더 선영을 옥죄어 왔다.

267

선영은 전태일 기념관을 회합 공간으로 이용하면서 알게 된 이소선 어머니에게 집안 문제와 교대의 극한적인 억압 상황으로 인한 깊은 갈등의 흔적을 내비쳤다.

그 때 선영이하고 얘기를 나눈 적이 있는데 나에게 한 말은 다음과 같습니다. 그것은 자신의 심정을 나타내는 말로 "답답하다"라는 내용이었습니다. 왜 답답하냐고 물으니까 비밀 조직 활동이라서 드러내놓고 하면 무엇보다 아버지가 공무원이고 교육자라서 어려움이 있다고 했습니다. 자기가 이런 활동을 하는 것을 아버지가 알면 상당히 어려울 것이라고 했습니다. 선영이가 늘 괴로워하는 것이 바로 아버지가 교육자로 인한 해직 문제, 가족들의 이해 부족 등 주변 상황이 활동을 해나가는 데 따르는 어려움 등이었습니다.
특히 학내 활동의 어려움으로 "우리 학교는 써클 활동을 하면 다른 어느 학교보다 더 어려움이 많다"고 했습니다. 심지어 학교 관계자들이 지하실에 끌고 가 모진 문초를 가하며 활동하는 것을 다 대라고 하기도 했습니다. 학사징계를 하는 것은 보통이고 당시 정태수 학장은 어느 여학생을 성폭력을 가하고 그것을 무마하는 조건으로 외국 유학을 보내기까지 했다고 말했습니다. 이런 고민을 보고 어린 것이 어려움 속에서도 열심히 사는구나 라고 대견하게 보았습니다. 선영이는 '정말 해야 하는 걸 하지 못하고 살면 사람이 아니다. 교대는 무시무시한 독재의 압력을 받고, 거기에서 교육을 받는 선생들이 후세에 얼마나 좋은 선생이 될지 생각하면 나는 정말 무섭고 괴롭다.' 그런 말을 혼자 하고 그랬습니다. 그래도 '교대에서 활동하려고 하니까 어려운 게 많은가 보다' 그렇게만 생각하고 말았습니다.[42]
10월 초, 선영은 면목동 이모네 집으로 거처를 옮겼다.[43] 표면적으로는 중3인 이종 사촌동생의 연합고사 준비를 도와준다는 명분이었지만, 사실상 자신의 활동을 사시(斜視)의 눈으로 바라보는 가족의 감시에서 벗어나고 싶은 욕구가 더 컸으리라.

이 가을 하늘에 내 모든 것을 걸고 싶다. 하나를 위해 열을 버리고 하나의 길 잃은 양을 찾기 위해 아흔아홉 마리 양을 버리는 목자를 좇아서!

— 1986년 11월 순자에게 보내는 편지에서

1986년 10월 28일, 선영의 가슴에 선연한 핏빛을 물들인 사건이 발생했다. 그것은 바로 건국대에서 거행된 애학투련[44] 발족식이었다. 한국 학생운동사에서 1985년이 전학련과 삼민투의 해였다면, 1986년은 자민투와 민민투, 그리고 애학투련의 해였다. 학생운동 내에 두 개의 특위가 공존하는 기현상 속에서 학생들의 투쟁은 극한으로 치달아갔다. 4월 28일, 이재호, 김세진 열사의 분신에 자극된 학생 운동권은 5·3 인천 개헌 집회에서 격렬한 시위를 전개하였다. 5·3 관련자, 민민투, 자민투 등의 배후 관련자에 대한 대량 구속 수배가 이어졌다. 다음의 시 구절은 당시 선영의 비극적 상황 인식을 소름 끼치도록 잘 드러내 주고 있다.

잿빛 하늘 핏빛 피맺힘
막힌 하수도
넘치는 핏물
부패한 냄새
퍼진다 퍼진다 페스트가

— 날짜 미상의 일기에서

정국은 나날이 경색되어 갔다. 서울대에 휴학이 가장 많은 해였다는 1986년, 학교 앞 술집에는 노랫소리가 사라졌고 술만 먹으면 우는 사람이 늘어났다. 학교가 무서워서 나오기 싫다는 사람까지 있을 정도였다. 학생들의 대학 생활에 대한 고뇌와 염증은 깊어갔다. 민민투와 자민투의 분열로 학생운동에 대한 대중의 신뢰도 급격히 떨어졌다. 위기를 느낀 학생운동 세력은 8월 10일, 고려대 연합집회에서 '대동단결 대동투쟁'이라는 구호를 제창하고 연대하기 시작했다. 대중을 떠나서는 어떤 사상, 어떤 이상도 이룩할 수 없다는 점을 자각하기 시작한 것이다.

그러나 학생운동과 대중과의 괴리 현상을 간파한 전두환 정권은 재빨리 선수를 쳤다. 1986년 10월 28일, 통일적인 학생운동 조직 애학투련의 발족식이 거행되고 있던 건국대학교에 1천 5백여 전투경찰이 난입하였다. 무자비한 최루탄 발사와 대규모 백골단 투입으로 학생들을 건물 안에 몰아넣은 경찰은 4일 동안 각 건물을 에워싸고 계획적으로 농성을 유도하였다. 주요 일간지는 '공산혁명분자 건국대 난동사건'이란 커다란 제목으로 대중들의 이목을 현혹시켰다. 드디어 10월 31일 새벽, 화염방사기와 헬리콥터, 학부모들의 눈물 어린 호소, 잘 훈련된 사복경찰을 앞세운 대규모 진압작전이 펼쳐졌다. 극한투쟁의 와중에서 부상자가 속출하는 가운데 1290명이라는 구속자를 기록하며 이른바 '건대 농성'은 막을 내렸다. 학생운동사상 단일 사건 최대 구속자수를 기록한 엄청난 사건이었다. 이 사건의 후유증은 크고 깊었다. 우선 84년 유화국면 이래 축적해 온 각 대학 학생운동 핵심 간부들이 대부분 구속되어 상당한 타격으로 다가왔다. 이 사건을 계기로 학생운동권은 1987년 1월 박종철 고문치사 사건이 벌어질 때까지 반성과 모색의 긴 겨울을 맞이하게 되었다.

선영이 애학투련 결성식에 참가하지 않았을 것이라 추정되지만, 정확한 내막은 알 길이 없다. 결성식에 참가한 학생들 대부분이 구속되었다고는 하나, 사실 결성식에 잠깐 모습을 보였다가 다른 용무 때문에 빠져나간 학생들도 많기 때문이다. 그리고 그 날 건대 주변을 에워싼 엄청난 경찰 병력에 학생들은 어느 정도 대규모 진압 작전을 예상하고 구속 불사 결의를 다지고 있었다. 그 와중에서 각 단위 별로 구속을 피해야 할 동료나 후배들을 미리 학교 밖으로 내보내는 소동이 벌어지기도 했으니, 당시 구속되지 않았다는 사실만으로 선영의 결성식 참가 여부를 단정할 수는 없는 노릇이다. 아무튼 건대 사건을 지켜본 선영의 심적 타격은 상당히 컸던 걸로 보인다.[45]

저 깊숙히 끓어오르는 외침. 절규. 듣고 싶다. 누구의 목소리로 표현되더라도 같은 외침이 되리라, 합창이 되리라고 믿는다. 이제 2학기도 막을 내리고 있다. 장과 장마다 피로 얼룩진 무늬들이 나동그라지고, 혀짤린 머리들이 뒹굴었을지라도 내 자신의 무능을 한탄할 뿐. 몇 천의 학우가 추위와 굶주림 속에서, 거의 강제에 의한 철농일지라도 주체화시켜 훌륭히 대처해 나갔다. 10월 31일 학교 등교 길에 저 멀리 보이는 건대를 보니 뿌연 연기와 함께 아연 어떤 눈물인지 마구 쏟아지더구나.

내 온몸을 감싸는 전율. 어찌 가만히 앉아 있을 수 있단 말인가. 보도지침에 의해 획일화된 언론에 의해 나온 말은 red. 우리의 학우는 밤새 우린 공산주의가 아니라는 성명서를 발표했지만 그건 이 정권의 시녀 입에서 나올 수가 없었다. 저 외신에 의해서만 잠시 언급되어질 수 있을 뿐.

— 1986년 11월 순자에게 보내는 편지에서

이번 건대 학우들 투쟁 중 교수실 수석이나 도서관 서적, EDPS실 등은 새들이 들어와서 파손시킬 염려가 있다고 문지기를 세워 지키기도 했다는 후문이다. 이들이 비록 우리 곁 친구 아니, 얼굴도 모르는 학우일지라도 네가 얘기한 대로 우리 모두에게 새로운 힘들을 불러일으켰다. 적어도 가족과 그 주변 사람들은 저들의 만행과 그 속에서 의연히 싸운 우리 학우들을 보면서 피부로 이 시대의 모순 아니지, 뭔가 잘못되어 간다는 것을 느꼈을 거다.

순자. 비록 이 하루가 우리의 목을 쥔다 할지라도, 최루탄과 몽둥이가 날라든다 할지라도, 끊임없는 대중 선동을 향해 나아가야 되겠지. 도피, 회피가 아닌 우리의 목적을 향해 의연히 지켜나가는 자세가 필요하겠지.

— 1986년 11월 순자에게 보낸 편지에서

선영은 대중과 유리된 선도적인 투쟁이 어떠한 결과를 낳는 것인지, 건대 항쟁을 통해 명확히 깨달았다. 대중과 강고히 결합돼 있으면서도, 흔들림 없이 강고한 조직을 갖추는 것만이 끝까지 살아남는 길이다. 그러자면 지연과 학연에 기댄 채 자생적인 소그룹 운동에 만족하는 서클주의적 잔재를 청산할 필요가 있었다. 이것은 비단 선영만의 자각이 아니었다. 당시 학생 운동 진영은 건대 항쟁이 남긴 교훈을 비판적으로 검토하며 전열을 재정비하기 시작했다.

우리가 하는 일이 단순한 타성이나 관념이 아닌 80년대 선배들이 개척했던 대로 우린 새로운 창출을 향해 머리를 싸맸으면 한다. 모든 선진적 학습이 전부가 아닌 실천과 병행하면서 구체적 활동을 추구하고 그 속에 자신을 재반영해 본다면, 발전적인 자아를 찾을 수 있을 것 같다.

— 1986년 11월 순자에게 보낸 편지에서

페스트

왜 이리도 우리의 가을 하늘은 검붉은 색으로 채색되어야 하나. 이 아픔, 이
시대의 아픔을 누구인가가 나중에 어루고 위로해 줄까. 동족 간 같은 민족 간의
칼부림, 거기에도 분이 못 풀려 커나가는 학동들에게 칼부림[46]을 해야 하나. …
어제도 오늘도 그리고 내일도 저 높은 권좌 위의 악마는 핏물을 들일 것을.

— 1986년 가을의 일기에서

그 해 겨울은 일찍 다가왔다. 기말 시험을 앞둔 선영의 마음은 계
절보다 먼저 얼어붙기 시작했다. 이번에는 학사경고를 피해 나갈 수
있을까. 극심한 불안감.

잘못하면 나 2학기 학경 나올 가능성이 있는데 집에는 어떻게 얘기해야 할
지 지금부터 걱정이다. 좀더 밀어붙여야 되겠지.

— 1986년 11월 순자에게 보낸 편지에서

서울교대는 완전한 암흑기였다. 1986년 9월 제1대 어용 총학생회
가 들어섰지만, 철저히 학교 측의 학원 탄압에 협조함으로써 2,100
명의 학우들을 배신하였다.[47] 이것은 물론 총학 지도부의 성향 문제
만은 아니었다. 학교 측에 의해 기만적으로 제정된 총학생회 회칙의
테두리 안에서는 어떤 총학이 들어선다 해도 한계를 노정할 수밖에
없었다. 10인 이상의 학내 집회나 각종 자료 배포, 게시조차도 학장

승인을 받아야 하는 회칙 안에서 무슨 일을 할 수 있겠는가. 그 과정에서 체육과 83학번 박준규는 학칙 제정 문제에 대해 질문했다는 이유로 지도위원회에 불려가 죄인 취급을 받으며 폭언과 협박을 당하는 실로 어처구니없는 일이 벌어졌다. 그럼에도 학생처장 최성락은 '제도가 문제가 아니라 중요한 것은 학생들의 마음가짐'이라는 망언을 서슴지 않았다.

　극심한 탄압을 받아오던 서클은 자신들의 손때 묻은 공간마저 빼앗기게 되었다. 1986년 12월 15일자 「사향소식」을 통해 학교 측은 '서클의 연구회 활동으로 전환'이란 제목으로, 기말고사 직전에 서클룸을 신 학생회관 초등교육 연구회실로 옮길 것을 종용하였다. 연구회 산하로 강제 편입된 서클들은 한 공간에 책상 하나씩 맞대고 있어야 하는 웃지 못할 해프닝이 벌어졌다. 서클룸을 빼앗긴 학생들은 울분이 토해낼 겨를도 없이 기말고사와 방학을 맞게 되었다. 서클과 학회가 폐지되고, 전인교육반과 교수 중심의 초등교육연구소가 만들어지는 일련의 과정을 살펴보면, 정태수 일당의 학원 탄압이 얼마나 치밀하고 주도면밀한 사전 계획 속에서 시행되었는지 알 수 있다.

　지난 4월, 한운봉에게 찍힌 이래 선영의 학교생활은 그야말로 악전고투였다. 이현숙, 윤순구, 김정선, 채희수, 김희숙과 같은 다정한 친구들마저 없었다면, 저 사막과도 같은 무미건조한 나날들을 선영이 어찌 버텨냈으랴. 2학년 1학기를 끝으로 윤순구가 제적되었을 때, 선영은 얼마나 가슴아파했던가.[48] 아니, 솔직히 말하자. 그것은 아픔이기 이전에 두려움이었다. 가슴 떨리는 공포였다. 쿵쿵 발자국을 찍어대며 이제는 네 차례라고, 다시는 내 손아귀에서 도망칠 생각을 말라고 저 '괴물'은 말하고 있었다. 소름끼치는 웃음을 히쭉히쭉 흘리고 있었다. 여기는 학교가 아니었다. 고등학교보다 더한 군대였다.[49] 가두시위를 하다 잡혀 경찰서에서 훈방 조치된 선배가, 학교에서는 초등 교사가 될 기회를 원천적으로 박탈되는 모습을 목도하였을 때, 그는 완전히 절망했다. 치욕스러웠다. 서울교대 졸업장을 위해 이 굴욕을 참아내야 하는가. 이 학교에서 더 이상 무엇을 바랄 것인가.

선영은 명백한 선택의 기로에 서 있었다. 학교를 계속 다닐 것인가, 말 것인가. 계속해서 머릿속을 맴도는 이러한 요구가 학교를 떠나지 못하는 자신의 현실과 만났을 때, 그의 유전적인 양심은 스스로를 '비굴한 존재'로, 반성 없이 운동이라는 말을 쉽게 내뱉는 '거짓의식'으로 규정지을 수밖에 없었다.[50]

조직 활동도 힘겹기는 마찬가지였다. 학생 운동가들에게 있어, 2학년 겨울은 지도부로 거듭나는 아주 중요한 과정이었다. 특히 건대항쟁에 따른 대규모 구속 사태는 선영처럼 조직에 남아 있는 활동가들의 어깨에 태산같이 무거운 짐을 올려놓았다. 선영이 속한 조직 역시 사정은 다르지 않았을 것이다. 모든 것이 붕괴되고 파괴된 폐허 위에서 조직을 재건하고 복구하는 일은 결코 쉽지 않았다. 새 아지트를 마련하고, 비상연락망을 짜야 했으며, 구속된 동지들도 챙겨야 했다. 흔들리는 후배들을 다독거려야 했고, '방중[51] 계획'을 짜야 했다. 사상투쟁의 와중에서 살아남으려면 틈틈이 각 정파의 문건도 꼼꼼히 분석해야 했다. 몸이 열 개라도 모자랄 지경이었다. 피아노 교습도 받아야 했지만 시간을 낼 수가 없었다.[52]

선영은 몸과 마음에서 차츰 힘이 빠져나가는 걸 느꼈다. 사촌동생 시험이 끝나 창신동 집으로 돌아온 날, 독서클럽에서 일주일에 두 번 이론공부만 하겠노라 언니와 단단히 약속했다. 이론 공부까지 말릴 수는 없었는지, 언니는 시위에만 참가하지 말라고 거듭거듭 당부했다. 하지만 그게 어디 말처럼 쉬운 일이던가. MT다 뭐다 해서 집을 비워야 할 일은 점점 많아졌다. 이 겨울 방학을 어떻게 넘겨야 할지, 학교 성적은 어찌 나올지, 학교는 계속 다닐 것인지 말 것인지, 그만둔다면 어디로 가야 할 것인지, 아버지와 오빠에게 무슨 문제가 생길지, 모든 게 의문투성이였다. 이까짓 상황도 극복하지 못하고 방황하는 자신의 모습에 열패감이 느껴졌다. 굴욕스러웠다. '여기저기 묻어 있는 핏빛 넋들'[53]이 자기를 손가락질하고 조소를 보내는 것만 같았다.

저 높은 곳 십자가의 예수님이 햇살에 얼굴을 돌리신다. 서글픈 눈매, 입술. 순자! 내게 무거운 십자가를 짊어질 수 있는 힘주실 주님을 기린다. 달게, 이 모든 것을 받아들일 수 있게. 허나 너무나 불성실한 내 모습이 나를 미치게 한다. 왜 이래야 하나. … 하루 세 끼 밥 먹기에 눈이 뒤집힌 인간, 뭘 위하여 사나. 우린 어디를 향해 미친 듯이 달려 나가나.
— 1986년 12월의 일기에서

선영의 마음은 이제 걷잡을 수 없이 죽음을 향해 내달리고 있었다. 오직 그것만이 자신의 양심과, 가족과, 운동의 대의를 지키는 길이었다. 죽음만이 그 모든 것을 살릴 수 있다! 마지막 겨울을 나는 그의 일기와 편지글 곳곳에는 죽음의 그림자가 짙게 드리워져 있다.

칼을 쥔 인간이 아니기에 바람에 떨어지는 낙엽마냥 흔들거리기만 한다. 인간이 만든 지옥 속에서 무엇을 느끼며 무얼 향해 나아가야 하나. 내게 진리 아니면 죽음을 달라. 즉, 진리의 길이 죽음의 길이란 말인가. 림. 그 누굴 향해 터질 것 같은 마음을 풀까. 미치지 않았다는 것에 대해 깊이 저주를 내린다.
— 1986년 12월 병림에게 보내는 편지에서

추위에 떠는 예수님, 가시관의 예수님, 사랑의 예수님, 우리의 형상대로 언제나 함께하실 예수님, 십자가를 질 용기를 주소서. 이 어리석은 양에게 기회를……

아홉 마리의 양보다 한 마리의 길 잃은 양을 찾아나서는 목자시여. 방황하는 양, 피의 향기에 매혹된 살육의 동물이 되게 하지 마소서. 그 전에 그대 손으로 내 피를 보소서. 사랑의 피를, 방황의 피를, 그리고 페스트의 피를 태우소서.

— 1986년 겨울 날짜 미상의 일기에서

이 사회는 날 미치게 하기에 충분하다. 아니 마땅히 행해야 할 것들에 대한 나의 외면이, 날, 자신에 대한 분노이다. 이 땅 한반도에 사는 신종속국의 모든 백성이여. 패배자가 아니라 승자가 되어 후세에게 떳떳이 자랑할 수 있도록 일어나자, 일어나자. 백두에서 한라까지 힘찬 행진으로 새 아침을 맞이하기 위하여.

생을 끝마친 뒤에도 人生이 무엇인지 모른다고 한다. 한 평생 공부했으나? 만 남기고 떠나는 것이 인생이라고 한다. 그 어떤 행위들을 시도해도 보이는 것은 나의 반동밖엔 없었다. 인생! 그것이 무엇인가에 대해 의문, 탐구, 나의 실천 그 무엇을 위한 것에 대한 욕망을 잃어가고 있다.

이젠 가고 싶다. 어머니 품으로. 내가 나왔던 그곳으로.

— 1986년 겨울 날짜 미상의 일기에서

지구의 새로운 적신호일까. 포근한 날씨는 내겐 좋지만 언제나 양이 존재하면 음이 존재하듯 - 그 조화가 이뤄지지 않아서 걱정이다. 방학 반이 지났구나. 네게도 내게도 소중한 방학이건만 끝나고 나선 왜 후회만 자욱한 먼지처럼 쌓일까. 그럴 줄 알면서도 정신은 육체를 지배하지 못하는구나. 어디에선가 인간 육체가 정신에 완전히 예속되어 있지 않는 한, 경제적 부를 향한 works이 도덕적인 미덕을 향한 경쟁으로 바뀌지 않는 한 사회의 계급관계 그 사이엔 언제나 gap들이 존재할 수밖에 없다는 얘기인데, 너무나 비약적인 예인지 모르지만 아주 적은 것에서 다른 차원에 이르기까지 한마디로 마음대로 되지 않는다는 것.

서울 올라와 있으니 더 불안하다. 광주에 있으면 그래도 멀리 떨어져 있으니까 심적 불편이 약간은 덜했는지도 모르지. 모든 일들을 지척에 두고 내 자신의 안일과 나태 진정 행복의 추구인지 아닌지도 모를 생활을 위해 방관하니. 자신이 아무리 합리화를 시키려 해도 힘들다. 그렇다고 M에 대한 논리가 이기지는 못하는 구나. 나의 뇌세포 자체가 구조적으로 그렇게 생긴 건 아니겠지.

— 1987년 1월 순자에게 보낸 편지에서

1986년 12월 경, 노동운동을 준비하고 있던 이옥신은 팀 동료로부터 박선영이 자기를 애타게 찾는다는 이야기를 들었다. 그로부터 얼마 후, 이옥신은 신림동 한 카페에서 선영을 만났다. 선영은 이옥신이 연락도 없이 자신을 방치해 두고 있다며 원망 섞인 말을 했다. CM을 하기 위해 언더 팀을 그만두긴 했지만, 선영에게 옥신은 여전히 영향력 있는 선배였던 것이다. 이옥신은 그저 싱긋 웃어 보일 수밖에 없었다. 그간 선영과 자주 만나지는 못했지만, 이옥신은 고향이라는 끈으로 선영과 연결된 듯한 유대감을 느끼고 있었다. 이옥신이 존재 이전을 준비하는 자신의 상황을 간략히 설명하자, 선영은 쓸쓸한 표정으로 겨우 고개를 끄덕였다.

"학교는 좀 어떠니?"

"정태수 천하! 언니 있을 때보다 상황이 훨씬 더 열악해졌어. 정태수는 자기 고향 출신 교수들하고 어용 총학, 학군단 교관을 내세워 완전 친정 체제를 구축했어."

"한운봉은 여전하나?"

"기세가 하늘을 찔러. 하늘 아래 무서운 게 없는 사람이야. 나도 1학기 때 당했어. 사르트르 책 읽다 걸려 가지고, 며칠씩 불려 다니고, 취조 당하느라 초죽음이 됐드랬어. 이젠, 눈만 마주쳐도 소름이 끼

278

쳐! 솔직히 배우는 것도 없고, 학교 다니는 게 지옥 같아."

"큰일이다. 이제 겨우 반인데……."

이옥신은 안쓰러운 눈빛으로 선영을 바라보았다. 어떤 상황인지 보지 않아도 충분히 짐작할 만했다. 이옥신 역시 학원 문제에 대한 스티커를 학내에 부착하다가 들켜 말할 수 없는 수모를 당했던 것이다. 그 일 이후, 이옥신은 더 이상 학교를 다닐 수가 없었다.

"써클은 잘되고?"

"열심히 하고는 있는데, 선배들이 건대 사건으로 다 들어가 있는 상태라, 후배 알피를 내가 다 해야 하는데 좀 부담스러워. 잘 해낼 수 있을지 걱정도 되고."

"어차피 겪어야 할 과정이야. 조금 빨리 온 거라고 생각해. 서클 상황이 그럴수록 니가 더 굳건해져야지. 학교야 뭐, 버티는 데까지 버텨 보다 정 안되겠으면 나처럼 일찍 정리하는 것도 방법이지. 난 학교 정리하고 노운 쪽으로 맘먹으니까 오히려 속편하드라."

"그래야 하는데……."

선영의 얼굴은 어두웠다. 뭔가 할 말이 있는 것 같은데, 쉽게 꺼내지를 못했다. 이옥신이 먼저 운을 뗐다.

"왜 무슨 다른 걱정이라도 있니?"

"추석 때……, 아빠한테……."

선영은 목이 메어 말을 잇지 못했다.

"들켰구나?"

선영은 고개를 끄덕였다. 두 눈 가득 고인 눈물이 후드득 떨어졌다.

"많이 혼났니?"

"대들다가 맞았어. 서클 그만두고, 학교도 휴학하래."

"오죽 하면 그러시겠니. 자식이 하나둘도 아니고, 우리 오빠도 경

찰이잖아. 지금 나 잡으러 다닌다. 이 나라에서 공무원 가정, 정말 힘
들어."

"아버지 생각만 하면 잠도 안 오고, 아무 것도 먹고 싶지 않아. 그
렇다고 운동을 그만둘 순 없어. 내게 운동은 삶이야. 운동을 포기한
다면 그건 삶을 잃어버리는 거야. 만일 운동을 포기해야만 한다면,
죽음이야!"

"휴우……."

"나는 가족을 너무 사랑해. 나 하나로 인해 내 가족이 고통 받는
건 죽기보다도 싫어. 언니, 나 어떡해? 나 어떡해?"

눈물로 범벅이 된 선영의 얼굴이 고통스럽게 일그러졌다. 이옥신
은 가슴이 답답했다. 달리 해줄 말이 있겠는가? 강해져라, 힘을 내라,
그럴수록 꿋꿋해야 한다, 그런 상투적인 말들이 선영에게 무슨 도움
이 되겠는가. 대체 이 나라가 어디로 가려고 이 모양인가?

미쳐가는 세상, 코뿔소가 되자.
人間 … 코뿔소
아니 코뿔소이기를 거부한다. 그럼 넌 죽어. 죽지 뭐.
용기 있는 아니면 만용……?
회피! 맞아. 이것도 저것도 아닌.
막혀 버린 기공과 식도에 바위를 굴려 뚫자. 비록 육체가 시들어 갈지라도,
그 길밖에 없다면.
— 1987년 2월의 일기에서

선영은 기어이 죽음을 결단하였다. 1987년 1월 14일 박종철 고문
치사 사건으로 정국이 혼미에 혼미를 거듭하던 시점이었다. 선영의
죽음과 박종철의 죽음에 어떤 연관이 있는지 분명하게 밝혀진 것은

없다. 다만, 유가족협의회 사무실 밑에서
아동복 가게를 운영하던 천인숙 씨[54]는 훗
날 선영의 어머니에게 이런 말을 했다고
한다.

"선영이 어머니, 너무 서러워 마세요. 선
영이는 한때 박종철이하고도 같이 활동을
했대요."

"그걸 어떻게 알아?"

"유가협 후원회 사람들 중에 아는 사람

박종철의 영정 사진

들이 많이 있어요. 어머니 속상할까 싶어
서 말을 안 해서 그러지 선영이 활동한 거는 다 알고 있어요. 선영
이는 굉장히 열심히 활동했대요. 그러니, 너무 서러워 마세요. 선영
이 활동에 대해서는 우리가 다 알고 있어요."[55]

사실 그 말을 액면 그대로 받아들이기에는 미심쩍은 점이 없지
않다. 박종철은 죽기 전까지 주로 학내에서 활동을 했고, 설사, 외부
활동을 했다 하더라도 CM 쪽에 있던 선영과 함께 활동했을 가능성
은 그리 높지 않다. 만일, 함께 활동을 했다면 그 시기는 선영의 조
직 활동 수준이 높아지는 1986년 가을 이후가 될 것이다. 그러나 불
행하게도 우리는 아직까지 천인숙 씨의 말을 뒷받침해 줄 사람을
만나지 못했다. 다만 선영이 죽은 뒤, 유품을 정리하던 가족들은 우
연히 선영의 학생증에 뭔가 붙어 있는 것을 발견했다. 선영의 사진
이 있어야 할 자리에 붙여진 그것은, 신문에서 오려 낸 박종철의 영
정 사진이었다.

음력설에 집에 다녀온 뒤로 선영은 조금씩 떠날 채비를 했다. 어
느 날인가는 책상 정리를 했고, 어느 날인가는 옷가지를 챙겼고, 또

어느 날인가는 대청소를 했다.[56] 질긴 갈등을 끝낸 선영의 얼굴은 평온했다. 서클, 학교, 고향 친구들도 돌아가며 한 번씩 만났다. 언니와 과천 서울대공원에도 다녀왔다.[57] 2월 초, 선영은 서울에 올라온 신율건과 이현숙이 동석한 자리에서 월출산으로 여행을 가지 않겠느냐고 제의했다. 신율건은 다른 일이 있어 갈 수 없었고, 이현숙이 동행하기로 했다.

  선영이가 죽기 일주일 전, 혼자 여행을 떠나고 싶다고 하기에 제가 함께 따라나섰습니다. 인천 송도에서의 하룻밤, 그 날 선영인 몹시 답답한 자신의 심정을 털어놓았습니다. 모든 것이 뒤죽박죽인 세상에서 올바르게 살아가기 참말 힘들다는 것. 암울한 독재 정권 하에서 우리가 할 수 있는 일이 아주 미미하다는 사실을 안타까워하며, 선생님이신 아버지와 가족 걱정 때문에 자신이 가야 할 길을 알면서도 망설이고 있는 자신을 질책했습니다. 선영이는 자신의 이런 고민조차도 사치라고 생각하고 괴로워했습니다. 광주의 딸로서 역사에 부끄럽지 않은 한 인간이 되고 싶다던 친구 선영이에게 저는 아무런 도움도 주지 못했습니다. 당시 우리에게는 고민을 해결할 방법이 없었습니다. 송도를 다녀오고 꼭 일주일 만에 선영인 끝내 세상을 떠나고 말았습니다. 죽음으로써 독재정권에 항거한 것입니다.
  — 이현숙의 인우보증서에서

  여행에서 돌아온 선영은 2월 17일 다시 집을 나가 이틀 동안 돌아오지 않았다. 추측컨대, 서클 동료들을 만난 것이 아닌가 싶다. 선영이 보던 상당 양의 책과 자료들이 없어진 건 바로 이 때였다.[58] 2월 19일, 회사에 출근한 언니는 한 통의 전화를 받았다. 저녁 해 놓고 기다릴 테니, 퇴근하는 대로 일찍 들어오라는 동생의 전화였다. 그 날 저녁, 언니는 10개 들이 번개탄 꾸러미와 돼지고기, 상추를 사

282

들고 귀가했다.

"언니야?"

선영이 부엌에서 얼굴을 내밀었다. 선영의 초췌한 얼굴이 언니를 향해 한껏 웃음을 지어보였다. 언니가 옷을 갈아입는 동안, 선영은 저녁상을 내왔다. 못 보던 반찬이 푸짐하게 차려져 있었다. 언니는 눈이 휘둥그레졌다.

"야아, 오늘 무슨 날이야? 무슨 반찬을 이렇게 많이 했니?"

"언니 많이 먹으라고."

"근데 너 번개탄 사 왔드라. 나도 사왔는데."

"마음이 통했나 보다."

선영은 소리 없이 웃었다. 평소 잘 웃고, 농담도 잘하던 동생은 오늘따라 별 말이 없었다. 밥을 먹는 둥 마는 둥 수저를 내려놓고는, 밥 먹는 언니의 얼굴만을 하염없이 바라보았다. 얘가 무슨 일이 있나. 요 며칠 용돈도 타가지 않았는데, 무슨 돈으로 이런 걸 사왔지? 아무 것도 모른 척 상추를 집으면서도, 언니는 내내 그 생각이었다.

나는 이렇게 죽었어[59]

마음이 약한 자여.
현학적인 허위의 기회로 가득 찬 자여.
죽어 다시 깨어나라.
진정 역사가 원하는 인간이 되기 위하여
힘을 길러 나오라.

— 1987년 2월 마지막 일기에서

"선영아, 언니 간다!"

무슨 눈치라도 챈 걸까. 언니는 벌써 몇 번째 소리치고 있었다. 나는 부엌에 쪼그려 앉아, 입술을 피나게 물었다. 언니야, 부탁이야. 제발, 그냥 가! 언니 얼굴 보면 나, 울어 버릴 거 같단 말이야.

애가 도대체 뭘 하고 있는 거지……. 혼잣말을 웅얼거리며 터덜터덜 2층을 내려가는 발소리가 들렸다. 그래, 언니야. 그렇게 가는 거야. 다시는 돌아보지 않는 거야. 제발이지, 이젠 언니 자신을 위해 살아. 너무 이기적인 게 아니냐고? 천만에! 언닌 할 만큼 했어. 진짜 이기적인 자들은 금십자가 목에 걸고, 높은 권좌에 앉아 있는 저들이야. 그들은 말하겠지. 신앙심과 예의라고는 눈곱만큼도 없는 저자거리 무뢰배들의 삶이라니! 그러니 언니, 부디 돌아보지 마. 내처 그 길을 죽 따라가는 거야. 가는 길에 좋은 사람 만나 결혼도 하고, 소소한 일상의 행복도 느껴 보는 거야.

그런데, 갑자기 철제 계단을 오르는 다급한 발소리가 들렸다. 나는 황급히 눈물을 씻고, 엉거주춤 일어섰다.

"선영아!

아아, 언니! 난 그만 바닥에 주저앉아 버렸다. 걷잡을 수 없이 눈물이 쏟아졌다. 언니야, 언니야, 바보 같은 언니야. 못난 동생 보내기가 그렇게도 힘드니? 제발 가. 가란 말이야.

"선영아! 언니, 간다니까!"

언니는 초조하게 소리쳤다. 당장에라도 신발을 벗고 들어와, 부엌 문을 열어 볼 기세였다.

"으응……"

울음소리를 내지 않으려, 목에 힘을 꽉 주고는 조그맣게 덧붙였다.

"다녀와."

가벼운 한숨과 함께 언니의 발소리가 멀어져 갔다. 언니, 안녕. 그리고 미안해. 눈물이 쏟아졌다. 마침내, 언니가 갔다. 이제 언니는 언니의 길을 갈 것이다. 그리고 나는? 무엇을 해야 하나? 머릿속이 백지처럼 하얗게 바랜 것 같았다. 아무 생각도 떠오르지 않았다. 나는 천천히 부엌을 둘러보았다. 설거지통에 쌓인 그릇들과 몇 개의 빨랫감이 눈에 들어왔다. 수도꼭지를 비틀어 설거지를 시작했다. 얼음처럼 차가운 물의 감촉! 아직은 살아 있구나. 그래, 살아 있는 동안은 산 사람의 몫을 해야 하리라. 깨끗이 씻은 그릇을 가지런히 찬장에 넣고, 양말과 속옷가지를 빨아 넌 뒤, 방으로 들어왔다. 창문을 활짝 열고 이불을 갰다. 겨울 햇살 속에 피어난 뽀얀 먼지가 느릿느릿 창문을 빠져나갔다. 몇 시간 후면 스물한 살, 내 삶도 저 먼지처럼 덧없이 사라지리라.

나는 창밖을 내다보았다. 몇 집 건너 전태일 기념관의 고색창연한 회색 지붕이 내려다보인다. 언제나 그 자리를 든든히 지키고 서서 어머니 가슴처럼 안온하게 나를 품어주었던 저 지붕. 전태일 열사, 박영진 열사가 남긴 뜻으로, 두 눈 부릅뜨고 역사의 현장, 투쟁의 현장을 살도록 언제나 나를 일깨우던 저 지붕. 그러나 그 어떤 행위들을 시도해도 보이는 것은 나의 반동밖엔 없었다. 인생에 대한 열렬한 의문, 탐구, 실천, 지금껏 나를 떠받쳐 온 모든 욕망을 잃어버린 채 지금 나는 빈껍데기로 서 있다. 가거라, 이니스프리의 섬으로! 어머니의 품으로! 내가 나왔던 그 곳으로!

나는 책상 위에 쌓인 있는 책들과 일기장, 사진과 편지 뭉치들을 꺼내어, 갈피마다 서리서리 맺혀 있는 추억과 눈물과 한숨들을 갈라내고, 솎아냈다. 책갈피 사이에 낀 메모지를 빼내고, 동지들과 함께 찍은 사진들을 골라냈다. 동지들의 실명(實名)과 활동상이 언급된 일기들을 모조리 뜯어냈다. 그리고 그것들을 연탄아궁이에 던져 넣었다. 타오르는 불꽃! 20년 4개월의 전 생애가 지글거리며 불타올랐다. 사랑했던 동지들, 가족들의 얼굴이 타오르는 불꽃 속에 차례로 떠올랐다가는 사그라들었다. 그들에게 난 무엇이었을까. 그들은 나의 무엇이었을까.

지난 2년간의 일들이 슬라이드처럼 빠르게 눈앞을 스쳐갔다. 가슴 떨리던 첫 가투, 신 새벽의 피세일[60] 늦은 밤의 뒤풀이, H와의 만남, 그리고 이별, 이중첩보원과도 같은 조직 생활, 끌려가는 선배들, 미행과 도피, 술잔 속에 소용돌이치던 눈물들, 한숨들……. 한 사람이 인생에서 맛볼 수 있는 슬픔과 환희, 사랑과 분노, 번뇌와 격정, 희망과 좌절이 벅차도록 밀려들었던 번개처럼 짧고, 행복한 시절이었다. 온 생을 걸어 순간을 살았고, 모든 것을 얻었다. 나는 그렇게 살려고 노력했고, 지금도 내 의지의 옳음을 믿는다. 미련이 없다면 거짓이겠지. 분노도 고통도 가슴 속에선 일렁인다. 그러나 그 어느 순간 종말의 한 숨까지 나는 부끄럼 없이 당당하게 내설 것이다. 내가 사랑하는 삶의 최후의 막이므로, 이것은 그 누구도 깰 수 없는 나의 자유 의지요 - 삶의, 한 방법이다.

　나는 손바닥만한 부엌의 쪽창이 바라다 보이는 곳에 마지막 자리를 잡았다. 2월의 회색 하늘이 나를 빤히 응시하고 있다. 잘 있거라, 내 조국. 나를 바라보는 흐린 하늘아. 가혹한 땅, 목메이게 서러운 사람들아. 나 이제 돌아가리라. 내 고향 푸른 땅, 어머니 가슴처럼 나지막한 언덕, 물안개 피어오르던 드들강아, 무심한 강물아. 슬프도록 아늑한 내 고향에 몸을 뉘고, 이 나라 방방골골 억겁의 뿌리를 내리련다. 천 년 만 년 시들지 않는 고운 봄풀로 소리 없이 돋아나련다. 어머니, 어머니, 울지 마세요. 울지 말고 싸우세요. 어머니의 울음은 제가 울게요. 밤낮없이 두고두고 슬피 울게요. 진달래 보랏빛으로 온 강산 물들이며 목메어 울게요, 어머니. 그러니 어머니는 울지 마세요. 싸워 이기세요. 어머니의 가슴에서 배어나오는 나의 눈물로, 이기세요. 빛나게 이기세요. 어머니……

유서 NO1

No.

날 낳으시고 기르신 부모님!
딸 자식의 불효를 부디.....
강하게 、 바르게 、 이 세상 떳떳이 살아가지
못함이 못내 죄스럽습니다.

언니.
진정 언니는 아껴요. 이에게 시집가라 마내. 미안.

내가 아끼고 사랑했던 벗들 그리고 모두에게
강하게 살라 하란다. 내가 차지 했던 공간은
시간의 흐름에 따라 메꿔나갈것이니 ------ ¡
〈 나의 죽음에 대해 그 어떤 추측도 억측도 붏라.
  있는 그대로 받아들이길 바란다 〉

"이 땅의 백성들이 자신들의 최소생활 유지를
위한 몸짓마저 모두 빼앗긴채 죽어가고 있다.
이 한반도에는 외국자본에의해 더이상 자립경제가
받 들인 것이 없어져가고 있다." 라고 하면서도 미중
의 아픔. 나의 물질적인 억압을 멀리하려고, 육판상한
나의 안위가 역겹다. 점점 민중들 그 의미도 잘
모르지만 그들과 함께 하길 꺼려하는 나의 모습을
더이상 지켜보고 싶지 않아서 가장 못난것을 택하고
만다.
갈 수밖에 없는 나약함에 서글퍼 하면서.

주 ————————————————————————————————

1 1986년 4월 3일 순자에게 쓴 편지의 일부 내용.

2 언니 화진의 술회에서.

3 운암동 아파트에 입주했던 선영이네는 경제 사정이 악화되어 1986년 1월, 다시 광천동 아파트로 이사했다.

4 1986년 6월의 일기에서 응용한 구절.

5 수학과 동기 윤순구는 5·3 투쟁에서 연행된 후, 그 사건이 빌미가 되어 제적 처리되었다. 언더 써클 활동을 하던 이현숙은 팀방으로 들어가는 사진을 들이대는 한운봉에게 자퇴서를 강요당했다.

6 자퇴의 극단적인 표현으로 보인다.

7 1986년 날짜 미상의 일기에서. "내가 살아가는 이유 : 그것은 인생에 몸을 내던지고, 정열적으로 그것을 탐구하는 일이었다."

8 "선영이와 나는 자주 보지도 못했고, 서로 장이 달라 그리 친하게 지내지도 못했지만, 늘 '같은 고향'이라는 보이지 않는 끈으로 묶여 있다는 생각이 드는 친구였죠." 이옥신의 술회에서.

9 이옥신의 술회와 『6·9 농성 평가자료집』에서.

10 인용구는 선영의 일기에서 따온 구절임.

11 1986년 여름의 일기에서.

12 1986년 7월 22일의 일기에서.

13 운동가.

14 1986년 7월의 일기에서.

15 1986년 8월의 일기에서.

16 김혜린의 『북해의 별』에서 발췌된 글로 당시 선영의 마음을 웅변해 주는 내용으로 보인다.

17 1986년 8월 순자에게 보내는 편지에서. "운동은 끊임없는 자신의 성찰 과정, 실현 과정이겠지. 하나의 철로를 보더라도 여름을 위해 간간히 끊어져 있지. 그러나 전체적인 차원에서는 계속적인 연결이지. 종착지를 향한 끊임없는 여행. 내게도 여름의 끊어짐이 적용될까. 다시 찾을 때까지."

18 1986년 4월 5일 화양리 어린이 대공원.

19 1986년 5월 17~18일. 언니 친구 은옥과 셋이서.

20 1986년 8월 24일 언니와 둘이서.

21 언니의 술회와 가계부를 참고한 내용.

22 프랑스 작가 끌로드 모르강의 『꽃도 십자가도 없는 무덤』에서 발췌된 글.

23 1985년 8월의 일기에서.

24 날짜 미상의 일기에서.

25 1986년 3월 신율건에게 보낸 편지에서.

26 브레히트의 시 「살아남은 자의 슬픔」 중에서.

27 "정 때문에 죽었어. 사랑 때문에……." 어머니의 술회에서.

28 어머니의 술회에서. "차비를 하라고 돈을 주면 그 놈을 농에다 감차 놓고 가. 언니가 주는 용돈으로 충분허다고, 우리 큰딸이 용돈은 지가 다 대고, 등록금 납부금만 집에서 주라고 했거든. 그렇게 왔다가 갈 때 차비도 주면 안 받은 거여. 주면 농에다 딱 놓고 가는 거여. 가갖고 전화를 해. 엄마, 농에 너놨어. 나 필요가 없어……."

29 동생 의석의 편지에서.

30 중앙일보 전영기 기자의 『어떤 죽음』에서.

31 아버지의 술회를 참조한 내용임. "저의 의견을 수렴해서 같이 타협해서 그런 것을 못허게 해야 했는데 그걸 못했단 거야 내가. 그래서 선영이는 어떻게 나한테 했냐며는, 나한테 악을 쓰고 달려들었다고, 그때 선영이가 뭐이라고 말한 것은 잘 모르겠는데. 눈물을 흘리면서 울면서 아부지는 나쁘다고 이런 식으로 나한테 달려들었다고잉. 그때게 내가 우쭐 한 것이, 그러면 휴학을 해라, 내가 그랬어."

32 동생 의석의 회고문에서.

33 동생 의석의 편지와 회고문을 참고한 내용임.

34 아버지의 술회에서.

35 오빠 종욱의 술회에서. "전부 다 층층이 대학 다니고 학교 다니는 상황이고, 돈 버는 사람은 아버지밖에 없고, 그렇기 때문에 오빠나 아버지, 언니의 반대에 드러내놓고 본인이 고집을 피울 수 있는 상황은 아니었죠. 굉장히 모순적인 상황이죠. 우리 가정과 가정 분위기와 사회적인 상황하고 연관해서 볼 때는 이율배반적인 부분도 없지 않았어요. 선영이는 겉으론 공감을 하면서도 자기 철학은 또 따로 있었던 거 같아요."

36 80년대 기독 운동을 하는 대학생들이 즐겨 불렀던 노래 「민중의 아버지」

37 김혜린의 『북해의 별』에서 발췌된 글.

38 여러 가지 정황으로 미루어 볼 때, 선영의 서클은 어느 정도 규모와 활동력을 갖춘 조직에서 교회에 파견된 활동가 - 혹은 그 조직의 지지자 그룹 - 들을 중심으로 형성된 CM 단위가 아닐까 추측된다.

39 지면 관계상 여기서는 그 상세한 내용을 언급하지 않기로 한다.

40 fraction. 한 정파의 입장을 강화하기 위해 비밀리에 타 조직(주로 대중조직)에 파견되는 것을 의미한다.

41 1986년 추석 연휴는 9월 17일부터 19일까지였다.

42 『명예회복 관련자료』 중 이소선 어머니의 진술서에서.

43 언니, 어머니의 술회, 그리고 친구들에게 보낸 선영의 편지에서.

44 전국 반외세반독재 애국학생 투쟁연합

45 언니 화진의 기억으로, 선영은 건대 사건에 대해 몹시 분노하였으며, 대중들에게 알려진 진상이 얼

마나 왜곡된 것인지 열심히 설명했다고 한다. 그 때문에 언니는 내심 선영이 그 집회에 참여했던 것이 아닌지 의심하기도 했다고 말했다.

46 1986년 10월 건대 항쟁을 말하는 듯하다.

47 6 · 9 농성 투쟁 평가집 『복종의 침묵에서 깨어 일어나』 중에서.

48 수학과 동기 이현숙, 김정선의 술회에서.

49 중앙일보 전영기 기자의 『어떤 죽음』에서.

50 중앙일보 전영기 기자의 『어떤 죽음』에서.

51 방학 기간 중의.

52 교대생은 피아노를 비롯한 몇 개 악기를 필수적으로 배워야 하기 때문에, 방학에도 마음 편히 쉴 수가 없었다. 선영은 언니의 도움으로 피아노와 기타 학원에 등록하였다. 그러나 선영은 학원에도 몇 차례 나가지 못하고 저 세상으로 떠나버렸다.

53 1986년 10월 병림에게 보낸 편지에서.

54 유가협 후원인으로 아동복 전문점 아가방 운영.

55 어머니의 술회에서.

56 언니 화진의 술회에서.

57 2월 8일. 언니의 술회에서.

58 언니 화진의 술회에서.

59 박선영의 마지막 일기를 토대로 재구성한 글임.

60 p-sale, 공단이나 주택가 등지에 유인물을 살포하는 것.

5부 · 그 후의 사람들

그래 울지 않으마
선영아, 나의 딸 선영아!
저 푸른 하늘
네 눈물로 무너져 쏟아지는 날까지
이 멍든 가슴 쾅쾅 두들기며 네 이름을 부르마
앞산 뒷산도 따라 울게 네 이름을 부르마
네 눈물로 가슴에 불을 붙이며
네 이름으로 싸워 이기마

— 문익환 목사의 추모시에서

늙은 부부의 노래

"(어머니는) 처음부터 그렇게 처절했어요. 누가 할 사람도 없었어요. 모두들 어머니한테서 위안을 받았으니까. 아버지도 그러셨어요. '자네 맘대로 하소만, 죽지만 말라.' 고요. 죽음요. 직접은 몰라도, 가족 한 사람이 죽고 나니 어느 정도 느낌이 오데요. 저도 그랬어요. '그래, 앉아서 죽느니 차라리 맘껏 외치시라.' 고요. 그때 우리에게 무슨 희망이 있었겠습니까."

— 둘째 아들 의석의 술회에서.

1987년 4월 13일, 전두환 정권은 일체의 개헌 논의를 금지하는 호헌 조치를 발표하였다. '평화적 정부 이양과 올림픽이라는 대사를 성공적으로 치르기 위해 국론 분열과 국력 낭비의 소모적인 개헌 논의를 지양' 한다는 것이었다. 4·13 호헌 조치. 그것은 전 국민의 민주화 열망에 대한 전두환 정권의 명백한 도전이었고, 2년간에 걸쳐 진행돼 온 개헌 논의를 완전히 무로 돌리는 것이었다. 결과는 전 국민적 저항으로 나타났다.

불붙은 정국에 기름을 부은 격이었다. 각계 인사들의 시국 선언이 쏟아져 나왔다. 학생들은 호헌 철폐, 독재 타도를 외치며, 거리로 뛰쳐나왔다. 정국은 활활 타오르기 시작했다. 제5공화국 정권 하에서 개헌 투쟁은 '헌법을 고친다.' 는 단순한 의미를 넘어선 것이었다. 전두환의 집권을 보장해 준 최고의 법률을 폐지함으로써, 더 이상의 집권을 허락하지 않겠다는 민중들의 단호한 의지가 담긴 투쟁이었다. 그 때문에 개헌 투쟁은 전두환 정권이나 국민 모두에게 사활을 건 싸움일 수밖에 없었다. 1986년을 전후로 본격화된 개헌 투쟁은 1987년 1월 14일 박종철 고문치사 사건을 거치면서 군부독재의 통치를 완전히 거부하고자 하는 도도한 역사의 흐름을 만들어 나갔다.

"호헌 철폐, 독재 타도! 호헌 철폐 독재 타도!"

"종철이를 살려내라! 종철이를 살려내라!"

저녁마다 서울, 광주, 부산, 대구, 인천, 전국 각지에서 학생들의 시위가 이어졌다. 시위 행렬을 대하는 시민들의 반응도 적극적이었다. 도로 주변에 몰려든 시민들은 박수를 치거나, 손을 내밀어 유인물을 받아들었으며, 학생들을 연행하는 경찰을 향해 야유를 보내기도 했다.

그 시각 광주 금남로.

"어머니, 어머니! 저기 또 잡혀 가요!"

한 여학생이 한 아주머니에게 쪼르르 달려와 소리쳤다.

"뭐여? 어디?"

한 학생의 얼굴에 치약을 발라주던 아주머니가 고개를 돌렸다. 어머니였다. 그러나 어머니가 아니었다. 마스크를 쓰고, 운동화를 신고, 간편한 점퍼와 바지 차림의 그이는 이미 예전의 어머니가 아니었다. 모든 학생들의 '어머니'였다.

"저기요, 저기! 어머, 어떡해! 벌써 닭장차에 실렸어요."

"워매, 저런 나쁜 놈들! 아가! 아가!"

어머니는 막 문이 닫힌 전경차를 향해 정신없이 달려갔다. 어머니는 다짜고짜 전경차 문을 박차고 들어갔다. 방금 잡힌 학생은 버스 맨 뒷좌석에서 무릎 사이에 고개를 박고 전경들에게 얼차려를 받고 있었다.

"아니, 이 아줌마가 왜 이래? 이것 보세요!"

그러나 어머니는 들은 척도 안 하고 뒷자리로 달려가 학생의 멱살을 잡아 일으켰다.

"아이고, 이 놈아! 집구석에 처박혀 있으라고 그렇게나 말을 해도 안 듣고 기연히 나가더니 도대체 이게 먼 일이여! 아부지한테 곤죽이 되도록 맞아야 정신을 채리겄냐. 언능 안 나오냐!"

"아이 참!"

어머니의 눈짓에 학생은 마지못한 듯이 끌려나왔다. 전경들은 둥그렇게 눈을 뜨고 두 '모자'가 하는 양을 멀거니 바라볼 뿐이었다. 닭장차를 빠져나온 두 사람은 의미심장한 미소를 주고받으며 재빨리 시위 대열 속에 자취를 감추었다.

1987년 2월, 벽제에서 선영을 보낸 후로 어머니의 삶은 '오로지 투쟁'이었다. 처음에는 주로 광주 시내의 시위에만 참가했다. 최루탄 소리 나는 데만 찾아다녔다. 전남대, 금남로, 남동성당······. 광주 시내 어디든 시위가 벌어지는 현장에는 어머니가 있었다. 한 번 시위가 시작되면, 새벽까지 지속되는 일도 빈번했다. 치약, 초, 성냥, 마스크는 기본으로 챙기고 다녔다.¹ 학생들과 구호를 외치며 뛰어다니다 한 번 밀리기 시작하면, 칠흑같이 어두운 골목으로 내몰리는 경우도 많았다. 경찰들은 시위대가 몰려든 캄캄한 골목 안으로 사과탄을 까 넣었다. 구석진 모퉁이에 숨어 있던 학생들은 악 소리 한 번 못 내고, 눈물 콧물을 줄줄 흘렸다. 그러면 어머니는 가방에서 초와 성냥을 꺼내 촛불을 켜고, 학생들에게 정성스럽게 치약을 발라주곤 했다. 시위를 하다 잡혀 가는 학생들은 무조건하고 빼내왔다. 내 딸, 내 아들이라며 막무가내로 끌어냈다. 그 과정에서 어머니는 실제로 운동권 학생들의 '어머니'가 되어 갔다. 시위 현장에서 어머니를 알아보고, 따르는 학생들이 점점 많아졌고, 광주 재야인사들과 종교계 인사들과도 면식이 생겼다. 5·18 유가족협의회, 광주 YMCA 등의 단체

와 인연을 맺은 것도 그때쯤 해서였다.[2] 비슷한 시기에 민가협 회장
이었던 안성례 장로와도 친분이 생겼다. 불과 몇 개월 사이에 광주
재야 단체에서 어머니를 모르는 사람이 없었다. 그게 어머니의 매력
이었다. 그냥 줘 버리는 것, 무조건.[3] 집에 있으면 몸이 아프고, 무거
워서 견딜 수가 없었다. 무엇보다 선영이 그리웠다. 미치도록 보고

박선영의 이름으로 거리에 나선 어머니

싶었다. 꿈에라도 나타나 주었으면! 그러나 큰아들 종욱의 꿈에는
몇 번이나 나타났다는 선영이[4] 어머니에게는 단 한 번도 나타나지
않는 거였다. 그만 잊으라는 뜻일까? 그럴 수 없어! 못 잊어, 나는!
눈 깜빡 할 사이에 놓쳐 버린 아까운 내 딸아! 이쁜 너! 상냥한 너!
언제나 웃음 짓는 너! 부끄러운 세상 멍청이 세상을 산 것만도 억
울하고 절통한데, 보기에도 아까운 너를 잃고, 어찌 잊고 살란 말이
냐! 선영의 유해를 뿌렸다는 목포 바다를 찾아가 부서지는 파도 앞
에 엎드려 통곡하길 몇 번이던가. 저녁이면 잠을 이룰 수가 없었다.
구천을 떠도는 선영의 혼이 자꾸 밖에서 불러내는 것만 같았다.

언제였나. 밤새 잠을 이루지 못하고 뒤척이던 어머니는 갑자기 벌떡 일어나 첫 기차를 타고 서울로 향했다. 주말을 맞은 서울 거리에는 황사 바람이 몰아치고 있었다. 연인이나 친구를 기다리는 젊은이들이 들어찬 종로 서적 앞은 바늘 꽂을 자리도 없이 빽빽했다. 밀려들고 밀려가는 활기찬 젊은이들의 모습은 차라리 하나의 푸른 물결이었다. 춥고 긴 겨울을 보낸 그들의 표정과 옷차림에는 벌써부터 싱그러운 봄 냄새가 풍겨 나왔다.

어머니는 군 떡이며 군 옥수수를 늘어놓은 전철역 입구 노점 옆에 말뚝처럼 박힌 채, 오가는 젊은이들의 모습을 하염없이 바라보고 있었다. 알 풀린 파마머리, 모래 바람에 진물이 흐르는 눈, 가시 돋은 입술은 바짝 말라 있었다. 저 홀로 불을 밝히고 이글이글 타오르는 눈빛만이 살아서 광채를 낼 뿐이었다.

"참말로 많기도 허네……."

노점 아주머니가 하품을 하다 말고 눈을 둥그렇게 떴다.

"음마? 나는 똑 벙어린 줄 알았드마는……. 보소 아지매! 누구 사람 기다리요?"

"예에. 딸 찾을라고요."

"하이고, 딸이 가출한 모양이구마! 쯔쯔. 그란다고 집 나간 딸이 돌아옵니까. 남산에서 김 서방 찾는 기이 빠르겠구마는."

어머니는 아무 대꾸도 하지 않았다. 무슨 말을 한단 말인가. 내 가슴속을 흐르는 피눈물을 누가 알랴. 남산에서 김 서방 찾는 거라면, 한강에서 모래 한 알 찾는 거라면, 사막에 꽃을 피우는 거라면, 이토록 절망스럽지는 않으리. 눈에 불을 켜고 이 잡듯이 찾으리라. 한번 간 내 자식이 돌아올 수만 있다면.

어머니는 마른침을 삼키고, 지나는 젊은이들을 눈으로 하나하나 헤집었다. 실성한 사람처럼 뭔가 중얼거리기도 하고, 느닷없이 눈물을 주르륵 흘리기도 했다.

　저 많은 사람 중에 하나도 같은 사람이 없구나. 눈을 뒤집고 찾아 봐도 내 딸과 똑같은 사람은 때려지게 없구나. 이 짝이 비슷하면 저 짝이 다르고 저 짝이 비슷하면 이 짝이 달라. 모두 달라. 선영! 내 딸 선영! 어딨니? 어디 있지? 엄마 맘 알지? 찢어지는 이 맘 알지? 보고 싶다. 미치게 보고 싶다. 널 닮은 사람이 있으면 데려가 딸 삼으라고 왔다. 새벽차, 다섯 시 첫차로 왔다. 잠이 안 와. 안다. 이대로 죽을 수는 없다. 너는 알 거야. 그렇게도 착한 선영. 부족한 형편에도 항상 만족하고 상냥하던 영. 음력설에도 집에 와서 설 쇠고 갔지? 가면서도 열차 안에서 웃으면서 손치면서 떠났지? 말 한 마디 없이 편지 한 장 없이 죽을 이유가 어디 있단 말이냐! 이 세상은 너의 죽음을 매도하고 조작했지. 아무튼 어미는 안다! 속지 않아! 네 뜻을 헛되이 하지 않고, 한반도에 좋은 세상이 올 때까지 모두의 어미가 되기 위해 있는 힘을 다 할 거야.[5] 영, 울지 마. 네 울음 엄마가 울게. 너는 웃어라. 환히! 봄이다! 선영, 아빠 좀 돌봐 줘라. 어제도 술 마시고 울었다. 동생들도 돌봐 줘라. 고3, 중3이다. 선영, 엄마는 걱정하지 마라. 싸울 거야. 죽는 날까지. 민주 세상, 통일 세상이 올 때까지. 내 딸, 내 선영 이름으로!

　날이 저물었다. 습기를 머금은 바람이 거칠게 불기 시작했다. 술 취한 청년들 몇몇이 셔터를 내린 종로 서적 앞에 걸터앉아 큰소리로 떠들어대고 있었다. 군 떡을 팔던 아주머니도 물건을 보따리에 싸들고 철수한 지 오래였다. 어두워진 하늘에서 차가운 빗방울이 후두둑 떨어졌다. 캄캄한 하늘을 올려다보던 어머니는 이윽고 무거운 다리를 이끌고 전철역 안으로 들어갔다. 빗방울은 점점 거세어졌다. 봄이었다.

금남로 1가에 자리 잡은 광주 YMCA 소강당 '백제실' 앞을 기웃거리는 반백의 사내가 있었다. 여윈 몸피, 이마 위로 흩어진 몇 가닥의 머리칼, 수심 어린 눈빛. 아버지였다. 아버지는 망설이고 있었다. 빠꼼히 열린 문틈으로 젊은이들의 우렁우렁한 목소리가 쉴 새 없이 터져 나왔다. 도무지 알 수 없는 말들을 폭포수처럼 쏟아내고 있는 저들은 대개 아버지의 조카뻘 되는 나이의 젊은 교사들이었다. 아무리 봐도 나처럼 늙은 선생은 하나도 없구나. 들어가야 하나, 말아야 하나. 아버지의 이마에는 진땀이 흐르고 있었다.

YMCA에서 교사들의 모임이 있다는 이야기를 들은 것은 얼마 전의 일이었다. 딸이 죽은 뒤 아내가 '전업적'이고, '전국적'인 싸움꾼으로 나서고부터 아버지에겐 오직 하나의 생각밖에 없었다. 고3, 중3인 두 아들만은 내가 잘 간수를 해야 한다.[6] 나까지 정신 못 차리고 휩쓸려 다니면, 이 아이들의 미래는 파탄이다! 선영이 일 하나만으로 온 식구가 생지옥을 넘나들고 있는 마당에, 이 아이들마저 잘못되면 이제 우리 식구는 완전히 끝장이다! 파멸이다! 사실 아내가 저렇게 나다닐 수 있었던 데에는 은연중에 아버지를 믿는 마음이 있었다. 그래, '요 애'들만은 내가 잘 간수를 하고, 가정을 지켜야 쓴다! 아침이면 밥을 했고, 저녁이면 빨래를 했다. 김치며 밑반찬은 짬이 날 때마다 아내가 만들어 놓았으므로, 아이들이 끼니를 거르지 않도록 단속하는 일은 아버지가 맡았다. 아무리 밥맛이 없어도 물에라도 훌훌 말아 먹어야 아이들을 보냈다.[7]

칼로 가슴을 도려내듯 남은 자식들에 대한 애틋함이 사무쳤던 게 언제였던가. 딸이 죽고 얼마 후, 종욱의 졸업식[8]이 있었다. 전남대 5·18 광장에서 열린 종욱의 졸업식엔 아버지와 의석, 영석만이 참석했다.[9] 어머니도 누이도 없는 졸업식은 썰렁하기만 했다. 딸의 죽음으로 반주검이 된 어머니는 선영이를 찾겠다며 새벽같이 서울로

종욱의 졸업식. 가족들의 표정이
하나같이 쓸쓸하고 삭막하다.

올라갔고, 서울의 화진은 근무 때문에 오지 못했다. 사각모를 쓴 종욱의 모습은 쓸쓸해 보였다. 아무도 말이 없었다. 그토록 고대하던 큰아들의 졸업식이었건만, 아버지는 시원한 웃음 한 줄기 선사할 수가 없었다. 졸업식 내내 아버지의 시선은 5·18 광장 한 켠에 빽빽이 늘어선 동백에 머물러 있었다. 식이 끝나고, 사진 몇 장 찍고 나니 더이상 할 일이 없었다. 아버지는 휘적휘적 교문을 빠져나갔다. 식구들이 당도한 곳은 전대 후문 근처의 어느 식육점에 딸려 있는 고깃집이었다. 아버지는 말없이 소주잔을 기울였고, 세 아들은 지글지글 익어 가는 고깃점들을 뚫어지게 바라보고 있었다. 종욱이 문득 중얼거렸다.

"자식! 좀만 기다렸으면 오빠 졸업식인데……."

아버지가 충혈된 눈을 빠르게 깜빡이며 천장을 올려다보았다. 고개를 숙인 영석의 테이블에 눈물방울이 점점이 뿌려졌다. 영석은 흑흑 느껴 울며 손바닥으로 자꾸 테이블의 물기를 쓸어내렸다. 종욱과 의석은 이를 악물었지만, 악다문 이빨 사이를 막무가내로 비져 나오는 흐느낌은 어쩔 수 없었다. 온 식구가 울었다. 선영에 대한 죄책감으로 울고, 서로에 대한 애잔함으로 울었다. 오늘같이 좋은날, 오늘같이 좋은 날…….

그 날 아버지는 굳게 결심했다. 무슨 일이 있어도 남은 자식들만은 굳건히 키우리라. 키워 내리라.[10] 5시에 퇴근해서 집으로 돌아오면 7시.[11] 태산같이 쌓인 설거지를 해치우고, 자식들이 먹을 밥과 찌개를 해놓았다. 그리고는 김치 한 보시기 꺼내놓고 주방 한 구석에 쪼그리고 앉아 소주잔을 기울이는 것이다. 서울 간 아내 생각, 덧없이 떠나버린 딸 생각. 이 생각 저 생각에 떠다니다 보면, 또 그 놈의 눈물이 억수같이 치솟는 것이다. 눈물이 왜 이리 많아졌는고, 아버지 돌아가셨을 때도 눈물 한 방울 짜내지 못했던 내가! 자식 하나 앞세우고 눈물이 홍수가 되야부렀어.

허망했다. 텅 빈 마음을 둘 데가 없었다. 갈피를 잡을 수가 없었다. 하루에도 몇 번씩 숨이 턱턱 막혔다. 내 자식이 옳은 일 하다 죽었는데, 애비가 되어서 이렇게 죽은 듯이 살아도 되는 것일까. 뭔가 해야 했다. 그래야 나중에 선영이를 만나도, '아부지는 요런 요런 일들 하다 왔다. 최선을 다했고, 부끄러움 없이 살았다.' 하고 면이 서지 않겠는가 말이다. 새벽마다 최루가스를 뒤집어쓰고 돌아와 막대기처럼 쓰러지는 아내의 모습은 그런 생각을 더욱 부채질했다. 하지만 무얼 해야 하나, 무엇을. 딸아, 선영아, 이 늙은 애비에게 힘을 다오!

"김 선생. YMCA라는 디가 뭣 허는 데요? 거기 선생님들이 허는 단체가 있소?"

"아, 거기요! Y교사 모임이라고, 선생님들 모임이 있닥 허데요. 금남로 YMCA를 한 번 찾아가 보세요. 그 사람들 만날 수 있을 거예요."

며칠 전, 같은 학교 선생님에게 교사 모임에 대한 정보를 얻은 아버지는 오늘에서야 YMCA를 찾은 것이다. 그런데 선뜻 문을 열고 들어갈 용기가 나지 않았다. 들어가야 하나, 말아야 하나. 망설이고 있는데, 등 뒤에서 경쾌한 발걸음 소리가 들렸다. 젊은 교사는 백제실로 들어가려다 말고, 아버지를 돌아보았다.

"어떻게 오셨습니까?"

교사는 다소 의심스럽다는 듯 아버지를 위아래로 훑어보았다. 젊은 교사들 뿐인 모임 장소에 반백의 중년 사내가 얼쩡거리고 있으니, 수상쩍은 생각이 들 법도 했다.

"장성여중 과학 교사인데요. 여그서 좋은 이야기를 헌다고들 해서 좀 들어 볼라고 왔습니다."

"아, 그러세요?"

젊은 교사는 그래도 의문이 풀리지 않았는지 이 모임을 어떻게 알게 됐느냐, 누구한테 들었느냐, 이 모임의 성격에 대해서는 알고 있느냐, 오만 가지를 다 물었다. 별 수 없이, 직장 동료들에게도 하지 않던 선영이 이야기를 꺼낼 수밖에 없었다. 이야기를 듣고 난 젊은 교사는 그제야 진심에서 우러난 환영의 뜻을 표했다.

"정말 잘 오셨습니다. 이 모임은 바로 박 선생님 같은 분들을 위한 곳입니다."

"인자 오기는 왔는디, 내가 이 쪽으로 뭣을 아는 게 없어 가지고, 젊은 사람들 모임 헌디 방해나 되지 않을까 모르겠습니다."

"아유, 박 선생님! 그런 걱정은 하지 마십시오. 저희들이 오히려 선생님께 배워야지요. 그런 걱정은 마시고, 일단 들어가시죠."

아버지는 그렇게 Y교사 모임에 첫발을 디뎠다. 교사협의회가 만들어지기도 전의 일이었다. 초기에는, 생전 처음 듣는 이야기들에 그저 놀랄 따름이었다. 교사들이 하는 이야기가 교육 현실에 대한 비판인 건 분명한데, 난수표의 암호처럼 도무지 알아들을 재간이 없었다. 제도권 교육에서는 생전 들어보지도 못한 내용이었다. 가만히 앉아서 귀를 기울이는 수밖에 없었다. 알아듣던 못 알아듣던 밤마다 거길 나갔다. 하루도 빠지지 않았다. 묵묵히 구석 자리에 앉아 오가는 이야기를 경청했다.

한 열흘 지나자 교사들의 이야기가 귀에 들어왔다. 귀가 열린 것이다. 한 사람, 두 사람씩 아는 사람도 점점 불어났다. 기뻤다. 직장 말고도 갈 데가 있고, 답답한 심경을 토로할 상대가 있다는 것만으로도 막힌 가슴이 시원하게 터지는 기분이었다.

젊은이들의 이야기를 들으면서, 몇 번이나 가슴을 쳤다. 교육이 잘못돼도 한참 잘못된 거로구나. 내 교직 생활이 평탄치 못했던 것도

전교조 영광군 지회 모임에서 징을 잡은 아버지

다 이유가 있는 것이었구나. 아, 정녕 잘못 살아왔구나! 그렇게나 착하고 상냥했던 내 딸이 서클 그만두라는 말에는 왜 그렇게 심하게 반발했는지 비로소 알 것 같았다. 딸을 잃고 반주검이 되었던 아내가 집회에만 나갔다 하면 왜 그리 물 오른 생선처럼 펄펄 뛰는지 이제야 알 것 같았다. 조직이란, 공동체란, 함께하는 삶이란 그런 거였다. 정을 나누고, 사랑을 나누고, 삶을 나누고, 희망을 나누는 곳이었다. 왜 이제야 알았던가. 왜 이제야…… 민주주의는 정녕 피를 먹고 자라는 나무란 말인가.[12]

어느 날 밤. 서울에 상경했던 아내가 며칠 만에 집으로 돌아온 날이었다. 온몸에서 진동하는 파스 냄새! 눈이 아렸다. 목이 메었다. 무슨 얘기를 할 것인가. 아내는 돌아오자마자 쉴 새도 없이 쌀을 안치고, 밑반찬을 만들고, 김치를 담기 시작했다.

"아, 쉬어 갔서 해. 쉬고 내일 해도 되잖애."

생각해서 한다는 소리가 고작 그거였다. 화난 사람처럼 쏘아부친 게 후회스러웠지만, 쏟은 물을 주워 담을 도리가 있는가. 주방에 나가 물을 한 잔 마셨고, 신문을 들었다 놓았고, 화장실 스위치를 켰다가 껐다. 잠시 후 아버지는 아내 옆에 쪼그리고 앉았다. 슬그머니 마늘 바구니를 잡아 당겼다.

"아, 쉬라는데도 말을 안 듣고……."

곁눈으로 슬쩍 아버지를 바라보던 아내의 눈이 둥그레졌다. 한 알 두 알 마늘을 까고 있는 남편의 모습. 가슴이 철렁했다. 댓가지처럼 완고하고 꼬장꼬장하던 남편도 선영을 보낸 뒤론 하루가 다르게 늙어가고 있었다. 아내는 애써 무심한 태도로 중얼거렸다.

"거시기, 낼도, 저녁차로 또 올라가야 허는디."

"자네 맘대로 하소만……, 죽지만 말어."

소금을 그러쥐던 아내가 흠칫 몸을 떨었다. 아내는 거칠게 숨을 들이마셨다. 그리고 내뱉었다. 입술이 부르르 떨리는가 싶더니, 소리 없는 눈물이 거죽만 남은 볼을 타고 흘러내렸다. 아버지는 어깨를 떨며 우는 아내를 외면한 채, 계속해서 말했다.

"죽지 말고, 밤차로 댕기지 말고, 굶고 댕기지 마. 글믄 내가 더 이상 말 안 헐라니까."

죽음! 혈육을 잃은 슬픔을 겪은 이들에게 죽음이란 말처럼 생생한 현실이 또 있을까![13] '죽지만 말라'는 아버지의 말은 아내의 투쟁에 대한 전폭적인 지지와 지원을 약속하는 중대한 선언이었다.

되찾은 유서 두 장

우리 아들이나, 딸이나, 아부지나 그렇게 안 밀어 줬으면 나는 벌써 죽었어. 진짜 죽었어. 다 못 산당께. 동물도 글제 잉. 병아리도, 지 새끼를 옆에도 못 오게 감추는 닭이 있고, 다 뺏어가도 냅두는 닭이 있거든. 나는 참 자식 욕심이 많 앴어. 내가 못 배워 갖고 오로지 배워 갖고 이 사회에 나가서 좋은 사람, 좋은 맘 묵고 좋은 일하고 살아라, 그렇게 했거든. 그랬는데, 좋은 일 허다가 갔는데 내가 어떻게 잊어부러.

— 어머니의 술회에서

"마스크 서이, 휴지 서이……, 음마? 치약이 한나 모자랑만? 치약 은 두 개만 느까아……?"

혼자 궁싯거리는 어머니 말을 알아듣고 아버지가 얼른 나섰다.

"아이, 영석이 보고 한나 사오락 해. 그래도 한 앞에 한나씩은 있 시야제."

"갈라 쓰믄 되지 멀 그라요?"

"허어, 자기가 밤낮 댕겨놓고도 몰라? 쫓기다 보믄 갈라 쓰고 말고 헐 시간이 있능가? 한나 사오락 해. 글고, 물 좀 낫게 챙개. 더운디 뛰믄 목마릉께."

어머니 옆에서 준비가 끝나길 기다리던 종욱이 소리내 웃으며 말 했다.

"엄마! 우리 아버지, 언제 저렇게 선수가 되셨죠?"

"하하하……."

의석과 영석은 눈짓으로 부모님을 가리키며 진작부터 킬킬거리던 참이었다. 아버지와 어머니도 민망한 얼굴로 웃음 지었다.[14] 생살을 찢는 아픔과 슬픔 속에서도 가족들은 돌파구를 찾아나갔고, 삶의 방향과 지향점은 선영이로 모아지고 있었다. 오늘은 6월 18일, 전국에서 동시 다발적으로 최루탄 추방대회가 열리는 날이었다. 선영의 집에서는 부모님과 큰아들 종욱이 나가기로 했다. 아직 고3, 중3인 의석과 영석에게는 '꼼짝 말고 공부하라'는 아버지의 엄명이 떨어졌다. 영석이야 아직 어리지만, 의석은 제법 덩치도 있고, 키도 커서 시위 현장에서 얼쩡거리다 공연히 대학생으로 오인(?)될 수도 있기 때문이었다.

종욱은 이미 7월 1일자 입대 영장을 받아놓은 상태였다. 그는 아르바이트를 하러 가는 시간 말고는, 거의 매일을 전남대, 금남로 등지에서 살다시피 했다. 동생을 생각하면 한 시도 집에 있을 수가 없었다. 시위 행렬 속에서 목이 터져라 구호를 외치고, 짱돌을 던지는 순간만큼은 동생에 대한 질긴 부채감에서 벗어날 수 있었다. 그 외의 시간들은 암흑이었다. 죽음이었다. 시위가 없는 날엔 술을 마셨다. 안 그러면 배겨낼 수가 없었다. 술기운에 의지해 목 놓아 울기도 여러 번이었다. 그러고 나면 조금은 속이 뚫리고, 후련해지는 듯한 느낌이 들었다. 다행히도 그 뜨거운 6월엔, 거의 매일 시위가 있었다.

1987년 6월 10일. 민정당 전당대회가 열리는 서울 잠실 체육관에서 간선제를 통해 5공화국 정권을 승계할 민정당 대통령 후보로 노태우 대표를 선출하고 있을 때, 전국 22개 도시에서는 박종철 군 고문 살인 규탄 및 호헌 철폐 시민대회가 열렸다. 한반도 땅 덩어리 전체가 활화산처럼 훨훨 타오르고, 구석구석 지글지글 끓던 날이었다. 서울의 시위대 가운데 일부는 명동성당에 집결, 농성에 돌입하였다. 6일간의 명동성당 농성을 구심점 삼아 6월의 햇살만큼이나 뜨거운 항쟁이 전국에서 대규모로 이어졌다.

이제 시위는 학생, 노동자들의 전유물이 아니었다. 차량 기사들이 일제히 경적 시위를 벌이기도 했고, 유신 말기와 광주항쟁 시기에 학창시절을 보낸 사무직 노동자들이 대거 거리로 쏟아져 나왔다. 일명 '넥타이 부대'였다. 거리마다 만장과 깃발, 플래카드가 휘날렸고, 시위 행렬이 지나갈 때마다 시민들은 손수건을 흔들거나 박수를 보냈다. 여학생들은 싸가지고 온 도시락을 담 밖으로 던졌고, 상인들은 멀리서 쫓겨 오는 학생들의 발자국 소리만 들려도 셔터를 반쯤 내리고 대기하곤 했다. 쫓기는 학생들이 셔터 안으로 들어가면 셔터를 완전히 내려 버리고는, 뒤쫓아 온 경찰들을 향해 비웃음을 흘리는 것이다. 누구의 선동에 의한 것도, 지도에 의한 것도, 뚜렷한 계획과 목표가 있는 것도 아니었다. 그냥 각자가 본래 지니고 있던 불의에의 저항과 투쟁의 열망들이 시대의 흐름을 타고 자연스럽게 분출되고 있을 뿐이었다. 바야흐로 때가 무르익은 것이다.

18일의 최루탄 추방대회를 기점으로 전두환을 선장으로 하는 '5공호'는 침몰 직전의 위기에 놓이게 되었다. 정국은 급회전하기 시작했다. 위기를 맞은 군부 권력 내부에는 강경파와 온건파의 다툼이 첨예하게 벌어졌다. 강경파들은 계엄령과 군 투입론을 들고 나왔고, 온건파들은 이 위기를 넘기고 정권을 유지하려면 국민들의 민주화 열기를 잠재우려면 제한적으로나마 국민들의 요구를 수용할 필요가 있다고 주장했다. 전두환의 생각이 점점 온건론으로 기울어 갈 무렵, 6월 26일 다시 한 번 전국적 전 계층 규모의 대항쟁이 전개됨으로써 수시로 고개를 쳐드는 강경론에 다시 한 번 쐐기를 박았다. 이제 전두환에게는 다른 선택의 여지가 없었다.

1987년 6월 29일 오전 9시 5분 노태우 민정당 대표위원은 국민들의 민주화와 직선제 개헌 요구를 받아들인다는 '대국민 항복 선언'을 했다.

"동지 여러분. 친애하는 국민 여러분. 저는 이제 우리나라의 장래 문제에 대해 굳은 신념을 가지게 되었습니다. 첫째, 여야 합의 하에 조속히 대통령 직선제 개헌을 하고……."

모두가 숨을 죽였다. 예상을 훨씬 뛰어넘는 폭탄선언이었다. 대통령 직선제 개헌, 김대중 씨의 사면 복권, 지자제 실시, 언론자유 보장……. '6·29 민주화 선언 8개항'이었다.

88년 유가협 열사진상규명투쟁 중(왼쪽 두번째가 어머니).

20여 분간에 걸친 노태우의 6·29 선언이 끝나자 텔레비전을 지켜본 국민들의 만세소리가 전국 곳곳에서 터져 나왔다. 교문을 사이에 두고 대치해 있던 대학생과 전경이 얼싸안을 정도였으니, 이 날 온 국민이 맛본 승리감이 어떤 것인지 짐작할 수 있을 것이다. 전국은 온통 축제장이었다. 김영삼 민주당 총재와 김대중 민추협 공동의

장도 '내 소원이 이루어진 것 같다.', '인간에 대한 신뢰를 느낀다.'
며 환영했다. 외신들도 극찬을 아끼지 않았다. 서울 플라자호텔 뒤편
의 한 다방[15]에 붙여진 '오늘은 기쁜 날 찻값은 무료입니다.' 라는 글
귀는 국민들의 기쁨을 대변한 것이었다. 노태우는 비서를 대동하고
동작동 국립묘지를 거쳐 아산 현충사를 참배한 뒤, 경찰병원을 방문
하여 시위진압 과정에서 부상당한 전경과 경찰들을 위문했다. 또, 신
촌 세브란스 병원에 입원중인 연세대생 이한열 군을 찾아 부모에게
위로의 말을 전하기도 했다. 노태우의 진지한 표정과 '고독한 결단'
이란 수식어, 그리고 어느 한쪽으로 치우침 없는 그 날의 행보는 그
야말로 국민 대화합의 손색없는 일보(一步)로 보였다.

그러나 노태우의 6·29 선언은 일 개인의 '고독한 결단' 이 아니
라, 광주항쟁 이후 면면히 이어져 온 민중들의 민주화 투쟁으로 궁
지에 몰린 군부독재의 거짓 항복에 불과한 것이었다.[16] 이 땅에서 진
정한 승리는 군부독재 정권의 완전한 타도 그 이상도 이하도 아니
었으니, 광주항쟁 5적의 하나이자 집권당 차기 대통령 후보인 노태
우가 이날 마치 민주화의 기수라도 된 양 '폼' 을 잡는 모습은 실로
우스꽝스럽기 그지없는 광경이었다. 어쨌든 이런 기만적인 항복이나
마 받아낼 수 있었던 것은 우리 민중들에게는 이승만 하야 이후 처
음 맞이하는 행복한 경험이었다.

6·29 선언이 발표되자, 그날로 선영의 집은 초상집이었다. 부모
님은 딸의 사진을 부둥켜안고 울부짖었다.

"세상에 이렇게 좋은 세상이 돌아왔는데, 내 자식은 가고 없구나!
조금만 참고 더 살지. 이렇게 좋은 세상이 왔는데! 선영아, 선영
아……."

서러웠다. 딸의 죽음이 서럽고, 그 서러운 죽음의 진상마저 왜곡되
고 찢겨지고 불태워져야 했던 지난 몇 개월의 일들이 떠올라 슬픔

이 북받쳤다. 죽은 자식을 가슴에 묻고 박종철을 살려내라, 이한열을 살려내라고 외칠 때, 속으로 속으로만 골 지어 흐르던 피눈물을 누가 알 것인가. 그 누가 있어, 구천을 떠도는 내 딸의 원혼을 달래 주랴. 어머니는 장롱 서랍 깊숙이 넣어둔 '비장의 유품'을 꺼내었다. 선영의 눈물과 한이 굽이굽이 서려 있는 일기장이었다. 그간 남편 몰래, 누구도 몰래 보관해 온 것이었다. 어머니는 일기장을 부둥켜안고 목놓아 울었다. 가엾은 사람, 가엾은 내 딸, 누구도 목메어 부르지 않는 이 가엾은 목숨아. 밝혀내리라. 백일하에 드러내리라. '동대문 한 궤짝 위에' 타살당한 선영의 혼, 선영의 열망, 선영의 꿈들을 이 땅 위에 복원해 내고야 말리라. 이 생각 저 생각에 전전반측하던 어머니의 뇌리에 벼락같이 동대문 경찰서 형사들에게 압수당한 유서가 떠올랐다. 어머니는 이불을 박차고 벌떡 일어났다. 아니, 노태우도 민주화를 하겠다고 선언한 마당에 내 딸 유서를 찾지 못할 이유가 뭔가? 찾아야 해. 밝혀내야 해. 만천하에 알려야 해.

어머니는 일기를 끌어안고 이튿날 첫 기차로 득달같이 서울에 올라갔다. 동대문 경찰서에 도착한 어머니는 박부웅 형사를 찾았다. 박부웅, 생전에 그 이름을 잊으리. 딸이 죽었다는 연락을 받고 서울 올라와 맨 처음에 들은 말이 그 말[7] - 박부웅 - 이었다.

"나 박선영이 엄만디, 박선영이 유서를 줏씨요."

"그건 뭐 하실려구요?"

"아니, 뭣을 하다니요? 우리 선영이 마지막 글인디 당신들이 보관할 것이 뭣 있소?"

박부웅은 얼굴을 굳히며 딱 잘라 거절했다.

"규정 때문에 안 됩니다."

"내 딸 유서, 내가 달라는데, 규정이 뭔 말라비틀어진 규정이요? 싸게 줏씨요!"

"아주머니, 고정하시고 내 말 좀 들어보세요. 박선영이 같은 운동권 학생 유서는 규정상 드릴 수가 없게 돼 있어요."

"뭐요? 아니 온 국민이 싸워 갖고 노태우가 육이구를 선언허고, 좋은 세상 민주화 세상을 맨들었는디, 못 줄 것이 뭣 있소! 얼릉 주씨요!"

"어허! 이 아주머니 세상 물정 너무 모르시네. 육이구 선언했다고 하루아침에 세상이 달라집니까? 육이구는 그야말로 국민들 진정시키는 수단이지 순진하게 그걸 사실로 받아들이면 곤란하지요."

"뭐여? 사실이 아니라고? 그렇다면 노태우는 육이구를 취소하라! 국민을 기만하고 우롱하는 육이구를 당장 취소하라!"

어머니는 온 경찰서가 쩌렁쩌렁 울리도록 큰 소리로 구호를 외쳤다. 당황한 박부웅이 어머니의 팔을 잡고 구석으로 끌고 갔다.

"아이쿠, 아주머니! 왜 이러십니까?"

"내 자식 유서, 부모가 도락헌디 왜 못 줘! 좋게 내놋씨요!"

"나 이거야 원! 아주머니! 내가 상부에 잘 애기해서 반드시 돌려드릴 테니까, 오늘은 일단 돌아가시고, 내일 다시 오세요, 예?"

박부웅은 진땀을 비직비직 흘리며 사정했다. 속는 셈치고 한 번 믿어 보기로 했다. 이튿날도 아침 일찍 박부웅을 찾아갔다. 박부웅은 어머니에게 근처 다방에서 기다리라고 말했다. 어머니는 유서를 찾을 수 있다는 희망으로 잠자코 다방에서 박부웅을 기다렸다. 그러나 다방에 나타난 박부웅은 어머니의 희망을 여지없이 깨뜨렸다.

"아, 이거 기다리시게 해놓고 어떡허죠? 아직 상부에서 확실한 결정이 안 났어요. 한 번 더 오셔야겠슴다. 내일 이 시간에 여기서 기다리시죠."

차일피일 미루는 박부웅의 태도에 부아가 치밀었다. 이런 식이라면, 내일 다시 온다 해도 유서를 받을 수 있을지 확신할 수가 없었다. 이것들이 사람을 어떻게 보고……. 어머니는 박부웅의 눈을 똑바로 쳐다보며, 격앙된 음성으로 말했다.

"괜히 오라 가라 허지 말고, 못 주겠으믄 못 주겠다고 딱 부러지게 말을 허씨요!"

"하하! 이거, 속고만 사셨나. 아주머니, 내일은 꼭 드릴 테니 안심하세요. 아유, 이거 차가 다 식었네. 인삼차나 한 잔 시켜 드릴까?"

느물거리는 박부웅의 말투에 어머니는 더욱 화가 났다. 다방에서 만난 것부터가 잘못된 것 같았다. 얍삽한 박부웅의 잔꾀에 속아 넘어간 기분이었다. 그 날 어머니는 면목동 동생네 집에서 뜬눈으로 밤을 지새웠다. 열이 끓어올라 잠을 이룰 수가 없었다. 오냐, 이놈들! 두고 보아라! 무슨 일이 있어도 내일은 결판을 내리라!

다음 날. 다방으로 나오라는 박부웅의 말을 무시하고, 어머니는 곧장 경찰서로 향했다. 그들의 말을 고분고분 들을 필요가 없었다. 물렁하게 나갈수록 더 얕잡아 보는 게 그들의 생리였다. 어머니는 아직 출근하지 않은 박부웅의 자리에 떡하니 버티고 앉았다. 자기 자리에 앉아 있는 어머니를 본 박부웅은 뜨악한 눈빛으로 말했다.

"다방으로 오시라고 했는데, 왜 여기 계세요?"

"내가 왜 다방으로 가요? 다 필요 없응게, 딱 한 마디만 허씨요. 준다든지 못 준다든지 말 한 마디만 허씨요!"

"도대체 그건 갖다가 뭐 하시게요?"

"내가 보관할라고 그런다고 도대체 몇 번째 말을 해야겠소?"

"아주머니, 일에는 다 순서가 있는 법이니까, 일단 가셨다가 이따 저녁 때 한 번만 더 오세요. 그때 내, 틀림없이 돌려드릴게."

어머니는 주먹으로 책상을 쾅 내리치며 결연히 부르짖었다.

"더 이상은 안돼! 첫 번째 옹께 두 번째 오라, 두 번째 옹께 세 번째 오라, 인자는 안돼! 오늘 당신들이 주면 갖고 간 것이고, 안 주면

난 여기서 죽어 나갈라요. 난 살기가 싫소. 세상에 살기가 싫소. 자식이 남긴 마지막 글도 못 받은 부모가 살아서 뭣 허요? 내 자식 마지막 글허고 내 생명허고 맞바꿀라요!"

어머니가 완강하게 나가자 박부웅은 당황한 기색이 역력했다. 박부웅의 다급한 보고를 받은 형사과장이 잠시 후 어머니를 불렀다.

"아이고, 박선영 어머님! 이거 죄송하게 됐습다! 나도 딸자식 키우는 사람인데 어머님 심정을 왜 모르겠습니까? 여기 잠시 기다리세요. 복사해 놓고 원본은 드리겠습니다."

박부웅이 유서 원본이라며 두 장을 가져왔다.

"이게 다요?"

"예, 답니다."[18]

형사과를 나온 어머니는 경찰서 안마당에 쪼그려 앉아 선영의 유서를 펼쳤다. 낯익은 딸의 필적, 눈물이 흘렀다.

날 낳으시고 기르신 부모님!

딸자식의 불효를 부디…….

강하게, 바르게, 이 세상 떳떳이 살아가지 못함이 못내 부끄럽습니다……![19]

3인의 결사

나정훈이란 선영이 지도 선배를 만났어. 아주 선한 인상에 마르고 왜소한 체구였어. 한 168cm 정도 됐을까. 자그마하니 동안이었어. 그 남자는 홀연히 왔다가 홀연히 사라졌는데, 뭔가 쫓기는 듯 했고, 비밀스런 활동을 하는 것처럼 보였어. 이듬해 88년, 일본으로 떠난다고 전화가 왔어. 통일운동 공부하러 유학 간다고. 귀국하면 꼭 좀 연락해달라고 사정했지. 하지만 그게 끝이었어. 지금까지 연락이 없는 걸 보면……, 그걸로 끝이었어.
— 언니 화진의 술회에서

유서 두 장을 찾은 어머니는 곧바로 동대문 경찰서 2층 기자실로 올라갔다. 그러나 기자들은 하나같이 난감한 기색으로 고개를 저었다. 6·29 선언 이후라 시의성이 떨어져 신문 기사로 싣지 못하겠다는 것이다.[20] 기자들의 시선이 모두 최루탄에 맞아 절명한 연세대생 이한열에게 쏠려 있을 때였다. 낙심한 어머니는 마지막 힘을 내어 물어물어 조선일보사를 찾아갔다. 기자실 입구에서 울며불며 용건을 설명하고 있는데, 우연히 그 광경을 목격한 젊은이가 어머니의 팔을 잡아끌었다.

"저, 어머니. 잠시 저하고 이야기 좀 하시지요."

그가 바로 박선영의 동지를 찾고, 서울교대 내 추모제를 이끌어내는 데 결정적인 역할을 하게 되는 김영호[21]이다. 그 날 김영호는 누나를 만나기 위해 조선일보를 방문했다가, 기자들을 붙들고 눈물로 하소연하는 어머니의 애처로운 모습을 보게 되었다. 기자들의 표정은 너무나 냉담했고, 무관심해 보였다. 안타까웠다. 당시 연세대 복학생으로 학생운동에 관여하고 있던 김영호는 어머니의 애끓는 사연을 한눈에 짐작할 수 있었다. 김영호는 학생증을 보여주며 어머니를 안심시킨 뒤, 당시 자신이 경영하던 수유리 카페로 어머니를 모셔갔다.[22] 그 날은 군에서 휴가를 나온 친구 전영기가 카페에 놀러 오기로 한 날이었다. 카페에는 마침, 서울교대 79학번 김병일[23]도 동석해 있었다.

어머니는 세 사람을 상대로 밤이 깊도록 눈물 반 한숨 반의 이야기를 풀어냈다. 딸의 삶이자 그 어미의 삶이기도 했던 - 혹은 딸의 죽음이자 그 어미의 죽음이기도 했던 - 이야기를 처음부터 끝까지 이렇듯 한마음으로, 그 어떤 '억측'도 '추측'도 없이 들어준 사람은 그들이 처음이었다. 그 전까지 선영의 이야기는 서슬 퍼런 금기의 영역, 어둠의 장소에 묶여 있었다. 힘 있는 자들은 무시했고, 재주 있는 자들은 냉소했으며, 기회를 엿보는 자들은 왜곡했다. 시간이 얼마나 흘렀는지 아무도 알지 못했다. 긴긴 밤이 지나가고, 또 하루가 밝아오기 시작했다. 세 젊은이들의 눈에 이슬이 맺히기 시작했다. 전영기는 아예 넋을 놓고 눈물을 줄줄 흘렸다.

마침내 김영호가 단안을 내렸다. 그는 덩치 좋고 우람한 체격대로 의협심도 강하고, 리더십이 있는 인물이었다.

"이렇게 눈물로 묻어 버릴 이야기가 아니다. 일단 우리 차원에서 대책을 세우자. 영기, 너 귀대 날짜가 언제냐?"

"일주일 남았어."

"좋아. 그 정도면 충분해. 먼저 역할 분담을 하자. 난 이 일기에 적혀 있는 전화번호와 이름들을 추적해서 같이 활동했던 친구들을 찾아볼 테니까, 넌 병일이하고 주변 인물을 인터뷰해서 일기와 유서

내용을 토대로 박선영 죽음의 의미를 부각하는 문건을 하나 만들어
봐. 병일이도 교대 후배들 좀 연결해 보고. 그리고, 어머니."

순식간에 역할 분담을 끝낸 김영호는 지갑에서 학생증을 꺼내 어
머니에게 건네며 말했다.

"당장 오늘부터 작업을 해야 하니까 일기하고 유서는 두고 가세
요. 확실하게 돌려드릴 테니, 분실에 대해서는 걱정마시구요. 이 학
생증은 어머님이 불안해 하실까봐 드리는 겁니다. 내일 저녁 때 다
시 연락을 드릴 게요."

내심 불안한 마음이 없을 수가 없었다. 어떻게 숨겨온 일기장이며,
어떻게 되찾은 유서던가. 그러나 세 학생들의 순수한 눈물을 보았던
어머니는 불안한 마음을 억누르고 동생 집에서 초조하게 김영호의
연락을 기다렸다. 7월 4일 토요일, 날이 저물어 갈 무렵, 김영호로부
터 전화가 왔다.

"어머니, 김우중입니다. 선영이 선배를 찾아냈어요!"

"오매!"

"나정훈이라고 인천에 사는 친군데요. 그 친구하고 통화가 됐어요.
내일 아침에 인천에서 만나기로 했어요."

"시상에, 이런 은인이! 고맙습니다, 고맙습니다!"

감격한 어머니는 수화기에 대고 자꾸 절을 했다.

"일단 내일은 제가 먼저 만나서 그 친구 얘길 들어보고요. 어머님
하고 만날 약속을 잡아 드릴 게요."

일은 신속하게 진행됐다. 다음 날 김영호는 전영기와 함께 부천역
광장에서 나정훈[24]을 만났다. 나정훈은 이 낯선 사람들이 어떻게 자
신을 알고 찾아왔는지, 상당히 곤혹스러운 표정이었다. 물론 비밀 활
동을 하는 사람으로서 당연한 반응이기도 했다. 김영호는 곧장 선영
에 대한 이야기로 들어갔다.

"박선영 씨 문제로 상의할 게 있어 왔습니다."

선영의 이야기가 나오자 나정훈의 안색이 하얗게 질렸다. 사실 나정훈은 선영의 죽음에 대해 이미 알고 있었던 것으로 보인다. 선영이 죽고 나서, 창신동 자취방을 한동안 비워두었을 때였다. 한 달쯤 지났을 때, 남학생 둘이 집을 찾아와 옆집 아주머니에게 선영의 죽음에 대해 이것저것 자세하게 묻고 갔다.[25] 다시 그 얼마 뒤에, 언니의 직장으로 한 남학생의 전화가 왔다. 만나자는 것이었다. 그러나 당시는 어머니를 제외한 가족 모두가 선영의 생전 활동에 대해 쉬쉬하던 때라, 언니는 남학생과의 만남을 거절했다.[26] 그 뒤로도 언니를 찾는 남학생의 전화가 몇 차례 왔었으나, 결국 만나지 못했다. 이런 일련의 사실로 미루어, 적어도 몇 가지 사실은 유추해 볼 수 있다. 우선 선영의 집을 찾아온 남학생들은 아마도 창신동으로 이사할 때, 이삿짐을 옮겨준 학생들일 것이다. 이들은 선영의 죽음을 강하게 예견하고 있었거나, 갑자기 연락이 끊긴 동료의 소식이 궁금해서 찾아왔을 것이다. 언니 화진의 생각은 전자에 가깝다. 어쨌든 교회 서클 동료들은 적어도 창신동 집을 다녀간 후로는 선영의 죽음에 대해 알고 있었으며, 나정훈 역시 현장으로 이전했다 하더라도, 옛 동료들로부터 그 이야기를 들었을 가능성이 높다. 과거 교회 서클 선후배들과 의도적으로 절연하지 않는 이상 소식은 꾸준히 접할 것이기 때문이다.

잠시 뜸을 들이던 나정훈이 마침내 입을 열었다.

"선영이는 서클에서 아주 열심히 활동했던 후배였습니다. 집안 문제나, 학교 문제로 심각한 고민에 빠져 있다는 건 알고 있었지만, 이렇게 죽음에 이를 정도로 고민이 깊은 줄은 상상도 할 수 없었죠."

"저는 박선영의 죽음을 사적인 죽음으로 봐서는 안 된다고 봅니다. 그의 죽음은 학생운동 과정에서 발생한 명백한 사회적 타살입니다. 박선영이 고민했던 집안 문제나 학교 문제처럼 이 사회의 모순을 첨예하게 보여주는 게 또 어디 있겠습니까. 박선영은 이 사회의 무수한 벽들과 싸우다 죽어간 겁니다. 그럼에도, 지금 박선영의 주검은 죽은 지 몇 달이 지나도록 사회적으로 방치된 채 부패하고 있습니다. 가족들은 아무런 힘이 없고, 서울교대 쪽의 상황도 크게 기대할 것이 없습니다. 제가 오늘 나정훈 씨를 만나고자 한 것은, 저 같은 제3자가 나설 일이 아니라, 같이 활동한 동지들께서 지금이라도 박선영 죽음의 의미를 복원하고 널리 알리는 데 적극 나서야 하지 않을까 하는 생각에서입니다만……."

"방금 말씀하신 부분에 대해선 충분히 동감하고 있습니다. 그런데, 유감스럽게도 저는 지금 사정상, 전면에 나설 수가 없는 입장입니다."

이 문제에 관한 나정훈의 태도가 너무 소극적이라는 인상을 받은 김영호는 약간 언성을 높이며 말했다.

"동료가 이런 식으로 죽어간 시점에서 그렇게 말씀하시면 안 되는 거 아닙니까? 진정한 동지라면, 개인적인 사정이 있어 전면에 못 나선다 하더라도, 할 일은 얼마든지 많은 것 아닙니까? 억울하게 딸자식을 잃은 부모님들이 지금 얼마나 비통해 하시는 줄 압니까? 거의 침식을 잃을 지경입니다. 그들에게 박선영 씨의 생전 활동에 대해 들려주고 자부심을 가지게 하는 일도 어느 활동 못지않게 소중한 일이요, 또, 박선영의 죽음에 대해 별다른 대처를 하지 못하고 있는 서울교대 학생들을 설득해서 추모제라도 준비시켜야 마땅한 것 아니겠습니까?"

"옳은 말씀입니다."

나정훈은 짧게 대답하고 입을 다물었다. 파리한 그의 얼굴에는 여러 가지 감정과 생각들이 거미줄처럼 복잡하게 얽혀 있는 것 같았다. 그가 처해 있는 개인적 정황은 자세히 알 수 없지만, 나정훈은 나정훈대로 뭔가 간단하지 않은 사정이 있었을 것이다. 아무 이유 없이 자신이 지도한 후배의 죽음에 대해 책임을 회피하려고만 드는 선배는 없을 것이기 때문이다. 마침내 김영호는 결론을 대신하여 이렇게 말했다.

"이렇게 합시다. 박선영 문제 해결의 주체는 서울교대 학생들이어야 한다는 원칙 하에, 그들이 올바른 관점으로 이 문제를 바라보고, 추모제를 준비하기까지 나형도 같이 참여해서 힘을 실어 주기로. 어떻습니까?"

"예, 좋습니다."

김영호의 간단명료한 결론에 나정훈 역시 동의했다. 김영호는 뱃심 좋게 일을 추진해 나갔다. 7월 6일, 나정훈과 어머니를 만나게 하였고, 7월 8일 대망의 흥사단 모임을 주도적으로 이끌었다. 그동안 전영기는 선영의 주변 인물을 취재하여, 「어떤 죽음」이라는 글을 작성해 놓았고, 김병일은 서울교대 후배들에게 연락하여 박선영의 죽음을 설명하고 7월 8일 흥사단 모임에 참석하게 만들었다. 드디어, 1987년 7월 8일. 김영호를 비롯한 세 사람과 서클 대표로 나정훈, 서울교대 교자추[27] 위원장 84학번 김현순, 부모님 등 4자가 최초로 회동하는 순간이 왔다. 김영호의 사회로 회의는 일사천리로 진행되었다. 나정훈은 선영의 활발한 활동을 증언하였고, 부모님은 선영 사후의 일련의 과정을 설명하였으며, 김영호 외 3인은 교자추에 박선영 추모 행사를 정식으로 제의하였다. 논의 결과, 1987년 9월 1일부터 3일까지 3일간 박선영 추모 기간을 설정하고, 9월 2일 수요일 오후 2시 교내에서 교자추 주최의 추모행사를 거행하기로 결정했다.[28]

여기까지 왔다. 여기까지밖에 오지 못했다.[29]

(6·9 농성 이후) 그동안 짓밟히고 빼앗기고 처참히 구겨졌던 우리의 권리, 우리의 삶이 조금씩 부활되고 제자리를 찾고, 아픔을 치료하듯 그렇게 우리는 선영이의 추모제를 처음으로 갖고 … 서울교대의 비민주와 억압의 사슬을 걷어내고 새로운 희망을 심기에 여념이 없었다.

— 김현순의 회고문 「박선영과 나」 중에서

교자추 대표로 흥사단 모임에 참가한 김현순은 박선영 추모행사 안을 논의하기 위해 교자추 위원들에게 연락을 취했다. 학교 밖에서 따로 만남을 가져야 했다. 학교는 지금 '휴업령'이 내려진 상태였다. 이때의 서울교대는 이미 과거 선영이 다니던 그 학교가 아니었다. 6·9 항쟁의 격랑을 온몸으로 헤쳐 나온 서울교대였다. 사회대변혁과 민주화에 대한 갈망이 곳곳에서 들불처럼 타오르던 6월, 교대 역시 알에서 깨어나기 위한 엄청난 진통을 겪었다. 6월 9일, 서울교대 사상 최초로 거의 모든 학생이 학교 측의 폭정을 온몸으로 거부하며 떨쳐 일어났다. '발령'이란 기득권 때문에 정태수의 부당한 학사 운영을 참아내며 숨죽여 지내온 학생들은, 2년 반의 굴욕과 수모를 한꺼번에 날려버리려는 듯 무서운 기세로 타올랐다. 그것은 의거(義擧)였다.

최초의 불씨는 무엇이었던가. 아마도 그것은 서울교대의 무수한 박선영들이었을 것이다. 80년 이후 상당수의 서울교대 출신 활동가들이 '이름도 명예도 없이' 교회에서, 노동 야학에서, 언더서클에서, 인권 단체에서 신명을 바쳐 투쟁하였다. 그 보이지 않는 씨앗들은 때로 꺾이고 쓰러지면서, 이 땅 곳곳에 떨어져 사회와 교대 민주화의 거름이 되었다. 또 하나의 불씨는 무엇인가. 당시 민주화를 열망하는 전 국민적이고 전 사회적인 분위기는 심리적으로 교대 학생들에게 적지 않은 영향을 미쳐, '투쟁하면 된다.', '바꿀 수 있다.'는 자신감을 불러일으켰을 것이다. 결정적인, 마지막 불씨는 무엇이었나. 두 말할 나위도 없이, 그것은 교대생 모두가 가슴 터지도록 지니고 있던 불만과 정의감이었다. 이미 1987년 초부터 교대 학생들 사이에는 악질 학장의 횡포와 숨 막히는 폭정에 대한 불만이 골수에 차 있었고, 1학기 말쯤에는 거의 폭발 직전에 이르러 있었다.[30]

이제 더 이상 방관할 수만은 없다는 교대생들의 투쟁 의식에 불을 당긴 것은 두 학생의 KNCC 농성이었다. 참으로 절묘한 시점이었으나, 결코 우연만은 아니었다. 1987년 6월 4일, 서울교대 천은오, 성혜정 두 학생이 KNCC 회관에서 서울교대의 불법 행위를 규탄하고 악질 총장 퇴진을 요구하는 단식농성을 벌이는 사건이 일어났다. 대학생이면 누구나 다 읽는 교양서적을 공부했다는 이유로 학내 취조실로 끌려가 취조를 받고, 폭언과 구타, 감금을 당했다는 것이다. 이 사건을 신호로 서울교대 운동권 기수들은 기다렸다는 듯 학교 측에 대한 총공세에 나섰다. 다음날인 6월 5일, 제2대 총학생회 유세장에서 김현순을 비롯한 4명의 학생이 서울교대의 억압적인 상황을 폭로하며 교대 민주화를 위한 자율적 민주 총학생회 건설의 필요성을 주장하고 나섰다. 사태는 급진전되었다. 대대수의 학생들이 노래와 구호를 따라하며 교대 민주화의 열망을 드러냈다. 학교 측은 교수와 교직원들을 내세워 서둘러 학생들을 강제 해산시켰으나, 상황은 시작에 불과했다.

6월 7일에는 3명의 학생이 KNCC 농성을 지지하며 농성에 합류했고, 6월 8일에는 1, 2, 3학년 전 학생이 '수업 거부 동맹 결의와 학장 퇴진 요구서'에 전격 서명했다. 서울교대 학생이라면 그 날의 감격을 평생 잊지 못할 것이다. 그 누가 상상이나 할 것인가? 사지 멀쩡한 대학생이 백주대낮에 지성의 전당이라는 대학에서 하잘 것 없는 이유로 무시로 끌려가 취조 받고, 구타당하고, 감금당하는 그 악랄한 현실을! 교육과 지도라는 미명 아래 학생에겐 사형이나 다름없는 제적, 무기정학을 일삼는 눈물로 얼룩진 학창시절[31]을!

　6월 9일, 서울교대의 그 날이 밝아왔다. 박준규, 박수연(83학번, 무기정학) 두 학생이 부당징계 철회, 교내 민주화 쟁취 등을 주장하며 총학생회실 점거농성에 들어갔다. 학교 측은 사도교육 시간을 갖는 한편 학생들을 강제 귀가 조치시키기에 혈안이 되어 있었다. 학교 밖으로 밀려나는 학우들을 향해 김현순이 사력을 다해 소리쳤다.

　"모이자!"

　김현순의 부릅뜬 눈에서 분노의 불이 일렁였다. 주위에 있던 몇몇 학생들도 가세하여 목이 터져라 외쳤다.

　"모이자! 모이자! 모이자!"

　강제 귀가 조치를 방해하자, 학교 측은 교직원들을 시켜 김현순과 다른 세 명의 학생들을 학생처장실에 감금시켜 버렸다. 강제 귀가 조치로 교문 밖에 내몰린 학생들은 '학장 퇴진'을 외치며 스크럼을 짜고 다시 교내로 진입하였다. 중앙 잔디밭에 모인 이들은 집회를 열어 자신들의 요구 조건을 완전히 관철할 때까지 철야농성을 벌일 것을 결의하고, 체육관에 들어갔다. 학생들의 철야 농성이 시작되자 당황한 학교 측은 소수 좌경화된 학생들의 소행이라며 부모님들을 선동하기 시작했다. 그 결과, 50여 명의 학부모가 농성장에 진입하여 해산을 종용하는 일이 벌어졌다. 학생들은 부모님의 손을 잡고

'우리의 정당한 요구를 관철하기 위해 각자 자신의 의지로 참여하고 있으며, 학교 당국의 술책에 속지 말 것'을 간곡히 설득하였다.

천은오·성혜정의 KNCC 농성과 서울교대 학생들의 철야 농성 사실이 일부 언론에 알려지자 사태는 일파만파로 퍼져 나갔다. 학교 측은 수습책 마련에 부심하기 시작했다. 대세는 이미 기울어가고 있었다.

6월 11일, 사태가 심상치 않게 돌아감을 간파한 학교 측은 뒤늦게 수습위를 결성하여, "한운봉은 사임, 최성락은 보직 교수 경질을 시키겠다."며 농성 해산을 요구했다. 그야말로 손바닥으로 하늘 가리기였다. 학생들은 정태수 학장이 퇴진할 때까지는 한 발짝도 움직일 수 없으며, 비타협적으로 싸울 것을 결의하였다. 6월 12일, 농성 학생들은 학내의 억압 행위를 폭로하고 규탄하며 국회의 진상조사단 파견을 촉구하였다. 4학년 학생들도 교육실습을 거부하며 후배들의 싸움에 동조하고 나섰다. 진상을 알게 된 학부모들의 지지와 격려가 쇄도하기 시작했다. 인천교대 학생들이 지지성명서를 발표했다. 6월 13일, KNCC에서 농성중이던 천은오, 성혜정 두 명의 학우가 자진해서 농성을 풀고 체육관 농성에 합류하였다. 상황이 이렇듯 긴박하게 돌아가고 있음에도 불구하고 정태수는 잘못을 뉘우치기는커녕 "나도 학생들에게 정떨어졌다. 나는 서울교대를 초등 교육의 메카로 만들기 위해 혼신의 힘을 다했다."고 말했다. 6월 14일, 교수 일동의 명의로 해산을 종용하는 '사랑하는 제자들에게'라는 제목의 유인물이 배포되었다. 넘어야 할 산은 멀고도 험했고, 부숴야 할 반동의 벽은 아직 너무나 견고했다. 그러나 무형의 성과는 적지 않았다. 농성 6일째를 맞이한 학생들은 스스로 '생활 수칙'을 만들고 철저한 자세를 결의하는 등 투쟁 속에서 새로운 문화를 만들어 나갔다. 총학생회실에서 농성하던 박준규, 박수연도 체육관 농성에 합류하였다.

6월 15일, 학교 측은 '휴교령'을 들먹이며 새로운 협박을 가했다. 학생들의 분노는 극에 달했다. 정태수는 농성장에 찾아와 "농성 풀면 사표 내겠다."는 말로 학생들의 의중을 떠보았다. 그러나 현명한 학생들은 속지 않았다. 학생들은 강경하게 '선퇴진'을 주장하는 한편 휴교령에 대비해 교대 자율화 추진위원회 결성을 결의하였다. 휴교령이 떨어져 농성이 강제 해산된 뒤에도 지속적으로 자신들의 요구를 관철시키고, 학내 민주 총학 건설의 기반을 마련할 조직적 틀이 필요했던 것이다.

6월 16일 03시를 기해, 드디어 휴업령이 떨어졌다. 학교 앞에 휴업령 공고가 게시되고, 교문이 차단되었다.

학생들은 날이 밝기를 기다려 교내 행진을 개시했다. 100여 명 가량의 학생들이 교문 앞 연좌 농성을 벌이는 와중에서 두 명의 학생이 연행되어 경찰차에 실려갔다. 오후 4시, 학생들은 다시 체육관

휴업령이 떨어진 서울교대

에 집결했다. 서초 경찰서장은 5분 내에 자진 해산을 하지 않으면 강제 해산을 시키겠노라고 협박했다. 학생들은 '농성의 정당성'을 주장하며 자신들의 요구조건이 관철될 때까지 한 걸음도 물러서지 않겠다고 결의하였다. 마침내 서초 경찰서장의 명령이 떨어졌다. 교수와 사복경찰, 교직원, 전경들은 일제히 행동을 개시했다. 새카맣게 체육관으로 몰려 들어오는 무리들 가운데 누가 교수이고, 누가 경찰인지는 도무지 알 도리가 없었다. 그들은 스크럼을 짠 농성 학생들을 거칠게 떼어놓고, 옷자락을 쥐어뜯었으며, 사지를 하나씩 들고 질질 끌고 갔다. 그 과정에서 용케 피신한 학생들은 가두시위를 벌이며 학내 사태의 진상을 시민들에게 알렸다. 학생들을 몰아낸 서울교대에는 휴업령 공고만이 덩그렇게 나붙었다. 텅 빈 강의실 칠판 왼쪽에 붙은 '내 힘으로, 한마음으로'라는 교훈이 무색한 날이었다.

상황은 끝나지 않았다. 학교를 잃은 학생들은 6월 18일 장충동 경동교회에서 교자추 결성식을 거행했다. 패배주의와 무관심을 딛고 일어선 학생들은 이제 교자추를 중심으로 잃어버린 자신의 권리를 하나씩 찾아나서야 할 때였다. 그간의 농성은 학생들에게 귀중한 성과를 안겨 주었다. 교대인이 뭉치면 할 수 있다는 자신감이 그 첫째였다. 또, 교대는 이제 더 이상 '조용한 안정지대', '무풍지대'가 아님을 문교부나 학교 당국에게 확실히 인식시켜 준 것이 그 둘째였다. 그러나 6·9 농성이 적지 않은 한계를 노정하고 있었던 것도 사실이었다. 학생들의 자체 평가 과정에서, 사회 전반에 대한 구조적 인식 없이 지나치게 학내 문제에만 매몰된 측면과, 학교와 사회의 폭력에 대항하는 비폭력 투쟁 노선의 맹점들이 지적되기도 했다. 또, 교육이 지배자의 논리를 관철시키는 수단으로 사용되고, 심지어 정권의 시녀로까지 전락되는 상황에서 '정태수 퇴진'이라는 교대 학생들의 요구는 과연 문제의 핵심을 찌르는 것이었던가. 정부가 교대를 '준공무원 양성 학교'로만 바라보고, 함부로 휴업령을 내리고 경찰을 동원하는 현실에서 '정태수 퇴진'이라는 구호는 저들에게 과연 위협적인 것이었을까.

그러나 모든 일에는 순서와 단계가 있기 마련이었다. 최초의 투쟁 속에서 자신감을 회복한 교대 학생들은 한층 확장되고 성숙한 시각으로 사회와 학교 문제를 바라보게 되었다. 그 첫발은 바로 박선영의 추모행사 준비와 함께 시작되었다. 6월 24일 정태수의 사표가 수리되었음에도 휴업령이 해제될 기미를 보이지 않자, 학생들은 7월 6일 휴업령의 부당성을 널리 알리고 해제를 촉구하는 교자추 명의의 성명서를 문교부와 각 언론단체에 전달했다. 그러나 휴업령이 내려진 지 30여 일이 지났음에도 휴업령은 해제되지 않았다. 6·29 선언의 미풍은 교대라는 '특수 지대'의 거대한 담벼락을 넘지 못하고 있었다. 7월 8일 흥사단 회의 참가를 계기로, 9월 2일로 박선영 추모제 날짜를 박은 교자추는 7월 15일 휴업령 해제 싸움을 전개하였다. 교대 학생들은 억수같이 내리는 비와 경찰의 방해 공작을 뚫고 화물터미널 역에 모여 1차 집회를 가졌다. 그들은 휴업령의 부당성과 함께, 시대의 아픔과 억압적인 교대 상황 속에서 홀로 죽어가야 했던 박선영 학우, 그 죽음조차도 학교 측에 의해 애정 행각의 결과인 양 매도된 비정한 현실을 폭로하였다.

박선영, 너의 이름으로!

추모식을 하기 위해 교대에 갔을 때, 교대생들이 너무나 미웠다. 추모식을 하고 있는데 모두 외면하고 가 버리는 것이었다. 더 분통이 터지는 것은 추모식 행사에 교수가 한 명도 참가하지 않아서 학생처장에게 항의를 했더니 도리어 눈을 부릅뜨고 대드는 것이었다. 이런 악랄한 학교를 다니면서도 우리에게 항상 밝은 면만을 보여준 누나가 자랑스러웠다.

— 막내 영석의 회고문 「누나를 생각하면서」에서

1987년 9월 2일, 서울교대에는 오전부터 고 박선영 학우 추모제 준비가 한창이었다. 학생회관 앞에 선영의 영정이 놓여졌고, 탁구장에 분향소가 마련되었다. 오늘 추모제에는 늦봄 문익환 목사도 참석할 예정이었다. 며칠 전, 김영호는 직접 문 목사를 찾아뵙고 '기도 좀 해주십사' 부탁을 드렸다고 했다. 만나 뵙는 것만도 영광일 문 목사님이 억울하게 죽은 딸자식을 위해 흔쾌히 추모 연사로 참석해 주시겠다니, 이런 은혜가 또 어디 있을까. 어머님은 제부에게 부탁해 수유리 문 목사 자택으로 차를 보냈다. 박선영 학우를 추모하는 대자보 앞에 학생들이 모여들었다. 영정을 놓은 분향소를 찾는 학생들의 발걸음이 줄을 이었다.

그러나 학장 이하 교수들은 조문은커녕 서초 경찰서에 지원을 요청했다. 정문, 후문은 물론이요 바깥으로 통하는 울타리마다 새카맣게 전경들이 에워쌌다. 문이란 문은 철통같이 잠겨있었다. 추모제는 처음부터 치열한 투쟁이었다. 이 날 오전 서울에 도착한 아버지는 정문까지 잠가버린 학교 측의 처사에 억장이 무너졌다. 아버지는 득달같이 학장실로 올라갔다.

"사도를 중시한다는 교육대학에서 제자가 죽어 추모제를 연다는데, 정문까지 몽땅 잠가불고 분향소에는 얼굴 한 번 내밀지 않는 이유가 뭡니까? 내 딸 죽음에 대한 학교의 입장을 똑똑허니 밝혀 주씨요!"

"아, 선영이 아버님께서 모르시나 본데, 지난 8월 25일 교수회의 석상에서 교수 여섯 명하고 학생 대표들하고 조사위원회를 구성하기로 얘기가 됐어요. 뭐 아직 일부 학생들의 반대로 진상을 밝히지 못하고 있지만, 조만간 추진이 될 겁니다. 그러니, 아버님도 학생들 말만 믿지 마시고, 협조 좀 해주십시오. 일단 추모제를 연기해 주셨으면 합니다. 조사가 끝나는 대로 이런 초라한 추모제가 아니라 각계 어르신들도 초청하고 기자들도 좀 부르고 해서 좀더 성대하게 행사를 가지십시다."[32]

그럴 듯한 학장의 말에 반신반의하고 있을 때, 학생 간부 하나가 하얗게 질린 얼굴로 뛰어들었다.

"아버님! 더 들을 필요도 없어요! 여태까지 학장님이 한 마디라도 옳은 말, 믿을 수 있는 말을 한 적이 있습니까? 추모제는 무조건 강행해야 합니다!"

그래, 학장이나 교수들에게 더 나올 게 뭐가 있으랴. 아버지는 학생 간부를 따라 학장실을 나왔다.

향불을 피운 분향소 앞에서 어머니가 울먹이고 있었다. 다시 치밀어 오르는 분노와 울분, 그리고 설움! 딸의 유해를 장의차에 싣고 와, 냉담한 교직원들을 붙들고 운동장 한 바퀴만 돌아나가겠다며 사정사정하던 2월의 기억이 아버지를 더욱 참담하게 만들었다. 6월 항

쟁을 거치고도 이 놈
의 학교는 아직 이
모양이로구나. 눈물이
쏟아졌다. 그때였다.
수유리 자택으로 문
익환 목사님을 모시러 갔던 학생 대표가 달려와 소리쳤다.

"아버지! 큰일 났어요! 목사님이 차에서 내리는 순간 수십 명이
달려들어 전경차에 싣고 가버렸어요!"

"뭐여? 어디로 갔나?"

"저기요 저기!"

정신없이 달려가 보니, 목사님도 전경들도 흔적 없이 사라져버린
뒤였다. 정문 쪽에 서 있던 '장'이라는 교수가 아버지를 향해 교활
한 미소를 지어 보였다. 아버지는 장에게 달려가 고함을 쳤다.

"당신들 이럴 수가 있어? 제자가 죽었는데, 와서 분향은 못할 망
정 목사님 기도마저 못하게 방해할 수가 있어? 당신들도 사람이
야?"

"아, 문 목사 같은 정치성을 띤 사람을 부르시면 곤란하지요. 거,
학생들끼리 조용히 치를 수 있게 해준 것만도 고마운 줄 아세요. 문
교부에서는 아예 원천봉쇄 하라는 지시가 내려왔어요."

"당신들 같이 자식에 대한 애정도, 피도, 눈물도 없는 사람들이 무
슨 자격으로 학생들을 지도합니까!"

아버지의 절규에도 저들은 눈도 깜짝하지 않았다. 오후 두 시. 학
생들은 줄줄이 식장으로 들어가기 시작했다. 강당 맨 앞에 따로 마
련된 유가족 자리에는 부모님과 화진, 의석, 영석, 외삼촌, 이모들이
앉았고, 그 뒤로 많은 학생들이 강당을 가득 메우고 있었다. 교자추
위원장 김현순이 마이크를 잡았다.

"학우 여러분! 방금 학장 이하 교수들의 추모식 동참을 요청하였으나, 일언지하에 거절하더군요. 자기들 자식과 같은 학생이 죽었는데 분향조차 하지 않는 저런 비정한 교수 밑에서 우리가 더 이상 배울 게 무엇이 있겠습니까?"

김현순은 목이 메어 한동안 말을 잇지 못했다. 잠시 후 김현순은 "우리끼리 식을 시작하겠습니다." 하고는 사회자 오광식에게 마이크를 인계하였다. 추모식이 시작되었다. 고인에 대한 묵념을 시작으로 86학번 임영미의 「박선영 학우가 걸어온 길」낭독, 교자추 위원장 김현순과 복학대책위원회 위원장 오경운, 민교협 대표와 전국초등민교협 대표의 조사가 이어졌다. 이어 어머니가 단상에 올랐다. 피눈물과 울음소리가 뒤범벅이 된 어머니의 그 애절한 절규는 학생들의 마음을 울려 추모식장은 눈물바다가 되고 말았다.[33]

너의 죽음은 연약한 여대생의 인생비관 자살일 수 없다. 오욕으로 물들어지고 군홧발에 찢긴 참담한 역사 속에 민주화로 가는 노정에 꺾여버린 한 송이 진달래였다. 그래 너는 죽어 이 어미의 눈을 뜨게 했다. 그리도 이 나라가 독재의 나라였다는 것을, 대학이 좋은 것만은 아니라는 것을. 네가 그토록 바랐던 민중세상의 그날까지 너의 혼백과 같이 싸우겠다. 이십일 세의 꽃다운 나이로 진달래 산천에 잠들지 못하고 한 줌 재가 되어 바다로 흘러버린 너의 육신을 되찾을 때까지……. 아가, 부디 지켜보아 다오.

추모식의 열띤 분위기는 교내 시위로 이어졌다. 오후 6시 경 학생들은 학장실 앞 연좌시위에 들어갔다.

"학장 이하 교수들은 왜 추모식에 참석하지 못하는가?"

"합법적인 행사로 인정하고 잘못을 사죄하라!"

어머니는 온몸으로 절규하며 바닥을 뒹굴고, 학장실 문에 머리를 짓찧었다. 어머니의 투쟁에 고무된 학생들도 함께 울부짖었다.

"고문실 철거!"

"내 눈 앞에서 철거하라! 학생들이 주인이니 교수들은 다 물러가라! 사람답지 못한 교수들은 다 물러가라."

전남 출신 교수 세 명이 아버지를 불러내서 회유하기 시작했다.

"진상을 조사해서 결과가 좋게 나오도록 하겠습니다. 한 고향 사람들끼리 해꼬지를 할 리가 있겠습니까? 믿어 주세요. 일단 저 학생들과 어머님을 진정시켜 주세요. 이렇게 한다고 해결될 일이 아닙니다. 밖에 앉아 있는 학생들도 이제 그만 물러가라고 말 좀 해주세요."

아버지가 또 다시 속을 리가 없었다.

"그런 상투적인 수법에 내가 속아 넘어 갈 듯싶소? 우리 선영이 죽었을 때, 당신들 뭐이라고 했소? 학생들 보내서 가족들 위협이나 하고, 누가 한 사람 조문이라도 와 봤소? 당신들하고는 더 이상 이야기하고 싶지가 않습니다."

문을 박차고 나온 아버지는 큰소리로 학생들에게 말했다.

"여러분, 진상을 조사해서 밝혀줄 것이니, 오늘은 다 돌아가라는 학생처장의 말입니다. 여러분은 어떻게 생각하십니까?"

"안 됩니다! 안 됩니다! 절대 안 됩니다!"

"고문실 철거! 학장 사과!"

6·9 농성을 경험한 학생들은 이미 예전의 그들이 아니었다. 한 몸 한 마음으로 학장실을 에워싼 채 사과를 요구하는 학생들과 가족들은 밤이 깊어도 물러설 줄을 몰랐다. 우여곡절 끝에 치러낸 이 날의 추모제는 가족과 학생들의 길고 긴 투쟁의 서막이었다.

나의 북두칠성

어려울 때면 가끔씩 눈 덮인 지리산을 오르던 때를 생각했었습니다. 그땐 우리 가족에겐 쓰러지는 게 곧 죽음이나 마찬가지였을 거예요. 어떻게 해서든 살아야 했고, 기다려야 했고, 아무도 이 세상에 이해하지 못하고 들어주지도 못할 이야기들을 그렇게 털어낼 수밖엔 없었거든요.

— 동생 의석의 술회에서

1.

늦가을 영벽정[34]은 추웠다.[35] 퍼런 강물은 소리 없이 소용돌이쳐 가고, 강가 들풀들이 와사삭거리며 바람에 몸을 뒤채는 소리가 들려왔다. 멀리 한 마리 들새가 창공을 선회하며 우짖는 소리가 들렸다. 너냐? 선영이 너냐? 사방을 두리번거리던 종욱은 그만 얼굴을 감싸쥐고 오열을 터뜨렸다. 선영아. 꼭 너인 줄만 알았어. 네가 새가 되어 오빠에게 말하는 줄 알았단 말이야. 얼마나 보고 싶었는 줄 아니? 얼마나 부끄러웠는 줄 아니? 아무 도움도 주지 못하고 속절없이 너를 놓쳐 버렸다는 생각에, 얼마나 애가 마르고 안타까웠는 줄 아니? 그래, 이 못난 오빠를 위로라도 하려는 듯 꿈에 너는 천사 옷을 입고 나타났지. 하느님께 간절히 기도했다. 꼭 민주화된 세상을 이뤄주실 것을 믿는다고, 내 누이가 하느님 곁에서 천사가 되어 행복하게 살고 있으니 감사하다고.

파르라니 깎은 머리, 날 선 푸른 제복……. 종욱이 군에 입대한 지도 어느덧 5개월에 접어들었다. 군 입대, 얼마나 가기 힘든 길이었던 가. 6월 항쟁의 여진이 채 사그라지지도 않은 1987년 7월 1일이었 다. 어머니는 6·29 선언이 발표되자마자 동생의 진실을 밝혀야 한 다며 서울로 올라갔고, 집에는 아버지와 동생들뿐이었다. 전날 밤, 종욱은 아버지와 늦도록 소주를 마셨다. 아버지는 집안일에 대한 걱 정은 떨쳐 버리고, 모쪼록 아무 사고 없이 건강하게 생활하라고 되 풀이해서 강조했다. 동생의 죽음이 던진 충격이 혹여 아들의 군 생 활에 일말의 지장이나 주지 않을까 아버지는 노심초사하고 있었다.

7월 1일 아침, 종욱은 거실에서 아버지에게 큰절을 올렸다. 동생 들은 모두 학교에 가고 집에는 두 사람밖에 없었다. 아버지 역시 잠 을 이루지 못한 듯 꺼칠한 얼굴이었다. 아들의 주머니에 얼마간의 용돈을 찔러 넣고도 마음이 놓이지 않는지, 아버지는 아파트 밖까지 나와 아들을 배웅했다. 종욱은 차마 발이 떨어지지 않았다. 마지막으 로 아버지 손을 잡고 따뜻한 인사를 올린다는 게, 어처구니 없게도 눈물을 주룩 흘리고 말았다. 아버지도 참았던 눈물을 쏟으며, 소리 내어 울었다.

"잘 댕겨 와. 건강하게 잘 댕겨 와……. 집일랑 아무 걱정 말고 잉……?"

종욱이 건물 모퉁이로 사라질 때까지 아버지는 그 자리에 장승처 럼 서 있었다. 선영이도 가고, 어머니도 없는 빈집을 지키는 아버지, 껍데기뿐인 아버지, 이제 나까지 가 버리면 얼마나 허전하실 것인 가! 아, 늙어버린 아버지! 도둑맞은 행복! 아버지와 가족들에 대한 연민과 걱정으로 가슴이 터져 버릴 것만 같았다.

대전행 고속버스에 오른 종욱은 새로운 생활에 대한 막막함, 불안 감으로 마음을 가라앉힐 수가 없었다. 억지로 잠을 청했으나 헛일이 었다. 착잡한 얼굴로 버스 차창에 머리를 기댔다. 선영이와 부모님, 동생들의 얼굴이 차례로 눈앞에 떠올랐다. 마음이 무거웠다. 정말이지, 군에 가고 싶지 않았다. 언제 다시 이 길을 역으로 거슬러 올라올 수 있을까. 다시 돌아올 수는 있는 걸까. 내 앞에 도대체 무슨 일이 기다리고 있는 걸까.

부대에서 종욱을 기다리는 건 얼차려였다. 도착하자마자 처음부터 군기를 잡는데, 작열하는 7월의 태양 아래서 도무지 정신을 차릴 수가 없었다. 부대에서의 첫날밤을 어찌 잊으랴. 가뜩이나 더운 여름날, 비좁은 내무반에서 서른 명의 건장한 젊은이들이 땀에 절어 제대로 씻지도 못하고 누워 있는데, 모기가 수도 없이 달려들었다. 부대에 모기장이나 모기약이 있을 턱이 없었다. 땡삐처럼 쏘아대는 모기를 막기 위해 어쩔 수 없이 두터운 군용 담요를 덮고 누웠다. 잠이 오지 않았다. 집 생각, 부모님 생각, 온갖 상념들이 교차했다. 이런 곳에서 얼마나 더 버텨낼 수 있을까.

부대 주변에는 까치가 참 많이 살았다. 종욱은 하늘을 나는 까치들을 볼 때마다 그렇게 부러울 수가 없었다. 나도 저렇게 자유롭게 훨훨 날아다닐 수 있다면, 당장 집에 갈 수도 있을 텐데……. 훈련받는 도중에 보안사 지프가 보일 때마다 그런 생각이 더욱 사무쳤다. 보안사 지프는 수시로 부대를 들락거리면서, 시위 전력이 있는 사람들을 데려가곤 했다. 종욱도 예외일 수 없었다. 한 번 끌려가면 자술서를 작성해야 했고, 앞으로 안 하겠다는 각서도 써야 했다. 항상 마음이 불안했고, 피해의식에 사로잡혔다. 신문도 뉴스도 전화도 없이, 외부와 완전히 단절된 상태에서 언제나 감시의 눈을 의식해야 했다. 매번 취조를 당할 때마다 동생을 떠올렸다. 선영아, 힘을 다오. 강한 용기와 신념을 다오. 굳센 의지와 행동하는 지성으로 가슴속에 항상 네 뜻이 살아 숨쉬게 해다오.

정신적으로 너무나 힘들었다. 그렇다고 집안 식구들에게 하소연할 수도 없었다. 의지할 데가 없었다. 지푸라기라도 있으면 잡고 싶은 심정이었다. 하느님! 저도 모르게, 신을 요청하게 되었다. 매일 밤 잠들기 전, 혼자만의 하느님을 갈구하며 선영과 부모님, 동생들을 위해 남 몰래 기도했다. 기도만이 유일한 위안이었다. 그리고 국방부 시계는 죽으나 사나 돌아갔다. 첫째 날을 버티자 둘째 날이 밝았고, 셋째 날을 버티자 넷째 날이 밝았다. 입대한 지 이제 5개월. 동생이 죽은 2월을 기준으로 날짜를 세는 버릇이 있던 종욱이 이젠 입대 일자를 기준으로 날짜를 셌다.

가족들을 통해 선영을 망월동에 안장[36]한다는 소식을 들었을 땐, 정말 부대에서 뛰쳐나오고 싶었다. 2월 그 날 동생을 덧없이 보낸 것처럼, 9월 첫 추모제 할 때도, 이제 무수한 민주투사들이 잠들어 있는 망월동 새 집을 찾아가는 날에도, 아무 도움을 주지 못하고 멀리서 가슴만 조이는 자신의 처지가 서러웠다. 부끄러웠다. 동생 생각에 눈물짓던 종욱은 문득 선영의 유해를 뿌린 드들강을 떠올렸다. 주말이 되자 부랴부랴 외출을 신청했다.

물빛이 암청색으로 바뀌어 가고 있었다. 귀대 시간이 가까워오는 것이다. 갑자기 종욱의 마음이 바빠졌다. 그는 강으로 내려가 미리 가지고 간 음료수 병에 강물을 담았다. 선영의 피였다. 흙을 퍼 담았다. 선영의 보드라운 살이었다. 돌을 주워 담았다. 선영의 뼈였다. 마지막으로 강변을 한 바퀴 돌아 선영의 고결한 영혼, 죽음의 의미를 온 마음에 담았다. 버스에 몸을 실은 종욱이 막 자리를 잡았을 때였다. 버스가 흔들리는 바람에 패트 병이 엎어지고 말았다. 선영의 피가 버스 바닥을 흥건히 적시고 있었다. 안돼! 참을 수가 없었다. 종욱은 버스 문을 차며, 고래고래 소리를 질렀다.

"차 세워요! 세우란 말입니다! 물이 엎질러졌어요! 물이 엎질러졌단 말이에요! 내 동생! 내 동생! 아아아……!"

"저거 미친 놈 아냐?"

강변으로 달려가는 종욱의 뒷모습을 바라보던 운전사가 가래침을 카악 뱉었다. 버스는 매연을 내뿜으며 거칠게 출발했다. 종욱은 새로 물을 채운 패트 병을 소중히 끌어안았다. 선영아, 며칠 후면 너는 정든 학교를 떠나 망월동 네 집을 찾아오겠지. 시대의 어둠을 깨치고, 민주의 환한 햇살을 향해 손을 흔들며 달려오겠지. 그 곳에서 편히 쉬고 있으렴. 숱한 민주 영령들이 너를 반갑게 맞아줄 거야. 첫 휴가 받으면 제일 먼저 너 만나러 달려갈게.

2.

새벽 같이 집을 나선 의석은 곧장 공용 터미널로 갔다. 아버지의 눈을 속이기 위해 늘 들고 다니던 가방에, 늘 입던 차림으로 나왔지만, 가방 속엔 쌀과 라면, 그리고 김치가 들어 있었다. 아무 것도 모르는 아버지는 아침 일찍 도서관에 간다며 나가는 아들을 대견한 눈초리로 바라보았다. 죄스러웠다. 그러나 어쩔 수 없었다. 전남대에 입학한 지 이제 2주일이 되었다. 처음부터 부모님은 의석을 서울로 올려 보내고 싶어 하지 않았다. 서울, 부모님에게 서울은 '죽음을 부르는 도시'였다. 의석 역시 누나를 잃고 서울이 미웠다. 고등학교 2학년까지만 해도 의석에겐 꿈이 있었다. 서울대 입학의 꿈[37], 사회에 나가 영향력 있는 지도자가 되는 꿈. 그러나 이제는 의미를 잃어버린 '색 바랜 꿈'이었다. 누나를 빼앗긴 뒤, 갈피를 잡을 수가 없었다. 갑자기 목표가 실종돼 버렸다. 2년 내내 놀기만 하던 녀석들도 머리 싸매고 공부하기 시작하는 그 중요한 시기에, 의석은 공부에 대한 의욕도, 앞날에 대한 꿈도, 모든 것을 잃고 말았다. 성적은 점점 떨어졌고, 의석은 말을 잃었다. 청춘에 가버린 작은 누나는 의석의 청춘까지 가져가버린 것일까.

의석은 함양 가는 버스에 몸을 실었다. 지리산을 등반할 생각이었다. 언제부터인가, 지리산에 가야 한다는 생각이 집요하게 의석의 뇌리에 똬리를 틀었다.[38] 평소 작은 누나에게 '지리산은 민족의 영산'이라는 말을 들어 왔기 때문일까. 누나가 죽은 뒤로는 지리산 생각이 더욱 간절했다. 어쩌면 의석은 잃어버린 삶의 좌표를 되찾고 싶었는지도 몰랐다. 나의 북두칠성은 어디에 있는가.[39] 의석은 차창 너머 어두운 새벽하늘로 눈을 돌렸다.

남원 터미널에 내린 의석은 다시 추성동 가는 버스를 갈아탔다. 의석이 가고자 하는 곳은 칠선계곡이었다. 지리산 10경의 하나인 이 칠선계곡은 지리산 최후의 원시림을 끼고 수려한 경관을 자랑하는 곳이었지만, 히말라야 등의 원정 등반을 앞둔 전문 산악인들의 빙폭 훈련 필수 코스로 꼽힐 정도로 난코스였다. 들어갈수록 골은 더욱 깊어지고 창끝처럼 날카로워졌다. 가파르고 협소한 등반로에서 벗어나면 마음 놓고 발을 디딜 한 뼘의 공간도 없을 정도였다. 그래서 칠선계곡을 등반하고자 하는 일반인들은 대부분 여름철, 다른 코스로 천왕봉에 올랐다가 하산 길로 칠선계곡을 택하곤 했다. 그런데 지금 의석은 계곡 아래서 곧바로 천왕봉으로 향하는 루트를 택해 눈 덮인 겨울 지리산을 오르고 있는 것이다. 의석은 왜 하필 숱한 생명을 앗아간 이 죽음의 골짜기를 지리산 첫 등반 코스로 택했을까.[40]

1987년 9월 중순 경인가? 사면된 김대중 씨가 처음으로 광주에 왔다. 어머니 아버지도 김대중 씨가 묵었던 그랜드호텔에 초대되었다. 그때 우리 가족에겐 DJ가 희망이었다. 대학입시를 앞둔 의석도 부모님 몰래 시위에 나갔다. 친구들과 함께 나가기도 했다. 자전거를 타고 광주천을 따라 양동시장을 지나 시내로 진입해서, 늦은 저녁까지 시위에 참가했다. 왜였을까. 그냥 '뭔가 해야 한다.', '있어야 할

김대중 씨를 만나 오열을 터트리는 어머니

곳에 있어야 한다.'는 생각이었다. 더 이상 당하고만 살 순 없다, 누나를 빼앗기고, 가족의 행복을 송두리째 빼앗긴 채 이대로 물러설 수는 없다는 생각. 하지만, 이유는 상관없었다.

이미 의석에게 내장된 울분과 분노는 약간의 자극만으로도 튕겨져 나올 충분한 준비가 되어 있었다. 한 번은 광주천 근처에서 시위를 하다가 몹시 쫓긴 적이 있었다. 정신없이 뛰어 들어갔는데, 막다른 골목이었다. 이쪽저쪽에서 전경들이 시꺼멓게 몰려 왔다. 어느 집 대문에 기대선 채, 놈들이 다가오길 기다릴 수밖에 없었다. 모질게 맞았다. 한 놈씩 돌아가면서 차고 때렸다. 원 없이 맞아본 하루였다. 그 날 이후 의석은 더 이상 시위에 참여하지 않았다.[41] 맞는 게 두려워서는 아니었다. 힘을 길러야 한다, 싸우려면 제대로 싸워야 한다는 생각이었다. 어떻게 해야 제대로 싸워 승리할 것인가. 어떻게 해야 다시는 사랑하는 이를 잃지 않을 것인가. 어떻게 살아야 할 것인가. 모르겠다, 진정코 모르겠다. 전남대에 입학한 지 2주일, 의석은 아버지 몰래 휴학을 하고 말았다.

3월이지만, 지리산엔 아직 겨울이 한창이었다. 칠선계곡은 천왕봉에 뿌리를 둔 급류가 절벽을 뚫고 깊은 계곡을 이룬 곳으로, 7개의 폭포수와 33개의 소가 펼치는 대자연의 파노라마가 위로 올라갈수록 장관을 이루었다. 울창한 잡목 숲을 따라 오르다 보면, 발아래 아득한 곳에서 들려오는 계곡 물소리가 꽉 막힌 마음을 후련하게 씻어 주었다. 추성망 바위를 지나자 계곡 등반이라고는 믿어지지 않을 정도로 험난한 산길이 시작되었다.

제대로 된 등산장비 하나 갖추지 못한 의석이 미끄러지고 또 오르기를 수백 번, 정말 한시도 맘을 놓을 수 없는 코스였다. 나뭇가지에 걸린 등산로 표시를 혹시라도 잊을까, 전전긍긍하며 가야 했다. 길은 따로 없었다. 몇 번이나 계곡을 건너고 나면 길이고 뭐고, 없어지고 말았다. 텐트를 가져갔지만, 중간에 버리고 말았다. 나무 부러지는 소리는 또 왜 그리 많이 나던지 겁이 덜컥 났다. 정말, 이러다가 쥐도 새도 모르게 죽는 건 아닐까. 손바닥 껍질이 벗겨지고 피가 흘러도 기고 또 기었다. 시간이 얼마나 지났을까. 죽자 사자 기어오르고 있는데 갑자기 시야가 환하게 트이는 것이었다. 천왕봉이 바로 눈앞에 보였다. 정말 희한한 계곡이었다. 정상 바로 아래서도 다 올라왔다는 느낌이 오지 않는 절묘한 구조였다.

아무도 없었다. 의석은 천왕봉 정상에서 혼자 가만히 서 있었다. 매서운 산바람이 몰아쳐 왔다. 땀 젖은 몸이 순식간에 식어버렸다. 지리산 산신령이 지켜주신 탓일까. 넘어지고 엎어지면서도 길 한 번 잃지 않고 용케 정상까지 올라온 자신이 신기할 따름이었다. 기진맥진한 의석은 거친 숨을 내뿜으며, 낮은 관목들 사이에 벌렁 누워 버렸다. 해는 산자락에 간신히 걸쳐 있었다. 짙은 운무에 싸인 천왕봉은 어머니의 가슴처럼 넉넉하면서도 웅장한 모습을 드러내고 있었다. 날이 저물기 시작했다. 기온은 점점 떨어졌고, 바람도 거세졌다. 속인들의 분탕질에 분노하듯 그 기세가 자못 준엄했다. 턱이 얼어붙은 듯 얼얼했다. 의석은 목이 터져라 외쳐 불렀다.

"누나! 누나아!"

천왕봉 바윗골을 스치는 바람소리.

"나 보이냐? 내 목소리 들리냐?"

눈 덮인 북향의 깊은 골짜기를 돌아쳐 오는 바람소리. 그리고 메아리. 나 보이냐. 내 목소리 들리냐.

"누나, 나아, 박의석, 길 한 번 안 잃고 칠선계곡을 넘어 왔다. 누나아! 이제 내 걱정하지 마! 살아남을 거다. 기어이 살아남을 거다! 무슨 일이 있어도 이대로 주저앉진 않을 거야. 이대로 죽을 순 없어! 억울하고 원통해서, 누나! 누나야! 박선영! 잊지 마! 난 박의석이다. 박선영의 동생이다. 어머니의 아들이다. 누나! 누나! 누나……"

새벽별

누나가 죽고 나서 집안에 남은 의지처는 사실상 저희 둘이었고, 저희들의 미래가 곧 부모님과 작은누나의 미래였습니다. 대학을 선택하는데 있어서도, 부모님은 일단 당신들의 품안에 두어야 또다시 자식을 잃는 일이 없을 것이라고 생각하셨습니다. (91년 입학 후) 박승희 열사가 5월 19일에 죽어 망월동에 묻힐 때, 전남도청에서부터 어머니를 봤지만, 앞에 나가서 인사를 드릴 수 없었고, 묘지 바로 밑에서 전조들이 경계를 섰고 바로 3-4미터 위에 어머니가 계셨지만, 얼굴을 보여드릴 수가 없었습니다. 다행이 망월동에서는 날이 많이 어두워져서 어머니가 알아보시지 못했지요.

— 막내 영석의 술회에서.

새벽별 반짝이는 이른 시각. 허연 입김을 내뿜으며 운암동 주공아파트 단지를 뛰어다니는 소년이 있다. 옆구리에 낀 두툼한 신문 뭉치가 가로등 불빛 아래 희끗하게 드러났다. 영석이었다. 두 시간 남짓 6~70동 정도 되는 아파트를 오르내리다 보면 온몸이 땀으로 흠뻑 젖었다.

한겨레신문 후원 활동을 시작한 아버지의 소개로 신문을 돌리기 시작한 것은 약 한 달 전부터였다. 용돈이 필요해서는 아니었다. 그저 운동 삼아 시작했고, 보수도 받지 않았다. 운동이라 생각해서인지 그리 힘들다는 생각도 없었다. 아침 4시쯤 일어나 옷 입고 후다닥 뛰어나와 텅빈 고가도로를 지나 단지 입구에 도착하면 보통 4시 반.

전교조 활동을 하시는 아버지

턱까지 차오른 숨을 잠시 고르노라면, 지국장이 모는 오토바이 소리
가 엥 하고 들려오곤 했다. 첫날은 솔직히 좀 추웠다. 그러나 며칠
이력이 붙고 나니, 신문을 다 돌리고 나면 후련하고 상쾌했다. 콧구
멍과 머리카락에 매달린 고드름도 기분 좋았다. 새벽 일찍 일어나는
건 우리 집 식구들에겐 그리 힘든 일이 아니다. 부지런한 아버지 덕
분에 어려서부터 보통 5시 반쯤에는 일어나는 훈련이 돼 있으므로.
　신문을 다 돌린 영석은 지국장과 헤어져 집으로 뛰어 돌아왔다.
작은 형과 아버지가 마주 앉아 식사를 하고 있다. 작은 형은 작년부
터 새벽마다 유도장에 다닌다. 도청 옆 상무관이라는 곳인데, 5·18
때 시체를 보관했던 곳이라고들 했다. 하다 말겠지 싶었는데, 2년째
꾸준히 다닌다. 전두환하고 노태우 뚜들어 잡으라고 그러는 걸까. 별
안간 내가 신문을 돌리겠다고 나선 것과 비슷한 경우일까. 글쎄 모
르겠다. 어쨌든 누나가 죽고 나서 우리 집 식구 모두가 바빠졌다. 처
음에 엄마가 데모하러 다니는 걸 그렇게 말리던 아버지는 작년 가
을에 장성 전교조 협의회장이 되었다.
　이제는 한겨레 후원모임까지 하느라 정말 눈코 뜰 새 없이 바쁜
하루를 보낸다. 오늘은 군에 간 큰 형이 휴가를 나오는 날이다. 서울
서 큰누나도 내려온다고 했다. 식구들이 모이면 다들 엄마를 보러
가기로 했다. 형수랑 자민이[42]도 같이 가기로 했다. 갓 백일이 된 자

민이를 엄마는 무척 보고 싶어 하신다. 나는 엄마가 보고 싶다. 엄마……. 엄마는 지금 서울구치소에 있다.

작은누나 추모제를 지낸 후로 엄마는 더 이상 나만의 엄마가 아니었다. 모두의 엄마였다. 엄마는 언제나 사람들 속에 묻혀 있었다. 어쩌면 나는 조금 더 오래 나만의 엄마를 갖고 싶었는지도 모른다. 하지만 나는 일찌감치 깨달았다. '내 것'이라든가 '나만의'와 같은 말들이 내게 얼마나 사치스러운 것인가를. 1987년 9월 2일 추모제를 치른 뒤, 많은 일들이 일어났다. 그 해 11월 25일에는 누나의 혼백을 망월동에 모셨다. 몹시 추운 날이었는데도, 많은 분들이 오셨다. 아침에 학교에서 추모제를 올리고 학교 운동장을 걸어서 한 바퀴 돌았다. 작은형이 영정을 들었다. 어머니는 학장실에 들어가 학장하고 싸우기도 했다. 광주에 내려와서는 도청 앞 분수대를 한 바퀴 돌았다. 망월동에 도착하니 5·18 유가족들과 손님들이 우리를 기다리고 있었다. 작은 형과 관을 넣었다. 슬프도록 작고, 깃털처럼 가벼운 관. 첫 몇 삽을 형과 함께 넣었다. 누나의 작은 관 속에는 엄마가 이십 년 가까이 보관하고 있던 누나의 머리카락과 큰형이 산에 묻어놓은 유골의 일부가 들어갔다.[43] 비록 우리 곁을 떠났지만, 5·18 민주영령 곁에 나란히 누운 누나가 자랑스러웠다. 나중에 자세히 보니, 누나 고등학교 선생님과 친구들도 와 있었다. 긴 코트에 화장기 있는 얼굴, 예쁜 장갑에 목도리, 구두……. 우리 누나도 살아 있었으면 저렇게 이쁘게 하고 다녔을 텐데……. 하지만 이제 우리도 올 데가 생겼다. 와서 앉아 있을 곳, 속이야기를 할 곳, 그리고 아주 가끔은 울다 가기도 할.

엄마는 서울 유가협을 중심으로 활동했다. 3일, 5일, 7일에 한 번 광주 집에 들러 밤새워 반찬이며 김치를 담가놓고, 자유롭게 가출(?)하곤 했다. 누나를 망월동에 안장한 뒤 숨쉴 겨를도 없이 대선 투

투쟁이 벌어졌다. 엄마는 투쟁에 동참하는 한편 누나의 죽음을 만천하에 알리고, 우리와 같은 아픔을 겪지 않기 위해 이번 선거에서 올바른 선택을 해야 함을 당부했다. 1987년 12월 17일 대통령 선거일. 엄마는 광주 광천동 제1 투표소 정문에 누나의 분향소를 차렸다.

엄마는 아침 6시부터 줄서 있는 유권자들에게 '군부독재를 찍으면 나와 같은 아픔을 당한다. 전두환 정권은 퇴진해야 한다.'고 외쳤다. 10시 경. 엄마가 잠시 소변을 보러 간 사이에 서부 경찰서에서 벌떼같이 달려들어 분향대를 철거해 가 버렸다. 분노한 엄마는 경찰서로 쫓아가 3시간 동안 농성한 끝에 다시 영정을 찾아왔다. 그 뒤부터는 작대기를 들고 분향소를 지키느라 하루 종일 먹지도 마시지도 못하고, 시민 홍보를 계속했다. 1988년 4 · 26 총선 때도 역시 마찬가지였다.

분향소 설치하고 시민 홍보를 펼치는 어머니

10월 8일 서울교대 국정감사 때는 '내 자식 살려내라.'는 피켓을 들고 감사실까지 들어가 절규했다. 그 결과 교대 내 고문실까지 확인하는 현장 감사를 실시하게 되었다. 서울교대에 대해 비판적인 여론이 확산되기 시작했다. 10월 12일, 여세를 몰아 엄마는 학장실로 쳐들어갔다. 하룻밤을 새우며 처절한 농성을 벌인 끝에, 마침내 세 가지 사항에 대한 김봉수 학장의 합의를 이끌어냈다.

첫째, 졸업앨범에 고 박선영의 사진 게재 요구 수락
둘째, 사망 당시 학교에서 소홀히 대했던 점에 대한 유감 표시
셋째, 명예 졸업장 수여[44]

그러나, 1988년 11월 16일, 미 문화원 점거 학생 1심 선고 판결에 항의하던 엄마는 결국 법정 소란죄로 구속되고 말았다. 작은 누나가 못다 한 일을 하기 위해 하루도 마음 편히 지내지 못한 우리 엄마의 투쟁은 감옥의 비민주적 처사에 대한 항의와 단식농성으로 이어지고 있다. 김봉수 학장과의 담판을 통해 얻어낸 작은 누나 '명예 졸업장 수여식'에도 참석할 수 없었다.

며칠 전에는 서울 유가협을 통해 엄마 소식을 들었다. 평민당 김대중 총재가 엄마 면회를 갔는데, 어머니는 김 총재에게 '노태우 재신임을 국민에게 물어야 하는데 총재님은 왜 뒤로 미루었냐.'고 큰소리로 항의했다고 한다. 아버지는 두 아들 밥 지어 먹이고, 도시락

법정에 들어서며 구호를 외치는 어머니

어머니의 투쟁으로 얻어낸 명예 졸업장 수여식

싸주고, 엄마 면회 다니고, 장성군 교사 협의회를 창립하느라 풍치로 이가 다 망가졌다. 서울 누나는 엄마 면회 다니고, 유가협 투쟁에 참여하고, 1~2주일에 한 번씩 광주집에 들러 반찬을 만들고, 옷가지를 챙기느라 피골이 상접해 있다. 하지만 우리 가족은 누구도 원망하지 않는다. 작은 누나가 떠난 지 3년 만에, 투쟁과 외로움과 슬픔은 이미 우리와 떨어질 수 없는 삶의 일부가 돼 버렸다. 어른들은 가끔씩 내머리를 쓰다듬으며 말한다.

"엄마하고 떨어져 있으려니 외롭지? 아버지도 바쁘시고."

역시 난 잘 모르겠다. 외롭다는 건 엄마가 보고 싶다는 뜻일까? 그렇다면 난 가끔 외롭다. 하지만, 엄마가 보고 싶다고 해서 눈물을 흘리지는 않는다. 차라리 열심히 몸을 움직여 땀을 내려고 애쓰는 편이다. 아, 형이 왔나 보다! 큰 형!

까맣게 그을린 형의 얼굴이 보기 좋다. 우리 형제 중에 역시 큰형이 제일 잘났다. 형은 잠든 자민이 얼굴을 손가락으로 한 번 튕겨보더니 그만 나가자고 성화다. 작은 누나가 보고 싶은 것이다. 형과 함께 25-1번 시내버스를 타고 망월동으로 갔다. 버스에서 내린 우리는 5·18 묘역으로 가는 비포장도로를 걷기 시작했다. 삼십 분은 족히 걸어 들어가야 하지만, 재밌는 길이다. 저수지며, 산이며, 논밭이며, 마을이며 없는 게 없다. 이곳에 다녀오면 표시가 난다. 온몸이 먼지 투성이가 되므로. 광주 시내에서 이렇게 먼지 뒤집어 쓸 만한 곳은 이곳밖엔 없다.[45]

형은 내 머리통을 어루만지며 다정하게 묻는다. 내 생각일까? 작은 누나가 죽은 뒤에, 형은 좀더 다정해졌다.

학교생활 할 만하니?

응. 근데 형. 우리 선생님 중에 전교조 하다 쫓겨나신 분 있다?

어, 그래?

애들이 막 들고 일어났어.

너도 거기 끼었겠네.

나는 물론 대답하지 않는다.

형도 제대하면 전교조 할 거지?

형 역시 대답하지 않는다. 우린 다만 어스름이 깔린 묘역 입구를 바라보고 있을 뿐이다. 망월동 한 가운데, 박관현 열사 옆에 잠든 누나가 사진 속에서 웃고 있다. 실제의 모습과 많이 다른 사진이어서일까. 빛바랜 사진 속의 누나는 항상 낯설다. 형이 잡초를 뽑고, 문익환 목사의 시와 어머니 투쟁 소식을 적은 알림판을 청소하는 동안 나는 간이매점에서 향과 소주, 초와 오징어를 사온다. 누나한테 한 잔 건네고 나머지는 큰형이 다 마신다. 형은 한참을 서럽게 운다. 나는 울지는 않았지만, 어딘가 몹시 가렵고 조이는 듯한 느낌이다. 몸 아닌 마음 깊은 어느 곳이. 가끔 이런 생각을 해 본다. 나는 눈물이 없는 것이 아니라, 두려워하는 것이 아닐까 하고.

영석아, 아버지랑 작은형이랑 힘들지? 당분간 힘들겠지만 우리 힘내서 살자.

형은 술과 눈물에 젖은 입술로 겨우 겨우 말을 잇고 있다. 추억이

349

너무 많은 탓일까. 엄마도, 아버지도, 큰누나도, 큰형도, 작은형도 눈물 없이는 작은 누나를 말하지 못한다. 아니 작은 누나를 말하는 것 자체를 고통스러워한다. 우리는 더 이상 말에서 위안을 얻지 못한다. 다만 '작은 누나로 살고', '작은 누나와 함께 나아갈 뿐'이다. 우리는 모두 작은누나를 머리에 인 채 살아가고 있다. 아니, 때로 작은누나가 우리를 힘겹게 이고 가고 있는 게 아닌가 하는 생각이 들 때도 있다. 이런 느낌은 아마도 평생 지속될 것이다. 어쩌면 나는 큰형의 예상대로 대학에서 데모를 하게 될지도 모르겠다. 그러나 그것은 1년 후의 일이다. 지금 내게 중요한 것은 작은 누나와, 가족들과, 신새벽의 아파트 단지와, 그리고 전교조에서 쫓겨난 선생님일 뿐이다.

　몇 개월 후.
　덜컹, 철문이 열린다. 작은 보따리를 든 엄마가 씩씩하게 걸어 나온다. 엄마! 나는 달려간다. 그러나 엄마의 시선은 환한 여름 햇살 아래 갇혀 있다. 나를 안고 엄마는 중얼거린다.
　"그새 봄이 지나가 부렀는고⋯⋯? 온천지가 부우연허게 꽃빛이더니. 참말로 신기허네. 어째 시간이 요로고 잘 가까잉⋯⋯."

주

1 어머니의 술회에서.

2 막내 영석의 술회에서.

3 의석의 술회에서.

4 어머니, 의석의 술회에서.

5 1988년 구속된 어머니가 감옥에서 쓴 편지 내용임.

6 아버지의 술회에서.

7 아버지의 술회에서.

8 1987년 2월 26일.

9 의석, 영석의 술회에서.

10 아버지의 술회에서.

11 의석의 술회에서.

12 아버지의 회고록에서.

13 의석의 술회에서.

14 막내 영석의 술회를 통해 재구성.

15 가화다방

16 6·10 항쟁을 기점으로 경찰력이 마비되는 상황에 이르자, 전두환 정권은 한때 군 투입을 검토하기도 했다. 그러나 결국 국민들의 직선제 개헌요구를 받아들이자는 온건론이 우세하여, 6·29 선언이 발표되었다.

17 어머니의 술회에서.

18 어머니의 술회에서. "처음에 유서를 가지 갈 때 우리 식구가 하나도 보도 안 했고, 즈그들이 막 와서 가져가 부러서 볼 수가 없지. 다냐고 헌께 다다고 그러드라고"

19 유서 1 내용의 일부. 유일하게 선영의 유서를 확인한 외삼촌 오치방 씨의 증언에 따르면, 유서는 모두 8장 가량이었고, 당시 사회 현실을 신랄하게 비판하는 내용이 주를 이뤘다고 한다.

20 어머니의 술회에서. "갖고 간께 기자가 육이구 선언 허기 전 같으면 실감이 있는디 실감이 없다 그러더라고 꽹장히 좋은 홍본데 실감이 없다고 그래. 신문기사를 못 실은다고 그러더라고"

21 김영호 씨는 연세대 재학생으로 누나를 만나기 위해 신문사에 들렸다가 우연히 어머니를 만나게 됐다. 당시 김우중이라는 가명을 썼다. 졸업 후, 삼성물산에서 5년 근무한 뒤, 호주로 나가 여행 관련 사업체를 운영하고 있다.

22 김영호 씨의 친구인 서울대생 전영기 씨의 술회에서. 전영기 씨는 김영호 씨의 교회 친구로, 현재 중앙일보 기획취재부에 소속돼 있다.

23 전영기 씨의 초등학교, 고등학교 동창.

24 나정훈은 가명인 듯하며, 선영의 일기와 편지에 등장하는 H로 추정되는 인물이다.

25 언니 화진의 술회에서.

26 언니 화진의 술회에서. "그러나 나는 회피했어. 당시 나는 살아도 살아 있는 것이 아니었어. 정상적인 판단이 불가능한 상태였지."

27 서울교대 자율화추진위원회. 서울교대 내에 이 교자추가 꾸려지게 된 과정에 대해서는 뒤에서 따로 설명할 것이다.

28 『박선영 우리들의 역사』에서 「선영 입학부터 오늘(91.2)까지」 중 117쪽.

29 노동자 시인 백무산의 시 구절

30 당시 교자추 위원장 84학번 김현순의 술회에서.

31 김현순의 회고문에서.

32 어머니의 술회와 「선영 입학부터 오늘(91. 2)까지」 내용 참조.

33 『박선영, 우리들의 역사』 중 「선영 입학부터 오늘(91. 2)까지」에서.

34 드들강이 한눈에 바라다 보이는 곳에 서 있는 옛 정자. 지금은 철거되고 없다.

35 『박선영 우리들의 역사』 중 「선영이 이장식에 부친 오라비의 변」의 내용을 재구성.

36 서울교대 총학생회, 민통련 의장 문익환 목사, 조비오 신부 등 여러 단체, 개인의 추천으로 1987년 11월 25일 박선영의 분묘를 망월동 묘역에 안치하게 되었다.

37 1986년 11월 선영에게 보낸 의석의 편지에서. "누나! 서울에 놔두고 온 것이 있다. 내 뺏지를 놔뒀어. 쩌기 서울대에 가면 내 것이 있을 거야. 그럼 부탁해(당장 좀 붙여줘.). 다음에 올 때 보기로 하세."

38 1986년 11월 선영에게 보낸 의석의 편지에서. "지리산 생각이 어떨 때는 간절해. 혼자 걷는 것이 역시 좋은 것여. 한 군데 꼭 가고 싶은 곳이 있어. 지금이라도 꼭 가고 싶어. 길도 없는 계곡. 생각할수록 쾌감을 느끼고, 매력을 물씬 풍기는 곳이여! 그렇지만 공부해야지 어디를 돌아다니겠는가. 한시라도 아껴야지……." 편지 속의 '길도 없는 계곡'이란 바로 이 날 의석이 동반한 칠선계곡이었다.

39 1990년 9월 의석의 일기에서.

40 "… 아직 겨울이 한창인 지리산에를 찾았죠. 칠선계곡에 갔었습니다. 죽을라고 작정을 한 거겠죠. 전 산을 좋아하지는 않지만 그것밖에 없었어요(방법이)." 의석의 편지글에서.

41 의석의 편지와 술회를 참조한 내용임.

42 "자민이가 태어나기 전부터 혼자 이름을 많이 고민했어요. 아버님에게 물어 보니 네가 지어라고 해서, 며칠을 생각하다 선영이의 정신을 함축할 수 있는 이름으로 자민이라는 이름을 결정했어요. 자주 또는 자유의 자와 민주의 민자를 합해서 자민이라고." 오빠 종옥의 술회에서.

43 드들강에 유골의 일부를 뿌린 종옥은 남은 유해를 고향의 야산에 묻어 놓았다고 한다.

44 88년 2월 18일 졸업.

45 의석의 술회에서.

에필로그

마음에 세운 집, 소의재

좋은 벗들은 이제 이 세상 사람이 아니라네, 동지
잃지 말게 승리에 대한 신념을
지금은 시련에 참고 견디어야 할 때
심신을 단련하게나. 미래는 아름답고
그것은 우리의 것이네
이별의 때가 왔네
자네가 보여준 용기를 가지고
자네가 두고 간 무기를 들고 나는 떠나네

— 1987년 2월 동지들에게 띄운 마지막 편지에서

진혼굿

1997년 가을.

전라남도 구례군 지리산 자락에 때 아닌 풍물 소리가 울려퍼졌다. 박선영 열사 기념관 '소의재(少義齋)'의 입주식을 앞두고 열사의 원혼을 달래는 씻김굿이 진행되고 있는 것이다. 부모 형제는 물론이요, 서울교대 선후배 동문들, 추모사업회 동지들, 유가협을 비롯한 여러 단체에서 오신 손님들이 소의재 앞뜰에 층층이 원을 그리고 앉아 있다.

선영 열사 부디 피맺힌 역사가 사무친 이 지리산 자락에 고이 납시소서. 열사께서 생전에 하신 말씀처럼 다시 깨어나 진정 역사가 원하는 강한 사람으로 다시 부활하소서. ··· 청하옵니다. 청하옵니다. 선영 열사 영전에 청하옵니다. 최루탄에 맞아 죽고, 총에 맞아 죽고, 칼에 찔려 죽고, 굶어 죽고, 얼어 죽은 영가들, 영문도 모르고 비참하게 죽어간 원통한 영가들, 피 묻은 의장 갈아입지 못해 저승에도 가지 못한 불쌍한 지리산 혼백님네들 모두 청하옵니다……

선영이 가고 10년 세월, 많은 일들이 있었다. 그 눈물, 그 설움, 그 세월을 어이 다 말로 하리. 어머니의 머리에 서리가 내려앉고, 그 곱던 얼굴에 검은 저승꽃을 피워낸 10년 세월, 실로 잔인한 세월이었다. 계절이 한 바퀴 돌아 겨우 징역에서 풀려난 어머니는 또 다시 악몽 같은 수배 생활에 들어가야 했다. 전경들에게 얻어맞고 이리 부딪치고 저리 부딪치며 골병이 든 삭신을 끌고 강원도, 경상도 이름모를 거리를 헤매일 때, 아버지는 전교조 지역 대표로, 한겨레신문 후원모임을 이끄는 원로로, 한 가정의 가장으로 곡절 많은 세월을 보내었다.

그 사이 장성한 자식들은 각 분야에서 의젓하고 믿음직하게 자리를 잡았다. 졸지에 '외동딸'이 돼 버린 화진은 어머니가 집을 비운 사이 유가협 활동, 동생 추모제를 비롯한 집안 대소사를 치러내었으며, 주말이면 광주 동생들을 돌보는 와중에도 악착같이 공부하여 대리로 진급하였다. 큰아들 종욱은 군 제대를 마치고 소안도로 발령이 나자 곧바로 전교조 활동을 시작하였다. 부자간에 2대에 걸쳐 전교조 활동을 하는 집이 선영 가족 말고 또 있을까. 종욱은 전교조 중앙위원, 대의원, 고흥지회 내 문화 분과 대표로 활동하는 중에도 전남대 대학

전교조 집회에 참석한 아버지와 어머니, 그리고 종욱

원에 진학하여 공부하는 동생들의 모범이 되고자 노력하고 있다.

대학을 졸업한 의석은 9월 8일, 미국 신시네티의 한 대학에서 장학금, 생활비 지원을 받는 조건으로 유학을 떠난다. 가족, 친지 누구의 도움도 받지 않고, 오로지 자신의 실력과 노력으로 따낸 유학이다. 1997년 초 유학을 결정한 의석은 남은 8개월 동안, 이 땅에서 무엇을 할 것인가 생각했다. 그것은 바로 소의재 건립. 작은 누나도

이제 안식을 찾을 때가 된 것이다. 십 년 세월을 몸부림쳐 온 가족들에겐 여태 집이 없었다. 가족의 마음을 편히 눕힐 수 있는 터가 없었던 것이다. 이제 그런 곳이 필요했다. 집이라 부를 수 있는 곳. 맘을 정착시킬 수 있는 곳. 선영의 이름으로. 여기저기 빚을 얻고, 지원을 받아 구한 돈으로 어머니와 의석 단 둘이 이 곳에 내려왔다. 의석은 맨몸으로 시퍼런 논바닥을 뒤엎고 터를 닦았다.

누나 기념관으로 지을라면 벽돌집을 지면 금방 망가진다고, 밑에 기소를 야물게 해서 한옥집을 지으면 천년 간다고, 지가 땡전도 없이 여그저그 알선 받아갖고 한옥집을 지은 거여. 박영진 아버님 소개로 전국에서 이름난 도목수님이 오셔서 이 집 기와하고 기둥하고는 세워놓고 가셨어.

그때부터 의석과 어머니는 말할 것도 없고 온 가족의 고생이 시작되었다. 형제간은 물론이고 의석의 친구, 양영식 회장을 비롯한 추모사업회 회원들, 선영의 친구와 선후배들, 각 단체 회원들의 성원이 잇따랐다. 주말 휴일을 이용한 노력 봉사, 일일찻집을 통한 기금 마련, 기술이 있는 사람은 기술로, 돈이 있는 사람은 돈으로, 마음으로, 정으로, 눈물로 그렇게 만들어진 집이 소의재였다. 공들여 지었다. 목재도 강원도에서 굵고 좋은 것으로 골라 실어 왔다. 댓가지를 얽어 외를 엮었고, 황토로 다섯 번을 발라 벽을 완성했다. 그 흙을 영석이 발로 다 이겼다. 저녁이면 불같이 달아오른 발을 펴지도 못하고 쳐들고 있었다. 그래도 웃으며 말했다. 엄마, 이 집은 영원히 누나 집이여. 누구 일 개인의 집이면 이렇게 못해. 어머니는 보건소에 있는 의석의 친구에게 약을 타다 먹으면서 그 뒷수발을 혼자 다 했다. 아침, 아침참, 점심, 점심참, 저녁, 저녁참, 일꾼들 빨래에 술상까지.

실로 엄청난 열기가 들어간 집이었다. 모두들 틈이 나는 대로 내려와 손일, 진일을 했다. 동네 분들도 돌 한 주먹, 흙 한 주먹에 인색치 않았다.

이 세상 벗님네야, 그리운 친우 갑현들과 예 놀던 추억이 그 다 꿈이로다
어호 어호 어이가리넘차 어흐흐 불쌍허구나, 불쌍허다, 선영 열사 불쌍허다
상봉이자 이별이라 영결종천이 웬 말이요 이제가면 언제오리 기약 없는 길이로다
황천길이 멀다 해도 대문 밖이 저승이네 친구 벗이 많다한들 같이 갈 이 뉘 있으리
일가친척 많다한들 어느 뉘가 대신 가리 어화넘자 어화넘자 넘자넘자 어화넘자

무당이 선영 열사의 원혼을 인도하고 있었다. 어머니와 아버지, 가족들이 숨죽여 흐느끼기 시작했다. 선영아, 선영아, 선영아……. 그 소리, 그 사무치는 소리를 들었을까. 선영 열사여! 정녕, 납시는가. 부활하시는가. 바람 한 점 없는 저녁, 구슬픈 무당의 노랫소리가 흘러나오자, 원혼을 모시기 위해 뜰 한 구석에 세워놓은 커다란 댓가지가 움직이기 시작했다.

어화넘자 어화넘자 넘자넘자 어화넘자
조심넘자 어화넘자 발을 맞추고 어화넘자
밀어라 땡겨라 어화넘자 넘자넘자 어화넘자

장내는 물을 끼얹은 듯 숙연해졌다. 사람들은 댓가지의 원무에 홀린 듯이 빠져 들어갔다. 처음에 그것은 아무도 눈치 채지 못할 만큼 작은 움직임이었다. 무당의 호흡이 빨라지고, 어머니의 흐느낌이 깊어질수록 그것은 춤을 추듯 커다란 원을 그리며 몸을 뒤채었다. 그때 사람들은 들었다. 환청일까. 저녁 공기에 댓 이파리 스치는 소리였을까. 어쩌면 그것은 소리가 아닐지도 몰랐다. 낙숫물 떨어지듯 이마 위에 똑똑, 하고 와 박히는 그것은. 가냘프고, 맑고, 아린 그것은.

좋은 벗들은 이제 이 세상 사람이 아니라네, 동지
잃지 말게 승리에 대한 신념을
지금은 시련에 참고 견디어야 할 때
심신을 단련하게나. 미래는 아름답고
그것은 우리의 것이네
이별의 때가 왔네
자네가 보여준 용기를 가지고
자네가 두고 간 무기를 들고 나는 떠나네
참된 삶은 소유가 아니라 존재로 향한
끊임없는 모험 속에 있다는
투쟁 속에서만이 인간은 순간마다 새롭게 태어난다는
혁명은 실천 속에서만 제 갈 길을 바로 간다는 말을 되새기며……:[2]

주 ─────────────────────────────────────

1 작은 의리도 저버리지 않는 집.
2 동지들에게 띄운 박선영 열사의 마지막 편지이자 고 김남주 시인의 시 「벗에게」 전문.

자료

마지막 일기 박선영

어떤 죽음 전영기

아이들은 희망이라는 너의 말, 잊지 않을게 박화진

마지막 일기

너를 부른다[)

어지러운 머리 쥐어잡고
아침 햇살에 눈을 뜬
너를 부른다

긴긴밤
가위에 눌려 너를 부르던 목소리
반만년 역사위에 남겨놓은
잃어버린 고향 그리워
사랑이 숨쉬고
죽음이 숨쉬고 길목에서 너를 부른다

모두가 떠나버린 자리에 남겨진
너의 그림자 밟고
한번은 오고야말 그날을 꿈꾸며
너를 다시 부른다
나의 사랑 자유여, 나의 조국이여

너를 부른다
불러서 메아리치면 사랑이라 하마
어디서도 볼 수 없어도

난 기억을 하마
너의 고운 숨소리 자유여
배반당한 이 시대에
꿈이 통할 리 없지마는
함께 꿈을 꾸고 싶구나
어차피 한번은 날아야 하기에
날개 움츠리고 억울한 인생
오늘은 그냥 살아남기로 한다.
깊은 밤
너를 부른다
불러서 메아리치면 사랑한다 전하마

이젠 떠날 용기를 주소서.
사랑하는 이여, 기쁨의 이별을 고하도록 하세.
한 줌의 재가 되기 위해 태어난 인생
그 무엇이 그렇게 아름답다고 즐거워하나
보름달은 높아만 가고 해는 다시 떠오르기 시작한다.
날마다 변화하는 자연
날마다 충격적인 종로 거리에 붙은
Mass com.
조종대가 망가진 Mass com.
곧 추락하리라
모두가 추락하리라!
내일 세상이 멸망해도 오늘 내 마음에 한

그루의 나무를 심으리라. 기쁨으로.

1987. 2. 10. 1:26分 金曜日
— 다 쓰러져가는 동대문 한 궤짝위에서

1987. 2. 13 금 00:26 분

> 보름달을 보았습니다.
> 참 아름다웠습니다.
> 토끼가 내게 얘기했습니다.

미쳐가는 세상. 코뿔소가 되자.
인간 … 코뿔소
아니 코뿔소이기를 거부한다. 그럼 넌 죽어 죽지 뭐.
용기 있는 아니면 만용……
회피! 맞아. 이것도 저것도 아닌
막혀버린 기공과 식도에 바위를 굴려 뚫자. 비록 육체가
시들어 갈지라도 그 길밖에 없다면.
서점에 가면 아지 못할 것들이 쌓여 있다.
신문을 보면 날 욕하는 낱말 투성이다.
공부를 하면 단어가 튀어나와 날 때린다.
전화를 하면 상냥한 비웃음이 향기롭게 속삭인다. 가거라, 이니스
프리 섬으로.
음악은 저 지하의 세계에 대해서. 메피스트의 노랫가락이.

분신한 선배 학우의 울부짖음이, 피빛의 역사가
머릿속에서 또 헝클어진다. 아지 못할 은어로.
흐르는 물과 같이 끊임없이 역사와 함께 한 부분을 장식하고 싶다.
이건 꿈인가 몽상인가. 좀더 크면 이런 망념엔 잠기지 않겠지.
그냥 젊음의 한 고개이겠지.
맞아. 자본주의 나라에선 더 강한 자본국에 의해 강요당하는
정신, 물질문화. 나의 순수한 것은 그 어느 것도 성장할 수
없어. 전통문화가 죽어가고 나라 경제가
점점 저 늪으로 빠져가고 있는데 나의 이런 사고도
저 선진 자본주의가 심은 병에 의해서
항체가 형성되어 가는 과정 後의 더 큰 자극에도
흔들리지 않도록 하기 위해.

20년 4개월

2년간의 대학생활
그건 나의 모든 외부 눈들을 뜨게 했다.
허나 내면의 것은 다 깨지를 못해서
이리 방황하는지 모르겠다. 짙게
퍼져 나오는 진혼곡. 내가 사는 곳은
짙은 안개와 장송곡, 아우성, 절규로
혼란과 아노미 현상이다.
사회는 강자가 약자의 등을 치고, 큰 나라가
약한 나라에게 먹이를 주면서 포동포동 겉살만

찌면 조금씩 잡아먹기 시작한다.

변태적으로 찐 살이 건강할 리 없다.
내부는 모두 병들어 그 어디부터 치유 할지 몰라
방황하나 모두 운명으로 돌리긴 너무 가혹한 땅이다.
이게 하나님이 주신 우리의 시험과 축복의 선언인가.
아니다. 아닐 것이다.
미래의 약속. 그건 필요 없는 지배자의 논리인 것이다.
예수도 당시 그 땅의 약자에게 일어나길, 깨어나길
바랐다.

이제 우린 어디로 가야하나.
현해탄에서 양식고기 밥이 되어야 하나.
그것도 국가경제에 조금이나마 보탬이 되겠지.
힘써 살아보면 치유의 길이 트이리라.
아니 방법은 어데고 있다. 단지 두드리길 두려워 할 뿐.
마음이 약한 자여
현학적인 허위의 기회로 가득 찬 자여
죽어 다시 깨어나라
진정 역사가 원하는 인간이 되기 위하여
힘을 길러 나오라.

열심히 먹자.
플라스틱까지. 아니 지구 전체를
삼켜버리자
이젠 안녕.

어떤 죽음[2]

전영기

　반미자주화의 피 묻은 깃대를 꽂은 이재호, 김세진 열사의 숯덩어리 죽음을 우리는 기억하고 있다. 반파쇼 독재의 독한 비수를 날린 이동수 열사의 불타는 죽음도 우리는 기억하고 있다. 아, 그리고 종철이와 한열이의 아직도 살아 있는, 약진하는, 역사 속에서 되살아나고 있는 그 죽음을 우리는 안다. 느낀다.

　여기 해맑은 웃음에만 익숙했던 스무 살의 초등교사 예비생의 또 다른 죽음이 있다. 서울교육대학 2학년 '박선영' 양이 그이다. 그의 죽음은, 독재 하 및 예속 권력과의 싸움의 전선에서 죽은 것이 아니다. 그의 죽음은, 권력의 전횡에 항거해야 한다는 양심의 명령과 그 양심을 조롱하듯 짓밟아 버린 현실 사회의 출구 없는 갈등 속에서 시도된 죽음이었다. 자살이었다. 그런데, 그의 죽음은, 서울교대 당국의 뻔뻔스러운 자살 동기 조작과 경찰의 타성적 안일과 무엇보다도 우리들의 작은 죽음에 대한 자기 기만적 무관심 속에서, 한여름의 더위로 부패하고 있다. 당국은 그의 죽음을 연탄가스나 탈선된 애정 행각의 종말로 묘사하고 있다. 그로부터 5개월이 지났다. 5개월이라는 시간의 흐름이 그의 죽음의 사실을 드러내고 그의 죽음을 복권시키는 데 핸디캡이 되어서는 안 된다.

　이제 그의 대학 생활을, 특히 권력의 횡포가 어떻게 그의 목을 소리 없이 죄었는가를, 그래서 독재는 대공 분실과 길거리에서뿐만 아니라, 어떻게 혼자만의 자취방에서도 한 인간을 교살할 수 있는가를 보도록 하자.

그의 죽음은 우리에게 무엇인가

"나의 죽음에 대한 그 어떤 추측도 억측도 싫다. 액면 그대로 받아들이길 바란다."

그의 유서의 마지막 구절이다. 그러나 그의 입은 닫혀 있고 힘 있는 자의 입은 거짓을 말한다. 우리는 그러므로 억측은 아닐망정 추측을 해야 한다. 그것도 정확한 추측을, 그의 죽음의 액면을 굴절됨 없이 그대로 드러내는 것이 우리들 민주주의자의 소임이다.

그는 80년 광주시대에 그 곳에서 여중 3학년을 다녔다. 공무원인 아버지의 엄격한 가정교육이 그에게 양심의 소중함을 일깨웠을 터이나, 그러나 그의 아버지의 엄격함 속에는 대학 간 선영이의 '운동적 삶'이 선영 자신의 안정된 교육자로서의 미래는 물론, 공무원으로서의 아버지의 신분을 위태롭게 할 것이며 그것은 곧 일곱 식구의 단란한 가족생활의 파괴를 의미한다는 '두려움'이 포함되어 있었다. 독재적 권력은 의식을 막 싹틔우기 시작한 한 여대생에게 직접적 구속을 가하는 대신, 그에 봉사하는 공무원인 아버지를 통해 간접적인 야비한 심적 테러를 가하게 한 것이다.

그러나 입학과 동시에 그는 왕성한 학생활동의 의욕을 보였다. 수학교육과 학회, 학보사 편집부, 그리고 서울 시내 한 교회의 연합 써클 등에 참여하면서 시대의 모순을 정직하게 해결하려는 운동권 학생의 일원이 되어가고 있었다.

"대학 4년간의 목표는 가치관의 형성. 난 더 튼튼한 나무로 가꾸기 위하여 많은 비바람의 시련을 겪으면서 굳세져야 한다."고 그는 1학년 초의 그의 일기에서 기록하고 있다.

정태수 학장, 한운봉 교관의 교대 병영화 운영방침으로, 2학기가 되면서 모든 써클은 해체 재편성되고 선영이는 학교의 어디에도 발 붙일 곳이 없어졌다.

그는 교회 연합 써클 활동에 전념하였다. 같이 자취하던 언니는 그의 MT, 농촌활동 등에 불안해졌고, 제발 학교나 마치고 그러한 활동을 하라고 설득했으며, 광주의 부모님들은 그렇게 애교스럽고 천진난만한 선영이가 써클 문제에 대해서만은 당신들에게 양보하지 않고 도전하는 것을 당혹해했다.

86년 2학기를 맞이하며 선영은 자신이 얼마나 비굴하고 자기의 의식이 얼마나 허구적이었는가를 깨달았다. 정태수 학장이 군대식 교대 체제의 강화 과정에서, 3, 4학년생 30여명에게 무더기로 무기 정학, 제적 조치를 내린 것이다. 선영이는 학생의 의사를 수렴하는 학생회 간부가 가두시위에서 단지 훈방조치로 선도위원회에 인도된 선배가 초등교사가 될 기회를 원천적으로 박탈되는 모습을 목도하였다. 그는, '교대는 분명 대학이 아니다. 고등학교 보다 더한 군대이다' 라고 실감하였다. 그는 명백한 선택을 해야 했다. 계속 다닐 것인가 말 것인가. 결과적으로, 그의 의식을 맴도는 이러한 요구가 학교를 떠나지 못한 자신의 현실과 결합할 때 그의 유전적인 양심은 자기를 '비굴한 존재'로, 반성 없이 운동이라는 말을 쉽게 내뱉은 '거짓의식'으로 규정지을 수밖에 없었다.

"… 한 학기를 정리하고 학교 내의 여러 활동에 대한 자기반성과 정리를 했었건만, 교사관이니 뭐니 그들에게 심어줄 꿈과 사상이 뭐니 하면서 가식을 부린 것은 헛것이었다. 어쩜 그렇게 위선에 싸여 있을 수 있는지 내 자신이 놀랍다……"

그의 일기 전체는, 메마른 현실과 이를 적셔 주는 운동에의 의지와 행동이 뒤따라 주지 않는 자신의 거짓스런 모습에 대한 회오가 일관된 주제를 형성하며 흐르고 있다.

중간 선배인 2학년으로서의 교회 써클 생활은 적잖이 활발한 바가 있었다. 그러나 그는 여전히 시위에는 단순 참가조차 두려웠으며,

86년 2학기 초 전철에서 『지식인을 위한 변명』을 읽고 있던 그를, 학내 비밀경찰이나 다름없는, 한운봉 교관이 학교 내 지도 위원실로 끌고 가 반성문을 쓰게 하고 그의 전력을 캐고 위협을 한 일이 있고 난 후에는, 상황에 대한 분노와 무력하기 만한 자신에 대한 분노를 견딜 수가 없었다.

그는 사랑과 우정에서조차 자기 양심과 격렬히 싸워야 했다. 그가 애정을 갖고 사랑의 염을 표현하고픈 선배가 있었으되, 그는 선배에 대한 자신의 사랑이 완성되기 위해서 자신의 확고한 운동적 삶이 정립되어야 한다고 믿었다. 왜냐하면 그에게 있어서 사랑과 운동은 분리된 것이 아니었으므로.

"… 수화기를 들었다가 내려놓는 비참한 행동을 거듭하다가 끝내 뒤돌아서 나오는 발걸음은 무겁기만 해요. 얼마만큼 내가 성숙해져야 내 삶을 확실하게 잡을 수 있을까요……."

그의 비타협적인 양심에의 고집, 무차별한 교수폭력과 심리적 테러가 자행되던 학내의 억압적 분위기, 민주적 민족적 공동체를 갈망하는 운동에의 의지, 그리고 그에 대한 집안에서의 안타까운 만류, 운동과 분리될 수 없었던 사랑에의 일정한 좌절, 이 모든 것이 그의 죽음을 도와주었다.

"… 분신한 선배 학우의 울부짖음이 핏빛의 역사가 머리속에서 또 헝클어진다. 흐르는 물과 같이 끊임없이 역사와 함께 한 부분을 장식하고 싶다. … 맞아. … 더 강한 자본주의 국가에 의해 강요당하는 정신, 물질문화 나의 순수한 것은 그 어느 것도 성장할 수 없어……."

그리고 죽기 일주일 전에 쓴 그의 짧은 메모는 이렇게 절규한다.

"… 최루탄 속에서 고뇌하는 병사여, 청춘이여, 정열이여, 피눈물의 역사여……."

이렇게 하여 그는 1987년 2월 20일 피눈물을 토하며 역사의 뒤안으로 사라져갔다. 그가 죽기 한 달 전 독재와의 전선에서 종철이가 죽어 갔다. 종철이의 죽음이 민주 투쟁의 불길을 선도했던 앞장선 죽음이라면, 선영이의 죽음은 독재가 3년여 동안 행한 제도적 고문의 희생이었다. 종철이의 죽음이 명백한 부활로 영원히 살아나고 있다면 선영이의 죽음은 저들의 비열함과 우리들의 무관심으로 5개월간의 긴 시간 동안 부패하고 있다.

그의 어머니는 광주에서의 지난 6·10, 6·26의 시민대회에 최루탄받이가 되어, 시위대의 선봉으로 나서 새벽을 맞이하였다 한다. 이제 선영의 죽음은, 그의 어머니에서 완고한 아버지를 통해 한 인간을 변화시키고 한 가족을 변화시켜, '민주'를 몸으로 실현하는 거름으로 살아나고 있다. 이제 그의 죽음을 사실대로 드러내고 그의 죽음을 복권시켜야 한다. 적어도 역사 속에서 민주의 이름으로 스러져 간 열사의 한 사람으로 기록될 수 있어야 한다.

주

1 박선영이 생전에 쓴 자작시로 보인다.
2 현 중앙일보 기획취재부 전영기 씨의 글.

아이들은 희망이라는 너의 말, 잊지 않을게

박화진 박선영의 언니

　너와 같은 이름만 들어도, 네 모습을 떠올리기만 해도 눈물이 앞을 가려 사진 한 장 걸어두지 못했다. 세월은 무심히 흘러, 네가 우리 곁을 떠난 지 13년! 너와 민속촌에서 찍은 사진을 찾아 책상 머리맡에 놓았다. 넌 여전히 그 모습 그대로 밝게 웃고 있구나. 사진 속 널 바라보고 있노라니 가슴이 저려 온다. 네가 그렇게 우리 곁을 떠난 뒤 우리 가족에게 닥친 악몽 같았던 날들이 영상처럼 스쳐 지나간다.

　세월은 무심히도 흘러 어느덧 막내 영석이도 이젠 네 나이보다 훨씬 많고, 너와 참으로 많이 닮은 마치 너의 분신과도 같은 네 후배와 작년에 결혼했다. 난 막내 올케가 네가 보내준 사람이라 믿고 있다.

　떠올리기도 고통스러운 그 날! 네가 우리 곁을 그렇게 떠나던 날. "선영아, 회사 다녀올게"하면 다른 땐 나와서 "잘 다녀와."했는데, 마지막 모습을 보이지 않으려고, 몇 번씩 불러도 나와 보지도 않고 "으응."하는 대답만 들렸다. 그래 그것이 마지막 대화였다. 네가 나에게 마지막 모습을 보이지 않으려 부엌에 쪼그려 앉아 고통스러워했을 모습을 그리면 지금도 가슴이 미어진다. 가난하지만 즐거웠던 창신동에서의 자취 생활, 그러나 그곳이 널 빼앗아 갔다고 난 믿고 있다. 방 한 칸. 1평 반 가량의 녹녹한 방에 책상을 들여놓고 두 사람이 누우면 방이 가득 찼던 시절! 비라도 오는 날이면 물 받느라 밤을 꼬박 세워야 했던 일들, 누군가라도 오면 너는 베개를 안고 어김없이 불기 없는 마루로 나가서 자곤 했지. 석유곤로에 밥을 할라치면 매운 연기에 눈물을 훔쳐가면서 불을 붙여야 했던 어려웠던 시절이었다. 맏이였던 난 부모대신 보살피고 모든 걸 책임져야 한다는 감독자로서만 너를 보았다. 월급 받아서 먹고사는 것, 그리고 네 용돈 주는 것, 어떻게 해야 조금이라도 더 나은 곳으로 가서 너에게 좋은 환경, 공부할 수 있는 환경을 만들어 줄 수 있는지가 나의 최대의 관심사였다. 창고 같은 방에서 탈출하여 산동네 이층 방에, 부엌이 달린 곳으로 이사하던 날, 너는 얼마나 좋아했던가! 지대가 높아 야경이 끝내 주겠다며……. 하지만 그 집이 널 앗아갔다. 어느 일요일, 우연히 창문을 열고 내다보니 어떤 기와 지붕 위에 여러 사람들이 비를 맞으며 구호를 외치고 있었다. (노동자 전태일열사의 집) 왜 그러는 거냐고 네게 물었더니 시위 중이고 지붕에서 내려오면 연행하려고 경찰이 지키고 있으니 내려오지도 못하고 1주일 째 저러고 있다고 했다. 그러나 나중 알고 보니 선영이도 거기에 자주 들었다고 이소선 어머니께서 말씀하셨다. 지금 생각해보면 내가 무식했던 게 죄라면 죄다. 그렇게까지 죽음으로 내닫는 널 지켜보고만 있었으니 어찌 죄가 아니겠니? 너의 고통을 조금이라도 이해했더라면 널 막다른 길로 가게 하지는 않았을거란 죄책감. 죽는 날까지 벗을 수 없는 나의 숙명 같은 짐. 어떻게 해야 조금이라도 갚을 수 있을까?

책을 펴낸다고 하는데 너에 관한 자료가 없어 쩔쩔매는 걸 보며 난 또다시 죄책감에 빠진다. 너를 동부시립병원 영안실에 안치시키고 꿈인지 현실인지 분간도 못한 상태에서 공안 경찰의 수색이 두려워 종욱이, 의석이, 영석이와 함께 늦은 밤 두려움과 공포에 떨며 자취방에 손전등을 켜고 들어가 너에 관한 모든 것들 메모, 네가 읽은 책들, 그리고 보이는 모든 것들을 자루에 담아 앞 뒤 분간도 못하고,

그것들로 인해 일어날 일들이 두려워 소각시키는 우를 저지른 것이다. 그때 우리는 그럴 수 밖에 없는 환경이었으나, 이제 너의 자료를 찾으니 네가 즐겨 보았을 책이름조차 알 수가 없구나.

스물한 살의 꽃같은 나이에 네가 간 뒤 죽음보다 못한 악몽의 시간들이 흘러 6·29 선언이 있었다. 엄마는 살아서 네가 못 다한 일을 죽는 날까지 하시겠다며 투사가 되셨다. 아버지도 전교조 활동을 열심히 하시게 되었으니 네 죽음이 어찌 헛되다 할 수 있겠니? 엄마는 가슴에 한이 맺혀 시위현장에서는 맨 앞줄에서 몸으로 최루탄을 맞으며 미친 듯이, 모든 시위는 다 쫓아다니시더니, 급기야 88년 미대사관 사제폭탄 투척 사건 공판에서 법정소란죄 죄목으로 구속이 되셨다. 그 해 겨울은 유난히 길고 추웠다. 서울 구치소로, 일요일엔 광주 집에 가서 집안일 하랴, 평일엔 회사 나가랴 그렇게 세월은 흘러갔고, 서울 교대 사건으로 인한 엄마의 도피 생활들…… 네가 살아 못한 일들을 엄마가 그렇게 하고 계시니 너의 한도 조금은 풀렸을까?

맏이인 나는 어려서부터 엄마, 아버지, 형제들과 거의 떨어져 살았다. 2~3년 꼴로 발령 받아 한 군데 정착하지 못하고 이사 다녀야 하는 관계로 나는 광주 친척집 등에서 학교를 다녀서 서울에서 선영이와 함께 한 자취생활은 정말 행복했다. 다분히 이기적인 나와는 달리, 선영이는 나이답지 않게 조숙하고 사려 깊고 어른스러웠다. 같이 다니다 보면 길거리에서 구걸하는 이들 앞에서는 주머니를 털었고, 무엇이든 자기가 가진 걸 아까워하지 않고 이웃과 나누어 먹을 줄 아는 가슴이 따뜻한 애였다.

동생이라기보다는 상담자였고, 친구 같았다. 아낌없이 나의 모든 것을 주고 싶었던, 나의 일부였으며, 희망이었던 너. 소심하던 내게 자신감을 주었던 너. 마흔 살이 가까워서 18년간 다니던 직장을 벗어나 자유로운 몸이 되어 비로소 여유로운 마음이 생기고 내일에 대한 생각을 갖고, 또 다른 것을 시작한다는 다짐으로 인생을 재정비하는 마음으로 요즘 많은 생각을 한다. 네 못 다한 일들 중 내가 할 수 있는 일이 뭐가 있을까?

네가 했던 말들 중에 생각나는 게 있다. 아이들은 우리의 희망이라고, 그래, 어려운 어린이들을 도울 수 있는 일들을 생각해 봐야겠다. 내가 할 수 있는 작은 것부터 천천히 하나하나 너에게 부끄럽지 않은 언니가 되기 위해…… 부디 모든 것 떨치고 자유로운 세상에서 편안하길 빈다.

편집자주 이 글을 쓰면서 언니는 가슴 속에 가두어둔 설움이 북받쳐 펑펑 울고 말았다. 글을 다 쓰고 다시 읽어보지도 않은 채 바로 보내셨다. 10여 년의 세월, 한 글자 한 글자 써 내려가면서 그 많은 아픔을 쏟아내려니 어찌 눈물이 나지 않을까? 어려운 가정의 맏딸, 제 인생보다는 부모와 형제의 인생을 위해 살아온 딸, 한 번 쯤은 투정도 부리고 반항도 할 법한데, 그 흔한 불평 한 번 하지 않고 살아 왔다. 어여쁜 동생을 위해 새벽부터 밤 늦게까지 줄기차게 일만 했다. 부모 대신 동생을 돌봐야 한다는 책임감이, 한 때는 바위만큼 무거운 부담감으로 느껴졌을 것이다. 동생이 가졌을 자신과 가족과 사회에 대한 고민을 함께 하지 못했다는 죄책감이 그 얼마나 컸을까? 그것이 언니의 잘못이라고 말할 사람이 누가 있을까만 스스로 짊어진 그 자책감에 눈물은 또 얼마나 흘렸을까? 이제는 돌아와 거울 앞에 선 누이처럼 언니는 말한다. "선영이가 했던 말처럼 아이들은 희망이다."고. 외롭고 어려운 아이들에게 따뜻한 힘이 되고프다고. 마흔이 가까운 나이, 새롭게 무엇인가를 해야 한다고 말한다. 이제서야 생업 전선에서 물러서 한 숨 돌린 언니. 선영이가 지켜본다면 어떤 말을 할까?

"사랑하는 나의 언니! 남은 시간들 부디 언니 자신을 위해 써. 언니를 진정 아껴 주는 형부와 함께 서로가 하고픈 일 맘껏 해. 이제 가족들이, 형제들이 언니에게 보답해야 할 때가 왔어. 평생 다른 이에게 주기만 했을 뿐 받으려고는 하지 않았던 언니. 이제는 받아야 할 차례야. 언니의 인생은 고달팠지만 빛나는 삶이야. 지혜롭고 따뜻한 언니가 난 늘 자랑스러웠어. 예전에도 지금도 언니, 사랑해!